巫

신비
소설

무

10

버려진
기억의 섬

문성실 장편소설

巫

신비
소설

무

10

버려진
기억의 섬

달빛정원

巫

신비
소설

무

IO

차례

제 1 화

망각의 강

1

하얀 안개 속이었다.

한 치 앞이 보이지 않는 지독한 안개 속. 모든 것은 깊은 침묵 속에 빠져 있다.

이곳이 어디인지 알려주는 작은 암시조차 없다. 끝없이 펼쳐진 자욱한 안개 속에서 그 어떤 것도 보이지 않는다. 뿌연 안개를 제외하고는 그 무엇도 존재하지 않을 것 같은 텅 빈 공간 속에 그는 홀로 서 있었다. 안개처럼.

눈앞에만 안개가 있는 것은 아니었다. 머릿속 역시 자욱한 안개에 휩싸였다. 어디서 왔는지, 무얼 하고 있었는지, 어디로 나아가고 있었는지 알 수 없었다. 왜 이곳에 있는지, 이곳에 어떻게 왔는지, 모든 것이 깜깜했다. 아무런 생각도 없이 그저 안개처럼 서 있는 그에게 문득 생각이란 것이 밀려왔다. 제일 먼저 든 생각은 '하얀 안개'였다. 새하얀 안개를 구분하는 순간 깨달았다. 안개가 있다면 안개 뒤에 공간이 있을 것이고 그 앞에도 있을 것이다. 그는 그 사이 어딘가에 서 있겠구나 생각했다.

사고思考가 흐르기 시작했다. 안개가 있다. 공간이 있다. 안개는 전경이 되고 그 뒤는 배경이 된다. 그렇다면 안개와 배경을 구분하는 자가 있다. 그것은 나 자신이다. 아, 그렇다면 나는 안개가 아니구나. 공간도 아니구나. 그 외에 다른 무엇이구나. 이것들을 인식하는 또 다른 존재로구나 싶었다.

그러면 또 다른 존재인 나는 무엇인가? 안개라는 것을 알고 있는 나는 무엇일까? 나는 왜 이곳에 있는가? 언제부터 이곳에 있었는가? 머릿속은 여전히 하얬다. 그는 어떤 질문에도 대답하지 못하는 자신을 발견했다. 하지만 궁금하지는 않았다. 하얀 안개 속에 가만히 있는 자신이 당연하게 여겨졌다. 당연하지 않은 것은 갑자기 사고하기 시작한 그의 머릿속이었다. 가만히 있으면 안개도, 공간도, 자신도 전혀 구분되지 않고 이 자리에 마냥 있었을 것이다. 어떤 의문도, 어떤 해석도 없이 그대로 있으면 되었다. 하지만 갑자기 생각이 움트기 시작했다. 대답할 수 없는 의문이 하나둘 튀어나왔다.

사고가 흐르며 당연한 것들이 당연치 않게 되었다. 왜 나는 이 안개 속에 있는가? 이곳은 어디인가? 나는 어디서 왔을까? 나는 어디로 가는 것일까? 대답할 수 없는 의문이 떠오를 때마다 당연한 것들이 깨어지며 균열을 일으켰다. 대답할 수 없는데도 의문은 그를 괴롭혔다. 사유思惟가 평화를 깨뜨렸다.

"……아."

그 어떤 것도 존재하지 않을 것만 같은 이 허한 공간 속에서 문득 목소리 하나가 들려왔다. 그것은 내내 그곳에서 들려오는 소리처럼 자연스러웠다. 저 소리는 오래전부터 이곳에 울려 퍼지고 있었는지도 모른다. 하지만 나와 공간이 분리되지 않았을 때는 들리지 않았다. 나를 인식하는 순간 들리지 않았던 소리가 들려왔다. 인식이라는 것은 고달팠다. 완벽한 평화가 산산이 깨어지는 게 느껴졌다. 그는 소리에 귀를 기울이지 않으려 애썼다. 소리의 근원에 의구심을 갖게 되면 고요와 평온이 사라질 것임을 본능적으로 알았다.

"……아."

들릴 듯 말 듯한 목소리가 귓가를 스쳤다. 뭔가 웅얼거리는 것 같았다. 소리가 사방으로 퍼지며 메아리쳤다. 하나의 소리가 여기저기서 흩어지고 모아졌다. 문득 그는 그것이 누군가를 부르는 소리임을 깨달았다. 누군가를 부르고 있지만 누구를 부르는지는 알 수 없었다. 생각이 흘러갔다.

'누구를 부르는 걸까?'

백지와 같은 새하얀 머릿속에 또 다른 생각이 퍼졌다. 그는 소리에 대해 생각해보았다. 누구를 부를까, 이곳에서. 이곳에 누가 있기나 한 걸까. 보이지 않는 안개 저편에 저 소리를 기다리는 누군가가 있는 걸까. 그는 머리가 빠개질 듯 아파오는 것을 느꼈다. 이런 생각은 옳지 않았다. 대답 없는 질문은 고통을 몰고 왔다. 멍하니 그 어떤 것에도 의문을 품지 않고 당연한 듯 이 자리에 있는 건 지극히 안온하고 평화로웠다. 하지만 이 세계에 대한 의문과 호기심은 고통을 동반했다.

그는 생각을 멈추려 애썼다. 그리고 생각이 없었던 이전의 시간으로 돌아가려 애썼다. 나도, 공간도, 소리도, 안개도 구분 없던 그 시간. 생각이 존재하기 이전의 자신으로 돌아가고 싶었다.

"……아."

다시 소리가 들렸다. 음성은 좀 더 또렷해졌다. 생각을 멈추려 애썼지만 한번 시작된 사고는 멈춰지지 않았다. 의문에 대한 사유가 시작된 이상 존재를 인식하지 못하던 이전의 세상으로 되돌아가는 건 불가능했다. 한번 변화된 머릿속은 돌이킬 수가 없었다. 소리는 점점 더 또렷해지고, 인식의 세계도 좀 더 또렷해졌다. 그는 천천히 고개를 돌렸다. 그 순간 자신의 존재가 더욱 분명해졌다. 그는 얼굴을 가지고 있었고, 목이 있었고, 고개를 돌릴 수있었다. 그를 지탱하고 있는 두 다리가 존재했다. 생각이 존재를 증명하기 시작했다.

고개를 돌리자 세계가 눈에 들어왔다. 하얀 안개와 안개 저 너머에 보이지 않는 어떤 세계가 있음을 자각했다. 그리고 보이지는 않지만 저 공간 어딘가에 누군가를 부르는 저 목소리의 주인이 존재함을 깨달았다. 공간과 나 이외에 또 다른 존재가 있는 것이다.

"……아."

소리가 그를 불렀다. 제대로 들리지 않는데도 그 소리가 자신을 부른다는 생각이 들었다. 그는 하얀 안개 너머를 지그시 바라보았다. 소리가 다가왔다. 점점 더 가까이. 점점 더 또렷하게.

괴상한 광경이었다. 자욱한 안개가 갈라졌다. 한 치 앞도 볼 수없는 그 짙은 안개의 중심이 뻥 뚫리며 무언가가 쓱 다가왔다.

커다란 손이었다. 길고 쭉 뻗은 손가락이 나타나더니 손목이 나타나고, 팔뚝이 나타났다. 마디마디가 두꺼운 손이 안개를 꿰뚫고 그를 향해 다가왔다. 손은 하얀 편이었다. 손 마디마디에 파란 핏줄이 서 있었다. 선이 굵은 묵직한 손이었다. 손목과 팔뚝은 섬세했다. 핏줄이 툭툭 불거져 있는 팔뚝에 잔 근육이 발달해 있었다. 손은 하얀 안개 속에 둥둥 떠 있었다. 그 외에는 여전히 모든 것이 짙은 안개 속에 묻힌 채 보이지 않았다. 안개 속에서 나타난 손은 그대로 움직이지 않았다. 그도 움직이지 않았다. 다시 모든 것이 정적 속으로 빠져들었다.

생각이 밀려왔다. 저 손은 무엇일까? 저 손은 왜 안개를 꿰뚫고 다가온 것일까? 저 손은 무엇을 원하는 것일까? 왜 저대로 멈추어 있는가? 지끈! 고통이 밀려왔다. 평화는 산산이 깨어졌다. 생각은 더 이상 평화로운 순간으로 돌아갈 수 없음을 말해주었다. 잔인하게도 의식은 그를 내몰았다. 저 손이 왜 이곳에 왔는지, 왜 저 손이 눈앞에 나타난 순간 목소리도 멈추었는지, 왜 저 손을 내민 채 그대로 멈추어 있는지 알고 싶다고 아우성쳐댔다. 하지만 두려웠다. 가능하면 변화를 거부하고 끝까지 버티고 싶었다. 안개 속에서 나타난 낯선 손은 내내 허공에서 그를 기다리듯 멈춰 있었다.

시간이 얼마나 흘렀을까. 한없이 긴 시간을 보낸 뒤에야 그는 손을 들어야겠다고 생각했다. 생각이 흐르는 순간 인식하지 못했던 두 팔과 두 손이 느껴졌다. 그는 손을 가지고 있었다. 그는 천천히, 아주 천천히 자신의 손을 들어올렸다.

그의 눈에 자신의 손이 들어왔다. 눈앞에 나타난 하얀 안개 속의 손에 비해 그의 손은 참 작았다. 그를 기다리는 커다란 손에 비해 반쪽도 안 되는 작은 손바닥이 보였다. 그는 자신의 손을 이리저리 뒤집어보았다. 그 작고 여린 손에는 수많은 상처가 가득했다. 어디서 다쳤는지, 무슨 상처인지 도무지 알 수 없지만 손등이며 손바닥이며 수많은 상처가 빼곡했다. 그 작은 손을 보며 그는 생각했다.

'아, 나는 어린아이구나. 손이 작은 어린애야.'

자신에 대한 작은 단서를 찾았다. 아이는 단서가 담긴 손을 이리저리 돌려보았다. 아이는 수많은 상처로 얼룩진 작은 손을 가지고 있었다. 손바닥에는 두껍게 덥힌 굳은살도 그득했다. 손목 위로는 하얀 옷을 입고 있었다. 소매통이 넓어서 손을 들면 소매가 슬쩍 내려가는 흰옷이었다. 남자아이들에게 입힐 법한 흰 바지도 보였다.

'나는 하얀 옷을 입은, 손이 작은 어린 소년이구나.'

몰랐던 사실들이 머릿속으로 밀려들었다. 소년은 하얀 안개 속에서 가만히 그를 기다리는 손에게로 자신의 손을 뻗었다. 두 손이 가까워지자 그 차이가 더욱 극명하게 드러났다.

'커다란 손이구나.'

하얀 안개 속에서 낯선 손이 미동도 없이 기다리고 있었다. 소년은 안개 속의 커다란 손을 향해 자신의 손을 천천히 뻗어보았다. 마침내 아주 작은 소년의 손과 아주 커다란 저편의 손이 닿았다. 소년의 작은 손가락이 그 커다란 손을 살짝 건드린 순간이었다. 커다란 손이 소년의 손을 세게 부여잡았다. 행여 작은 손을 놓칠까 단단히 붙들었다. 하지만 아프지 않았다. 커다란 손이 간헐적으로 부르르 떨리는 게 느껴졌다. 커다란 손은 소년을 알고 있는 것 같았다. 그러나 소년은 그가 누구인지 감도 잡지 못했다. 소년은 여전히 자신이 누구인지조차 알지 못했다.

'왜 떠는 걸까?'

소년은 생각해보았지만 그 이유를 알 수 없었다. 무언가 슬픈 것도 같고 무언가 기쁜 것도 같았다. 감정이라는 것이 밀려들어왔다. 감정은 생각보다도 거세게 소년을 뒤흔들었다. 평온은 조각조각 무너져 내렸다. 심장이 쿵쿵 요동쳤다. 하지만 이전처럼 고통스럽지 않았다. 소년의 손을 단단히 잡은 큰 손 때문인 듯했다.

한참 동안이나 소년의 손을 꼭 잡고 있던 커다란 손이 힘을 주기 시작했다. 힘이 가해질 때마다 손가락과 손목, 그리고 팔뚝까지 파란 실핏줄이 툭툭 일어서고 그 사이사이로 발달된 잔 근육이 불룩거렸다. 커다란 손은 소년을 어딘가로 끌고 가려는 듯했다. 그러나 소년은 움직이기가 싫었다. 본래 그랬던 것처럼 이 자리에 우뚝 서서 가만히 있어야 할 것 같은데, 커다란 손이 잡아끌었다.

소년은 애써 버텨보았다. 보기와 달리 그 커다란 손은 힘이 세지도, 강하지도 않았다. 애를 쓰는 것 같지만 소년을 힘으로 당기지는 못했다. 소년이 스스로 움직이기 전까지 그 커다란 손은 소년을 움직일 수 없었다. 대신 커다란 손은 무척이나 인내심이 강했다. 손은 물러서지 않았다. 힘주는 것을 멈추지도 않았다. 지속적으로 소년을 어딘가로 데려가려고 애를 썼다. 한참 동안 승강이를 하고 나서야 소년 쪽에서 먼저 포기했다. 이미 평화는 깨져버렸다. 가만있어도 큰 손 때문에 귀찮을 거란 생각이 들었다.

소년은 한 발을 움직여보았다. 그제야 자신에게 발이 있다는 것과, 그 발을 번갈아 앞으로 움직일 수 있다는 것을 깨달았다. 발은 작고 상처가 많았다. 다섯 개의 발가락이 저 아래서 꼼지락거렸다. 두 다리에는 풍성한 하얀 바지가 둘러 있었다. 소년이 발을 떼자 커다란 손은 더욱 힘을 주어 소년을 이끌었다.

저벅. 저벅. 저벅.

아주 규칙적이면서도 정확한 발걸음 소리가 시작되었다. 소년은 성가셨지만 자신의 손을 단단히 잡고 놓아주지 않는 안개 속 커다란 손에 끌려갔다. 안개가 너무 자욱해서 커다란 손의 주인이 누구인지 전혀 보이지 않았다. 그저 소년보다 훨씬 크고 건장하리라는 느낌만 들었다. 그 외에는 아무것도 궁금하지 않았다.

그가 왜 이곳에 나타났는지, 그가 어떻게 생겼는지, 그의 이름이 무엇인지 전혀 궁금하지 않았다. 그저 손을 놓아주기를, 그저 자신을 내버려두기를 바랄 뿐이었다.

철벅. 철벅. 철벅.

발걸음 소리가 조금 바뀌었다. 여전히 규칙적이고 질서 정연했지만 조금 질척거리고 축축한 소리가 이어졌다. 발걸음 소리 뒤로 물방울 소리가 여운처럼 들려왔다.

찰박…….

소리의 변화를 알아챈 직후 소년의 발에도 변화가 생겼다. 축축하고 차가운 물 기운이 두 다리를 통해 느껴졌다. 소년은 아래쪽을 내려다보았다. 자욱한 안개 속에서도 발아래 부근에 물기 어린 검푸른 이끼가 눈에 띄었다. 철벅거리던 이끼는 점점 더 물속으로 스며들더니 이내 사라졌다. 찰박거리던 물이 점점 깊어지면서 이끼를 삼켜버린 탓이었다. 검푸른 이끼가 사라질수록 축축한 물은 점점 발목 위쪽으로 올라왔다. 검은 이끼가 발바닥을 간질이더니 발목을 지나 종아리까지 일렁거렸다.

절벅. 절벅.

물이 차오르자 점점 더 걷기가 힘들어졌다. 맨발 아래 미끈거리는 까만 이끼가 소년의 발길을 잡았다. 발을 잘못 내딛자 넘어질 듯 비틀거렸다.

꾸욱.

커다란 손이 소년을 붙잡았다. 커다란 손은 소년이 균형을 잡고 다시 바로 설 때까지 기다렸다. 그러고도 한동안 움직이지 않았다. 소년은 안개 저 너머에 있는 커다란 손의 주인을 바라보려 애썼다. 자욱한 안개에 가려져 전혀 보이지 않았지만, 어쩌면 그는 소년을 걱정할지도 모른다는 생각이 들었다.

철벅. 철벅.

다시 커다란 손의 주인이 앞서 걸었다. 소년은 그 손에 이끌려 따라갔다. 다시 미끄덩 소년의 몸이 밀리며 비틀거렸다. 하지만 거기까지였다. 소년은 물속으로 넘어지지 않았다. 하얀 안개 속에서 소년을 이끌던 손 하나가 마저 나타났다. 그 손이 소년의 어깨를 붙들고 무게를 지탱했다. 두 손이 소년의 손과 어깨를 잡고는 소년이 넘어지지 않도록 힘껏 버티는 것이 느껴졌다. 순간 또 다른 감정이 밀려왔다. 참 따뜻하고 푸근한 느낌이었다. 소년은 힘겹게 지탱하는 커다란 손을 걱정하며 얼른 중심을 잡고 일어섰다. 커다란 두 개의 손이 잠시 소년을 기다렸다. 소년이 자세를 바로잡고 꼿꼿이 서자 두 손이 그 모습을 지그시 바라보는 것만 같았다.

다음 순간 소년은 몸이 공중으로 둥실 떠오르는 것을 느꼈다. 두 손이 소년의 몸을 아래쪽에서 받치며 훌쩍 위로 끌어올린 것이다. 소년의 발은 물로부터 자유로워졌다. 소년의 몸은 누군가의 품으로 들어갔다. 커다란 두 손의 주인은 검은 옷을 입고 있었다. 넓고 단단한 가슴을 덮은 검은 천과 소년의 하얀 옷이 서로 대비되었다. 커다란 손의 주인은 소년을 품에 안고 걷기 시작했다.

소년은 넓은 가슴에 기대어 위를 바라보았다. 그의 얼굴은 여전히 새하얀 안개에 가려져 보이지 않았다. 가슴은 참 따스하고 포근했다. 혼란스러운 것을 모두 잠재울 만큼 푸근했다. 소년은 몸을 조금 비틀고 일어서면 얼굴을 확인할 수 있는데도 노곤함이 밀려와 움직이고 싶은 마음이 생기지 않았다. 소년은 그대로 커다란 가슴에 기대어 흔들리는 몸의 감각을 느긋하게 느껴보았다.

물이 점점 깊어지는 모양이었다. 찰랑거리는 물결 소리가 사라지고 발걸음 소리가 둔탁해지더니 더 이상 들리지 않았다. 축축한 습기는 점점 더 깊어졌다. 물결을 가르는 발걸음 소리가 들리지 않을 정도로 깊은 물속을 걷는 중인 듯했다. 한없는 포근함에 눈꺼풀이 깜빡깜빡 감기는데 갑자기 몸이 두둥실 떠올랐다. 따스하고 넓은 가슴이 소년에게서 멀어졌다. 따스한 온기가 사라지고 차갑고 습한 기운이 확 몰아쳤다.

털썩.

잠시 후 소년은 어딘가에 놓였다. 커다란 손이 소년을 안아 차갑고 딱딱한 무언가에 내려놓았다. 소년의 무게가 놓이자 평평하고 차가운 바닥이 기우뚱거렸다. 소년은 어리둥절한 얼굴로 사방을 돌아보았지만 여전히 자욱한 안개만 가득했다. 두려움이라는 또 다른 감정이 가슴속으로 밀려왔다.

그때 다시 평평한 바닥이 소년의 반대쪽으로 기울어졌다. 둔탁한 소리와 함께 안개 저편에서 커다란 손이 나타났다. 그 손을 보는 순간 소년은 안도했다. 밀려오던 두려움도 저편으로 사라졌다. 소년은 맨발 아래를 내려다보았다. 맞은편에 하얗고 커다란 두 발도 보였다. 소년의 작은 두 발과 저편의 커다란 두 발 아래로 거친 나무무늬가 눈에 들어왔다. 나무판자가 얼기설기 엮인 모양이었다.

'배구나.'

소년은 이곳이 배 위라는 것을 깨달았다. 아주 낡을 대로 낡은 배라는 생각이 들었다. 소년은 좁은 배에 자신과 커다란 손의 주인이 함께 타고 있음을 알았다. 그들의 무게와 움직임에 따라 출렁거리는 물의 움직임도 느껴졌다. 이곳이 깊디깊은 강물 위라는 생각이 들었다. 작은 조각배를 타고 끝없이 까마득한 강물 위에 떠 있는 두 사람의 모습이 그려졌다.

끼이익…… 끼이익…….

삐걱대는 소리가 들렸다. 그 소리는 아주 느리고 처량하게 소년의 귓가에 굽이쳤다. 커다란 두 손이 비스듬한 둥근 원을 그리며 돌아갔다. 안개 저편이 보였다 안 보였다 하면서 사라지고 나타날 때마다 삐걱거리는 소리가 이어졌다.

끼이익…… 끼이익…….

이유는 알 수 없었지만 나무가 삐걱대는 소리가 들릴 때마다 소년의 가슴이 아렸다. 왜 그리도 구슬프고 가슴 시린지는 알 수 없었다. 눈가가 시큰거렸다.

"……삼도천三途川◆을 알고 있습니까?"

소년은 처음으로 그의 음성을 들었다. 소년을 붙잡아주고 안아주었고, 지금은 노를 젓는 커다란 손의 주인은 참으로 편안한 저음을 가지고 있었다. 커다란 손만큼이나 푸근하고 안심이 되는 음성이었다. 부드럽고 넉넉한 마음이 가슴속으로 밀려왔다.

"이곳은 망각忘却의 강◆◆이랍니다."

자욱한 안개 속에서 낯익은 듯 낯선 음성이 귓가에 맴돌았다.

소년은 그 소리에 매료된 듯 멍하니 울림이 사라질 때까지 듣고만 있었다.

끼익…… 끼이익…….

노 젓는 소리가 안개 속을 굽이쳤다. 부서질 듯 초라한 배는 새하얀 안개 속에서 한 치 앞도 보이지 않는 물결 속으로 고요히 흐르고 있었다.

"……자신이 누구인지 아시겠습니까?"

고요함을 뚫고 다시 남자의 낮은 음성이 잔잔히 울렸다. 그의 음성은 말을 하는데도 침묵처럼 조용했다. 그 울림이 공기의 흐름을 방해하지도 않았고 청각을 거스르지도 않았다. 참 부드럽고

◆서양이나 동양이나 이승과 저승을 가르는 경계로 강의 개념을 사용하곤 한다. 불교에서는 죽은 사람이 저승으로 가는 도중에 있다는 내를 '삼도천' 또는 '삼도내'라고 부른다. 죽은 자는 죽은 지 7일이 지나면 삼도천을 건너는데, 생전의 업業에 따라 내를 건너는 어려움이 달라진다고 한다. 망자가 삼도천을 건너면 생전의 모든 기억을 잊게 되고, 강의 건너편에서는 두 명의 노인이 망자를 기다린다고 한다.
탈의파奪衣婆라 불리는 노파는 삼도천 가에 있는 의령수衣領樹라는 나무 밑에 앉아 있다가 강을 건너오는 사자死者들의 옷을 벗긴다. 함께 사는 현의옹懸衣翁은 벗긴 옷을 의령수에 걸어서 가지가 휘어지는 정도에 따라 생전에 지은 죄의 경중을 정하여 강을 건너는 삼도를 결정한다. 죄의 경중에 따라 산수뢰山水瀨, 강심연江沈淵, 유교도有橋渡 등 세 길 중 하나를 건너게 된다. 염라대왕 앞에서 생전에 한 일에 따라 심판을 받는 것은 이 삼도천을 건넌 다음의 일이다.
◆◆그리스 신화에 따르면, 현세를 미망하는 인간이 저승세계에 도달하기까지 다섯 개의 강을 건너게 된다. 비통의 강 아케론Acheron, 시름의 강 코키토스Cocytus, 불길의 강 플레게톤Phlegethon, 망각의 강 레테Lethe, 증오의 강 스틱스Styx가 그것이다. 망자는 다섯 강을 건너야 비로소 저승을 지키는 하데스의 왕국에 도달할 수 있는데, 망각의 강 레테를 건널 때 이승의 모든 기억을 잃어버리게 된다. 저승을 건너던 망자가 다시 이승으로 돌아오는 때도 이 강물을 거슬러 와야 하는데, 그 과정은 몹시도 힘들고 고된 여정이다. 이 긴 여정에 지친 자들은 레테의 강을 건널 때 대부분 강물을 마시게 되는데, 바로 이 레테의 강물이 인간의 기억을 제거해버린다. 따라서 인간들은 이전의 모든 기억을 망각한 채 현세에 다시 태어나게 된다. 힘든 여정임에도 강물을 마시지 않고 현세에 이르는 자들은 자신의 전생에 대한 기억을 갖고 태어나게 된다.

온화한 음성이었다.

소년은 대답 대신 고개를 흔들었다. 자신이 누구인지, 이곳이 어디인지, 그리고 눈앞의 남자가 누구인지, 어떤 기억도 생각도 떠오르지 않았다. 하지만 알고 싶은 마음은 조금도 없었다.

"이곳은 있지도 않고, 없지도 않은 세계랍니다. 그래서 나와 같이 있지도 않고, 없지도 않은 자들이 존재하는 곳입니다. 그대가 있어야 할 곳은 이곳이 맞는가요?"

그의 음성은 물음인지 설득인지 알 수 없었다. 소년은 생각을 해볼까 하다가 이내 그만두었다. 그 어떤 것도 떠오르지 않는데 생각을 하는 것은 고통을 동반하는 일이었다. 소년은 멍하니 커다란 손만 바라보았다. 한참의 침묵이 흐르고 나서 낮고 고요한 목소리가 들려왔다.

"가고 싶은 곳을 말씀해보겠습니까? 이 세계에서는 있지도 않고 없지도 않은, 기억 속에 묻힌 시간 속을 걸어갈 수도 있답니다."

차분하고 쓸쓸한 음성이었다. 소년에게는 그의 목소리가 마치 공기처럼 느껴졌다. 스치는 바람처럼, 자욱한 안개처럼…… 귓속에 스며드는 잔잔한 울림이었다. 그는 마치 이곳의 공간 그 자체인 것 같았다. 소년은 대답하지 않았다. 가고 싶은 곳이 없었고, 가고 싶은 곳이 생기기를 원하지도 않았다. 생각이 존재하기 전의 상황으로 돌아가는 것이라면 몰라도 그 외의 어떤 것도 바라지 않았다.

여전히 침묵만 이어지자 낮은 목소리는 더욱더 쓸쓸한 울림으로 말을 이어갔다.

"이 강에는 망각 속에 가라앉아버린 버려진 섬들이 떠돌고 있답니다. 지금 그대는 수많은 사람의 망각 속 섬들을 맴돌고 있습니다. 버려진 기억의 섬들을 다니다 보면 기억이 되살아날지도 모릅니다. 하지만 기억의 섬들을 돌고 나서도 자신이 누구인지 알지 못한다면 다시는 저 건너 이승으로 돌아갈 수 없게 됩니다."

소년은 듣고 있었지만 그 말의 의미를 깨닫지는 못했다. 그 음성은 그저 웅얼거리는 노랫소리처럼, 스쳐 지나가는 바람처럼 들려올 뿐 말속에 담긴 의미가 가슴으로 와 닿지는 않았다. 기억의 섬이 무엇인지, 망각의 강이 무엇인지, 이승으로 돌아간다는 것이 무엇인지 소년은 알지 못했고, 알고 싶지도 않았다.

"나는…… 가고 싶지 않아요. 아무것도 알고 싶지 않아요. 그냥…… 내버려두세요."

소년은 처음으로 목소리를 내보았다. 가늘고 힘없는 목소리였다. 소년은 문득 자신의 목에 손을 대보았다. 얇고 가는 목이었다. 소년은 자신의 낯선 듯 낯설지 않은 목소리도 알게 되었다. 어리둥절한 기분이 들었다.

안개 저편에 앉은 커다란 손의 주인이 그런 소년을 물끄러미 바라보는 게 느껴졌다. 아무것도 알고 싶지 않다는 소년의 말이 그를 슬프게 했을지도 모른다는 생각이 들었다.

"등 뒤를…… 돌아보겠습니까?"

안개 저편의 남자가 말했다. 소년은 무언가를 한다는 사실이 무척이나 번거롭게 여겨졌지만 결국에는 고개를 돌려 뒤를 돌아보았다. 가느다란 목을 돌려 뒤를 보았지만 아무것도 없었다. 보이는 것은 자욱하고 빽빽한 안개. 안개. 안개…… 그것이 전부였다.

"등 뒤에 새겨진 주름이 보입니까?"

그제야 소년은 남자가 보라는 것이 뒤쪽의 풍광이 아니라 자신의 등 뒤, 자신의 옷 주름임을 깨달았다. 소년은 고개를 돌려 자신의 등 뒤를 보았다. 어렵지 않게 목 아래 등 뒤의 모습이 보였다. 소년의 눈은 마치 연기처럼 둥실 떠올라 다른 사람의 등을 바라보듯 자신의 등을 바라보았다. 생각대로 소년은 위아래 모두 품이 넉넉하고 하얀 옷을 입고 있었다. 그런데 특히나 등 부분이 몹시도 구겨져 있었다.

"구겨진 주름 하나하나가 그대를 붙들고 있는 손이랍니다."

"……손?"

소년은 한참 동안 제 등을 바라보았다. 희디흰 옷 위에 다섯 개의 주름이 뚜렷했다. 옷 위에 누군가가 꼬옥 붙들고 놓지 않는 주먹 모양처럼 꼬깃꼬깃한 문양이 새겨져 있었다. 보이지 않는 투명한 손이 소년의 옷을 붙들고 있는 것처럼 정확히 다섯 개의 손자국이었다.

"그 주름들이 누구누구의 손인지 알겠습니까?"

고요한 음성을 따라 고개를 돌렸다. 커다란 손을 가진 남자를 바라보았지만 자욱한 안개 속에서 여전히 음성만 들렸다. 소년은 천천히 고개를 내저었다. 자신이 누구인지도 모르는데 등에 주름을 만든 손들을 기억할 리 없었다.

"그대를 붙들고 있는 그 손들의 주인이 누구인지 알고 싶지 않습니까?"

그 물음에 소년은 아무런 대답도 하지 않았다. 알고 싶은 듯도 하고, 알고 싶지 않은 듯도 했다. 알고 싶다고도, 알고 싶지 않다고도 감히 대답할 수 없었다.

다시 기나긴 침묵의 시간이 흘렀다.

출렁.

낡은 배가 기우뚱거리며 움직이기 시작했다. '끼이익, 끼이익' 느리게 노를 젓는 소리도 이어졌다. 검푸른 강물 위로 작은 조각배가 다시 흘러가기 시작했다.

"받으세요."

커다란 두 손이 소년에게 다가왔다. 그러고는 노를 건네주었다. 검은 강물 위로 적갈색 노가 흐느적거렸다.

"노를 저으세요. 망각의 강을 건너 버려진 기억의 섬에 닿을 때까지…… 그 하나에 닿을 때까지. 그대가 가야 할 곳이 어디인지 생각해낼 때까지……."

소년은 망설였다. 얼어붙은 것처럼 꼼짝하지 않았다. 출렁거리는 강물의 흐름을 느끼다가 천천히, 아주 천천히 손을 뻗었다. 소년의 두 손에 볼품없이 낡은 두 개의 노가 느껴졌다. 거칠게 깎인

투박한 모양새는 손잡이 부근까지 축축이 젖어 있었다.

소년은 노를 받아들고 천천히 앞뒤로 움직였다.

끼익…….

끼이익…….

두 개의 노가 차가운 강물을 헤치며 구슬피 울어댔다.

2

강물 위로는 온통 자욱한 안개뿐이었다. 코앞도 보이지 않는 안개는 눈앞의 사물을 감추는 것은 물론이고 소년의 머릿속에 있는 모든 생각과 기억도 하얗게 만들었다.

끼익…… 끼이익…….

세상은 고요하고 어떤 소리도 들리지 않았다. 차가운 강물을 헤쳐 가는 노 젓는 소리만 허한 공간에 구슬피 울려 퍼질 뿐이었다.

끼이익…….

소년은 벌써 오래전부터 이렇게 노를 젓고 있었다. 도대체 시간이 얼마나 흘렀는지 알 수 없었다. 이곳에는 어떤 시간의 흐름도 없었다. 노를 저어 힘들다거나, 팔이 아프다거나 하는 감각조차 존재하지 않았다.

소년은 그런 고요함이 자연스럽고 편안했다. 아무런 생각도 없이, 아무런 욕구도 없이 멈춘 듯한 시간의 흐름 속에 자신을 맡긴다는 것이 만족스러웠다. 하지만 문득문득 불편한 느낌이 들었다. 등 뒤에서 느껴지는 찌릿찌릿한 감각이 소년을 성가시게 했다. 맞은편 남자가 알려준 다섯 개의 주먹 모양이 소년을 거북하게 했다. 부자연스러운 감각이 느껴질 때마다 소년은 더 큰 동작으로 노를 저었다. 불편한 느낌을 떼어내려는 듯 팔을 휘저었다. 그 덕분에 작은 조각배는 멈추지 않고 어디론가 흐르고 또 흘러갔다.

그러다 문득 하얀 두 발이 소년의 눈에 들어왔다. 자신의 상처 입은 작은 발 저편에 놓인 커다란 두 발이었다. 그 남자 역시 아무것도 신지 않은 하얀 맨발이었다. 아주 단단하고 강인해 보이는 발이었다. 커다란 두 발이 안개 저편의 침묵 속에서 소년의 곁을 지키고 있었다.

'참 크구나.'

소년은 문득 그런 생각이 들었다. 제 발은 그에 비하면 반도 안 되어 보였다. 남자의 발등 위로 파리한 혈관이 튀어나와 있었다. 그의 손목과 팔뚝에 튀어나와 있던 가는 핏줄과 비슷했다.

'그러고 보니…… 누군가를 부르고 있지 않았나?'

커다란 발을 들여다보고 있자니 문득 그런 생각이 들었다. 아무 생각 없이 존재의 너머에 고요히 서 있던 소년이 최초로 느낀 자극은 누군가를 부르는 목소리였다. 누군가를 부르고 있었지만 그 이름은 듣지 못했다.

'누굴 찾고 있었던 것일까?'

소년은 아주 느릿느릿 생각을 진행시켰다. 처음에는 아무 생각도 하기 싫고 생각을 하는 것 자체가 고통스럽게 느껴지더니 차차 조금씩 꾸준하게 생각이 뒤를 이어 솟아나고 이어졌다.

'누굴 찾는다고 했지? 내가 그 이름을 들었던가?'

소년은 찬찬히 기억을 더듬어보았다. 전혀 주의를 기울이지 않은 기억 속에서 무언가를 떠올려내기가 여간 힘들지 않았다. 수십 번을 되풀이해 떠올려보다가 결국 그 이름을 듣지 못했음을 깨달았다.

'저 사람은 누굴 찾고 있었던 걸까? 어떤 이름이었지? 그러고 보니 내 이름은 뭐지?'

그제야 소년은 자신에 대해 아무것도 모른다는 사실을 깨달았다. 손과 발이 작다는 것과, 흰옷을 입고 있다는 것을 제외하면 자신에 대해 아는 것이 아무것도 없었다.

그렇더라도 상관없었다. 자신의 이름을 모른다는 사실이 지금 소년의 호기심을 크게 자극하지는 못했다. 그저 '내가 내 이름을 모르는구나' 하고 깨달을 뿐 그 이름이 무엇인지 궁금하지도, 알고 싶지도 않았다.

찌리릿.

그 순간 다시 불편한 느낌이 들었다. 등 뒤가 따끔거렸다. 소년은 어깨를 뒤틀었다. 다섯 개의 주먹을 떨어내려는 듯이. 하지만 다섯 개의 손자국은 끈덕지게 소년의 옷을 붙잡고 늘어졌다. 옷에 새겨진 주름이 말하는 것만 같았다. '더 생각해봐. 포기하지 말고. 더 생각해봐'라고.

끼이익…….

소년은 다시 노를 저었다.

'뭘 더 생각하라는 거야? 나는 알고 싶은 것도 없고, 알고 싶지도 않은 걸. 하지만 그건 좀 알고 싶어. 저 사람이 찾는 사람……그게 누구일까?'

소년은 커다란 발을 바라보았다. 가만히 멈춰 있는 두 발을 바라보자니 문득 슬픔이라는 감정이 치밀었다. 생각과 감정이 뒤엉키며 무언가가 가슴을 찌르는 것처럼 시리고 아팠다. 소년은 생각이라는 것이 무척이나 불편하고 거슬렸지만 생각의 흐름을 더 이상 막을 수가 없었다.

'내 옷을 붙들고 있는 저 다섯 개의 손자국은 대체 누구의 것일까?'

'나는 언제까지 노를 저어야 하는 걸까?'

'나는 어딜 향해 가는 걸까?'

조금씩, 조금씩 생각이 꼬리를 물고 이어졌다. 궁금한 것들이 떠올랐지만 그 어느 것에도 답할 수 없는 자신을 느꼈다. 소년의 가슴이 점점 더 답답해졌다. 그것은 고통을 동반했다.

'노를 저으세요. 망각의 강을 건너 버려진 기억의 섬에 닿을 때까지…… 그대가 가야 할 곳이 어디인지 생각해낼 때까지…….'

소년은 남자의 마지막 말을 떠올렸다. 망각의 강을 건너 섬에 닿는 방법이 무엇인지 알 수 없지만 소년의 머릿속에는 작은 의문이 끝없이 피어올랐다. 백지와도 같던 머리가 끝없이 새로운 의문을 토해내고 또 내뱉었다.

소년은 그런 생각의 조각조각이 잃어버린 기억의 섬에 도달하게 하는 유일한 방법임을 알지 못했다. 그러나 그 작은 의문들이 소년을 이끌고 있었다. 기억 속에 묻힌 시간의 틈바구니를 헤쳐 저 기억의 섬을 향해서.

끼이익…… 끼이이익…….

소년은 쉬지 않고 노를 저었다. 낡은 배는 한 치 앞도 보이지 않는 안개와 한 길 아래도 보이지 않는 강물을 헤치며 방향도 없고 정처도 없이 삐걱거릴 따름이었다. 하얗게 안개 낀 듯 아무런 생각도 떠오르지 않던 소년의 머릿속에서 느리기는 하지만 일련의 생각들이 지나치고 있었다.

끼이…….

노를 젓는 소년의 손에 무언가 다른 감각이 전해졌다. 한없이 깊은 강물을 휘저을 때와 조금 다른 감각이 손바닥을 타고 올라왔다. 문득 이 생소한 감각에 소년은 고개를 돌려보았다. 여전히 눈앞은 자욱한 안개에 휩싸여 있었다. 하지만 문득 코앞으로 바람이 스치는 게 느껴졌다.

'바람이 불었던가?'

느끼지 못한 감각이었다. 어찌 된 일인지 바람을 타고 마른 흙냄새가 났다.

끼이…….

좀 더 노를 젓자 상황이 보다 또렷해졌다. 깊디깊은 강물이 끝나고 강바닥이 얕아졌다. 소년이 젓는 노가 강바닥을 긁었다. 고요하기만 했던 조각배가 출렁거렸다. 낡은 조각배가 어딘가에 다다랐다는 생각이 들었다.

'여기가 기억의 섬인가?'

소년은 궁금했지만 입 밖에 내어 물어보지는 않았다. 배가 섬에 다다른 후에 한동안 소년도, 커다란 손의 주인도 움직이지 않았다. 소년은 강물을 거슬러 섬에 올라야 할 이유가 없었다. 하지만 섬을 향해 나아가야 한다는 막연한 생각이 그의 가슴속 저 밑바닥에서 꿈틀거렸다. 왜 그런지는 알 수 없었다. 소년은 저편의 커다란 손과 발을 물끄러미 바라보았다. 그는 여전히 움직이지 않았다. 섬에 오르는 것은 더 이상 그의 의지가 아니라는 듯. 이제 그 의지는 온전히 소년의 몫이라고 말하는 듯했다.

'지친 걸까?'

문득 그런 생각이 들었다. 이유는 없었다. 보이는 건 여전히 커다란 두 손과 두 발뿐이었다. 손과 발에 혈관이 툭툭 불거져 나온 저 남자는 힘을 잃고 무척 피곤한 듯했다. 표정도 보이지 않고 거친 숨소리도 들려오지 않았다. 그저 까닭 없이 그런 느낌이 들었다.

'가엾다. 저 사람의 몸은 온전치 못한 모양이야.'

그런 생각이 소년의 뇌리를 스쳤다. 이유를 알 수 없는 생각과 감정이 몰아치자 그대로 멈춰 있기가 힘겨워졌다. 소년은 몸을 움직였다.

잠방…….

소년은 낡은 배에서 내렸다. 물은 발목만 잠길 정도였다.

출렁.

소년의 뒤를 따라 커다란 두 발이 물가로 내려섰다. 처음 소년을 만났을 때보다 눈에 띄게 느린 동작이었다. 느낌대로였다. 그는 힘겨워하고 있었다. 소년은 이번에는 자신이 그 큰 손을 잡아 줄까 하다가 그냥 돌아섰다. 그럴 만한 유대감도, 끈끈한 친밀감도 느끼지 못했다. 무엇보다 소년은 혼자인 게 편했다.

소년은 안개를 헤치며 앞으로 나아갔다. 몇 걸음 더 나아가자 뿌옇던 안개가 사라져갔다. 그 자리에 편평한 공터와 허물어져가는 초가삼간이 나타났다. 하얀 안개에 가려져 아무것도 보이지 않던 세계와 너른 공터가 보이는 세계는 완전히 달랐다.

뻥 뚫린 세계를 바라보는 순간 '놀라움'이라는 감정이 느껴졌다. 소년은 천천히 뒤로 돌았다. 눈앞의 세계와 달리 등 뒤에는 여전히 안개가 짙게 끼어 있었다. 하얀 안개 속에서 남자의 커다란 발과 손만 흐릿하게 보였다. 여전히 그의 얼굴은 보이지 않았다.

"여긴 어디죠? 누가 사는 곳인가요?"

소년은 커다란 손의 주인에게 물었다. 어쩐지 그는 알고 있을 것 같다는 생각이 들었다.

"망각 속에 남겨진 기억의 조각입니다. 지켜보다 보면 기억의 섬이 그대의 의문에 해답을 줄지 모릅니다."

남자의 잔잔한 음성이 들려왔다. 소년은 그가 말하는 바를 제대로 알아들을 수 없었지만 어쩐지 기억의 조각이라는 것을 찬찬히 바라보아야 할 것 같았다. 왜 지켜봐야 하는지도 저 기억의 조각들이 대답해줄지 모른다.

소년은 고개를 돌려 눈앞에 펼쳐진 풍광을 찬찬히 바라다보았다. 눈앞의 공터는 낮은 대지가 아니었다. 구름이 흐르는 높은 산 머리 부근의 너른 터였다.

산인데도 울긋불긋한 가는 꽃나무 따위는 자랄 엄두도 내지 못하고 등걸이 갑옷보다도 단단한 침엽수만 빳빳한 이파리를 한껏 세운 채 날을 갈고 있었다. 심지어 강한 침엽수조차 견디기 힘들었는지 사철 푸른 잎사귀가 회백색이었다. 나무도 풀도 없이 뻘건 흙이 고스란히 드러난 산마루는 몹시도 추워 보였다.

소년은 천천히 자리에 쭈그리고 앉았다. 황막한 산어귀에서 이야기 하나가 시작되고 있었다. 그것은 오래 묵은 옛날이야기인지도 모르고, 어쩌면 소년이 알고 있는 이야기인지도 모른다. 그렇더라도 소년이 할 수 있는 일은 아무것도 없었다.

그저 고요히 바라보는 수밖에는.

제2화

짐승의 아이

1

헐벗은 산머리에는 금방이라도 무너질 것만 같은 초가집 한 채가 있었다. 깎아지른 절벽 아래 얼기설기 지은 집은 썩은 지푸라기로 대충 바람만 막아놓은 형상이었다. 매섭게 들이치는 바람에 휘청거리는 그 집에서 허리가 구부정한 노인이 나왔다. 거친 무명천으로 만든 한복을 위아래로 입은 할멈이었다. 얼마 남지 않은 숱 적은 흰머리를 돌돌 말아 비녀로 꽂은 할멈은 자글자글한 주름이 얼굴에 그득했다. 눈 밑으로 툭 튀어나온 처진 살이 그림자를 만들어서인지 몹시도 인상이 강해 보였다. 신체적으로나 외적으로나 물리적인 나이는 이미 종심從心(일흔 살)이 넘은 할멈이 분명하지만 나이에 어울리지 않게 눈빛이 매서웠다.

할멈은 문간에 세워둔 굵은 나무 지팡이에 의지해 한 발 한 발 앞으로 나아갔다. 산 아래를 굽어보는 눈이 여간 매서운 게 아니었다. 거친 바위를 뚫고 을씨년스러운 기운이 다가오고 있었다. 할멈은 산마루까지 오르는 사람의 그림자를 찬찬히 지켜보았다. 위아래로 남색 한복을 입은 초로의 남자였다. 은백색의 머리를 뒤로 질끈 묶은 남자가 날렵한 모습으로 산 위까지 올라서는 중이었다. 할멈은 남색 옷을 입은 은발의 남자가 초가로 들어설 때까지 끈질기게 쳐다보았다. 그 눈빛에는 의심이 가득했다.

남색 한복을 단정히 입은 초로의 남자는 공터에 오르자마자 할멈을 향해 고개를 숙였다.

　"이렇게 뵙게 되어 영광입니다. 주인댁 가문이 맞은 절체의 위기로 이렇게 급히 찾아뵙게 되었습니다. 거두절미하고, '그 아이'를 볼 수 있겠습니까?"

　"믿기 힘들군요. 그토록 고귀한 집안에 어찌 그런 일이 생겼단 말인가요?"

　"……면목 없는 일입니다. 미천한 액막이가 저주의 힘을 다 감당하지 못하고 집을 나가는 일이 벌어졌으니 주인댁으로서도 황망하기 이를 데 없지요. 액막이를 삼대째 끌면 안 된다는 말이 그냥 생긴 말은 아니었습지요."

　남색 옷을 입은 남자의 태도는 매우 공손하고 점잖았다. 하지만 그를 바라보는 할멈의 표정은 여전히 의구심이 가득했다.

　"내게는 이 아이가 전부요. 행여 나의 허락 없이 일을 도모했다가는 그 고귀한 집안이 풍비박산 날 수도 있음을 명심 또 명심하시오."

　할멈의 음성은 서슬이 퍼랬다. 예의상 오가는 대화가 아니라 진검을 꺼내 든 사람의 비장함이 배어 있었다.

　"여부가 있습니까. 그저 '그 아이'를 확인하려 할 뿐입니다. 아이가 탐이 나면 마땅히 그 값을 치를 것이니 걱정하실 필요 없습니다. 욕심이 난다면 원하시는 만큼, 아니 그보다 충분히 값을 치러드릴 것입니다."

"그래야지. 당연히 그래야 할 것이오!"

바람에 날리는 몇 줄기 허연 머리카락이 할멈의 주름진 얼굴을 덮었다. 남빛 한복을 입은 남자가 할멈의 신경에 거슬리지 않도록 주의하는 게 분명한데도 할멈의 날선 기세는 좀체 꺾이지 않았다.

"내 아이에 대해 다른 곳에는 절대 발설해서는 안 되오. 오늘 이후로 그대의 세 치 혀에서 나오는 모든 것을 내가 주시하고 있음을 잊지 말아야 할 것이오!"

"여부가 있겠습니까!"

"그대 주인에게도 반드시 말해두시오. 이 늙은이는 이제 잃을 것도 없소. 내게 남은 유일한 것이 저 아이요. 저 아이에 대해 가벼이 생각했다가는 이 늙은이에게 큰코다칠 것이오. 명심 또 명심하시오!"

"알겠습니다!"

그렇게 할멈은 몇 번이나 다짐을 받고 나서야 위아래로 남빛 한복을 입은 남자를 어딘가로 데려갔다. 벌겋게 드러난 산 절벽을 지나 초가의 한쪽 끝에 둘러진 거적을 들치자 어두컴컴한 동굴이 나타났다. 동굴 입구를 가린 거적은 축축하게 젖어 볼품이 없었다.

할멈은 작은 휘파람 소리를 내며 동굴 안으로 들어섰다. 남색 한복을 입은 초로의 남자도 뒤를 따랐다. 빛이 닿지 않는 깊은 동굴에서 축축한 습기가 느껴졌다. 묘한 한기가 동굴 전체에 그득했다. 한 발 한 발 안으로 들어설수록 한기는 강해졌다. 처음에는 아무것도 보이지 않았지만 차츰 어둠에 익숙해지자 조금씩 주위의 것들이 눈에 들어오기 시작했다. 동굴은 웬만한 키의 사람이라면 고개를 숙이지 않고도 다닐 정도였다. 동굴로 꽤 깊이 들어선 어느 순간 천장에서 바닥까지 굳게 박혀 있는 커다란 쇠창살이 보였다. 감옥과도 같은 쇠창살 저편에는 더더욱 깊고 어두운 세계가 존재했다.

할멈이 휘파람을 멈추었다. 동굴 안 곳곳으로 퍼져나가던 바람 소리가 멈추자 극심한 긴장이 공간을 지배했다. 초로의 남자는 깊은 어둠 속 저편을 고요히 응시했다.

"크아아아앙!"

커다란 쇠창살이 부서질 듯 휘청거리더니 시커먼 짐승이 튀어올랐다. 네 발로 창살을 부여잡은 그 짐승이 거세게 울부짖었다.

"조용히 해, 이년아!"

앙칼진 할멈의 음성과 함께 기다란 채찍이 동굴을 한 바퀴 누볐다. 짐승의 가죽으로 만든 채찍이 할멈의 손에서 번쩍거렸다. 수년간 사용되어온 이 채찍은 이미 피와 고름을 흠뻑 먹은 채 매서운 기운을 뿜어냈다. 그 모습을 바라보는 남색 남자의 눈에서 탄성의 빛이 번쩍거렸다.

"이것이 바로 짐승의 아이로군요!"

그는 황홀한 듯 창살 너머 깊은 어둠 속을 바라보았다. 기다랗고 까만 털이 사자 갈기처럼 사방으로 뻗어 있는 짐승의 온몸은 검은 털북숭이였다. 동굴 안에만 있었던 탓인지 피부색은 허옇고 푸르스름한 기운이 감돌았다. 어디서도 본 적 없는 이 야생의 짐승은 찬찬히 바라보면 사람의 행색이었다. 온몸을 감은 검은 털은 지저분하게 산발한 머리카락이고 쇠창살을 박차던 네 다리는 인간의 하얀 팔다리였다. 깊은 어둠 속에서도 시푸르뎅뎅한 빛을 반사하는 짐승의 눈은 사람의 눈동자와 닮아 있었다.

아무리 다시 보아도 그것은 사람의 몰골이었다. 사람이라는 결론을 내리기까지 꽤 많은 시간이 걸릴지도 모르지만, 그것은 결국엔 '인간' 혹은 '계집아이'로 결론지을 수밖에 없는 몰골이었다. 그것도 고작 열 살이 안 되어 보이는 어린아이였다.

2

남빛 한복을 입은 초로의 남자는 달뜬 얼굴로 짐승의 아이를 바라보았다. 그는 몹시도 탄복해서 할멈을 바라보았다.

"대단한 기운이 느껴지는군요! 정말 놀랍습니다."

"흘흘흘…… 그렇지. 저놈 하나를 만들기 위해 보이지 않는 희생이 어마어마하였지. 흘흘……."

할멈은 과장된 칭찬에 기쁨을 감추지 않았다. 그녀만의 비밀병기를 알아주는 게 썩 기분이 좋은 듯했다.

"대체 어떻게 저런 것을 만들 수 있었습니까?"

"흐흐. 무독巫毒이라는 걸세."

"무독이라고요? 고대 중국에서 전해 내려오는 주술 말입니까?"

"호오, 그대도 뭔가 아는 게로군!"

할멈도 감탄한 듯 남색 한복을 입은 남자를 쳐다보았다. 비밀스러운 방술을 알아주는 존재에 은근한 반가움을 느끼는 듯했다.

"독기를 품은 동물들이 서로서로를 죽이고 살육하다가 가장 마지막에 살아남은 놈을 쥐어짜내어 만든 담즙膽汁, 독즙毒汁, 혈즙血汁을 무독이라고 하지. 죽는 순간까지 전투를 치르다가 그 독기가 극에 달했을 때 온몸이 쥐어짜지는 고통 속에서 생즙을 짜내기 때문에 무독에 깃든 원한과 복수심은 상상을 불허할 정도로 강하지. 나는 그것에 머무르지 않고 태자혼太子魂◆을 만들었다네."

"태자혼이오?"

적절한 추임새에 할멈은 즐거워 어쩔 줄 몰라 했다. 그동안 비

◆동양 무속에서 태자혼의 방법은 어린아이의 신체 일부를 이용하여 점을 치거나 예언을 하는 것이다. 새로이 무당이 되거나 신내림을 받은 직후 새끼 무당은 예언의 정확률이나 예지력이 높다고 여겨진다. 반면 신을 받은 지 오래되고, 세상에 찌들게 되면서 점차 신기가 떨어지는 경우가 발생한다. 이에 싱싱한 아이들의 새로운 기운을 받아 신기를 높이기 위한 일환으로 태자혼의 방법이 사용되었을 것으로 추정된다. 1924년《조선사정신문朝鮮事情新聞》에 의하면 태자혼이 실제로 거행되었던 적도 있음을 시사하고 있다. '한 늙은 무당이 계집아이를 유괴, 가두어놓고 밥을 주지 않길 사흘이나 하였다. 이 굶주린 여아에게 주먹밥을 대꼬치에 끼워 내민다. 이 여아의 모든 정신력이 이 대꼬치에 옮겨졌다고 생각했을 때 칼로 이 계집아이를 쳐 죽였다. 그리고 이 소녀의 넋이 온통 옮겨진 것으로 여겨진 그 대나무 꼬치를 신체神體로 삼았다.'(이규태, 『한국인의 성과 미신』, 기린원, 1985)

42

밀리에 혼자서만 간직해온 놀라운 비술을 누군가에게 털어놓고 은근히 자랑하는 게 싫지 않은 눈치였다.

"나는 살아 있는 태자혼을 만들어냈지. 본래 태자혼이란 죽은 아이의 신체를 주술에 사용하는 것이지만 나는 살아 있는 신체神體를 만들어냈다네. 저놈 하나를 만들어내기 위해 여러 명의 어린아이가 죽었지. 모두 다 살아 있는 태자혼이 되어가는 과정을 견디지 못한 채 죽어갔지. 수많은 시행착오를 거치며 이제야 나는 살아 있는 완전한 태자혼을 만들어냈다네. 살아 있는 태자혼은 독기가 그득한 뱀과 사마귀, 독거미 등과 함께 지냈고 지독한 무독의 세계에서 살아남았네. 독기 충만한 짐승들을 싸우게 한 뒤 마지막에 남은 짐승에게서 무독의 원기를 빼내어 태자혼의 아이에게 마시게 했다네."

"믿기 힘든 일이군요!"

초로의 남자는 감탄한 얼굴로 내내 어둠 속을 응시했다. 저 앞에서 푸른 눈을 희번덕거리며 으르렁거리는 짐승의 아이는 상상할 수 없을 정도의 고행을 통해 만들어진 무기武器가 틀림없었다. 독기 서린 짐승들을 이기고 그 핵심이 되는 무독을 마시고 탄생한 계집아이는 사람의 모습이지만 절대로 사람일 수가 없었다. 그것은 사람의 모습을 한 엄청난 병기兵器임이 분명했다.

"대체 저것으로 무슨 일을 할 수 있습니까?"

"크크…… 할 수 없는 일이 무엇이냐고 묻지 그러시오."

할멈은 우스운 듯 킥킥거렸다.

철크렁…….

두꺼운 쇠가 부딪히는 소리가 들렸다. 동굴 감옥 저편에 갇힌 괴물이 움직일 때마다 나는 소리였다. 자세히 보니 아이의 사지에 두꺼운 쇠고랑이 채워져 있었다.

"저년은 내가 보고 들은 중 최상 최고의 무기요. 성가신 적敵이 있다면 목을 비틀어 죽이는 것도, 시간을 두고 괴롭히는 것도 가능하지. 그뿐 아니지. 영력을 가진 자라고 해도 감히 내 태자혼에 대적할 자는 없을 거야. 무인巫人이 가진 혼령과 신격들을 훔쳐오고 빼앗아오는 일은 물론 죽이고 비틀고 괴롭히며 저주를 내리는 일도 가능하지. 그렇게 훔쳐온 최상의 신격들이 차곡차곡 쌓이고 있는 중이네. 크크크…… 어린 짐승인데도 저 정도니 앞으로 얼마나 대단해질지 상상이 되는가?"

할멈은 이마에 주름을 깊이 새기며 스산한 웃음을 띠었다. 분명 웃고 있지만 분노하는 얼굴보다도 훨씬 더 끔찍했다. 사람이되 사람이지 못한 어린 생명이 그 앞에서 시퍼런 눈을 부릅뜨며 이쪽을 바라보고 있었다.

"저것을…… 사용해본 적이 있습니까?"

"당연하지! 온전히 체취를 머금은 물건 하나, 혹은 얼굴이 나온 사진 한 장만 있으면 누구라도 쫓아가 고꾸라뜨릴 수 있지. 아무리 멀리 있어도 말이야. 크크…… 그렇게 죽인 놈이 아주 여럿이야. 이 산, 저 산에서 유명하다고 잘난 척해대던 몇몇이 급살당한 일을 알고 있는가? 제가 모신 신이 천지신명天地神明의 높은 신격이라고 잘난 척하는 것들 몇을 나의 태자혼이 손을 봐주었지."

"그렇군요!"

감탄해 마지않던 남자의 얼굴이 점점 굳어갔다. 처음에는 몹시도 감명을 받은 것 같았던 그의 얼굴이 차츰 딱딱하게 굳어가는 것을 할멈은 미처 발견하지 못했다. 그의 얼굴에는 위험을 감지한 자의 긴장감이 있었다.

"저것이…… 저주를 대신 받아주는 액막이로서의 일을 해낼 수 있겠습니까?"

"그런 용도로 사용하기엔 한없이 아까운 짐승이지. 나의 태자혼은 저주를 막아내기보다 저주를 내리는 데 제격이야."

"역시 그렇군요."

순간 할멈의 얼굴이 화들짝 놀라 일그러졌다. 그제야 할멈은 남자가 평정을 찾은 것을 알아차렸다. 거래를 유지하고 싶은 할멈이 급하게 말을 덧붙였다.

"내 말은…… 고작해야 저주를 막는 것 따위는 저것에게 아무 일도 아니란 말일세."

"그렇군요."

"내 말은…… 그 고귀한 집안에서 저것을 데려가면 저주를 막는 것 외에도 쓸모가 아주 많을 거라는 말을 하려는 거요."

"네, 알겠습니다."

할멈은 에둘러 말하기를 포기했다. 할멈이 진실로 원하는 것이 무엇인지 드러났다. 할멈은 저 짐승을 그만 처리하고 싶은 게 분명해 보였다. 그도 그럴 것이 칠십이 넘은 할멈이 감당하기엔 과도하게 위험한 존재임에 틀림없었다. 남빛 한복을 입은 남자는 할멈의 얼굴을 지그시 바라보았다. 감정이 잘 감춰져 있는 남자의 얼굴에서 생각을 읽기는 어려웠다.

"아마…… 주인님께서는 큰 흥미를 보이실 겁니다. 하지만 불행히도 저는 들은 이야기밖에 말씀드릴 수가 없군요. 집안 어른께 짐작하는 바를 말씀드릴 수는 없는 일이지요. 직접 본 게 없으니 어찌 생각하실지……."

그는 뜸을 들이며 천천히 말했다. 할멈은 그를 매섭게 노려보았다. 눈으로 직접 확인하기 전까지는 못 믿겠다는 뜻이다. 거센 기운과 엄청난 살기를 보고도 모자라 직접 확인시켜달라는 발칙한 부탁에 할멈은 실소를 머금었다. 그럼에도 할멈은 그를 내치지 않았다. 어처구니없는 말이긴 하지만 할멈은 끔찍이도 이 괴물을 처리하고 싶은 모양이었다. 그럴 수밖에. 태자혼이 어릴 때는 그럭저럭 감당하며 지냈겠지만 시간이 지날수록 한물간 할멈따위가 다룰 만한 물건이 아니었다.

"그래, 두 눈으로 직접 확인시켜주지. 해결하고 싶은 상대가 있는가? 그 고귀한 집안에 거슬리는 적수가 있는가? 말해보시게."

할멈은 해볼 테면 해보란 듯 비꼬아 물었다. 남빛 한복을 입은 남자의 눈이 한순간 깊어졌다. 짧은 시간 동안 그의 머릿속에서 수많은 생각이 오가고 있었다.

"사진이 아니면…… 그림으로도 가능합니까?"

"그림?"

할멈의 눈썹이 치켜 올라갔다.

"어디 줘보시게."

할멈의 말에 남자는 천천히 가슴 안쪽으로 손을 밀어 넣었다. 그 안에서 차곡차곡 곱게 접힌 푸른 비단 조각이 들려 나왔다. 비단 천을 한 풀 한 풀 펼치자 조심스럽게 접힌 낡은 한지가 나왔다. 접힌 한지를 마저 펼치자 붓으로 그린 그림이 나타났다. 할멈은 그 그림을 유심히 바라보았다.

"고대로부터 내려온 주인댁의 액막이 술법을 배워간 이들이 만들어낸 괴물입니다. 멀리 바다 건너에서 몹쓸 짓으로 만들어낸 것들이지요."

그림 속에는 두 명의 여자가 들어 있었다. 둘 다 호리호리하고 길쭉길쭉한 몸태의 젊은 여자인데 조금 기묘한 데가 있었다. 그중 한 명은 호리호리한 몸에 기모노를 감고 있었다. 얼굴을 가린 가면이나 옷차림이 어디로 보나 왜년이었다. 무엇보다도 가면과 기모노 뒤로 길게 늘어진 머리카락이 무척 인상적이었다. 먹으로 그려져 있어서 더 그래 보이는지는 몰라도 모든 빛깔을 잡아먹을 듯이 칠흑처럼 검고 진했다.

가면을 쓴 여자 곁에는 머리 하나쯤 더 커 보이는 여자가 그려져 있었다. 구불구불한 머리카락이 허리 아래까지 내려오고 눈동자는 허옇게 떠 보이는데다 긴 코나 생김새가 멀리 이국의 코쟁이로 보였다. 할멈은 이 그림이 참 신기하게 느껴졌다. 검은 먹 하

나로 그려진 그림인데 이상하게도 기모노는 붉게 보이고 코쟁이
의 머리카락은 새빨갛게 느껴졌다. 그림 한 점도 예사 물건이 아
닌 게 분명했다.

"이게 누군데 그러는가?"

할멈은 날카로운 눈으로 남자를 올려다보았다. 남자의 의미심
장한 눈빛 속에 감춰진 진의가 있을 것만 같았다.

"아무리 실력을 확인하기 위해서라지만 공짜로 볼 수는 없지
요. 구경하는 값은 치르겠습니다."

남자는 대답 대신 자그마한 상자를 건넸다. 할멈은 받아든 상
자의 묵직함에 흠칫 놀라더니 이내 뚜껑을 열고 내용물을 확인했
다. 놀랍게도 할멈이 평생 구경해본 적 없는 커다란 금덩어리가
상자 안쪽에서 잠자고 있었다. 할멈의 목구멍으로 마른침이 꿀꺽
넘어갔다.

"역시…… 예의를 아는 고귀한 집안이라 다르긴 다르구먼. 그
래, 구경하는 값은 치러야지, 암. 그런 예의범절도 모르는 잡것이
많단 말이지."

"태자혼을 생각해 쉬운 상대를 고르진 않았습니다. 염두에 두
시지요."

"그럼, 그럼. 손쉬운 것들이야 말해 무얼 하겠나. 적당히 강한
것들을 붙여놓아야 저 물건의 값어치를 확인할 수 있지."

할멈은 의구심을 거둔 채 만족스러운 듯 고개를 끄덕였다. 이
정도가 구경 값이라면 계집의 값은 톡톡히 치르고도 남을 것이

다. 할멈으로서는 골칫덩이를 처리하고 돈도 벌게 되니 이보다 좋은 일은 없었다.

"그럼 이제 저것의 힘을 보여주겠네. 예서 잠시 기다리게. 좀 거친 몰골을 보게 될지도 모르니 너무 놀라진 마시게."

할멈은 씩 미소를 짓더니 구부정한 허리를 끌고 걸음을 옮겼다. 할멈은 동굴 앞에 쳐놓은 거적을 들어올렸다. 그새 어둠에 익숙해졌는지 제법 눈이 시렸다. 동굴을 빠져나온 할멈은 허물어져 가는 초가의 낡은 부엌으로 향했다. 부엌 바깥쪽에 주렁주렁 걸려 있는 마른 나물 뭉치들을 지나 땅속 깊이 묻어둔 장독으로 향했다.

할멈은 거무튀튀한 독의 뚜껑을 열고 어깨가 들어갈 정도로 깊이 손을 집어넣더니 허여멀건 생닭 한 마리를 꺼내 들었다. 그러고는 다시 구부정한 허리를 움직여 커다란 독의 뚜껑을 꼼꼼히 닫았다. 쪽박에 닭을 올려놓은 할멈은 잠시 사방을 살폈다. 지켜보는 사람이 없는 것을 확인하고는 고쟁이 속에서 하얀 약봉지를 꺼내 들었다. 겹겹이 접어둔 종이를 펼치자 하얀 가루가 한 줌 나왔다. 할멈은 생닭의 내장을 손가락으로 후벼 파고 그 안으로 하얀 가루를 조심스럽게 밀어 넣었다.

이 약이야말로 지금껏 강력한 태자혼을 부려온 방법이었다. 중독성 강한 약이 아니고서는 그 어린 계집아이를 부릴 방도가 없었다. 처음에 할멈은 태자혼의 강한 힘에 뛸 듯이 기뻤지만 날이 갈수록 문제가 심각해지고 있었다. 이제 할멈은 약물로 저것을 다스릴 날이 얼마 남지 않았음을 느끼고 있었다. 할멈은 하루라도 빨리 저 물건을 처리하고 싶었다.

할멈이 거적을 들치고 동굴 안으로 들어가자 저편 어둠 속에서 벌써 흥분한 숨소리가 들려왔다.

"흐우…… 흐…… 흐우……."

거친 숨소리는 놈의 욕망을 보여주었다. 오늘까지 아이는 사흘을 굶었다. 굶은 탓도 있지만 아이는 자신이 중독된 허연 약 가루를 기다리고 있었다. 할멈은 천천히 한 발 한 발 동굴 안으로 들어섰다. 아이와 가까워질수록 흥분된 숨소리가 점점 더 커졌다. 할멈과 태자혼 사이에 말로 다 못할 팽팽한 긴장감이 느껴졌다. 남빛 한복을 입은 남자는 그 모습을 쥐 죽은 듯 지켜보았다.

"오냐, 먹고 싶으면 또 무찔러봐라. 이번엔 이것들이다. 얼굴에 가면을 쓴 여자와 코쟁이다. 눈에 띄는 놈들이니 순식간에 찾아낼 거야. 크크크……. 보란 듯이 그것의 머리를 숙이게 해봐라!"

할멈은 생닭의 다리 한쪽을 뜯어 검은 철창 안으로 휙 던졌다.

카앙, 캉!

철과 철이 부딪히는 금속성이 동굴 안을 가득 울렸다.

아드득, 아드득.

사흘 동안 굶은 더러운 계집아이가 하얀 닭다리를 바닥에 내려놓고 짐승처럼 이로 물어뜯었다. 아이의 입안에서 닭 뼈가 부서지고 갈라졌다. 아이는 다리에 붙은 살과 그 살에 붙은 하얀 가루만으로는 만족하지 못했다. 다리 쪽에는 아이가 원하는 그 허연 약이 찔끔 묻은 게 전부였다. 아이는 배가 고팠다.

"크아앙!"

검은 머리를 산발한 아이가 철창에 매달렸다. 온몸을 뒤덮은 머리카락과 갈가리 찢긴 거적때기 사이로 파리한 팔다리가 보였다. 그것은 매서운 얼굴로 할멈을 향해 이를 내보였다. 부족하다. 더 많이 달라는 말을 짐승의 언어로 내뱉고 있었다.

"그래그래, 더 주마. 더 줄게. 먹고 싶겠지? 그러면 먼저 처리해야 할 것이 있다. 자, 이걸 봐라."

그 순간 할멈은 아이를 향해 그림을 내보였다. 그림 속의 두 여자를 찬찬히 확인하던 짐승의 아이가 목 깊숙이 울음소리를 냈다. 아이는 동굴 구석으로 몸을 움직였다. 그러고는 온몸을 웅크렸다. 전기에 감전된 것처럼 산발한 머리를 휙휙 돌리더니 곧 미동도 없이 조용히 몸을 숙였다. 가만히 숨을 죽인 아이의 눈꺼풀이 하얗게 뒤집어졌다.

"처리할 것들을 찾는 거요. 저 짐승은 몇 가지 특징이나 생김새만으로 정확히 찾아내는 재주가 있다오."

할멈은 태자혼의 아이에게서 눈을 떼지 않고 말했다. 한참 동안 웅크리고 있던 짐승의 아이가 드디어 무언가를 느꼈는지 맹렬히 고개를 흔들기 시작했다. 순간 할멈의 입가에 스산한 미소가 스쳐 지나갔다. 목표한 바를 찾은 게 틀림없었다.

"우우우……."

아이가 깊은 울음소리를 뽑아냈다. 자신의 힘을 한껏 이끌어내기 위한 준비운동과도 같은 행동이었다.

"우우우우!"

짐승의 소리가 한 옥타브 높아졌다. 태자혼이 목표를 만나 영력을 끌어모으는 것이 분명했다. 태자혼에게는 시간과 공간의 제약이 없었다. 아이는 제 정신력으로 어디에 있는 어떤 대상이건 순식간에 찾아가 멱을 비틀어버릴 수 있었다. 물리적인 싸움이 아니니 태자혼에게 희생되는 것은 상대의 영혼이었다. 영혼이 훼손되고 죽음에 이르니 그 어떤 증거도 남지 않았다. 이토록 완벽한 무기가 있을까! 할멈의 입가에 잔혹한 웃음이 번졌다.

"크르르르……."

짐승의 아이는 날카로운 이를 번쩍이며 상대편을 위협했다. 상대방의 급소를 공격하기 위해 그의 온몸에 드리워진 영기靈氣를 훑어보고 있는 것이리라.

"크아아아앙!"

날카로운 울음소리와 함께 아이의 몸이 공중으로 펄쩍 뛰어올랐다. 순간 그 몸 위로 영적인 번쩍임이 강하게 일었다. 공격하기 위해 영력을 한층 더 끌어올린 것이었다. 아이는 마침내 허공의 상대방을 향해 매서운 이를 내리꽂았다.

"옳거니!"

할멈은 처음부터 매섭게 공격해대는 짐승의 아이에게 흐뭇한 웃음을 보였다. 아마도 그림 속의 두 여자는 영문도 모른 채 괴상한 영체靈體에 놀라 자빠질 지경일 것이다. 자신이 왜 이런 꼴을 당해야 하는지, 도대체 상대방의 정체가 무엇인지도 모르고 죽을 힘을 다해 방어하다가 결국 죽어갈 것이다.

"발버둥을 쳐보라지. 아마 혼이 다 빠졌을 거다."

할멈은 우스운 듯 킥킥거렸다. 놀라 까무러치는 얼굴을 상상하니 우습기만 했다.

"크어어어엉!"

그런데 이게 웬일인가! 말도 안 되는 일이 눈앞에서 벌어졌다. 날카롭게 공격하던 태자혼이 갑자기 무언가에 감전된 것처럼 사지를 떨기 시작했다. 그러더니 두 손 두 발을 천장으로 세우고 벌벌 떨어대는 게 아닌가! 기습 공격에 당황해야 할 상대편이 놀랍게도 태자혼에게 공격을 가한 것으로 보였다.

할멈의 얼굴에서 핏기가 사라졌다. 할멈은 허옇게 눈을 뜨고 동굴 한쪽에 있는 듯 없는 듯 서 있는 남색 옷차림의 남자를 바라보았다. 그는 도대체 속을 알 수 없는 표정으로 모든 광경을 주시하고 있었다.

"이, 일어나! 일어나란 말이야, 이년아! 생닭을 뜯고 싶으면 그 잡것들을 얼른 무찌르고 오란 말이다!"

할멈의 음성이 갈라졌다. 자신의 태자혼을 저렇게 쉽게 튕겨낸 자는 처음 보았다. 알 수도 없는 영체의 공격을 받고 혼비백산해야 할 상대편이 오히려 짐승의 아이에게 공격을 가하다니, 이건 말이 되지 않았다. 할멈은 미친 듯이 생닭을 흔들어댔다.

"크아아앙!"

뒤쪽으로 떨어져나갔던 짐승의 아이는 곧 몸을 추슬렀다. 아이의 눈에서 푸른빛이 번쩍였다. 이제 닭이 문제가 아니었다. 예상치 못한 공격에 아이의 마음에서도 분노가 일어났다. 아이는 등을 동그랗게 구부렸다. 그것은 구석에 몰린 쥐를 잡기 위해 등을 말고 포획의 순간을 기다리는 고양이의 모습과 흡사했다.

"크으으……."

짐승의 아이는 동그랗게 몸을 오그린 채 공격의 순간을 기다렸다.

"크아아앙!"

아이는 날카로운 울음을 내지르며 다시 한 번 공중으로 뛰어올랐다. 검고 뻣뻣한 머리카락을 휘날리고 날카로운 이를 드러내면서 매섭게 내달렸다. 저편의 상대를 향해 온몸을 내던진 게 분명했다.

터억!

순간 짐승의 아이는 허공에 있는 무언가를 덥석 물었다. 상대편의 약점을 놓치지 않고 덜미를 잡은 것이리라.

"옳거니!"

할멈은 안도의 한숨을 내쉬었다. 하지만 그 순간이었다.

"끄아악!"

짐승의 아이는 비명을 지르며 허공 속에서 무너져 내렸다. 비쩍 마른 아이의 사지가 화살처럼 퉁겨지더니 동굴의 암벽 위로 무너졌다. 강한 충격을 받은 태자혼의 몸이 벽 아래로 떨어졌다. 동시에 고통의 비명 소리가 동굴 안에 굽이쳤다.

"이게 어찌 된 일이여!"

할멈의 얼굴이 새하얗게 질려버렸다. 이런 말도 안 되는 일이 할멈의 눈앞에서 벌어지고 있다는 사실을 믿을 수가 없었다. 온 세상의 것들을 다 무찌를 줄 알았던 자신의 태자혼이 여지없이 무너지고 있다는 사실을 죽어도 믿을 수가 없었다.

지금껏 저 아이를 이용해 강하다고 소문난 무당들에게도 덤벼보았다. 그리고 결국에는 그들의 신을 죄다 굴복시키고 태자혼의 것으로 훔쳐왔다. 온갖 독기 어린 놈들을 싸우게 하고, 그 정기로부터 뽑아낸 무독을 먹인 태자혼이었다. 강력한 저주와 주술의 힘까지도 손에 거머쥔 태자혼이었다. 그런 짐승이 처음부터 여지없이 무너지고 있다는 사실을 할멈은 믿을 수가 없었다. 인간인 이상 이런 일은 벌어질 리 없었다.

할멈은 다시 흘끗 남색 한복 차림의 남자를 바라보았다. 그의 눈이 비웃는 것처럼 느껴졌다. 이대로 가다가는 거래가 물거품이 되고 만다. 저년을 처리하지도 못하고, 평생 만져볼 수 없는 큰돈을 거머쥐지도 못한다. 할멈의 마음이 다급해졌다.

"죽여! 이년아! 네가 그것들을 죽이지 못하면 내 손에 죽을 줄 알아라! 싸워, 싸우란 말이다! 죽여버려라!"

촤아악!

할멈은 고통에 찬 신음을 토해내는 짐승을 향해 가죽 채찍을 휘둘렀다.

"크아아앙!"

짐승의 아이는 알고 있었다. 가죽 채찍이 얼마나 고통스러운지를, 그리고 할멈이 원하는 대로 되지 않으면 치러야 하는 대가가 얼마나 큰지를. 그 끔찍한 대가를 치를 바에는 싸워 이겨야 했다. 짐승의 아이는 비틀거리는 몸을 다시금 일으켜 세웠다. 갈 수 있는 길은 하나, 적을 물리치는 길밖에 없었다.

"크아아아앙!"

짐승의 아이는 날카롭게 소리치며 상대편을 향해 바람처럼 달려들었다. 그러나 그 순간 본능적으로 위험신호를 감지했다. 그 것은 할멈의 채찍만큼이나, 아니 할멈의 채찍보다 훨씬 더 강한 고통과 위험을 동반한 느낌이었다.

"캬아아앗!"

상대를 향해 내달리던 짐승의 아이 몸이 부채꼴마냥 잽싸게 휘어졌다. 그 순간 구부린 몸의 앞쪽으로 차가운 바람이 휘잉 하고 지나갔다.

"허억!"

직접 볼 수는 없지만 그 순간 엄청난 영적 공격이 태자혼을 향해 날아갔음을 할멈은 똑똑히 느낄 수 있었다. 만일 태자혼이 몸을 휘지 않았더라면 아이의 몸은 엉망이 되었을지도 모를 일이었다. 두말할 필요 없이 엄청난 상대였다. 갑작스러운 영체의 공격에도 전혀 당황하지 않고 곧바로 어마어마한 공격을 퍼부어대는 적의 실체는 상상을 초월하는 것이었다. 할멈은 시뻘겋게 타오르는 눈동자로 남빛 한복 차림의 남자를 노려보았다. 그의 입술이 삐죽 한쪽으로 기울어져 있었다.

"자네…… 잘도 이런 것을 처치하라고……."

할멈은 그림 속의 두 여자가 상상할 수도 없을 만큼 어마어마한 상대임을 깨달았다. 그리고 이 교활한 남자에게 완전히 속아 넘어간 것도 알아챘다. 이건 짐승의 아이를 확인하는 정도가 아니었다. 지금껏 의뢰받은 그 어떤 적보다 강한 두 명을 눈앞에 들이민 것이었다.

"돌아와라! 당장 싸움을 그만두고 돌아와!"

할멈은 즉시 아이를 향해 소리쳤다. 계속 둘을 상대하다가 귀하게 얻은 짐승의 아이가 내상을 입어서는 안 될 일이었다. 소중한 상품을 이대로 다치게 할 수는 없었다.

"크, 크으으……."

어쩔 줄 모르고 머뭇거리던 아이가 숨을 헐떡였다. 아이의 몸이 위아래로 펄쩍 뛰어오르더니 먼 곳으로 이동했던 자신의 영혼을 되돌렸다.

"크으으……."

아이는 또다시 크게 몸을 떨었다. 무언가로부터 쫓기는 듯 급박한 표정을 짓더니 시간이 지날수록 격한 숨과 맹렬한 움직임이 잦아들었다. 그리고 어느 순간 아이는 산발한 검은 머리카락을 좌우로 흔들어댔다. 아이가 머리카락을 맹렬히 흔들어대는 것은 현실 세계, 바로 동굴 안의 세계로 되돌아오는 것을 의미했다.

"잘 보았습니다. 이 모습 그대로 주인님께 전해드리겠습니다. 감명 깊은 모습이었습니다. 마저 값을 치르지 않을 수 없군요."

남빛 한복 차림의 남자는 눈을 매섭게 치켜뜬 할멈 앞에서도 흐트러짐 없이 말했다. 그는 적선을 하듯 할멈 앞에 묵직한 금덩이 하나를 더 던져두고 이내 동굴 밖으로 나섰다. 할멈은 남자의 등을 날카롭게 노려볼 뿐, 어쩔 도리가 없었다.

금덩이 두 개를 멍하니 바라보던 할멈이 굽은 허리를 일으켜 세웠다. 할멈의 몸이 노여움으로 이글이글 타올랐다. 저 교활한 하인 놈에게 속았다는 사실보다 자신의 모든 것인 태자혼이 실패 했다는 사실이 더 분했다. 할멈은 동굴 안쪽을 노려보았다. 깊은 어둠 속에서 산발한 아이가 온몸을 둥글게 모은 채 덜덜 떨고 있었다.

"썩어 문드러질 년!"

촤아아악!

할멈은 채찍을 휘둘렀다. 아무리 강한 상대가 둘이었다 하더라도 온 힘을 다해 만들어낸 최고의 태자혼이 힘겹게 싸우다 도망 쳤다는 사실에 할멈의 기분이 상할 대로 상해버린 것이었다. 태자혼은 열 살도 안 되는 아이이고, 상대방은 성숙한 두 여인이라는 것도 이유가 되지 않았다.

"오늘은 아무것도 없다! 네년, 앞으로 며칠간은 물 한 모금 안 줄 테니 그리 알아라!"

힘이란 힘은 죄다 뺀 아이에게 너무나 가혹한 말이었다. 그러나 그게 다가 아니었다. 또 하나의 대가가 남아 있었다.

촤아아악! 촤아아악!

온 동굴에 날카로운 채찍 소리가 울려 퍼졌다.

"끄아아아악!"

가엾은 아이의 고통 어린 울음이 채찍 소리에 뒤섞였다. 할멈의 분노가 사그라질 때까지 채찍질은 멈추지 않았다.

고작해야 열 살도 안 되어 보이는 계집아이는 할멈에게 발견되지 않았다면 전혀 다르게 살았을 것이다. 만일 아이가 부모의 품에서 자랐다면 지금쯤 또래 아이들과 함께 들판에서 뛰놀고 있을 것이고 부모와 형제자매의 보살핌을 받았을 것이다. 고이고이 귀한 자식으로 호강하며 살고 있을지도 모르는 일이었다. 그러나 이곳에서 아이는 사람이 아니었다. 인간이 아닌 짐승이었고 도구였다. 싸움닭이었고, 싸움개였다. 그저 지면 죽임을 당하거나 버려지는 가엾은 짐승에 지나지 않았다.

3

매서운 채찍 소리는 한참이 지나서야 잦아들었다. 채찍 소리가 잦아들 즈음 이미 가엾은 짐승은 꿈틀거릴 힘도 남아 있지 않았다. 짐승의 아이는 피범벅이 되어 끙끙거리는 신음조차 토해내지 못했다.

"퉤엣!"

할멈은 동굴을 빠져나가며 크게 침을 뱉었다. 아무리 아이를 때리고 가해를 해봐도 영 기분이 나아지지 않았다. 소중한 거래의 기회가 달아나버렸다. 약으로 달래고 채찍으로 후려쳐서 말을 듣게 하는 것도 얼마 동안이나 가능할지 알 수 없다. 아이의 머리가 커지면 커질수록 위험한 짐승으로 변할 게 뻔한데, 이런 기회가 언제 다시 찾아올지 기약할 수 없었다.

휙!

할멈은 핏물이 잔뜩 묻은 기다란 가죽 채찍을 내던졌다. 그리고 꿈틀거리는 아이를 내버려둔 채 동굴 밖으로 나왔다. 생각할수록 열이 받쳤다. 양손에 묵직한 금덩이가 생겼지만 그 고귀한 집안의 교활한 늙은 하인을 생각하면 위가 뒤틀렸다. 놈은 이 물건을 보고 이미 결정한 게 틀림없었다. 태자혼이 공격의 물건은 될지언정 그 집안에 필요한 액막이는 될 수 없다는 것을. 그러기엔 넘치고도 남는다는 것을.

"칵, 퉤! 요망한 놈!"

할멈은 속에서 치밀어 오르는 가래를 땅바닥에 내뱉었다. 아이에게 먹이려던 생닭도 한쪽에 던져놓았다. 개운치 않은 생각이 할멈을 괴롭혔다. 아무리 생각해도 그 집사인지 하인인지가 거슬렸다. 놈이 그림 속의 여자들을 들이민 것도 수상쩍었다. 괜히 그냥 그림을 내민 게 아니라는 생각이 들었다. 무슨 속셈인가. 할멈의 눈이 가늘어졌다.

"이게…… 뭣이여?"

할멈은 이상한 기운에 머리카락이 쭈뼛 섰다. 산을 향해 다가오는 무언가가 느껴졌다. 그냥 보통 사람이 아니었다. 아주 이상한 기운이었다. 그렇다고 아까 왔던 그 남자의 인기척도 아니었다. 그런 놈과는 비교조차 되지 않을 정도로 섬뜩하고 무시무시한 느낌이었다. 칠십 할멈의 모골이 송연해질 정도로 끔찍한 느낌이었다. 할멈은 굽은 허리를 이끌고 서둘러 산마루에 올라섰다. 산 아래쪽이 훤히 내려다보이는 곳에 서는 순간 할멈은 눈앞에 펼쳐진 광경에 지독히도 놀랐다.

"어떻게 이런 일이……!"

놀라운 일이 눈앞에서 벌어지고 있었다. 할멈의 눈에 저 아래 산 중턱에서 움직이는 새빨간 무언가가 보였다. 마치 붉은 점처럼 느껴지는 그것은 흔들거리는 꽃잎과도 같았지만 이 회백산에는 꽃이 자라지 않았다. 푸른 잎조차 없는 헐벗은 대지에 붉은 꽃 따위는 사철 내내 볼 수가 없었다.

그 붉은 점이 일렁일수록, 그리고 점점 가까워질수록 그것이 새빨간 기모노를 입은 긴 머리의 여인임을 할멈은 똑똑히 알 수 있었다. 믿을 수 없는 일이 눈앞에 펼쳐졌다.

할멈은 내던졌던 생닭을 다시 집어 들었다. 그러고는 서둘러 동굴 안 짐승의 아이에게로 달려갔다.

"먹어라!"

할멈은 아이를 향해 생닭을 던졌다. 채찍에 맞아 널브러져 있던 아이가 벌떡 일어섰다. 앞으로 며칠간은 꼼짝없이 굶겠구나 싶던 어린 짐승은 영문도 모른 채 허겁지겁 먹이를 받아 물었다.

"어떻게 알았지? 어떻게 여기에 있다는 걸 알았지?"

할멈은 짧은 손톱을 깨물며 서성거렸다. 지금껏 이곳을 알아낸 자는 없었다. 순식간에 영적인 공간 이동을 했다가 되돌아오는 태자혼을 뒤따라올 수 없었기 때문이다. 태자혼 자체가 영적 이동만 하기 때문에 그 장소에는 어떤 증거도 단서도 남지 않는다. 때문에 여간한 능력자라도 태자혼을 뒤따르기란 불가능한 일이었다. 그런데…… 저 괴상한 붉은 기모노 여인은 그런 태자혼의 위치를 파악한 것은 물론이거니와, 시간이 얼마 흐르지도 않았는데 벌써 이 산을 오르고 있었다. 할멈은 자신의 두 눈으로 붉은 기모노 여인을 확인하고도 믿기 힘들었다. 치밀어 오르는 공포감이 할멈의 심장을 서늘하게 했다.

"아니다, 두려워할 것 없다. 뭣도 모르고 예까지 찾아왔지만 네 년이 무덤을 찾아온 거다. 여긴 회백산이 아니더냐! 아무리 강한 년이라도 태자혼의 먹이가 될 것이야!"

할멈은 스산한 웃음을 내비쳤다. 공포로 혼란스럽던 머리가 제정신을 찾는 것 같았다. 이곳 회백산은 웬만한 영력자도 엄청난 혼기魂氣에 정신 차리기가 힘든 터가 센 곳이다. 태어나 지금껏 이곳에서 자라온 짐승의 아이는 그런 회백산에 한없이 익숙했다. 아까 다툰 곳은 태자혼에게 낯선 장소인데다 영혼만 나갔다 왔으니 아이에게 불리한 조건이었다. 하지만 회백산에서 싸우는 이상 태자혼이 질 리가 없었다.

"크크크……."

할멈은 짐승의 아이에게 다가갔다. 짐승의 아이는 할멈이 변덕을 부려 음식을 빼앗아갈지도 모른다는 불안감을 느꼈는지 게 눈감추듯 생닭을 뜯어 먹고 있었다.

철컹!

할멈은 감옥과도 같은 우리의 문을 열었다. 그러고는 불안한 눈동자로 할멈을 쳐다보는 짐승의 아이에게 다가갔다.

철커덩!

잠시 후 어린 짐승의 두 다리에서 차가운 쇠고랑이 벗겨졌다.

"오우우우!"

차갑고 무거운 쇠고랑이 두 발에서 풀려나가자 어린 짐승은 기쁨의 울음을 토해냈다. 작은 체구에 비해 쇠고랑은 터무니없이 크고 무거웠다. 그런 쇠고랑이 벗겨지자 짐승의 두 다리는 하늘을 날 것처럼 가뿐했다.

"오냐, 오늘은 오랜만에 실컷 싸우게 해주마! 실컷 날뛰게 해주마!"

할멈은 기뻐 날뛰는 어린 짐승을 향해 웃음 지었다. 결과는 불을 보듯 뻔했다. 꽤나 괜찮은 상대를 만났지만 아마도 싸움이 오래가지는 않을 것이다. 다가오는 것은 붉은 기모노를 입은 왜년 하나다! 일대일의 싸움이라면 태자혼이 질 리 없고, 더욱이 이곳

회백산에서라면 더 말할 나위도 없었다.

"아까 그년이 이곳을 찾아왔다. 어떻게 알아냈는지 모르지만 이번엔 아예 그년의 숨통을 끊어버려라! 그러면 네가 원하는 고기를 실컷 먹여주마!"

"오우우우!"

어린 짐승은 날듯이 뛰었다. 동굴의 윗부분에 머리를 찧을 정도로 기뻐 날뛰었다. 그리고 순식간에 창살 너머로 달려 나갔다. 두 다리가 차가운 쇠고랑에서 벗어났다는 해방감에 채찍의 고통 따위는 완전히 잊어버렸다. 아이는 마지막으로 흘끗 할멈을 돌아본 뒤 동굴 밖 바깥 세계를 향해 내달렸다.

할멈은 조심스럽게 태자혼이 빠져나간 동굴 바깥으로 고개를 내밀었다. 붉은 기모노 여인이 벌써 너른 공터까지 올라와 있었다. 할멈의 태자혼은 그 여자 주변을 어슬렁거리며 공격할 순간을 재고 있었다.

그림 속에서 짐작했던 대로 여자는 호리호리한 몸에 붉은 기모노를 감고 있었다. 여자의 등 뒤로는 허리 아래까지 머리카락이 출렁이고 있었다. 머리카락은 그녀가 움직일 때마다 검은빛으로 찰랑거렸다. 그림에서 느꼈던 그대로 모든 빛을 빨아들일 것만 같은 깊고 깊은 흑단 빛깔이었다. 여자의 호리호리한 몸은 붉은 비단 천에 감싸여 있었다. 그것은 눈이 시릴 만큼 붉은 핏빛의 기모노였다. 그것은 마치 산 사람의 핏물로 고스란히 물들인 것처럼 붉었다. 게다가 붉디붉은 핏빛의 옷가지에는 점점이 새겨진

64

붉은 벚꽃의 잔무늬가 아롱거렸다. 여자가 한 걸음 내디딜 때마다 그 벚꽃 무늬가 사르르 바람을 타고 흘러내리는 것 같았다.

무엇보다도 눈길을 끄는 건 여자의 얼굴이었다. 무엇이 그렇게 비밀스러운지 모르지만 여자의 얼굴은 새하얀 가면으로 가려져 있었다. 짤따란 눈썹과 찢어진 눈꼬리, 그리고 새빨간 입술이 새겨진 그 가면은 도자기처럼 하얗고 차갑게 느껴졌다. 걷는 모습이나 몸의 굴곡을 보면 분명히 젊디젊은 늘씬한 여자의 모습이었다.

따스한 태양이 내리비치고 있었다. 동굴 밖 세상에는 짐승의 아이가 느끼지 못하는 따스한 기운이 있었다. 태어나서부터 지금껏 동굴에 갇혀 자란 짐승의 아이는 그 따뜻한 기운이 어색하면서도 좋았다. 부스스한 머리털 곳곳으로 노란 열기가 파고들어 간지러웠다. 게다가 오늘은 생전 처음 쇠고랑도 없이, 쇠 목줄도 없이 세상 밖으로 나섰다. 그 어떤 장애물도 없이 온전히 태양 아래에 섰다. 바람이 솔솔 불어와 목 언저리를 간지럽히고, 눈부신 태양은 눈두덩을 간질였다. 짐승의 아이는 금방이라도 날아갈 것처럼 온몸이 가벼웠고 영적인 충만감도 절정에 달할 지경이었다. 방금 전까지 얻어맞은 채찍의 아픔도 말끔히 잊어버렸다.

시간이 얼마 지나지 않아 짐승의 아이는 밝은 햇살에 적응한 뒤 등을 바짝 세운 상태로 붉은 기모노 여인을 관찰했다.

휘이이잉…….

봄바람이 짐승의 아이 머리를 스쳐갔다. 그것은 달콤한 향기가 담뿍 배어 있는 바람이었다. 생전 처음 맡아보는 달콤한 바람이었다. 짐승의 아이는 스쳐 지나간 바람을 향해 고개를 돌렸다.

파사사사…….

그 순간 아이는 두 눈을 크게 뜨지 않을 수 없었다. 달콤한 바람은 붉은 여인으로부터 흘러나왔다. 너른 공터에 꼿꼿이 선 붉은색 여자로부터 분홍빛 꽃잎들이 흩날렸다. 그 꽃무리에서 달콤한 향기가 풍겨져 나왔다.

"우…….."

짐승의 아이는 이렇게 아름다운 광경을 본 적이 없었다. 꿈속에서나 있을 법한, 아니 꿈에서조차 보지 못한 아름다운 모습이 눈앞에 있었다. 짐승의 아이는 세차게 고개를 흔들었다.

부르르…….

제멋대로 헝클어진 검은 머리를 한 차례 흔든 아이는 자신이 본 것이 과장되어 있었음을 깨달았다. 흩날리던 분홍 꽃잎들은 여자의 붉은 기모노에 새겨진 작은 벚꽃 잎이었다. 꽃잎도, 바람에 날리는 향기로움도 모두 과장되었다는 걸 깨달았다. 그러나 푸르른 하늘 아래 밝은 빛을 받고 서 있는 붉은 기모노 여인의 모습은 아이가 착각할 수밖에 없을 정도로 아름다웠다. 그녀의 얼굴 위에 씌워진 새하얀 가면까지도 한없이 아름다워 보였다.

"우…….."

짐승의 아이는 세상에 태어나 그렇게 아름다운 것을 본 적이 없었다. 하지만 아이는 그녀를 처단하지 않을 수 없었다. 그녀를 죽이지 않으면 할멈의 분노를 감당해낼 수가 없기 때문이었다. 먹이와 약에 길들여진 아이에게 할멈의 명령은 유일한 삶의 이유였다. 그것을 거역한다는 것은 상상할 수도 없고, 그 끝은 끔찍하고 잔혹한 고통이라는 것을 알고 있었다.

"우어어어어!"

아이가 공중으로 펄쩍 뛰어올랐다. 아이의 날카로운 이와 손톱이 푸르른 하늘 위의 새빨간 꽃무리로 향했다. 아이의 사지로 한 꺼풀의 영기가 번져나갔다. 아이의 몸을 휘덮으며 나타난 것은 매서운 승냥이의 영령이었다. 그것은 태자혼에 의해 지금껏 죽어나간 수많은 동물 중 하나의 영령이자 무독의 성분이었다. 공중으로 번쩍 뛰어 오른 짐승은 한 마리 배고픈 승냥이였다.

"캬아아앗!"

배고픈 승냥이의 코앞에 달콤한 살 냄새가 가까워졌다. 생전 맡아본 적이 없을 정도로 달콤한 냄새였다. 짐승은 날카로운 이를 들이밀며 붉은 여인의 새하얀 살결을 향해 달려들었다.

파아앗!

그러나 매섭게 몰아치는 승냥이의 얼굴은 딱딱한 무언가에 부딪히며 왼쪽으로 틀어졌고, 그 딱딱한 것이 스르르 펼쳐지면서 원래 목표와 동떨어진 왼편 하단의 맨땅으로 떨어져버렸다.

"크르르르……."

성난 승냥이는 붉은 꽃잎을 노려보았다. 붉은 여인의 오른손에 분홍 벚꽃 잎이 섬섬히 새겨진 부채가 너울너울 춤추고 있었다.

"크아아아아!"

자신을 쳐버린 것이 겨우 약해빠진 부채였음을 알아챈 짐승은 더욱더 맹렬한 울음을 내지르며 붉은 여인을 향해 달려들었다. 단검보다도 날카로운 발톱과 송곳보다도 날카로운 이가 여인의 붉은 기모노 안쪽으로 파고들었다.

"캬아아악!"

분명코 여인의 속살에 이를 꽂은 듯했건만 그 순간 짐승의 눈앞에 떠오른 것은 사방으로 퍼지는 붉은 피가 아니라 번쩍하는 불꽃뿐이었다. 짐승의 아이가 정신을 차렸을 때는 이미 붉은 여인이 반대편으로 훌쩍 넘어간 뒤였고, 아이의 사지는 엉뚱한 바위만 조각내버렸다.

"과연, 대단하구나. 예언의 아이답구나."

붉은 여인이 낮게 중얼거렸다. 여자는 감탄했지만 아이는 여인의 옷자락도 건드리지 못하고 있었다. 여인의 감탄이 오히려 비웃음처럼 쓰리게 느껴졌다.

"크아아아!"

성난 짐승의 울음이 사방으로 포효했다.

화르륵!

시뻘건 불꽃이 아이의 전신을 휘감았다. 보통 사람들의 눈에야 흥분한 모습으로밖에 보이지 않을 테지만, 불꽃과도 같은 맹렬한 영기가 아이의 사지를 휘감은 것이었다. 불꽃처럼 타오르는 것은 맹수의 제왕인 호랑이의 영기였다.

"어흐응!"

산과 숲의 제왕이 크게 분노하여 눈앞의 먹이를 덮쳤다.

"크허어어엉!"

천지 초목이 얼어붙을 만치 무시무시한 울음을 내뿜으며 제왕은 붉은색의 먹이를 향해 달려왔다. 이어 그 무시무시한 앞다리로 가녀린 먹이를 내치고, 그 날카로운 이로 먹이의 심장을 파고들었다.

"허이야앗!"

여자의 날카로운 음성이 터져 나왔다.

찌이이이익!

숲의 제왕, 그 날카로운 발톱에 무언가 느낌이 전해져왔다. 그러나 분명 잡았다고 생각했던 먹잇감이 어느새 제왕의 품에서 풀쩍 떠나가고 있었다. 맹수의 발톱에는 붉은 실올 몇 가닥만 남아 있을 뿐이었다.

"크아아앙!"

제왕은 분노에 찬 울음을 터뜨렸다. 겨우 실오라기만 붙잡았다는 사실에 분노하고 있었다. 한편 새빨간 기모노 여인은 찢겨나간 붉은 옷소매와 산발한 짐승의 아이를 번갈아 보며 놀라워했다. 분명 그녀의 눈에는 경탄의 빛이 어려 있었다.

"놀랍구나, 아주 대단해!"

그녀는 겨우 몇 오라기도 되지 않는 붉은 실을 거머쥔 짐승의 아이를 향해 감탄사를 연발했다. 아이는 거친 분노의 포효를 해댔다. 그러나 지금껏 그녀의 옷깃을 스쳐본 인간이 거의 존재하지 않는다는 사실을 안다면 짐승의 아이도 그처럼 분노하지는 않을 것이다.

"쿠와아!"

거친 호랑이의 포효가 다시 공중으로 퍼져나갔다. 바로 눈앞에 붉은 기모노 여인이 다가왔다. 사나운 제왕의 사지가 그 붉은 꽃무리를 짓밟는 순간이었다.

파아앗!

매섭게 달려드는 호랑이의 정면을 다시 하늘거리는 부채가 막아섰다. 가늘고 여리게만 보이던 부챗살이 아이의 정면에 부딪친 순간 채찍으로 얻어맞는 것보다 더한 아픔이 온몸으로 저릿저릿 번져나갔다.

"크르르르……."

고통으로 상기된 아이와 달리 여전히 여유로운 모습의 붉은 여인은 얄밉게 부챗살을 펄럭거리며 달콤한 바람을 만들어냈다.

"아주 훌륭하구나, 아가야. 예언의 아이답다. 그러나 아직 내게 덤빌 실력은 아니 되는구나. 누구보다도 그걸 잘 아는 건 너! 이제 그만두어라. 나의 연민이 남아 있을 때."

"크르르르……."

아이는 알고 있었다. 그리고 아이의 안에 있는 짐승의 영혼들도 알고 있었다. 아이에겐 승산이 없었다. 아이는 이 여자를 상대로 무슨 짓을 해도 질 수밖에 없다는 것을 본능적으로 알고 있었다. 그녀는 도저히 상대할 수 없는 막강한 적이었다. 그러자 갑자기 공포감이 엄습해왔다. 호랑이의 영혼은 사라져갔고, 짐승의 아이는 자신도 모르게 뒷걸음치고 있었다.

그 순간이었다. 저 멀리서 무시무시한 호통 소리가 들려왔다.

"네 이년, 죽을 줄 알아라! 이기지 못하면 죽을 줄 알아! 내 손에 죽기 싫으면 무슨 수를 써서라도 저년을 죽여! 죽여버리란 말이다!"

서슬 퍼런 할멈의 고함 소리가 들려왔다.

할멈의 눈에도 싸움은 일방적이었다. 예상치도 못한 일이 눈앞에서 벌어지고 있었다. 놀랍게도 붉은 여인은 구경도 해본 적이 없는 어마어마한 영력을 가지고 있었다. 그녀가 슬쩍슬쩍 움직일 때마다 느껴지는 고도의 영력에 따스한 햇살을 받고 앉은 할멈의 사지가 으슬으슬 추워질 정도였다. 그러나 할멈은 받아들일 수 없었다. 자신의 인생을 걸고 완성한 짐승의 아이가 누군가에게 진다는 것을 받아들이기 힘들었다. 그런 꼴을 보느니 차라리 저도 죽고 나도 죽고 다 죽는 것이 낫다는 심정이었다.

"그년을 죽이지 못하면 내 손에 죽을 줄 알아라! 죽을 줄 알아!"

할멈은 진심이었다. 이 싸움에서 이기지 못한다면 아이는 비록 살아남더라도 할멈의 손에 잔인하게 죽어나갈 판이었다. 아이에게 물러설 자리는 어디에도 없었다.

"우우우우……."

짐승의 포효 소리는 마치 구슬픈 울음처럼 들렸다. 아이는 어쩔 수 없이 할멈의 말에 따라 죽을 때까지 싸워서 이겨야 했다.

화르르르…….

아이의 뒤쪽에 또 다른 영체가 떠오르기 시작했다. 승냥이나 호랑이 같은 짐승의 힘으로는 안 된다는 것을 알았는지 종류가 다른 영력이 등장했다. 이번에는 난다 긴다 하는 무당들로부터 빼앗은 인간의 신神이었다.

"우오오오!"

아이가 허공을 뱅그르르 돌면서 기氣의 회오리가 아이의 몸을 감쌌다. 그의 뒤로 거대한 사람 형상이 나타났다. 보통 사람의 세 배쯤 되어 보이는 거인 옆에는 길고도 차가운 기운을 내뿜는 무시무시한 검신檢神이 버티고 있었다. 거인 장수가 오른손으로 검신을 붙들자 순간 2미터가 넘는 검기劍氣가 매섭게 일렁였다.

"우아아아!"

아이의 거친 기가 회오리처럼 거인 장수와 검신에게 내뿜어졌다.

'으아아앗차!'

그러자 우레와 같은 괴성과 함께 거인은 쭉 뻗은 검기를 내지르며 붉은 여인을 향해 돌진했다.

"짐승의 아이가 사람의 신도 다룰 줄 아는구나!"

붉은 여인은 감탄한 듯 고개를 끄덕였다.

"허이여업!"

여인의 기합 소리가 장수의 앞을 막아섰다. 그러고는 그녀의 부챗살이 2미터가 넘는 검신의 기운과 맞서 싸웠다.

채앵!

채애애앵!

날카로운 금속성이 사방으로 퍼져나갔다.

가녀린 부채가 기다란 검기와 부딪쳤지만 전혀 밀리지 않았다. 아이는 죽을힘을 다해 버텨냈다. 밀려나는 쪽이 심한 내상을 입을 것임은 불을 보듯 뻔한 일이었다.

"이여허업!"

"크허억!"

짧은 부챗살에 여인의 기가 모아진 그 순간 짐승의 아이도, 아이가 불러낸 거인 장수와 검신도 사방으로 나뒹굴었다. 여자에게서 뿜어져 나온 강한 영력에 아이의 모든 기운과 신격들이 사방으로 흩어져버렸다.

"커허어억!"

갑자기 아이의 입에서 검붉은 피가 울컥 쏟아져 나왔다. 심한 내상을 입은 게 분명했다. 곳곳의 혈기가 들끓고 일어나더니 온몸에서 미쳐 날뛰기 시작했다. 죽을 것처럼 아팠고 숨을 쉬지 못할 만큼 고통스러웠다.

"이년아, 일어나! 어서 일어나! 안 그러면 죽을 때까지 채찍 맛을 보여주마! 죽을 때까지 무독의 고통을 느끼게 해주겠다! 일어나! 일어나!"

그러나 할멈은 태자혼의 고통을 이해할 사람이 아니었다. 할멈에게 태자혼은 도구이고 무기였다. 그것의 고통 따위는 생각할 필요가 없었다.

"크으윽!"

고통으로 범벅된 신음을 토해내면서도 짐승의 아이는 비실비실 두 다리를 세우고 일어섰다. 귀를 찢을 듯한 할멈의 비명이 두려워서였다. 죽을 때까지 싸우는 수밖에 없었다. 차라리 싸우다 죽는 것이 채찍질을 당하다가 죽는 것보다는 나을 테니까. 생기를 빨리고 생즙을 빨리는 무독의 고통 속에서 죽는 것보다는 나을 테니까.

비실거리는 두 다리를 간신히 일으켜 세우는 그 순간에도, 터진 혈관 때문에 피눈물이 흘러나오는 그 순간에도 짐승의 아이는 붉은 여인을 바라보아야 했다. 그녀에게 끝없이 덤벼야 했다.

"불쌍한 것, 참으로 악독한 주인을 두었구나."

붉은 꽃잎이 분분히 흩날리는 가운데 낭랑한 여인의 목소리가 은은하게 전해졌다. 이제 붉은 여인도 자신을 향해 달려드는 짐승의 아이가 누구 때문에 도망치지도 못하고 죽을 듯이 덤비는지, 그리고 누가 아이에게 저리도 몹쓸 짓을 시키는지 똑똑히 알았다.

"가엾은 아이야, 네가 덤벼야 할 상대는 내가 아니라 저기에 있는 저 늙은이란다."

붉은 꽃무리가 또다시 짐승의 아이에게 말하고 있었다. 그 말은 할멈의 분노를 배가시켰다.

"뭐, 뭣이라고? 내게 덤벼야 한다고? 저런…… 저 미친년! 죽여버려! 저년을 당장 죽여버려!"

끓어 넘칠 대로 화가 난 할멈은 있는 힘껏 소리를 쳐댔다. 붉은 여인의 말이 백번 옳은지도 모르지만 짐승의 아이에게는 의지가 없었다. 아이에게 선택할 권리란 없었다. 아이는 한낱 도구일 뿐이었다. 도구에겐 어떠한 선택도 주어지지 않았다.

"크아아아아!"

아이는 남은 기운을 모조리 긁어내어 또다시 거대한 장수신과 검신에게 불어넣었다. 모든 기운이 회오리가 되어 장수신과 검신에게로 쏟아졌다. 그러나 남아 있는 영력을 모두 쏟아부어도 붉은 기모노 여인 앞에서는 너무나 미약했다.

"크아아아!"

아이의 모든 기운을 받아낸 신은 새빨간 기모노를 향해 내달렸다.

그 순간, 붉은 기모노 여인이 돌기 시작했다. 분홍빛 꽃무리를 사방으로 휘날리며 제자리에서 빙글빙글 돌기 시작했다. 아름다운 여인의 모습과 분분히 떨어지는 꽃잎 속에 매섭고 차가운 부챗살도 돌고 있었다. 연약한 부채가 너울거릴 때마다 사방을 향해 몸서리쳐지도록 차가운 기운이 뿜어져 나왔다.

"이야아압!"

그 붉은 꽃무리 속에서 마지막 기합 소리가 퍼져나오는 순간, 날선 검보다도 매섭고 차가운 기운이 검신과 장수신에게로 날아

75

갔다.

쾅당탕탕!

버틸 재간이 없었다. 아이의 몸뚱이는 자신이 끄집어낸 장수신, 그리고 검신과 함께 차가운 흙바닥을 나뒹굴었다.

"허억…… 허억…… 허억……."

이제 짐승의 아이는 영력을 끌어낼 힘도, 일어설 힘도 남아 있지 않았다. 그럼에도 할멈의 아우성은 멈추지 않았다.

"죽여버려! 저년을 죽여버려! 일어나, 일어나란 말이다!"

4

할멈은 가쁜 숨을 몰아쉬며 널브러진 짐승의 아이가 꾀병을 부리는 것만 같았고, 모든 것이 비현실적으로 느껴졌다. 할멈은 눈앞에서 일어난 모든 일을 곧이곧대로 받아들일 수가 없었다. 분통이 터지고 억울해서 그럴 수가 없었다.

"죽여, 죽여버리란 말이야!"

손가락 하나 까딱하지 못하는 짐승의 아이를 향해 분분히 일어선 할멈은 끝내 채찍을 들고야 말았다. 아직도 피가 채 마르지 않은 날선 채찍을 들고 할멈은 짐승의 아이를 향해 달렸다.

짜아아악!

할멈은 숨도 쉬지 못하고 허옇게 눈을 뜬 그 작은 것에게 매서운 채찍을 휘날렸다.

"일어나, 일어나란 말이야!"

짜아아아아악!

심한 내상으로 피투성이가 된 아이의 몸 위로 더욱더 진한 핏자국이 잔인하게 새겨지고 있었다.

"일어나아!"

할멈의 채찍이 세 번째로 허공을 가른 그 순간, 붉은 여인이 바람처럼 할멈의 곁으로 다가왔다. 그러고는 그 매서운 채찍을 자신의 팔뚝에 휘감았다. 순식간에 다가온 붉은 여인은 솜씨 좋게 채찍을 감아낸 후 할멈의 손아귀에서 그것을 빼앗아갔다.

"으으……."

할멈은 저도 모르게 뒷걸음쳤다. 새하얀 일본 가면의 안쪽에서 퍼져나오는 안광眼光이 너무나 차갑고 무서워서 저도 모르게 뒤로 물러날 수밖에 없었다.

"느, 늙은이를 죽이진 않겠지……. 날 해치진 않을 거야. 그렇지?"

할멈의 사지는 심하게 흔들리고 있었다.

"내가 살아봤자 얼마나 살겠어, 응? 서, 설마 영력도 없고 힘도 없는 늙은이를 괴롭히진 않겠지?"

할멈은 하얀 가면에서 눈을 떼지 않았다. 칠십 평생을 살도록 이토록 깊은 두려움과 공포는 처음 느껴보는 것이었다.

"할멈, 그런 할멈도 저 힘없는 것을 괴롭히지 않았나?"

차가운 목소리가 하얀 가면 너머에서 흘러나왔다. 붉은 여인이 가리킨 것은 색색거리며 고통스러운 숨을 내쉬고 있는 가엾은 어린아이였다.

"저건 아이가 아니야. 내가 키우는 짐승이야. 키우는 개에게 동정을 느낄 필요는 없지 않겠나. 이보게, 난 늙은이야. 젊은 사람이 이런 늙은이를 괴롭히진 않겠지, 그렇지?"

할멈은 필사적으로 그 가면에서 눈을 떼지 않았다. 눈을 떼는 순간 죽음이 엄습할 것만 같았다.

"후후후…… 괜찮아, 할멈. 난 젊은이가 아니니까. 걱정은 안 해도 되겠군."

가면 너머의 음성이 더욱더 스산하게 울려 퍼졌다.

"무슨 그런 농담을…… 그러지 말게, 젊은이."

할멈의 얼굴은 새파랗게 질려갔다.

"의심스럽다면 벗겨보시지, 나의 이 가면을."

뼛속까지 차가워지는 스산한 음성이 할멈의 귓속을 파고들었다. 새하얀 가면이 할멈의 코앞까지 다가왔다. 붉은 여인은 할멈의 쭈글쭈글한 손을 잡아당겨 자신의 얼굴을 가렸다.

"자, 벗겨보시지. 나의 이 가면을."

그 말에는 거역할 수 없는 명령이 담겨 있었다. 할멈은 보고 싶지 않았다. 가면 너머의 얼굴을. 그 너머의 것을 보았다가는 끔찍한 일이 벌어질 게 분명했다. 하지만 붉은 여인의 음성에는 거역할 수 없는 무언가가 있었다. 절대로 거역할 수 없는 무언가가 할멈의 사지를 움직였다.

덜덜덜…….

할멈의 손은 몹시 떨고 있었다. 수전증에 걸린 사람마냥 손아귀의 떨림을 멈출 수가 없었다. 떨리는 두 손이 눈앞의 새하얀 가면을 잡았다. 마침내 할멈의 쭈글쭈글한 손이 새하얀 가면을 벗겨냈다. 새빨간 기모노 여인의 얼굴을 가리고 있던 그 하얀 가면이 할멈의 손에 쥐여졌다.

"허어억! 허억! 허억!"

순간 할멈의 심장으로 모든 피가 몰려들면서 할멈은 제대로 숨을 내쉬지 못했다. 마치 천식에 걸린 사람마냥 금방이라도 끊어질 것 같은 거친 숨소리가 퍼져나왔다. 할멈은 자신이 이상해진 것 같았다. 할멈은 자신이 헛것을 보고 있는 것일까, 자신의 눈에 어떤 이상이 생긴 건 아닐까 하는 의문에 휩싸였다. 할멈은 눈앞의 사실이 진실인지 확신할 수가 없었다.

"허으윽!"

할멈의 눈은 형용치 못할 공포로 커져버렸다. 할멈은 벌벌 떨리는 손으로 자기가 벗겼던 하얀 가면을 여인의 얼굴에 다시 씌워주었다. 자신이 본 저 얼굴의 비밀이 스스로를 죽음으로 내몰 것이라는 끔찍한 생각을 지우기 위해서였다. 하지만 가면 뒤의 검은 눈동자는 한없이 차갑고 무서웠다. 온몸이 꽁꽁 얼어버릴 정도로 끔찍이도 두려웠다.

"이제는 죽어도 되겠나? 할멈, 자네보다 더 늙은 내가 죽이니

고이 죽을 수 있겠지? 자네는 너무 오래 살았군."

붉은 여인이 미소 지었다. 그 순간, 할멈의 가슴 아래쪽에서 저
릿한 고통이 전해져왔다. 가슴께에서 시작된 통증은 할멈의 사지
로 번져갔다. 그 고통이 번져갈수록 할멈은 숨을 들이켤 수가 없
었다. 할멈은 자신의 아래쪽을 내려다보았다. 왼쪽 가슴 아래로
까만 것이 보였다. 붉은 여인의 손아귀에서 하늘하늘 휘날리던
부채가 왜인지 할멈의 가슴께에 꽂혀 있었다.

"꺼억! 꺼어억!"

마침내 마지막 숨을 들이쉬지 못한 할멈의 몸이 단단한 나무토
막처럼 바닥으로 쓰러졌다. 허옇게 벌어진 두 눈 사이로 형용할
수 없는 공포의 대상을 확인한 것이 할멈의 마지막 순간이었다.

휘오오오…….

할멈의 시체 위로 차가운 봄바람이 스쳐 지나갔다. 사위는 어
떤 소리도 없이 고요하고 적막했다. 바람에 날리는 붉은 기모노
는 감흥 없는 모습으로 한동안 그 자리에 우뚝 서 있었다. 붉은 여
인은 할멈의 주검을 뒤로하고 돌아섰다. 조금 전까지도 가쁜 숨
을 몰아쉬며 괴로워하던 짐승의 아이는 할멈의 죽음을 목격한 뒤
달아나버렸다. 그러나 이 초가 밖으로, 이 회백산 밖으로 가본 적
이 없는 아이였다. 도망을 쳐보았자 눅눅하고 축축한 어두운 동
굴 안, 그 감옥의 창살 안이 다였다.

붉은 여인은 바람처럼 가벼운 움직임으로 천천히 짐승의 아이
가 있는 동굴 안으로 들어섰다. 그곳에는 상처받은 피투성이의

짐승이 거친 숨을 몰아쉬며 웅크리고 있었다.

"캬아앗!"

붉은 여인이 동굴 안으로 들어서자 도망칠 곳 없는 짐승은 구석진 자리로 숨어들었다. 그러고는 스스로 자신의 머리를 동굴 바위에 부딪치기 시작했다. 그 모습은 상처받은 한 마리의 가엾은 들짐승이었다. 인간의 형상을 한 그 짐승은 지난 수년간 자신이 감금당해온 어두운 동굴 안에서 차가운 암벽에 머리를 박으며 자해하고 있었다.

"가엾은 것."

붉은 기모노 여인이 중얼거렸다. 그녀의 음성에는 짐승의 아이에 대한 한없는 연민과 저 불쌍한 존재를 이토록 비참하게 만들어버린 잔인한 인간에 대한 원망이 응축되어 있었다.

"가엾은 것, 이리 오렴."

그녀는 암벽에 제 머리를 찧고 있는 그 가엾은 짐승을 향해 두 손을 내밀었다.

"인간이란 어쩌면 이다지도 잔혹할 수 있단 말이냐."

짐승으로 자라온 소녀는 기모노 여인의 말을 이해하지 못한 채 몸을 웅크렸다. 아이는 지금껏 여인이 자신을 향해 내비친 엄청난 분노와 처벌의 감정이 사라졌음을 알아차렸다. 그녀가 내뿜던 강한 분노는 자신이 아닌 할멈을 향한 것이었음을 아이는 짐작했다. 여전히 짐승의 아이는 두려웠다. 세상에 태어나 처음으로 인간이 두 손을 벌리고 서 있는 것이 두려워 미칠 지경이었다. 저 여자는 또 어떤 시련을 주려는 것일까. 어떤 일을 시키고, 얼마나 괴롭힐 것인가. 그것이 두려웠다. 갓난아이 때부터 사육된 짐승의 아이는 때리고 괴롭히면서 먹을 것을 던져준 할멈에게 이미 익숙할 대로 익숙해져버렸다.

한참 동안 아이를 기다리던 붉은 여인의 두 손이 아래로 툭 떨어졌다. 여인은 기운이 다 빠진 듯 고개를 숙였다. 어둡고 지저분한 동굴의 한쪽 끝에 그녀의 몸이 툭 떨어졌다.

"가엾은 짐승아, 내 너를 죽이려 했건만 차마 그럴 수가 없구나."

가면 너머 여인의 목소리는 연민으로 가득 차 있었다. 짐승의 아이는 붉은 여인의 진심이 느껴졌다. 그것은 지금껏 자신을 대해온 할멈의 것과 완전히 달랐다. 그녀가 느끼고 있는 감정들이 묘하게도 아이의 가슴속으로 스며들었다.

짐승의 아이는 자신도 모르게 한 발을 내밀었다. 동굴의 암벽에 찧어대던 머리를 들어 기모노 여인을 향해 한 발 한 발 다가섰다. 누구도 시키지 않았고 누구도 조종하지 않았지만 자신의 본능이 그렇게 하도록 만들었다. 짐승의 본능이 그녀에게로 다가가라고 명령했다.

아이는 꼬리를 내린 강아지처럼 몸을 작게 만들고는 네 발로 슬슬 기어 붉은 여인의 곁으로 다가왔다. 향기로운 꽃향기가 또다시 콧속을 어지럽혔다. 세상에 이토록 아름답고 달콤한 향기가 존재할 줄은 몰랐다. 아이는 머리가 팽그르르 돌 정도로 그 향기가 좋아 저도 모르게 여인의 기모노 자락을 살짝 건드렸다. 부드

러웠다. 부드러운 비단결이 참으로 매끄러웠다. 아이는 옷자락을
살살 비벼보았다.

마침내 바로 옆까지 기어온 짐승의 아이를 향해 붉은 여인의
한쪽 팔이 슬며시 다가갔다. 그녀는 그 더럽고 초라한 아이의 등
에 한 팔을 둘렀다. 급하지도 거칠지도 않은 느긋한 동작이었다.
그 하얀 손이 거칠게 헝클어진 검은 머리카락과 엉망으로 해진
거적때기를 부드럽게 매만졌다. 아이는 제 몸을 쓰다듬는 그 감
각에 너무나도 놀랐다. 그것은 지금껏 아이를 취하게 하고 아이
를 조종한 마약보다 더욱 진한 중독성을 가지고 있었다.

여인의 팔 한쪽에서 전해지는 따스한 체온이 아이를 못 견디게
했다. 아이는 죽도록 좋은 마음을 표현하고 싶었다. 하지만 애정
어린 마음을 품은 적도, 표현해본 적도, 받아본 적도 없는 짐승의
아이는 무엇을 어찌해야 할지 몰랐다. 아이는 저도 모르게 헤벌
어진 입으로 향기로운 냄새가 나는 여인의 하얀 팔뚝을 핥았다.
부드러운 혈관을 따라 제 몸의 가장 따스한 침을 흘려보냈다. 하
얀 팔뚝을 핥는 순간 입안이 짜르르 하고 혀가 다 녹아버릴 것만
같았다. 미칠 것 같은 쾌감이 온몸을 견딜 수 없게 만들었다. 온몸
이 간질간질했다.

"불쌍한 것아!"

붉은 여인의 긴 팔이 아이의 몸을 휘감았다. 그녀의 두 팔이 작
은 아이를 가슴으로 끌어당겼다. 그 순간, 짐승의 아이는 한 번도
느껴보지 못한 만 가지 감각을 전해 받았다. 여자의 품에는 아이

가 한 번도 느껴보지 못한 체온이라는 것이 있었다. 하나의 존재와 또 하나의 존재가 만날 때 느껴지는 따스한 온기가 있었다. 그것은 지금껏 누구에게도 안겨본 적이 없는 짐승의 아이가 처음으로 느끼는 감각이었다. 차가운 암벽과 쇠고랑, 매서운 채찍만 만지며 살아온 아이에게는 꿈만 같은 감촉이었다.

붉은 여인의 품속은 구름보다도 더 말랑거렸다. 성숙한 여인의 품에서 느껴지는 가슴살의 보드라운 감촉이 붉은 천을 통해 낱낱이 전해졌다. 짐승으로 자라온 아이의 거친 머리카락을 여인의 기다란 다섯 손가락이 매만질 때도 아이는 새로운 감정들을 배워 가고 있었다. 그것은 온기였다. 온정이었다. 따스함이었다. 함께 한다는 것이고, 더불어 살아간다는 느낌이었다. 혼자가 아니라고 말하는 달콤한 속삭임이었다. 그것은 세상에 태어나 처음으로 느껴보는 강한 유대감이었다.

"으허어! 우워, 우워어어어!"

짐승의 아이는 괴상한 울음소리를 내기 시작했다. 왜인지 이유를 모를 울음이 아이의 목을 타고 흘러나왔다. 이렇게 좋은데, 뭔지 모르지만 이렇게 따스하고 푹신한 느낌이 드는데, 왜 이렇게 가슴이 답답하고 몸이 떨리는지 알 수가 없었다. 갑자기 참을 수 없는 눈물이 쏟아져 나왔다. 내면에 쌓인 모든 것이 전신을 돌고 폭발하며 마침내 두 눈으로 그 폭발물의 잔해를 토해내고 있는 것만 같았다.

"우워, 우워어어어!"

차가운 회백산 자락에 짐승의 울음소리가 끝없이 메아리쳤다. 처음으로 느끼는 따스한 감각에 짐승은 어쩔 줄 몰라 했다. 그 모습을 바라보는 여인의 검은 눈동자가 파르르 흔들렸다.

"너에게서 나를 보는구나. 다 잊었다고 생각했는데 아픔이란 것이 문신처럼 새겨져 지워지지 않았구나."

붉은 여인은 짐승의 몸을 더욱 꼭 감싸 안았다. 그녀의 품에서 따스한 온기가 더욱 깊이 전해져왔다. 붉은 여인의 몸이 떨고 있었다. 아이는 그것이 추워서인지, 아니면 북받치는 감정 때문인지 알지 못했다.

"얘야……."

가면 너머에 꼭 감은 두 눈이 보였다. 여인은 한없이 고통스러워 보였다. 그것이 너무나 안타까워 짐승의 아이는 부드럽고 차가운 하얀 가면을 핥았다. 가면 너머 물기 어린 까만 눈동자가 아이를 바라보았다.

"가엾은 것아, 너는 예언의 아이란다. 너를 지금 없애지 않으면 크나큰 재앙이 따를 거야. 천상천하의 신이 너를 희롱하고 너를 통해 나를 욕보이고, 또한 세상을 제멋대로 주무르겠지. 이토록 잔인하게 말이다. 그러니…… 나는 너를 없애야만 한다. 잔악무도한 신과 인간들을 벌하기 위하여……."

짐승으로 자라온 아이는 여인의 말을 이해하지 못했다. 그러나 붉은 여인이 몹시도 가슴 아파한다는 걸 알아챘다. 아이는 고개를 들어 여인을 바라보았다. 독기만 가득하던 아이의 눈에서 독기가 빠져나가자 세상 어디에도 없을 것만 같은 순박함만 남았다. 아이는 그렇게 어질고 순한 눈으로 붉은 여인의 얼굴을 이리저리 살펴보았다.

"크으응?"

아이의 눈이 동그랗게 커졌다. 그 얼굴이 갸웃갸웃 기울어졌다. 아이는 참 이상한 것을 느꼈다. 왜인지 모르겠지만 저 향기로운 사람에게서 제가 가진 끔찍한 무독의 향기를 느꼈다. 깊고 깊게 감춘 것이 분명하지만 어느 순간 올라올 수밖에 없는 그 끔찍하고 고약한 독 기운이 향기의 저 밑바닥에서 꿈틀거리는 걸 느꼈다. 아이는 그 동질감에 더욱더 여인을 사랑하지 않을 수 없었다. 처음으로 느낀 체온과 따스한 감정이 이 붉은 여인에 대한 벗어날 수 없는 애착을 만들었다. 그녀는 이제 아이에게 마음의 어머니이고 뜨거운 생의 이유가 되었다.

이 기적 같은 일이 믿을 수 없을 정도로 짧은 시간 동안 이루어지고 있었다. 그리고 이 믿을 수 없는 유대감이 아이뿐 아니라 붉은 여인의 가슴속에서도 일어나고 있었다. 형용할 수 없는 연민에 붉은 여인은 가슴을 떨었다.

"아이야……."

여인이 나지막하게 아이를 불렀다. 아이는 꼬리를 흔들어대는 작은 강아지처럼 두 눈을 맑게 뜨고 여인을 바라보았다. 두 손은 붉은 여인의 치맛자락에 찰싹 붙인 채 얼굴만 들어 말똥말똥 쳐다보는 게 천진난만하기만 했다. 차마 죽음을 불어넣을 수 없을 정도로 한 점 의심도 없는 말간 눈이 여인과 마주쳤다. 붉은 여인의 낮은 한숨이 아이의 귀를 울렸다.

"가엾은 것아, 짐승의 아이야. 너는 네게 주어진 무서운 예언을 모를 테지. 네 인생을 유린하려는 신의 계획을 상상도 못하겠지."

맑고 검은 눈이 아이를 바라보았다. 거친 태자혼은 그 아름다운 눈동자에서 벗어날 수가 없었다. 이제 더 이상 떨어질 수 없는 짙은 애착 속에서 여인의 얼굴은 아이에게 자신을 낳아준 어미요, 떨어질 수 없는 운명이나 마찬가지였다.

"사람답게…… 한번 살아볼 테냐? 저토록 끔찍한 짐승만도 못한 인간이 아니라 사람으로 태어났으니 사람으로 한번 살아보겠느냐?"

아이의 반짝이는 눈은 여전히 여인만 응시했다. 여인은 그런 아이의 머리카락을 쓰다듬었다. 헝클어진 머리를 쓸어내리는 부드러운 촉감에 아이는 그냥 깜빡 죽을 것처럼 좋았다.

"언젠가 너를 살린 이날을 두고두고 후회할지도 모른다. 하지만 너를 향한 연민을 거둘 수가 없구나, 가엾은 아가야. 사람답게 살아라. 사람답게…… 신에게도 인간에게도 휘둘리지 말고 부디 사람으로 행복을 느껴보아라. 죽기 전에…… 꼭 그리하여라. 내 너를 지켜볼 것이다."

여인은 아이의 얼굴을 두 손으로 감쌌다. 아이는 말간 눈으로 여인을 바라보았다. 두 볼에 느껴지는 온기에 한없이 기쁨을 느끼며 아이는 벌어진 입을 다물지 못했다. 여인은 그런 아이의 몸을 가슴에 안았다. 더러운 몰골이며 피 묻은 상처 따위는 조금도 개의치 않았다. 지금 이 순간 모든 애정을 다해 아이를 감싸 안았다. 영원히 아이가 여인을 잊을 수 없도록.

뜨거운 체온이 아이의 몸을 화끈거리게 했다. 한 번도 느껴보지 못한 뜨거운 감정에 아이의 온몸이 후끈 달아올랐다. 그래도 그 품에서 벗어날 마음은 들지 않았다. 너무나 따스하고 포근해서 그만 정신이 나가버릴 것처럼 좋았다. 아이는 그렇게 시간 가는 줄 모르고 여인의 품에 안겨 있었다.

휘이…….

어두운 동굴 안으로 작은 바람 한 줄기가 들어왔다. 여인의 두 팔이 느슨해졌다. 그제야 아이도 여인의 품에서 떨어져 동굴 입구 쪽을 쳐다보았다. 그곳에는 동굴 천장에 머리가 닿을 만큼 키가 큰 여인이 서 있었다. 머리카락이 붉고 온몸을 감은 옷이 새빨간 여자였다. 여자에게서 짙은 피 냄새가 흘렀다. 그 여자가 동굴 앞에서 이쪽을 바라보았다.

붉은 기모노 여인이 아이를 놓았다. 그리고 천천히 자리에서 일어섰다. 여인은 새빨간 여인에게로 한 발 다가갔다.

"크릉……."

그 뒤를 아이도 따랐다. 하얀 가면이 아이를 내려다보았다. 서늘한 눈빛이 아이에게 머물렀다.

"너는 나와 같이 가서는 안 된다."

"키힝……."

아이는 그 말을 알아들었다. 기모노 여인이 자기를 두고 떠나려는 걸 직감했다. 아이의 얼굴이 구겨졌다. 아이는 붉은 기모노 자락을 붙잡았다. 같이 가자고 매달리는 것이다.

"너를 찾는 사람들이 올 거야. 그들과 함께 가거라. 지금은 그것이 최선이다."

아이가 알아듣든 말든 여인은 자신의 말을 했다. 그녀의 하얀 손가락이 아이의 거친 머리카락을 쓰다듬었다.

"잊지 마라, 내가 너를 지켜보고 있다는 것을. 언젠가 다시 만나게 될 것이다. 내 너를 잊지 않겠다."

하얀 가면 너머 까만 눈동자가 아이의 눈을 내려다보았다. 그 눈 가득한 깊은 마음이 아무것도 모르는 아이의 가슴속에 스며들었다. 평생 지울 수 없는 낙인처럼 가슴에 새겨졌다.

5

푸른 나무가 한 그루도 자라지 못하는 메마른 회백산, 보통 사람들이라면 오르지도 못한다는 무시무시한 회백산 자락이 그날 따라 검은 장정들로 가득 찼다. 그들은 하나같이 검은 옷을 입었고, 여러 가지 피부색을 가진 각 나라의 사람들이 섞여 있었다. 그들은 모두 새까만 무전기를 들고 교신하면서 점차 회백산의 낡은 초가를 향해 다가왔다.

"워우우, 워우우우우!"

그들이 초가에 도착했을 때는 마당에 널브러져 있는 할멈의 시체가 하나, 저 먼 허공을 향해 울어대는 어린 짐승의 아이 하나가 있었다.

제일 먼저 이러한 광경을 확인한 검은 양복이 어딘가를 향해 무전을 날렸다.

"그들은 이미 사라지고 없습니다."

그의 목소리가 전파되자 반대편에서 다른 질문이 날아왔다. 그리고 검은 양복은 즉시 그 물음에 응답했다.

"네, 이상한 일입니다만 그들이 짐승의 아이를 내버려두고 떠난 것 같습니다. 어디를 봐도 저희가 찾고 있던 짐승의 아이……예언의 아이가 틀림없습니다."

무전 저편에서 웅성거리는 소리가 전해져왔다. 붉은 기모노 여인이 예언의 아이를 두고 떠난 건 의외의 일이었다. 물론 그녀가 아이를 죽이지 않고 살려둔 것은 다행스러운 일이지만 그녀의 의중이 무엇인지는 알 길이 없었다.

"네, 알겠습니다. 짐승의 아이를 데리고 즉시 내려가겠습니다."

검은 양복은 재빨리 무전을 끊고 이후의 행동을 진행했다.

"우오오오!"

수많은 검은 양복이 움직이는 동안에도, 그리고 그들의 손에 이끌려 회백산을 내려가는 동안에도 짐승의 아이는 하늘 저편을 향해 울부짖었다. 그것은 태어나 처음으로 따스한 품을 느끼게 해준 붉은 여인을 향한 그리움의 노래였다. 아이는 사랑과 그리움으로 애끓는 감정을 소리 높여 부르고 있었다.

붉은 여인은 아이에게 평생 잊을 수 없는 각인刻印을 남기고 떠났다. 아이에게 붉은 여인은 이제 어머니이며, 굴레이며, 유일무이한 신이었다.

검은 양복 차림의 사람들이 짐승의 아이를 데리고 떠난 뒤 회백산은 완전히 버려진 황무지가 되었다. 붉은 기모노 여인과 아이는 사라졌고, 죽은 할멈의 시체도 눈에 띄지 않았다. 한참이 지나도 화면이 멈춰버린 것처럼 더 이상의 이야기는 진행되지 않았다. 그저 버려진 초가와 헐벗은 산마루만 서늘한 바람 속에 서 있을 뿐이었다.

하얀 안개를 등지고 앉은 소년은 눈도 깜빡일 수 없었다. 소년은 짐승의 아이와 할멈, 그리고 붉은 기모노를 입은 여인의 이야기를 숨죽인 채 바라보았다. 눈앞에 펼쳐진 산마루 위에서 마치 한 편의 파노라마처럼 스쳐 지나가는 일련의 이야기는 소년이 한시도 눈을 뗄 수 없게 했다.

소년은 완전한 몰입 상태로 그 긴 이야기를 지켜보았다. 검은 옷을 입은 사람들이 짐승의 아이를 데려가고 황막한 회백산만 덩그러니 남은 뒤에도 소년은 눈을 떼지 못했다. 소년이 작게나마 숨을 몰아쉰 것도 한참이 지난 후였다.

소년은 천천히 고개를 돌려 등 뒤를 바라보았다. 등 뒤는 여전히 안개에 휩싸여 있었다. 소년의 뒤에서 이 모든 이야기를 함께 지켜보는 남자의 얼굴은 여전히 보이지 않았다.

"혹시 저 사람들은 제가 아는 사람인가요? 혹시라도 저 사람들 중에 제가 있었나요?"

소년은 안개 속에 숨어 있는 커다란 손의 주인에게 물었다.

"내가 대답할 일이 아니군요. 그대가 스스로에게 대답해야 할 질문입니다."

새하얀 안개 속에서 남자의 고요한 음성이 들려왔다. 소년은 한참 동안 생각하다가 마침내 고개를 저었다. 어쩐지 알 듯도 했지만 어떤 기억도 떠오르지 않았다.

산발한 짐승의 아이는 어디선가 본 적이 있는 것 같지만 그곳이 어디인지, 아이가 누구인지는 알 수 없었다. 붉은 기모노 여인 역시 어디선가 본 적이 있는 것 같지만 그곳이 어디인지, 그녀가 누구인지는 전혀 기억나지 않았다. 모든 것이 낯선 듯 낯익고, 낯익은 듯 낯설기만 했다.

"더 보고 싶어요. 가슴이 답답해졌어요. 나는…… 더 보고 싶어요. 더 알고 싶어요."

소년이 중얼거렸다.

무엇을 알아야 되는지, 무엇을 알게 될지, 저들은 누구인지, 저들이 자신과 무슨 관계인지 소년은 알고 싶었다. 더 많은 것을……. 마침내 그런 마음이 생겨나기 시작했다.

"원한다면 보여줄지도 모릅니다. 버려진 기억의 섬이 말이지요."

남자의 고요한 음성이 안개 속으로 번져나갔다. 마침내 소년은 더 많은 이야기를 지켜보고 싶은 생각이 들었다. 그 이야기들이 과연 무엇을 알려줄지 알 수 없지만 그래도 더 보고 싶다는, 더 알고 싶다는 소년의 바람은 사라지지 않았다.

소년은 고요히 기다렸다. 고요해진 회백산을 바라보며 다음 이야기가 시작되기를 기원했다. 소년도 남자도 침묵 속에서 뚫어져라 눈앞을 바라보았다. 그리고 오래도록 기다렸다. 버려진 기억의 섬이 또 다른 기억을 보여줄 때까지…….

제 3 화

빛나는
그대여

1

짐승의 아이는 이곳이 어딘지 도통 알 수가 없었다.

아무리 둘러보아도 모든 것이 낯설기만 했다. 태어나 지금껏 짐승의 아이가 기억하는 세상은 회백산이 전부였다. 나무마저 메말라버리는 험악한 그 산이 아이가 알고 있는 세상의 전부였다. 하지만 까만 옷을 입은 무리에 이끌려 산을 내려온 이후 짐승의 아이는 지금껏 보아온 모든 것보다 더 많고, 더 새롭고, 더 낯선 경험을 했다.

지금껏 영혼이나 영체만이 훨훨 날아 지상을 떠도는 것으로 알고 있던 아이는 무거운 기계 덩이를 타고도 하늘을 날 수 있다는 것을 알았다. 새처럼 날개가 달린 그 거대한 기계 괴물이 굉음을 내자 무게 없는 영혼이 날듯 사람의 몸이 공중으로 떠올랐다.

괴물의 배 속에서 바라본 세상은 더욱더 놀라웠다. 아이가 지금껏 살아온 회백산과 달리 녹푸른 숲으로 우거진 거대한 산이 세상엔 참 많았다. 끝도 보이지 않는 시퍼런 물과 수많은 동식물과 인간은 물론이고 괴상한 것이 너무나도 많았다.

그 모든 것이 짐승의 아이에게는 두려움이었다. 그것은 할멈의 채찍만큼이나 아픈 정신적 충격이었다. 아이는 새로운 것이 보일 때마다 두려웠다. 모든 것이 자신을 집어삼킬 것만 같아 무서웠다. 아이는 발버둥을 쳐보기도 했지만 어쩐 일인지 모든 영적 기운이 빨려나가거나 혹은 완벽히 차단되었다. 그건 아마도 검은 사람들이 아이의 머리에 씌운 두꺼운 덮개 때문인 것 같았다. 그들이 아이를 발견하자마자 머리에 씌운 커다란 투구 같은 것은 어린아이의 어깨가 감당하기 힘들 만큼 몹시도 무거웠다. 게다가 그것은 아이의 모든 기운을 빨아들여 녹초로 만드는 무시무시한 물건이었다.

아이는 알고 싶지 않았다. 세상의 새로운 것을 하나도 알고 싶지 않았다. 그저 아이가 원하는 것은 붉은 여인의 품이었다. 어쩐지 제 몸에 밴 무독의 기운이 저 바닥에서 맡아지던 그 여자. 헝클어진 아이의 머리카락을 매만지던 그 여자의 곁으로 가고 싶었다. 그리고 그냥 조용히 살고 싶었다. 세상의 새로운 것들을 모르고 헐벗은 회백산 골짜기 같은 곳에서. 다만 채찍만 맞지 않으면 족했다. 보는 것마다, 만나는 것마다 모조리 놀라고 두려워해야 하는 불쌍한 아이에게는 새로운 자극 자체가 극심한 고형苦刑이었다.

아이는 생전 보지도 못한 거대한 구조물에 실려 하늘을 날았고, 시퍼런 바다에 우뚝 솟은 낯선 섬으로 끌려갔다. 그 푸른 섬에는 눈이 부시도록 새하얀 건물이 있었다. 새하얀 건물은 수백 미터 지하까지 이어져 있었으며, 아이는 끝도 없는 깊은 지하로 이동했다. 하지만 짐승의 아이는 자신이 지하 세계로 내려가고 있다는 것을 깨닫지 못했다. 수백, 수천 미터의 깊은 지하에서도 태양 아래에 있을 때보다 더 밝은 빛이 비치고 있기 때문이었다. 어둠침침하고 축축한 동굴에서 평생을 살아온 아이에게는 강한 눈부심이 힘겨웠다.

아이는 사방이 벽으로 막힌 낯선 방으로 안내되었다. 복도가 그랬듯이 방 안 역시 사방이 흰색으로 번쩍였다. 방은 아주 넓었지만 방 안에 놓인 것은 커다란 책상과 의자 두 개, 그리고 방구석의 작은 침대 하나가 전부였다. 아이의 양팔을 꽉 붙들고 있던 검은 양복 차림의 남자들은 그곳에서야 아이를 놓아주었다.

아이는 방 한구석으로 후다닥 달려갔다. 그러고는 두려움으로 가득 찬 사지를 공벌레마냥 오그렸다. 아무것도 알고 싶지도, 보고 싶지도 않다는 듯 아이는 두 눈을 꼭 감은 채 떨고 있었다.

아이는 불안할 때면 늘 몸을 움츠렸다. 할멈이 불같이 화난 얼굴로 채찍을 휘두르며 다가올 때에도 동그랗게 몸을 움츠리면 불안감이 조금 덜했다. 하지만 웬일인지 아무리 몸을 말아도 마음이 안정되지 않았다. 낯선 눈부심 속에서 짐승의 심장은 끝없이 벌렁거렸다. 어디를 봐도 새하얀 불빛뿐이라 눈은 감기지 않고 가슴은 콩닥거렸다. 하지만 누구도 짐승의 아이에게 어둠을 선사해주지 않았다.

시간이 지나면 해가 지려나 했지만 방 안의 밝기는 시간이 지나도 변하지 않았다. 끝없이 밝음만 계속되었다. 지지 않는 태양은 짐승의 고혈을 빨아들였다. 볼품없이 마른 사지를 바싹 말려댔다. 어둠을 빼앗아간 검은 옷차림의 인간들은 아이에게서 고요함마저 빼앗았다. 어두운 동굴 안에서 외로움만을 벗 삼아 살아온 아이에게 그들은 모든 것을 앗아가버렸다.

조사실은 넓은 편이었다. 방은 용도에 맞춰 절반으로 나눠져 있었다. 한편에는 꺼질 줄 모르는 형광 불빛 아래 커다란 탁자와 의자가 놓여 있었다. 검은 옷을 입은 사람들이 차례로 조사실에 들어와 짐승의 아이에게 알 수 없는 말로 끝없이 물어댔다. 그들은 끔찍하도록 불편한 의자에 아이를 앉혀놓고 잠을 자지도, 딴짓을 하지도 못하게 했다. 그것은 채찍으로 얻어맞는 고통보다 더 괴로운 고문이었다. 다른 한편에는 하얀 침대가 놓여 있었다. 아이는 그 침대도 싫었다. 하얗고 푹신한 그것은 아이의 마음을 불안하게 했고 몸도 아프게 했다. 차가운 시멘트 바닥에 몸을 웅크리려 해도 검은 옷차림의 사람들은 그것조차 허락하지 않았다.

검은 옷차림의 사람들은 아이를 혼자 두지 않았다. 그들은 아이가 마음의 안정을 되찾을 때까지 구석에 웅크리고 있는 것도 허락하지 않았다. 그들은 아이를 데려다 불편한 의자에 앉힌 다음 같은 말을 수없이 반복하기 시작했다.

"사람 말을 할 줄 아는가?"

"지금까지 할멈과 단둘이서 살아온 건가?"

"네가 가진 최초의 기억은 무엇인가?"

"너의 능력은 무엇인가?"

"흑단인형을 만나서 무슨 이야기를 했지?"

"왜 그녀가 널 죽이지 않은 거지?"

"할멈이 죽는 걸 보았는가?"

"흑단인형이 너에게 남긴 말은 없는가?"

"알고 있는 것을 다 얘기해라."

그들은 아무것도 알려주지 않으면서 모든 것을 알고자 했다. 짐승의 아이가 전혀 기억하지 못하는 아주 옛날부터 최근에 이르기까지 모든 것을 물어왔다. 아이는 아무것도 대답하지 않았다. 할멈을 죽인 여인, 그러면서도 자신을 포근하게 안아주었던 그 잊을 수 없는 여인이 '흑단인형'이라 불린다는 걸 알게 되었을 뿐, 검은 양복들에게는 그 어떤 것도 이야기하지 않았다.

처음에 그들은 입으로 말을 걸었다. 하지만 아이가 한마디도 하지 않자 영적 소통을 시도했다. 아이의 머릿속으로 끊임없이 질문을 흘려 넣으며 지속적으로 대화를 시도했다. 그럼에도 아이는 굳게 입을 닫았다. 할 말도 없고 듣고 싶은 말도 없었다. 아이는 그저 이곳에서 도망치고 싶은 생각만 굴뚝같았다.

그들은 같은 말만 반복하는 인형이었다. 아이 자신은 짐승이지만 자신을 조사하는 검은 사람들은 기계인형이었다. 또한 그들은 할멈과 다르지 않았다. 채찍질을 해대며 원하는 대로 자신을 만들어간 할멈과 똑같은 사람들이었다. 직접적으로 매질을 하지는 않지만 할멈보다 더 심하게 괴롭혀댔다.

그들은 짐승의 아이를 잠재우지도 않았고 혼자 내버려두지도 않았다. 안락한 동굴을 주지도 않았고 혼자 생각할 시간을 주지도 않았다. 생닭을 던져주는 대신 괴상한 식기에 이상한 음식을 건네주었다. 게다가 그들은 아이를 향해 인간답게 먹으라고 강요했다. 의자에 앉으라고 했고 목욕을 하라고 괴롭혔다. 허리가 다 비뚤어질 것 같은 푹신한 자리에 누우라고 강요했다. 그들은 금단 증세로 손을 떠는 아이에게 하얀 가루약을 주는 대신 눈 밑이 까맣게 타들어가도록 내버려두었다. 그들 중에 아이를 진심으로 염려하는 사람은 없었다.

짐승의 아이에게 살아갈 힘을 주는 것은 회백산에서 느꼈던 그 마지막 온기뿐이었다. 붉은 여인…… 그녀로부터 받은 따스한 온기만이 짐승의 아이를 깨어 있게 하는 유일한 이유였다.

'잊지 마라. 내가 너를 지켜보고 있다는 것을. 언젠가 다시 만나게 될 것이다. 내 너를 잊지 않겠다.'

짐승의 머릿속에서는 그녀의 마지막 인사말만 반복되었다. 심지어 아이는 그 말이 무슨 의미인지 모르는데도 그녀의 말을 기억했다. 그리고 그녀가 전해준 따스한 체온을 기억했다. 평생의 낙인처럼 지울 수 없는 온기를 기억했다.

금단 증세가 나타난 이후 그들은 아이에게 더욱 심하게 굴었다. 그들은 아이의 머리에 거대한 투구를 씌운 채 하얀 침대에 손발을 묶어버렸다. 영력 하나 남아 있지 않은 아이는 아무런 힘을 쓸 수 없는데도 그들은 발광하는 아이를 일말의 연민도 없이 그렇게 묶어두었다. 차갑고 딱딱한 바닥에 익숙한 아이의 척추는 부드러운 침대 위에서 갈라질 것처럼 아팠고 온몸은 흐물흐물 녹아내릴 것만 같았다. 그러나 이 모든 감정을 아이는 전달할 수 없었고 마음으로 이해해줄 사람도 없었다.

며칠 뒤에도 조사실 양쪽에는 여전히 검은 양복 차림의 남자 둘이 있었다. 그들은 기어갈 힘조차 없는 짐승의 아이를 내내 감시했다. 이제 숨을 쉬기조차 버거운 짐승의 아이는 책상 맞은편의 간이침대 위에 묶여 있었다. 아이의 왼팔과 이어진 튜브 저편에서 투명한 주사액이 똑똑 소리를 내며 떨어졌다. 이곳에 끌려온 지 대체 며칠이 지난 건지……. 지지 않는 태양 속에서 아이는 시간의 흐름조차 잃어버린 채 마약에 의한 금단 증세와 더불어 정신적으로도 육체적으로도 완전히 탈진해버린 상태였다. 아이는 제가 죽지 못해 살아남은 것처럼 생각되었다. 할멈의 채찍이 세상에서 가장 고통스럽고 끔찍하다고 생각했는데, 이 낯선 곳은 더욱 참혹하게 느껴졌다.

철커덩.

두꺼운 쇠문이 열렸다.

'그 남자'가 나타난 것은 짐승의 아이가 마약에 의한 금단 증세로 죽을 고비를 두 번쯤 넘긴 뒤였다. 먹을 것을 먹지 못해 온몸이 마를 대로 마른 짐승의 아이는 다만 주사기를 통해 흘러내리는 포도당으로 간신히 연명하고 있었다. 두 눈에 진득한 눈곱이 생기더니 이제는 반투명한 막까지 끼어 코앞도 보이지 않았다.

"모두들 수고가 많습니다."

"동방지부장님, 부부장님! 오셨습니까."

두 남자가 들어서자 짐승의 아이를 지키던 검은 옷들은 예의 바르게 인사했다. 두 남자는 쇠문 앞에 서서 방 안의 상황을 지켜보는 듯했다. 한동안은 발소리도, 움직임도 없었다.

"극도의 불안감이 느껴지는군요."

중후한 목소리였다. 낮고 부드러운 음성을 가진 은발의 중년 남자가 말했다. 그는 몸에 잘 맞는 검은 옷 위에 무릎까지 오는 헐렁한 조끼 같은 것을 덧입고 있었다.

"이런 상황에서는 대화가 힘들었을 것입니다."

"……면목 없습니다."

중후한 남자의 말에 아이를 지키고 있던 두 사람이 부끄러운 듯 고개를 숙였다. 남자는 방 안을 향해 두 팔을 뻗었다. 열 손가락에 힘을 주어 공간 속의 보이지 않는 기운들을 향해 능력을 발휘했다. 그러자 기적 같은 일이 일어났다. 답답하고 스산하기만 했던 메마른 공간의 공기가 달라졌다. 무시무시한 짐승의 아이를 지켜야 했던 요원들의 가슴에 위안과 안도의 기분이 몰아쳤다. 침대에 누운 아이의 심장에도 묘한 변화가 일어났다. 살얼음판을 걷는 것만 같았던 아이의 마음에 까닭 모를 위로가 느껴졌다. 깨진 유리 조각 같던 신경이 편안히 누그러졌다. 팽팽한 긴장감으로 서로를 노려만 보던 조사실의 공간이 갑자기 맑고 청아한 선율로 가득 찬 듯했다. 전장 한복판에 서 있는 것만 같았던 요원들과 어린아이의 영혼이 모두 깊은 위안을 받았다.

"가, 감사합니다, 동방지부장님!"

"아닙니다. 이렇게 힘들게 일하시는데 미리 찾아오지 못해 미안합니다. 이곳에는 저와 부부장이 있겠습니다. 바람을 좀 쐬고 오는 게 좋겠습니다."

"가, 감사합니다!"

동방지부장의 허락이 떨어지자 요원들은 조사실을 빠져나갔다. 고작 어린아이 한 명을 지키는데도 여간 힘든 일이 아니었다. 아이의 힘을 막는 헬멧을 씌웠다고는 하지만 불쑥불쑥 튀어 오르는 그 강한 영파靈波를 감당하는 것은 어지간한 중노동이 아니었다. 게다가 약 기운이 떨어진 아이가 미쳐 날뛸 때는 여럿이 막아도 소용이 없었다. 여기저기 나가떨어지고 뼈가 부러지는 일도 예사였다. 저 아이가 언제 무슨 짓을 할지 신경을 곤두세우고 며칠 동안 지켜온 그들에게는 너무나도 휴식이 필요했다. 어떤 설명 없이도 동방지부장은 이러한 상황을 한눈에 파악했다.

요원들이 나가고 다시 쇠문이 단단히 닫혔다. 방 안의 기운을 죄다 바꿔놓은 동방지부장이 그의 뒤에서 모든 광경을 가만히 지켜보고 있는 남자 쪽으로 고개를 돌렸다.

"부부장, 자네에게 뒤를 맡기겠네. 부탁함세."

중년의 남자는 뒤쪽에 있는 남자에게 부드럽게 말했다. 그러고는 서두르지 않는 걸음으로 조사실 한쪽에 놓인 의자에 앉았다.

"그럼 제가 살펴보겠습니다."

남자의 음성을 처음 듣는 순간 짐승의 아이는 몸에 찌릿 전기가 통하는 걸 느꼈다. 왜 그런 느낌이 드는지는 이해할 수 없었다. 아이의 신통력을 봉쇄하는 헬멧이 없다면 그 이유를 누군가가 말해주었을지도 모른다. 하지만 지금 아이는 어떤 신력神力도 사용할 수 없었다.

부부장이라는 남자도 검은 옷을 입고 있었지만 다른 사람들에 비해 조금 편안해 보였다. 그는 목이 올라오는 검은 티셔츠의 소매를 팔뚝까지 걷어 올렸다. 신축성 있는 옷은 다부진 그의 몸에 잘 맞았다. 소매를 걷어 올린 두 팔에는 푸른 혈관이 툭툭 불거져 나왔다. 허리 아래로도 검은 천이 긴 다리를 감쌌다. 그는 어깨까지 내려오는 검은 머리를 하나로 질끈 묶고 있었다. 그가 긴 다리로 몇 걸음을 옮기자 금세 짐승의 아이 곁에 다다랐다. 아이는 깨어 있는지 자고 있는지 스스로도 판단할 수 없을 만큼 비몽사몽의 상태였다.

그는 눈두덩이가 검게 타버린 아이의 모습을 바라보았다. 눈동자에는 얇은 막이 덕지덕지 붙어서 마치 눈꺼풀 외에 제3의 안검眼瞼이 있는 것처럼 불투명했다. 그는 눈치챌 수 없을 만큼 짧은 한숨을 내쉬었다.

그의 커다란 손이 아이의 작은 손으로 향했다. 아이의 두 손과 두 발은 침대의 네 귀퉁이에 단단히 묶여 있었다. 그의 큰 손이 작은 손을 가볍게 붙잡았다. 아이는 온몸이 감전된 듯 부르르 떨었다. 아이는 남자의 손을 통해 밀려드는 차가운 기운에 깜짝 놀랐다. 그것은 끔찍한 냉기가 아니었다. 그보다는 답답해서 미칠 것만 같은 이곳에서 후련하고 산뜻한 시원함을 느끼게 했다. 늘 어둠만 있는 산꼭대기 깊은 동굴에서 살아온 아이에게는 이곳의 모든 것이 너무나도 뜨겁고 메말랐다. 그런데 남자의 손을 통해 한없이 시원하고 상쾌한 산바람이 밀려오는 것만 같았다.

'많이 아팠군요. 미안합니다.'

아이와 마주 잡은 남자의 손을 통해 그의 마음속 이야기가 전해지기 시작했다. 마음에서 마음으로 전해지는 부드러운 대화는 아이가 여태껏 경험해보지 못한 일이었다. 이전에 조사하던 남자들이 아이의 마음속으로 들어올 때는 날카로운 송곳처럼 아프고 따가웠다. 나의 생각이 아닌 타인의 생각이 밀고 들어오는 이질감도 상당했다. 하지만 이 사람은 달랐다. 타인의 마음이 들어오는데도 그게 전혀 다른 사람의 생각 같지 않았다. 마치 자신의 생각이 자신의 마음에게 위안의 말을 건네는 것 같았다. 아이는 이것이 현실인지 아닌지 판단할 수 없었다. 정말로 남자의 마음이 자신의 마음속으로 흘러 들어오는 것인지, 아니면 단순한 착각이며 환청인 것인지 구분하기가 힘들었다.

이번에는 그의 손이 아이의 이마에 닿았다. 그 손은 솥뚜껑만큼이나 커다랗고 새벽이슬처럼 차가웠다. 손은 서늘한 냉기를 발산해주었다. 그 시원한 기운 덕분에 아이는 이마 위의 펄펄 끓는 뜨거운 열기가 삭아 없어지는 기분이었다. 아이는 이곳에 끌려오고 처음으로 마음이 편안해지는 걸 느꼈다.

한동안 아이의 이마를 지그시 감쌌던 남자의 손이 떨어져나갔다. 동굴 밖의 시원한 바람과 싱그러운 이슬 냄새를 느끼게 해준 그 커다란 손이 사라지자 짐승의 아이는 '끄응' 하는 신음을 내쉬었다. 어느 것이 현실이고, 어느 것이 환상인지 분간할 수 없는 상황에서 아이는 그 시원하고 차가운 손을 갈구하고 있었다.

"잠시만 기다려요."

고요하고 잔잔한 음성이 공간 속으로 퍼져나갔다. 곧이어 기계처럼 정확한 발소리가 이어졌다.

"지부장님, 불을 끄겠습니다."

짧은 양해의 한마디와 함께 곧 커다란 방은 깜깜한 어둠 속으로 빠져들었다.

"우……."

눈을 감아도 눈이 부실 정도의 지독한 밝음 속에서 갑작스레 어둠이 찾아온 그때 아이는 안도의 한숨을 내쉬었다. 태어나 이때껏 대부분의 시간을 어둠 속에서 살아온 짐승의 아이에게 끝없이 이어지는 강렬한 빛은 지독한 고문이었다. 그 끔찍한 고문이 갑작스럽게 사라졌다. 곧 아이의 이마 위로 차가운 남자의 손이 다시 느껴졌다.

'어떤 곳에서 살았는지 들었습니다. 어두운 동굴이라면…… 이런 빛이 힘들었을 텐데……. 용서해요. 배려가 부족했습니다.'

저 어둠 속에서 침묵처럼 고요한 음성이 들려왔다. 그는 한마디도 하지 않았지만 신기하게도 그의 손을 통해 모든 마음이 전해졌다. 아이는 그 모든 것이 너무나 신기했다. 인간의 말을 낱낱이 알지는 못하지만, 그래도 사람들의 말을 들으면 대충 무슨 의도인지는 파악되었다. 그래서 자신이 끌려온 이 괴상한 세계에서 만난 모든 사람이 자신을 두려워하는 한편 멸시하고 또 한편으로 더럽고 끔찍하게 여긴다는 걸 알고 있었다.

그런데 이 사람은 달랐다. 마음속 대화에는 한 줌의 거짓도 섞일 수가 없었다. 그런 거짓 없는 그의 말에는 아이를 향한 어떤 두려움도 멸시도 냉대도 없었다. 그는 아이보다 세상을 몇 배나 더 살았을 어른인데도 아이를 낮추어보지 않았다. 그는 온전한 사람인데도 짐승 반, 사람 반인 아이를 깔보지 않았다. 그가 한마디 한마디를 할 때마다 상대편의 마음을 존중하고 이해하려는 것이 느껴졌다. 인간이 아니라 짐승으로 살아온 아이의 입장에서 모든 것을 바라보려 하는 게 보였다. 그래서 아이의 마음은 안도했다. 날카롭게 세운 아이의 발톱들이 수그러들었다.

한참이 지난 뒤에도 차고 맑은 기운을 가진 커다란 손이 아이의 이마를 떠나지 않았다. 차가운 이슬 냄새를 전해주는 그 손은 아이가 깊이 잠들 때까지 곁을 떠나지 않았다.

그날, 검은 양복들에 의해 낯선 곳으로 끌려온 이후 처음으로 짐승의 아이는 깊은 잠에 빠져들었다.

2

짐승의 아이가 눈을 감자 동방지부장과 부부장은 인기척을 내지 않고 방을 빠져나왔다. 쇠문을 닫은 두 사람이 고요한 복도에 마주 섰다. 환하게 불이 켜진 흰 복도는 끝이 어디인지 알 수 없을 정도로 길었다.

"지부장님, 저 아이는 아직 자신이 처한 상황을 제대로 이해하지 못하고 있습니다."

"그래, 그래 보이는군."

사람의 말을 못하고 제대로 이해하지 못하는 어린아이였다. 아이는 산에서 풀려나와 자유를 만끽하지도 못했다. 지금 주위에서 벌어지는 모든 일에 대해 전혀 이해하지 못한 채 몸도 마음도 극심한 혼란에 빠져 있었다.

"아이는 예언에 대해 인지한 것이 있던가?"

"……지금 봐서는 전혀 없는 것 같습니다."

"그래, 역시 그렇군."

흰머리가 군데군데 섞인 동방지부장의 고개가 천천히 앞뒤로 움직였다. 그는 잠시 동안 여러 생각을 하는 게 틀림없었다. 보통 사람들이 상상할 수도 없는 속도로 수많은 일의 정황을 검토하고 과거와 현재, 그리고 미래의 일을 예견하는 중이었다.

"부부장, 일이 바쁜 건 아네. 하지만 당분간은 만사를 제쳐놓고 예언의 아이에게 주력해주게."

"하지만 아직 인도에서의 일이 마무리가……."

"지시해놓을 테니 걱정 말고 예언의 아이를 돌보게. 시간이 흐를수록 이 일이 더욱 중대한 의미를 갖게 될 걸세."

"알겠습니다."

부부장이 고개를 끄덕였다. 뒤로 질끈 묶은 검은 머리카락이 그의 윗옷을 스쳤다.

"예언의 아이에 관한 모든 것을 일임하겠네. 자네가 소신껏 돌봐주길 바라네. 모든 지원을 지시해놓겠네."

"알겠습니다."

은발의 동방지부장은 부부장을 한 번 더 물끄러미 바라보더니 곧 새하얀 복도 저편으로 나아갔다. 그 자리에 남은 부부장은 깊은 생각에 잠긴 얼굴이었다. 그가 얼어붙은 듯 한참 동안 그 자리에 서 있는데, 복도 저편에서 검은 옷을 입은 청년이 날쌔게 다가왔다. 부부장은 서둘러 상념을 거두고 자신을 향해 달려오는 청년에게로 고개를 돌렸다. 예언의 아이를 내내 지키고 있던 요원 중 한 명이었다.

"부부장님, 당분간 함께 계실지도 모른다는 말씀을 들었습니다. 저는…… 그게, 그러니까, 너무나 기뻐서……."

"그래요, 참 오랜만에 같이 일하게 되었군요."

부부장은 한껏 들떠 있는 젊은 요원의 어깨에 한 손을 얹었다. 흥분한 요원의 어깨가 차츰 안정을 찾아갔다. 편안한 상태에서도 청년은 들뜬 기쁨을 좀처럼 감출 수가 없었다.

"존경하는 부부장님과 늘 함께 작전에 투입되는 날을 기다려왔습니다. 비록 작전을 수행하진 않지만 여기서라도 가까이 모시게 되어 너무나 영광입니다!"

젊은 요원은 아직 여드름도 다 가시지 않은 나이였다. 그의 앳

된 모습에서 강한 열망과 열정이 고스란히 느껴졌다.

"고맙습니다, 현욱 요원."

그가 이름을 부른 순간 젊디젊은 얼굴이 발그스름하게 물들었다. 달콤한 긴장과 기쁨이 느껴졌다. 부부장은 젊고 혈기 왕성한 요원을 보며 은은한 미소를 지었다. 한참 어린 요원에게도 그는 겸허한 태도를 잊지 않았다.

"그럼 먼저 예언의 아이에게서 알아낸 것들을 말씀해주겠습니까?"

"아, 그건……."

부부장의 한마디에 젊은 요원의 두 눈이 잠시 길을 잃고 방황했다. 그동안의 보잘것없는 결과물을 존경해 마지않는 사람 앞에 드러내야 한다는 것이 그를 속상하게 했다.

"흑단인형이 아이를 데려가지 않은 이유는 알아내지 못했습니다. 유감스럽게도 아이는 이곳에 온 뒤로 한마디도 하지 않고 있으며, 투시를 해봐도 별 소득이 없었습니다. 또한 약물중독 증세도 보이고 있어서……. 보고를 받으셨겠지만, 아이를 데리고 있던 할멈이 지속적으로 마약을 투여한 상태였습니다."

현욱은 자신이 몹시도 존경하는 부부장에게 그동안 알아낸 것을 모조리 읊기 시작했다. 하지만 말을 하면 할수록 비루하고 부끄러웠다. 객관적으로 누구든 알아낼 수 있는 몇 가지 사실 외에는 어떤 것도 밝혀내지 못했음을 누구보다도 그 자신이 잘 알고 있었다. 하지만 그 사소하고 뻔한 것들을 부부장은 고요히 듣고만 있었다. 보고가 끝났을 때는 이 한마디도 잊지 않았다.

"수고가 많았습니다."

요원이 부부장을 존경해 마지않는 것은 바로 이런 그의 태도 때문이었다. 위대한 능력을 소유하고 있는데도 그는 결코 자만하지 않았고 누구도 무시하지 않았다. 말이 넘치지도 않았고, 그렇다고 칭찬을 아끼지도 않았다. 말하기보다는 경청에 익숙했고, 이해심이 바다와 같이 넓고 깊었다. 때문에 그의 앞에 선 사람은 누구든 자신의 이야기를 하다가 결국엔 스스로 잘못을 뉘우치고 반성하게 되었다.

"부끄럽습니다. 더욱더 노력하겠습니다!"

젊은 요원은 얼굴을 붉히며 고개를 숙였다. 수고했다는 한마디에 자신의 부족함을 실토하지 않을 수 없었다. 늘 우수하다는 말을 듣고 살아온 젊은 요원이 제 능력에 대해 겸손해진다는 것은 가장 어려운 일이었다. 그러나 격동의 시기를 보내는 젊은 혈기도 부부장 앞에서는 절로 겸손해졌다.

"당분간 저 역시 함께 아이를 살필 겁니다. 이미 이 일에 투입된 분들께 폐가 될지 모르겠습니다. 양해를 부탁드립니다."

부부장의 커다란 손이 현욱 요원의 어깨를 감쌌다. 그 커다란 손에서 넓은 이해와 따스한 온정이 전해져왔다. 자괴감과 부끄러움으로 벌겋게 상기되었던 요원의 얼굴이 본래의 색을 되찾았다. 그 커다란 손은 백 마디 말보다도 따스한 위로를 전달하고 있었다. 요원은 그를 마음으로부터 존경하지 않을 수 없었다. 젊은 요원의 눈동자가 빛났다. 그는 언젠가 부부장의 오른팔이 되어 세계와 인류를 위해 활약할 날을 꿈꾸었다.

3

검은 옷을 입은 사람들은 짐승의 아이를 향해 무언가를 이야기하라고 다그쳤다. 인간의 말을 못하는 아이에게 어떤 식으로든 대답해야 한다고 종용했다. 무엇을 알아내려는 건지는 몰라도 캄캄한 동굴만이 자신의 세상이었던 아이는 아무 말도 할 수 없었다. 그저 '크르릉'거리는 울부짖음이 전부였다. 그들은 말을 못하는 아이의 머릿속에서 생각을 끄집어내려 애썼지만 그건 불가능한 일이었다. 아이에게 무거운 헬멧을 뒤집어씌운 상태에서는 서로의 생각이 차단되기 일쑤였고, 그렇다고 헬멧을 벗기면 아이가 난동을 부렸다. 그것은 금단 증세가 약해진 뒤에도 마찬가지였다. 그들은 헬멧을 벗기고 아이의 머릿속을 보고 싶었지만 아이가 몹시도 두려워서 그러지 못했다. 두려움 때문에 늘 두 명 이상이 아이를 지켰다. 결국 그들은 자신들이 만든 함정에 빠져 옴짝달싹도 못하는 신세가 되었다.

그런데 참 이상한 일이었다. 똑같은 검은 옷을 입은 남자들 중에서 유독 그 사람, 부부장만은 달랐다. 아이와 단둘이 있는 걸 두려워하는 용기 없는 나부랭이들과는 존재감부터 달랐다. 그는 어떤 식으로든 아이를 몰아세우지 않았다. 어떤 괴로움도 주지 않으려고 애를 썼다.

겁쟁이들은 둘셋이 함께였지만 그는 늘 혼자 방 안에 들어섰다. 조사실에 들어서자마자 그가 하는 일은 밝게 켜져 있는 불을 끄는 것이었다. 용기 없는 자들은 불빛 한 점으로 마음의 위안을 얻으며 차마 불을 끄지 못했다. 하지만 그는 어둠을 두려워하지 않았다. 그는 불을 끔으로써 아이를 해방시켜주었다. 그는 아이의 손발을 풀어주었고 머리를 짓누르는 무거운 헬멧도 벗겨주었다. 아주 조심스럽고 느린 동작으로. 그는 아이가 불안해하지 않도록 각별히 신경 썼다. 그러고는 한쪽 벽에 자리를 잡고 앉았다. 아이가 그러는 것처럼 책상도 의자도 아닌, 차가운 돌바닥에 두 다리를 펴고 앉았다. 주어진 시간 동안 남자는 있는 듯 없는 듯 앉아 있었다. 아무것도 묻지 않고 어떤 것도 알아내려 하지 않았다.

짐승의 아이가 방구석에 웅크리고 있어도, 두 다리로 걷지 않고 기어 다녀도 나무라지 않았다. 그는 있는 그대로의 모습을 받아들이려고 마음먹은 것 같았다. 다른 이들은 짐승의 아이에게 익힌 음식을 숟가락으로 먹으라고 강요했지만 그는 아이가 지금껏 먹어온 생닭을 건네준 뒤 맨손으로 살을 뜯어 먹고 뼈를 깨물어 먹게 했다.

그는 아이에게서 어떤 정보도 빼내려 하지 않았다. 오히려 아무것도 모르는 아이에게 현재의 불안한 상황을 쉽게 설명해주려고 애를 썼다. 사람들이 해치려 하는 게 아니므로 그토록 불안에 떨며 경계하지 않아도 된다는 것을 이해시키려 했다.

짐승의 아이가 어느 정도 건강을 되찾을 때까지 그는 매일 그렇게 방을 찾아왔다. 짐승의 아이는 그가 오는 시간을 기다렸다. 무거운 헬멧을 벗고, 어둠 속에 녹아들 수 있는 그 시간은 짐승의 아이에게 유일한 안식의 시간이었다.

"많이 나아진 것 같군요."

짐승의 아이가 허겁지겁 생닭을 물어뜯으면 그는 어두운 방의 한쪽 벽에 기대앉아 두런두런 이야기를 시작했다. 그는 아이가 듣든 말든 거슬리지 않는 낮은 음성으로 천천히 말했다.

"왜 여기로 끌려왔는지 궁금할 겁니다. 당신의 의지와 상관없이 이렇게 되어버렸으니까요. 아마 낯설고 불편하겠지요."

처음에 짐승의 아이는 그의 말에 귀를 기울이지 않았다. 다만 그가 가져오는 어둠과 생닭과의 조우를 기뻐했을 뿐이다. 하지만 며칠이 지나면서 아이는 차츰 그의 이야기를 경청하기 시작했다. 자꾸 듣다 보니 어느 순간 그의 말을 알아들을 것 같기도 했다.

"동굴에서 생활해왔다지요? 노파와 함께 지냈다는 걸 압니다. 태어나 내내 그렇게 생활해왔겠지요. 기억이 시작된 그때부터 늘 뭔가를 죽여야만 살 수 있는 삶이었지요. 독거미를 죽이고 독두꺼비를 해쳐야만 살 수 있었겠지요. 노파가 지목한 자를 제거해야만 배를 채울 수 있었을 테지요. 하루하루가 참 전쟁 같은 삶이었을 겁니다."

그는 아이가 알아듣든 말든 같은 말을 천천히 반복하면서 그의 감정을 아이가 느낄 수 있게 했다.

"이렇게 낯선 곳에 와서 힘들 겁니다. 당신을 이곳에 데려온 이유가 궁금하겠지요. 우리가 당신을 이곳에 데려온 것은 그만큼 당신이 중요한 인물이기 때문입니다. 당신이 중요한 이유는 당신에 대한 위대한 예언 때문입니다. 위대한 예언에 따르면 짐승의 아이를 통해 태고의 신을 예비한다고 하였습니다. 그 예언은 당신이 태어나기 훨씬 전부터 있었지요. 우리는 그 시기를 알기 위해 노력했습니다. 많은 선지자가 예언에 나오는 '짐승의 아이'가 누구인지 수없이 논의했고, 우리 요원들은 모든 가능성을 열고 세계 각국에서 예언의 아이를 찾았습니다. 그리고 마침내 당신을 만난 겁니다."

그는 짐승의 아이가 자신의 처지를 이해하도록 도움이 될 만한 이야기를 해주었다. 그는 아이가 이해하는 표정을 지을 때까지 수없이 같은 말을 되풀이했다. 처음에는 아무것도 이해하지 못했고, 또한 이해하려는 시도조차 하지 않던 짐승의 아이도 어느새 주변에서 일어나는 일들에 대해 자신도 모르게 조금씩 통찰하기 시작했다.

그러던 어느 날이었다. 그날도 그 사람이 쇠문을 열고 짐승의 아이를 만나러 왔다. 남자는 방으로 들어오자마자 아이에게 검은 어둠을 선사하고 결박을 풀어주었다. 그러고는 언제나처럼 낮고 작은 소리로 혼자만의 이야기를 시작했다. 그런데 오늘은 왠지 평소와 조금 다른 이야기가 흘러나왔다.

"내일부터 저는 사건에 투입됩니다. 당분간은 여기에 오기 힘들 겁니다. 하지만 최대한 불편하지 않도록 조치했습니다. 소모적인 조사도 빨리 끝내도록 건의해놓았습니다. 또한 혼자 지낼 방을 배정받고 편안히 지낼 수 있도록 해두었습니다. 모든 구속도 제거될 겁니다. 위험한 것은 당신을 살인기계로 사용했던 사람이지, 당신 자신은 결코 위험한 사람이 아니니까요."

짐승의 아이는 사람의 언어를 알아듣지 못하지만 그가 이제는 오지 않는다는 말은 알아챘다. 내용을 세세히 파악하진 못하지만 그 핵심만은 단번에 깨달았다. 아이는 한쪽 벽에 몸을 웅크린 채 남자를 바라보았다.

아이에게는 별다를 바 없이 다 같은 사람이었다. 조금 이상하기는 해도 검은 옷을 입은 다 같은 사람이라고 생각했다. 그래서 그가 어딘가로 떠난다는 것이 서운하거나 가슴 떨리지는 않았다. 다만 뇌리에 걱정이 스쳐갔다. 앞으로 자신에게 어둠을 가져다줄 사람, 생닭을 가져다줄 사람이 사라졌다는 것이 아쉬울 뿐이었다.

그의 말대로 다음 날부터 부부장이라 불리는 그 남자는 나타나지 않았다. 그러나 걱정했던 일은 일어나지 않았다. 어딘가로 떠나기 전에 그는 짐승의 아이를 위해 많은 일을 해두었다. 그의 배려로 한동안 암흑과 침묵의 시간이 주어졌다. 조사실에서 요원들이 모두 빠져나가고 오롯이 아이 혼자만의 시간이 주어졌다. 사람의 음식 대신 아이가 원하는 생고기도 주어졌다. 약에 대한 중독 증세가 어느 정도 완화되자 아이는 하루하루에 익숙해지고 날카로웠던 경계심도 무뎌졌다.

아이를 힘들게 한 조사 작업도 마무리되었다. 아이의 머릿속에는 예언에 대한 어떤 것도, 흑단인형과 관련된 어떤 음모도 없다는 것이 확실해졌다. 불필요한 시간 낭비가 겨우 멈추었다. 조사 대신 이어진 것은 조금 귀찮지만 위협적인 과정은 아니었다. 이곳 사람들은 아이에게 '교육'이니 '예절'이니 하는 것들을 들이밀었다. 그것들은 나름대로 재미가 있었다. 배우는 자체로도 흥미로운 것이 많았다. 몰랐던 것을 하나하나 알아간다는 것이 아이를 기쁘게 했다.

사람이 입는 옷을 입고, 사람의 말을 이해하며, 두 다리로 걷는 것은 귀찮은 일이었지만 점점 적응되어갔다. 사람을 흉내 낼수록 더 많은 것을 배울 수 있었다. 모르는 세계에 대한 다양한 지식을 가질 수 있었다. 아이는 자신이 살아왔던 환경에 대해 차츰 이해하게 되고 자신의 능력에 대해서도 깨달음을 얻었다. 그것은 참으로 신비하고 황홀한 경험임에 틀림없었다.

그런데 이상한 일이었다. 왠지 아이는 자신도 모르게 가끔 그 사람의 얼굴을 떠올렸다. 붉은 기모노를 입은 그녀를 떠올리는 건 당연한 일이었다. 그녀는 아이의 가슴에 지울 수 없는 흔적을 남겨놓았으니까. 난생처음 느낀 따스한 온기를 통해 지울 수 없는 치명적인 문신을 남겨놓았으니까. 그런데 그 남자는……

잠을 이루지 못하는 깊은 밤이면 검은 옷을 입은 부부장, 그 남자의 모습이 떠오르곤 했다. 그 남자의 커다란 손이 이마를 어루만져줄 때마다 느꼈던 맑고 시원한 감촉이 떠오르곤 했다. 몽글몽글 떠오르는 알 수 없는 감정을 즐기며 아이는 그 남자를 되새김질했다.

4

아이는 스펀지와도 같았다. 짐승으로 살아온 10여 년의 세월을 보상받으려는 듯 인간에 대해 배우는 모든 것을 순식간에 소화해냈다. 영력 훈련에서는 더욱 말할 나위가 없었다. 태어날 때부터 영적인 도구로 만들어진 아이는 모든 영적 훈련에서 탁월한 능력을 선보였다. 누구도 따를 수 없는 경지까지 누구보다도 먼저 도달했고 이해력과 응용력, 그리고 힘조절에 이르기까지 타의 추종을 불허했다.

다만 아이가 획득하지 못하는 유일한 것은 '말'이었다. 아이는 모든 분야에서 탁월한 소질을 보였지만 인간의 언어만은 말하지 못했다. 말귀를 알아듣는 것도, 글을 익히는 것도, 글씨를 적는 것도 가능했지만 어찌 된 일인지 음성언어는 발전이 없었다. 시간이 지나도 아이는 짐승의 소리만 냈다.

몇 달이 지나도 음성언어는 나아질 기미를 보이지 않았다. 그녀를 지도하는 요원들도 다들 혀를 놀렸다. 지적 능력과 영적 능릭의 발전은 타의 추종을 불허하는 반면 유독 말만 못하는 이유에 대해 분석을 해댔다. 그들은 아이 스스로 자신의 음성에 대한 믿음과 확신이 부족하다고 생각했다. 말을 하면 흘러나오는 곱지 않은 소리가 스스로의 혀를 막아버린 것 같다고 추측했다. 여러 방법이 동원되었지만 아이는 입을 닫은 채 절대 열지 않았다. 아이가 그 사람을 다시 만났을 때도 그랬다.

부부장을 다시 만난 건 아이가 섬에 들어온 지 수개월이 지난 뒤였다. 그사이 아이의 영적 능력은 이전과 비교할 수 없을 만큼 배가되었고 겉모습도 딴판으로 바뀌었다. 아무 바닥에서나 웅크리고 앉지도 않았고 두 손과 발로 뛰어다니지도 않았다. 의자에 앉는 것도 어려워하지 않았고, 침대에서 자는 데도 차츰 익숙해졌다. 또한 다른 인간들처럼 익힌 음식을 수저로 먹게 되었다. 아이는 누더기 같은 짐승의 가죽을 벗고 인간의 옷을 입었다. 주로 차분한 낮은 채도의 옷을 선호했다. 치마와 바지에 대한 선호가 없어 치마나 바지나 손에 집히는 대로 선입견 없이 입었다. 단추를 잠그지도 못했던 아이가 이제는 겉으로만 보면 정상적으로 자란 아이들과 별다를 바 없을 정도로 단정했다.

수세미처럼 헝클어져 있던 검은 머리카락은 삭발을 했다. 텅 비었던 머리카락이 차츰 자라더니 귀밑까지 살짝 내려올 정도로 길었다. 머리를 빗고 세수를 하고 양치를 하는 것까지 세세하게 배운 아이는 액세서리 등으로 애써 꾸미지는 않아도 늘 단정하고 말쑥한 차림이었다.

처음 이곳에 들어왔을 때의 모습을 기억하는 사람은 모두 이렇게나 변해버린 아이를 보고 놀라워했다. 지금 아이의 모습을 보고는 처음 아이의 모습을 떠올리지 못할 정도였다. 겨우 수개월 만에 아이의 내·외면에 천지개벽할 만한 변화가 있었다.

그를 다시 만난 날, 아이는 아이보리색 스웨터에 회색 스커트를 걸치고 있었다. 아이는 가슴에 한 뼘이나 될 법한 두꺼운 책을 안고 한 발 한 발 기다란 복도를 걷고 있었다. 아이는 조금이라도 자세가 무너지지 않도록 조심스럽게 발을 내디뎠다. 그동안 배운 대로 인간답게 걷기 위해 애를 썼다.

그때 길고 하얀 복도 저편에 모여 있는 사람들이 눈에 들어왔다. 평소에는 이 긴 복도에서 사람과 마주치는 경우가 드물었는데, 오늘은 아예 복도가 꽉 찰 정도로 사람들이 모여 웅성거리고 있었다. 키가 크고 어깨가 넓은 남자가 무리의 중심에 있었다. 그는 사람들에게 빙 둘러싸여 한 사람, 한 사람의 이야기를 듣고 있었다. 무엇이 그토록 보고할 것이 많은지 일련의 검은 사람들이 그를 놓아주지 않았다. 그 남자는 턱을 만지며 사람들의 말을 경청했다. 턱을 감싼 그 손을 보는 순간 아이는 저도 모르게 걸음을 멈추었다.

참 커다란 손이었다. 푸른 혈관이 툭툭 불거져 나온 그 커다란 손 위로 걷어 올린 팔뚝이 이어졌다. 근육으로 다져진 팔뚝에 이어 검은 머리를 뒤로 질끈 묶은 남자의 옆모습으로 아이의 시선이 이동했다.

"......!"

그 사람의 얼굴을 바라보는 순간 아이는 잠시 심장이 멈추는 듯한 착각에 빠졌다. 아이는 잠시 숨 쉬는 법을 잊을 정도로 놀라고 말았다. 무슨 죄를 지은 것도 아닌데 꼼짝 못하고 그 자리에 멈춰 섰다.

검은 사람들의 틈에서 이야기를 듣던 그가 문득 고개를 들었다. 사람들 틈바구니에서 하얀 복도의 이편을 바라보는 그 남자의 모습이 보였다. 그는 아이를 바라보고 있었다.

"아!"

그가 끊임없이 말을 걸어대는 검은 사람들에게 잠시 멈추라는 시늉을 했다. 그가 손짓하자 떠들어대던 이들이 이내 말을 멈추었다.

"오랜만이군요."

긴 복도 저편에서 그가 소녀를 알아보았다. 커다란 키에 서글서글한 눈매의 남자가 천천히 소녀에게 다가왔다. 어찌 된 일인지 더딘 시간의 흐름처럼 그의 행동이 굼뜨고 느리게 느껴졌다. 하지만 그것은 소녀만의 착각이었다.

"반갑습니다. 그동안 불편한 일은 없었습니까?"

소녀는 천지가 개벽할 정도로 바뀌었지만 놀랍게도 그 사람은 소녀를 한눈에 알아보았다. 그것은 신기한 동물을 보는 눈이 아니었다. 그녀의 변화에 놀랐다는 눈빛도 아니었고 더 높은 영력, 더 완벽한 예절을 요구하는 눈빛도 아니었다. 그는 그저 반가움을 표하고 있었다. 지난번처럼 있는 그대로의 소녀를 받아들이는 얼굴이었다. 아이의 변화에 놀라거나 신기해하지 않았고, 그녀의 변화를 관찰하려고도 하지 않는 얼굴이었다.

소녀는 느낄 수 있었다. 그가 건네는 저 인사야말로 인간이 인간에게 전하는 진실한 마음이라는 것을. 신기함과 놀라움에 가득 차서 장난감을 바라보는 게 아니라 인간의 내면을 그대로 직시하는 태도라는 것을 깨달았다.

아이는 한마디도 하지 않았다. 여전히 목구멍은 꽉 막혀서 소리가 삐져나오지 않았다. 하지만 말없이도 그녀의 마음이 그에게 흘러가는 것만 같았다. 붉게 달아오른 두 뺨이 목구멍 대신 그에게 말을 건네는 것 같았다.

"건강해 보여서 다행입니다. 그동안 소식은 잘 듣고 있었습니다. 이렇게 기운을 내줘서 정말 고맙군요."

그가 소녀를 향해 고개를 숙였다. 그가 다시 고개를 들었을 때는 다시 주변이 검은 사람들에게 휩싸여 있었다. 그들은 서로 차례를 다투며, 부부장과 이야기를 하려고 애를 썼다. 소녀는 자연스럽게 그런 사람들에게 밀려 한쪽으로 비켜서야 했다. 하지만 서운하지도 안타깝지도 않았다. 그 사람이 먼저 인사해줘서. 그가 알아봐준 것만으로도 그녀는 가슴이 뿌듯했다.

그날 아이는 꿈을 꾸었다. 조용한 음성과 커다란 손을 가진 그 남자가 자신의 이마를 지그시 눌러주는 꿈이었다. 그의 손이 닿자 펄펄 끓던 이마가 순식간에 시원해지고 상쾌한 기분마저 드는 꿈이었다.

남자가 소녀의 꿈에 나온 건 처음이었다. 그날 아이는 너무나
도 깊은 잠에 빠져들었다. 전에 없이 달콤한 잠이었다.

5

시간의 흐름은 놀라울 정도였다. 동굴에 갇혀 하루하루 시간
가는 줄 모르고 살던 때와 비교할 수 없을 정도로 세월이 빨랐다.
몇 날 며칠이 지나도 이야기할 사람 한 명 없던 컴컴한 동굴에서
살 때는 하루가 참 길고도 길었다. 하지만 이름도 모르는 이 멀고
먼 섬으로 끌려온 이후로 시간은 낙하하는 폭포수처럼 빠르게 지
나갔다. 이른 시간에 깨어나 짐승의 아이를 위해 준비된 여러 가
지 수련을 하고 하루 세끼 정해진 식사를 하고 잠자리에 드는 것
만으로 소녀의 시간은 사라졌다. 혼자서 멍하니 벽을 바라보고
있다거나 하루 종일 꼼짝 않고 웅크리고 있는 시간은 더 이상 존
재하지 않았다.

그렇게 시간은 흐르고 흘렀다. 혼자만 개인 교습을 받던 아이
가 어느새 다른 아이들과 섞여 공부를 해도 될 만큼 발전했다. 다
른 아이들과 같은 수업을 준비하면서 가장 먼저 받은 교육이 바
로 '독심법讀心法'이었다. 사람과의 대화는 그때까지도 풀리지 않
는 과제로 남아 있었다. 때문에 아이는 다른 아이들과 섞이기 전

에 사람의 마음을 읽고 자신의 마음을 전달하는 방법을 익혀야 했다. 음성 대화의 다른 방법으로 선택된 것이 바로 독심이었다. 그렇다고 제 마음을 다 드러내는 것도 안 될 일이니 독심을 하면서도 자신의 마음을 가리는 법도 터득했다.

몇 년이 지나자 드디어 소녀는 다른 아이들과 함께 훈련을 받게 되었다. 늘 혼자만 수련을 받던 것과 달리 수련장에는 또래로 보이는 몇몇 아이가 있었다. 처음 그 자리에 들어갈 때만 해도 아이는 두근거리는 가슴을 주체할 길이 없었다. 또래 아이들과 어울리는 건 태어나 처음이었다. 게다가 적이나 대결 상대가 아니라 함께 협력하며 발전해나가야 할 동료를 만나는 건 무척이나 가슴 떨리는 일이었다.

하지만 이미 자기들끼리 함께한 시간이 오래된 아이들 틈에서 소녀는 동료애보다 심한 이질감을 느꼈다. 소녀는 아이들의 자유로운 행동과 웃음소리에서 자신과 다름을 느꼈다. 또한 서로 친근하게 마음을 나누는 일에는 온몸이 벌거벗겨진 기분이라 도저히 참여할 수가 없었다. 아이는 스스로도 어쩔 수 없는 높고 깊은 벽을 만들었다. 그 벽이 너무나 거대해서 독심을 공부하지 않은 누구라도 마음속에 세워진 거대한 성곽을 어렵지 않게 감지했다. 소녀는 스스로 동료들을 가로막았다. 소녀와 다른 아이들의 사이가 점점 더 벌어진 것은 당연한 일이었다.

'넌 한낱 짐승일 뿐이야. 도저히 널 사람으로 여길 수가 없어.'

'네가 인간인 줄 알았니? 착각하지 마.'

'특별한 척하지 마. 재수 없어!'

어느 순간부터 소녀의 마음속으로 악의 어린 메시지들이 흘러 들어왔다. 다른 아이들 역시 특이한 능력을 가졌다는 이유로 인간 세상에 적응하지 못하고 이곳으로 왔다. 하지만 버림받은 아이들의 세계에서도 짐승의 아이는 받아들여지지 못했다. 그 이유는 크나큰 생각의 차이에 있었다. 다른 아이들은 스스로가 인간이라고 생각했다. 하지만 짐승의 아이를 인간이라고 생각하지는 않았다. 스스로를 가둔 그 생각의 틀이 소녀를 그들로부터 동떨어지게 만들었다. 소녀가 스스로 짐승이라고 느끼니 주변에 있는 사람들도 그렇게 생각하는 것은 어찌 보면 당연한 일이었다.

그럼에도 슬픔이 밀려왔다. 악의 어린 동료들의 소리에 상처받는 심장이 있었다. 독심을 배운 탓에 낱낱이 느껴지는 날카로운 생각들이 소녀의 가슴속에 커다란 흠집을 냈다. 어느 날 소녀는 뼈아픈 소리를 견디지 못하고 수련실을 뛰쳐나왔다.

"우우우우우……."

파도처럼 밀려오는 몹쓸 소리에 아이는 견디지 못하고 괴성을 질렀다. 악의 어린 생각들은 소녀가 수련실을 뛰쳐나오는 순간에도 가슴속으로 파고들었다.

'저것 좀 봐, 또 짐승 소리를 내고 있어!'

'인간인 척하지 마, 이 짐승아!'

'꺼져버려! 다시는 돌아오지 마!'

아무리 영력이 뛰어나도, 아무리 인간처럼 옷을 입어도 소녀의 이마에는 카인의 증표가 찍힌 것 같았다. 그것은 영원히 변치 않는 짐승의 낙인이었다.

"우우우우……."

짐승의 아이는 새하얀 복도를 따라 달렸다. 아이의 가슴속에 피눈물이 흘러내렸다. 이곳에 온 뒤로 수년간 힘겨운 수련을 감당하면서 아이에게는 한 가지 소망이 생겼다. 그것은 인간이 되고 싶다는 열망이었다. 인간처럼 걷는 법, 인간처럼 입는 법, 인간처럼 사는 법을 배우고 스스로를 인간이라고 되뇌었다. 어느 날은 깜빡 자신이 인간으로 느껴졌다. 하지만 그 모든 것은 착각이었다. 짐승의 아이는 짐승으로 태어나 짐승으로 키워졌고, 짐승의 낙인이 찍혀 있다는 걸 깨달았다. 아이는 스스로 인간이라고 착각한 것이 수치스러워 견딜 수가 없었다.

아이는 어느 날에는 제 모습이 다른 아이들과 비슷하다고 생각했다. 그래서 저도 인간일 거라고 생각했다. 또래와 함께 교육을 받을 수 있다는 말을 처음 들었을 때도 걱정되는 한편 설렜다. 또래와 함께 이야기하고 뛰노는 상상도 했다. 다른 아이들도 자신과 놀아주고 자신을 받아줄 거라는 말도 안 되는 상상에 빠져 있었다. 하지만 끔찍한 착각이었다.

쿵!

소녀는 넘어졌다. 무언가에 크게 부딪히며 매끈한 하얀 복도 위로 내동댕이쳐졌다. 온몸이 욱신거리며 아파왔다. 그러나 정말로 아픈 것은 마음이었다. 마음의 상처가 온몸 곳곳으로 시큰한 아픔이 되어 번져나갔다. 아이는 복도 끝에 웅크렸다. 팔과 다리를 동글린 채 바닥에 달라붙어 몸을 말았다. 인간의 교육을 받은 뒤로 좀처럼 보이지 않은 행동이 자신도 모르게 튀어나오고 말았다. 그것은 인간인 척했지만 짐승의 본능이 그대로 남은 소녀의 본모습이었다. 소녀는 두 팔을 모아 자신의 머리를 감싸 안았다. 짐승 주제에 인간인 척했다는 부끄럽고 수치스러운 생각에 도저히 고개를 들 수 없었다.

"괜찮습니까?"

그 순간 아이의 귀에 고요하고 차분한 음성이 들려왔다. 침묵처럼 조용하고, 산처럼 웅장하고, 바다처럼 고요한 음성이었다. 아이는 천천히 고개를 들었다.

저편에 그 사람의 얼굴이 있었다. 검은 옷을 입은 그 사람이 소녀를 바라보고 있었다. 그는 아이의 몸을 조심스럽게 부축해 일으켜 세웠다. 일어선 아이의 얼굴은 엉망이었다.

"무슨 일이 있었군요."

그 사람은 엉망이 되어버린 아이의 표정을 바라보며 짐짓 얼굴을 찌푸렸다.

"혹시…… 제가 마음을 보아도 될까요?"

아이는 그의 말을 알아들었다. 분명 독심법을 이야기하는 것이리라. 자신의 마음을 읽어 문제가 무엇인지 알고자 함이리라.

아이는 고개를 저었다. 누구에게도 알리고 싶지 않기도 했지만, 자신의 마음이 인간이 아닌 짐승의 마음일 것 같아 보여주고 싶지 않았다. 그는 마음의 벽 뒤에 꼭꼭 숨어버린 소녀의 모습을 한참 동안 바라보았다. 1초가 하루 같은 몹시도 바쁜 사람이 소녀의 곁을 떠나지 않았다. 그는 소녀의 손을 붙잡고 마음을 다스릴 만한 장소로 이끌었다.

"잠깐 동안 나에게 시간을 좀 내주세요."

그는 소녀의 손을 잡고 어느 방으로 데려갔다. 그곳에는 편안한 소파와 따뜻한 차가 준비되어 있었다. 소녀는 푹신한 소파를 전부 마다하고 방 한구석에 자리를 잡았다. 보기 싫은 표정을 보이기 싫어 두 팔에 얼굴을 깊이 묻어버렸다.

그 사람은 아무것도 묻지 않았다. 대신 따끈하게 데운 우유 두 잔을 가지고 소녀의 곁으로 다가갔다. 소녀가 불편함을 느끼지 않을 만큼 떨어져 앉더니 우유 한 잔을 슬며시 내밀었다. 소녀는 몽글몽글 김이 오르는 우유를 멍하니 바라보았다. 어떻게 알았을까? 소녀가 유일하게 좋아하는 음료가 바로 우유라는 것을!

"바람 부는 바닷가에 앉아 얘기하는 것도 좋을 텐데……. 이곳의 규율상 스스로 결계를 통과하기 전에는 이 건물을 빠져나갈 수가 없어요."

그는 또다시 아무것도 묻지 않았다. 그는 자신의 우유를 마시며 관련이 없어 보이는 이야기를 끄집어냈다.

"나는 마음이 울적할 때마다 책을 읽었습니다. 그러면 마음이 조금 가라앉곤 했지요."

그의 말은 아주 느리고 아주 차분했다. 그 느림과 차분함이 시간이 지날수록 아이의 가슴속에도 전해졌다. 말과 말 사이에 텅 빈 시간이 있었지만 지루하지도 답답하지도 않았다. 일분일초가 아까울 만큼 바쁜 사람일 텐데도 그는 조급한 기색도 없이 자신의 시간을 온전히 짐승의 아이와 함께하고 있었다.

숨을 쉬기조차 힘들 만큼 속상했던 마음이 어느새 차분히 가라앉기 시작했다. 그 사람의 안정된 마음이 아이의 가슴속에 작은 파장을 일으켰다. 그의 느릿느릿한 말을 듣고 있던 소녀는 문득 이 남자가 다른 사람들과 다른 이유를 이해할 것 같았다. 다른 사람들은 소녀에게 늘 무언가를 요구했다. 할멈의 채찍질은 사람을 죽이고 저주하라는 명령이었다. 이곳의 다른 사람들도 소녀에게 무언가를 하기를, 어떤 능력을 키우기를, 어떤 교육을 받기를 강요했다. 하지만 이 남자만은 처음 만난 그때부터 아무것도 요구하지 않았다. 무언가를 원하는 눈빛이 아닌데도 소녀를 바라봐주었다. 그것은 소녀에게 너무나 특별한 경험이었다. 대가 없이 자신을 쳐다봐준다는 것…… . 지금껏 한 번도 느껴본 적 없는 가슴 뭉클한 감정이었다.

"우우…… ."

차가운 바닥에 쭈그리고 앉은 소녀의 손가락 하나가 그 남자의 커다란 손가락 끝으로 슬며시 다가갔다. 그는 소녀의 손이 그의 손을 스치는 순간 진지한 눈빛으로 소녀의 얼굴을 바라보았다.

소녀가 누군가에게 손을 내밀어 건드리는 행동은 처음이었다. 다른 사람들에게는 별것 아닐지 모르는 그 작은 행동이 소녀에게는 얼마나 힘겹고 벅찬 일인지 그 사람은 알아주었다. 남자는 소녀만큼이나 절박한 마음으로 소녀를 바라보았다. 그는 섣불리 앞서가지도 재촉하지도 않았다. 그는 아이가 충분히 제 마음을 표현할 수 있을 때까지 찬찬히 기다렸다.

아이는 천천히 남자의 손등 위에 제 손을 겹쳤다. 몇 번이나 망설이는 기색을 보이면서도 그렇게 손을 포갰다. 아이는 두려움이 가득 찬 눈동자로 그 사람의 눈동자를 응시했다.

'내 마음을 읽어보겠어요?'

아이가 말하고 있었다. 마음과 마음을 통해 생각을 전달했다. 남자는 아이의 생각을 그대로 읽었다. 처음에는 아이의 마음속에 불안과 망설임이 뿌연 안개처럼 끼어 있었지만 그 빛이 서서히 옅어졌다. 별다른 노력을 하지 않고도 아이의 마음이 천천히 밀려들었다. 왜 복도를 달렸고 왜 얼굴이 엉망이었는지 남자는 알게 되었다. 그 아이에게 전해지는 몹쓸 이야기들도 알게 되었다. 인간의 모습을 하고 있는, 인간이 아닌 짐승……. 모두들 그 아이를 그렇게 바라보고 있었다. 그 마음이 전해질 때마다 소녀가 느낀 불안과 고통, 슬픔과 괴로움이 생생하게 전해졌다.

'나는…… 짐승인가요? 나는…… 사람이 될 수 없나요?'

소녀가 품고 있는 의문이 남자의 가슴속으로 쏟아져 들어왔다. 입 밖으로 내뱉은 적이 없었지만 소녀의 가슴속은 그 질문 하나로 썩어 문드러질 지경이었다. 남자는 소녀가 느낀 그 모든 감정을 받아들였다. 남자는 소녀가 느끼는 작고 세세한 고민과 괴로움까지 모두 자신에게 전해지도록 내버려두었다. 누구에게도 속을 털어놓지 못한 소녀는 마음에 쌓아온 모든 것을 내뱉었다. 그제야 조금 숨을 쉴 것 같았다. 실낱같은 작은 숨이 쉬어지는 것만 같았다.

"마음으로 이야기할 수 있을까요?"

소녀가 마음속 괴로움을 실컷 토해내고 한숨을 돌릴 때를 기다려 그가 말을 꺼냈다. 그는 소녀의 손과 자신의 손이 마주 보게 했다. 소녀의 손은 남자 손의 반도 되지 않았다. 그는 아이의 작은 손을 부드럽게 감싸 쥐었다.

소녀는 마주한 손바닥과 남자를 번갈아 바라보았다. 그는 검은 머리를 뒤로 질끈 묶고 있었다. 목까지 오는 검은 티셔츠도 그대로였다. 소매를 걷어 올린 단단한 팔뚝에 푸른 혈관도 불룩 튀어나와 있었다. 소녀는 그제야 그 사람을 제대로 마주 보았다. 그 사람의 까만 눈이 소녀를 내려다보았다. 그 눈동자 속에 소녀가 있었다. 그제야 소녀는 자신이 귀밑까지 오는 단발머리라는 것과, 회색 스웨터와 검은 바지를 입고 있다는 것을 알았다. 다른 사람의 눈을 통해 바라보는 자신의 모습이 어쩐지 부끄러웠다.

"내 생각 속으로 들어오겠어요?"

그 남자가 소녀를 향해 싱긋 미소 지었다. 그 순간 아이의 작은 손이 사시나무처럼 떨려왔다. 아이는 형용할 수 없는 공포에 질려버렸다. 사람들과의 관계 속에서 문득문득 들려오던 생각의 내용을 아이는 알고 있었다. 자신을 더럽다고, 괴물이라고 생각하는 그 끔찍하고 두려운 이야기를 또다시 듣게 될까 두려웠다. 적어도 이 사람에게서는 그런 마음을 읽고 싶지 않았다.

아이의 얼굴이 울상이 되었다. 소녀는 손을 떼려 했다. 하지만 남자는 아이의 손을 지그시 붙잡았다. 그가 참 푸근한 얼굴로 미소를 지었다. 용기를 내라고 소녀의 어깨를 토닥이는 것만 같았다.

"괜찮아요."

그가 싱긋 미소를 지었다. 소녀는 몇 번이나 거부하려 했지만, 그런 마음만큼이나 남자의 마음속을 들여다보고 싶다는 열망도 컸다. 갈등하던 소녀는 마침내 남자의 생각 속으로 걸어 들어가기로 했다. 소녀는 독심의 술법을 이용해 그의 마음속으로 성큼성큼 걸어 들어갔다.

그의 생각들은 질서 정연한 느낌을 주었다. 이런저런 생각이 뒤죽박죽 섞인 것이 아니라 아주 정갈하게 정돈된 도서관 같았다. 보통 사람의 마음은 갈등으로 어지럽고 고민과 걱정이 두드러지게 마련인데 그는 그렇지 않았다. 소녀는 그 남자의 생각을 먼저 관망하듯 바라보았다. 그의 생각 자체가 정결한데다 그가 허락한 부분만 들여다볼 수 있어서 질서 정연해 보이는 것도 같았다. 그가 가진 비밀스럽고 공적인 정보들은 굳건한 자물쇠로 채워진 것처럼 수면 위로 떠오르지 않았다.

'당신을 내게로 초대하고 싶었어요. 혼란스러운 이 상황을 제대로 헤쳐 나가도록 도와주고 싶었습니다.'

그의 생각이 소녀의 가슴속으로 흘러 들어왔다. 소녀는 두 눈을 동그랗게 뜨고 남자를 바라보았다. 마주 보는 손을 통해 이야기를 주고받는다는 것이 참으로 신기하고 놀라웠다. 흘러 들어오는 생각을 받아들인 적은 있지만 이런 식으로 누군가와 대화하게 될 줄은 몰랐다. 이것이 가능한 것은 서로에 대한 마음의 장벽이 극도로 낮기 때문이라는 것도 참으로 놀라운 일이었다.

'나를 왜 이곳에 데려온 건가요? 나 따위를 데려와 왜 수많은 것들을 배우게 하는 건가요?'

아이는 누구에게도 묻지 못했던 가슴속 질문들을 꺼내기 시작했다.

'우리 신성한 집행자들의 요원들은 다른 사람들과 조금 다른 능력을 가지고 있지요.'

그녀가 질문하자 그의 마음이 대답했다. 소녀의 까만 눈이 두 배로 커졌다. 누군가와 이렇게 소통한다는 건 정말이지 놀랄 만한 일이었다. 말로 소통하지 못하던 소녀가 누군가와 서로 가슴을 터놓고 진실한 대화를 한다는 게 신비로웠다.

'우리는 우리의 초자연적인 능력으로 세계를 유지하기 위해 노력합니다. 평범한 사람들이 해결하지 못하는 사건들을 해결하고 위험한 것들을 제거하기도 합니다. 우리가 당신을 이곳에 데려온 건 당신이 세상에 매우 중대한 인물이기 때문입니다.'

'제가 중요하다고요? 어째서 저 같은 짐승 따위가……'

소녀는 눈을 찌푸렸다. 가슴속에 다시 슬픔이 밀려들었다.

'……이곳에 왔을 때를 기억합니까? 그때 당신은 몹시도 고난을 당했죠.'

소녀의 머릿속에 처음 이곳으로 끌려왔을 때의 조사실이 떠올랐다. 그의 말대로 당시 소녀는 너무나 괴롭고 힘들었다. 소녀는 이 남자가 없었다면 과연 자신이 지금껏 살아남았을까 싶었다.

소녀의 생각은 모두 남자에게로 흘러 들어갔다. 소녀는 이 완전한 소통에 다시 한 번 몹시 놀란 얼굴이었다. 무언가 부끄럽고 민망해 안절부절못했다. 남자는 그런 소녀의 손을 더욱더 단단히 마주 잡았다. 그러자 알 수 없는 안도감이 가슴 밑바닥에서 밀려 나오기 시작했다. 그의 생각이 말하고 있었다.

'괜찮아요. 사람들은 서로 마음을 터놓고 이야기하며 고통을 잊곤 하지요. 힘들었던 순간을 다른 사람에게 내보인다는 건 부끄러운 일이 아니에요. 스스로를 치유할 수 있는 소중한 순간이죠.'

소녀는 그의 희한한 능력에 놀랐다. 마음이 푸근해지고 삽시에 두려움이 사라졌다. 그는 함께 있는 사람을 안도하게 만드는 신기한 능력이 있는 것 같았다.

'당신을 키우던 노파가 흑단인형에게 죽임을 당했지요. 사실 우리는 그전부터 당신을 찾아다녔습니다. 어쩌면 당신이 태어나기 전부터였을 겁니다. 우리만 당신을 찾은 게 아닙니다. 흑단인형 역시 당신을 찾고 있었지요. 붉은 기모노를 입은 그 여자가 바로 흑단인형입니다. 원래 그녀는 당신을 없애려 했습니다. 우리가 파악하기로는, 분명 그녀의 의도는 당신을 세계에서 사라지게 하는 것이었습니다. 사실 당신 이외에도 예언의 아이로 지목되었던 몇몇이 더 있었지요. 흑단인형은 그들을 제거하곤 했어요. 하지만 그녀는 당신을 죽이지 않았습니다. 당신을 회백산에 버려둔 채 사라져버렸지요.'

소녀의 눈앞에 붉은 기모노를 입은 여인이 어른거렸다. 그녀의 얼굴을 가린 하얀 가면도 떠올랐다. 동시에 그녀가 안아주던 순간이 생각났다. 형용할 수 없이 따스하고 아늑한 품이었다. 그 기억은 고스란히 남자에게로 전해졌다. 한 번도 평온한 표정을 바꾼 적이 없는 그 남자의 얼굴이 살짝 일그러진 것 같다는 느낌은 착각이었을까? 그 부드러운 눈길이 잠시 날카로워진 것도 같았다. 소녀는 남자의 머릿속을 들여다보려 했지만 그는 흑단인형에 대한 부분을 단단히 닫은 채 소녀에게 보여주지 않았다. 소녀는 그가 흑단인형이라는 여자에게 품은 감정이 궁금했다.

'왜 나를 찾은 건가요? 흑단인형이라는 그 여자분과 신성한 집행자들의 요원들이 왜 저를 찾은 건가요? 제가 대체 무엇이기에……'

소녀의 얼굴은 고통스러워 보였다. 질문의 저편에 두려움이 어른거렸다.

'그건 아주 오래된 예언 때문입니다.'

'예언?'

소녀의 까만 눈동자가 크게 벌어졌다.

'오래전부터 내려온 하나의 예언 때문이었지요. 위대한 신을

영접하는 아이에 대한 예언입니다.'

'위대한 신을 영접하는 아이?'

소녀의 눈동자가 더욱 커졌다. 그녀의 두려움과 불안이 점점
더 눈덩이처럼 커지는 게 보였다. 그런 소녀의 마음을 바라보며
진실을 전하는 건 고통스러운 일이었다. 그러나 남자는 그 고통
을 이겨내고 아이에게 실상을 알려주려 애썼다.

'우리가 당신을 찾기 시작한 건 당신이 태어나기 훨씬 전부터
였습니다. 신인神人이 세계의 멸망을 결정한 이후 전 인류는 지금
껏 심각한 어려움에 처해 있습니다. 그러다 어려움에 종지부를
찍을 수 있는 위대한 예언이 세상에 나오게 되었지요. 세계 각국
의 선지자들에게 '짐승의 아이'가 위대한 신을 예비한다는 계시
가 떨어졌습니다. 그것은 매우 중요한 예언이었습니다. 그 아이
만이 세계를 멸망시키려는 신인으로부터 인류를 구원할 유일한
방법이라고 했으니까요. 우리는 위대한 신이 출현하는 시기와 위
대한 신을 예비할 짐승의 아이를 찾기 위해 수없이 노력했습니
다. 수많은 선지자도 그것이 누구이고, 언제 세상에 태어날지에
대해 기나긴 논쟁을 계속했습니다. 그렇게 수십 년이 지나고 마
침내 우리는 당신을 찾아냈습니다. 그리고 많은 예언자와 우리의
정보들을 종합한 결과 당신이 예언의 인물이라는 확신을 갖게 되
었습니다.'

'하지만 어째서 제가…….'

'아마도 예언에서 짐승의 아이란 사람으로 태어났지만 짐승으

로 자란 것을 빗댄 것으로 생각됩니다. 우리는 그동안 여러 사람을 만나봤습니다만, 이제는 그 예언 속의 아이가 당신이라고 확신하고 있습니다.'

아이의 머릿속은 회오리가 닥친 것처럼 엉망진창으로 어지러워졌다. 자신이 모르는 일들이 태어나기 전부터 벌어지고 있었다는 사실이 괴이하게 느껴졌다. 한낱 짐승에 지나지 않은 자신을 찾기 위해 수십 년간 많은 사람이 헤맸다는 것도, 자신을 둘러싼 미지의 예언이 있었다는 것도 믿기지 않았다.

'나는 그런 아이가 아니에요. 세상을 멸망하고 구원하고…… 그런 무서운 이야기가 나와 연관되어 있을 리 없어요. 저는 저 하나도 버텨낼 힘이 없는 걸요. 저를 보세요. 저는 그런 엄청난 사람이 아니에요. 차라리 전부 거짓말이라고 해주세요. 무언가 잘못된 거라고 말해주세요.'

소녀는 몸을 부르르 떨었다. 견딜 수 없는 두려움과 불안이 전신으로 퍼졌다. 하지만 남자의 마음은 무엇 하나 부정하지 않았다. 그가 완전한 진실을 말하고 있다는 것은 소녀의 마음이 누구보다도 똑똑히 알고 있었다.

'이상해요. 다…… 너무 이상해요.'

'우리는 여러 가지 이유로 당신이 예언의 아이라고 생각하고 있답니다. 당신은 언젠가 위대한 신을 맞이하게 될 거예요.'

'위대한 신……'

남자는 마주 잡은 소녀의 두 손이 부르르 떨리는 걸 느꼈다. 그녀의 마음은 더욱더 차갑게 얼어 있었다. 소녀가 감당하기에는 너무나 크나큰 예언이었다. 지금 소녀가 느끼는 감정은 재앙에 가까웠다. 하지만 남자는 이제 진실을 드러내야 한다고 생각했다. 운명도 모른 채 휘둘리는 소녀를 위해서. 소녀는 그가 느끼는 책임감을 읽었다.

'그 위대한 신의 이름이 무엇인가요?'

'……'

소녀의 물음에 잠시 동안 침묵이 이어졌다. 그 짧은 시간 남자의 마음은 어떠한 대답도 들려주지 않았다. 그 남자가 잠시 긴장하는 게 느껴졌다. 대체 어떤 신이기에…… 소녀의 어깨가 단단히 경직되었다.

'태고의 신太古之神이라고 합니다.'

'태고의 신?'

소녀에게 그 이름은 무척이나 낯설었다. 회백산 할멈의 태자혼이었던 소녀에게는 십수 가지 동물의 신이 있었고, 다른 무당들로부터 빼앗은 검신과 장수신, 장군신과 예언의 신 등도 있었다. 하지만 태고의 신은 처음 들어보는 이름이었다.

'나에겐 그런 신이 없어요.'

아이는 고개를 저었다.

'지금은 아니지만 언젠가 태고의 신을 예비하게 될 겁니다.'

남자는 소녀에게 고개를 끄덕였다. 태고의 신을 예비한다는 것은 그저 예언일 뿐, 아직 실현된 것이 아니라는 뜻이었다.

'그 신이 그렇게 강한가요? 나는 지금껏 다른 신들과 싸워봤지만 붉은 꽃잎 같은 그분, 그러니까…… 흑단인형이라는 그분보다 강한 사람은 본 적이 없어요. 그런 분이 아닌 왜 저 따위가…….'

아이의 물음에 남자가 고개를 끄덕였다.

'흑단인형의 능력은 엄청나지요. 그건 우리도 잘 알고 있습니다. 하지만 태고의 신에는 비할 바가 못 됩니다. 태고지신은 모든 것의 근원이고, 만물의 시작이며, 모든 신의 모체母體로 일컬어집니다. 그 신의 섭리에 따라 인간과 자연, 그리고 우주의 흥망성쇠가 결정될 정도로 가장 위대한 신이지요. 태고의 신을 받은 인간은 크나큰 권세를 얻게 됩니다. 상상할 수 없을 만큼 거대한 태고지신의 힘을 말이지요. 그리고 태고지신을 받은 인간이 원하는 대로 세상은 변하게 됩니다. 우리는 태고지신의 힘이 인류의 지속과 번영에 사용되기를 바랍니다. 그래서 당신을 그토록 찾아다닌 겁니다.'

남자는 소녀의 손을 더욱 꼭 잡았다. 아마도 그는 세상을 지키기 위해 이제껏 노력해온 사람이리라. 그 커다란 손에서 인류를 향한 따스한 마음이 전해졌다.

'하지만 우리와는 다른 생각을 가진 사람들도 있습니다. 당신이 만난 흑단인형이 그렇지요. 그녀는 세상이 지속되기를 바라지 않는답니다. 그녀는 인류의 종말과 멸망을 바랍니다. 바로 그녀가 현재의 신인입니다. 때문에 인류는 그 신인의 의지대로 멸망과 파멸의 길로 지금도 나아가고 있지요. 우리는 그 반대편에서 세계를 유지하고자 노력하고 있습니다. 우리는 당신을 그녀에게 빼앗기고 싶지 않았습니다. 그래서 그녀보다 한 발 앞서 당신을 발견하려 했지요.'

'그래서 나를 찾아왔던 거군요. 그리고 이곳으로 데려왔고요.'

'그렇습니다. 하지만 우리는 흑단인형에게 한 발 뒤지고 말았습니다. 하지만 흑단인형은 당신을 처치하지 않았지요. 그녀는 신인으로서 자신의 입지를 유지하고 싶어 하니까 당연히 당신에게 위해를 가할 거라 생각했습니다. 그녀는 태고지신의 의지를 받아 인류가 번성하기를 원치 않기에 우리는 당신이 그녀의 손에 살해될까 두려웠죠. 하지만……'

'그 사람은 날 죽이지 않았어요.'

'네, 그랬습니다.'

'그래서 내게 흑단인형과의 일을 끝없이 물어보았던 거군요. 그 여자가 대체 무슨 말을 했는지, 왜 날 살려두었는지 알아내려 했군요.'

소녀는 마음속에 품고 있던 단단한 의문의 실타래가 점차 풀리는 것을 느꼈다. 왜 사람들이 자신을 찾아 몰려왔는지, 왜 이곳까지 데려와 교육을 시키는지도 조금씩 이해되었다. 그들 교육의 최종 목표는 흑단인형에 대적하며 인류의 멸망을 저지하는 것이리라.

'그런 엄청난 신이 나에게……'

진실을 직시하는 것이 항상 후련하고 명쾌한 것만은 아니었다.

풀린 실타래의 한쪽 끝을 붙잡고 있는 거대한 태고지신의 존재가 소녀의 온몸을 꽁꽁 묶어 옥죄는 것 같았다. 다른 한쪽 끝에는 포근한 가슴으로 소녀를 감싸주는 붉은 여인이 있었다. 모든 것이 한낱 짐승이었던 소녀가 감당하기엔 너무나도 크고 무거운 짐이었다. 진실은 때로 거짓보다 못하고, 앎은 무지보다 나을 바가 없었다.

소녀는 천천히 남자로부터 손을 뗐다. 두 무릎을 껴안고 온몸을 웅크린 채 부르르 떨었다. 자신처럼 아무것도 아닌 존재가 많은 이들의 예언에 등장한다는 게 두렵고 무서웠다.

스산함에 몸부림치는 작은 소녀의 모습이 남자의 마음을 아프게 했다. 그는 무릎을 안고 있는 그녀의 손등에 그의 손을 갖다 댔다.

'나도 두려워한 적이 있었습니다. 어린 시절의 나에게도 세상은 아주 두려운 것이었으니까요. 모든 것이 다 두려웠지요. 내가 보통 사람들과 다르고, 나의 능력이 기괴하다는 걸 깨달은 그때, 나는 세상에 나 혼자인 것 같아 두렵고 무서웠습니다. 그때 나는 이렇게 하면 두려움이 가신다는 걸 알았습니다.'

그는 소녀의 손등을 살며시 잡더니 손바닥이 보이게 뒤집었다. 소녀는 무심히 바라보았다. 그는 소녀의 작은 손바닥에 꼬불거리는 글자를 적었다.

'이것은 하백河伯이라 읽습니다. 깊고 고요한 물의 신이면서, 또한 강렬한 태양의 신을 의미하는 말입니다. 이것이 나의 이름이지요. 나는 어릴 적에 심하게 방황하고 사람답지 못하게 행동하며 살 때가 있었습니다. 자유를 얻은 뒤에도 내게 남과는 다른 능력이 있다는 걸 깨닫고는 그 능력을 함부로 써대며 불같은 생활을 했지요. 나는 사람을 불신하고 저주했으며, 다툼과 대결을 좋아했습니다. 그때 잊을 수 없는 은인께서 이 이름을 지어주었습니다. 그분이 바로 제가 모시는 동방지부장님입니다.'

남자는 자신의 이름과 그것에 얽힌 이야기를 들려주었다.

'방황하던 그 시절에 나는 안하무인이었지요. 그런 나를 사람으로 만들어준 그분께서 이름을 지어주었습니다. 얕은 물처럼 작은 자극에 동요하는 사람이 아니라 바다처럼 깊고 심해처럼 잔잔한 사람이 되라고 붙여준 이름이었습니다. 그분께서 태양처럼 드높은 이상을 갖되 바다같이 깊은 마음을 품으라며 붙여준 이름이 바로 하백입니다.'

남자의 마음속에 그리운 사람의 얼굴이 스쳐 지나갔다. 머리가 희끗희끗한 중년 남자의 얼굴이었다. 그가 이 남자의 정신적인 아버지이자 '하백'이라는 이름을 붙여준 사람이리라.

'그때 내가 방황한 건 너무나도 외로웠기 때문입니다. 그때는 몰랐습니다만, 시간이 지나면서 나는 그것을 알아갔지요. 하지만 그분은 일찍이 저의 문제가 모두 외로움 탓이라는 것을 알았습니다. 그리고 그 순간을 모면할 방법을 알려주었지요. 그 후로 마음이 심란하고 원치 않는 생각이 출몰할 때면 나는 이처럼 손바닥에 이름을 썼답니다. 그러면 내 곁에서 누군가가 나의 이름을 불

러주는 것처럼 느껴졌답니다. 혼자라는 외로움과 두려움이 사라 졌고, 생각의 깊이 또한 깊어졌습니다.'

그가 글자를 쓰면 쓸수록 소녀의 손바닥에는 조금씩 열감이 일 어났다. 그 열감은 작았지만 신기하게도 따스한 느낌을 만들어주 었다.

'하지만 난 이름이 없는 걸요.'

자신의 손바닥 위에서 움직이는 그의 기다란 검지를 응시하며 소녀는 쓸쓸히 중얼거렸다. 짐승으로 살아온 소녀에게 이름 따위 는 없었다. 할멈은 그녀를 한 번도 사람의 이름으로 불러주지 않 았다. 마땅히 짐승의 이름조차도 붙여주지 않았다. 태자혼의 도 구였던 아이에게 이름 따위는 쓸모없는 것이었다.

이름이 없기는 이곳에 와서도 마찬가지였다. 소녀는 번호로 불 렸다. 아이는 제 손바닥에 적을 이름이 없었다. 남자의 얼굴에 쓸 쓸함이 스쳐 지나갔다.

'괜찮다면…… 제가 지어드려도 될까요?'

남자의 마음속에 아련한 감정들이 일었다. 단단히 잠긴 하백의 기억 속 어딘가에서 그 옛날 자신의 모습과 외톨이 소녀의 얼굴 이 겹쳐졌다.

'실례가 되지 않는다면 내가 당신을 불러도 될까요?'

그의 마음이 한 번 더 물었다. 아이는 남자를 빤히 바라보았다. 저편에서 하백이 소녀의 얼굴을 고요히 바라보고 있었다. 이름 을 짓는다는 것이 무언지 사실 아이는 감도 오지 않았다. 하백은 부드럽게 미소 지었다. 어리둥절해하는 소녀의 마음속에 작은 열망이 꿈틀거리는 게 느껴졌다. 하백은 조심스럽게 소녀의 이름을 지어보았다.

'내게 당신은 참으로 빛나 보입니다. 당신이 예언의 아이이고 이 세상의 희망이어서가 아닙니다. 당신이라는 존재 스스로가 빛나는 사람이기 때문입니다. 당신은 상상할 수도 없는 끔찍한 상황에서 살아났고, 힘든 역경을 겪었지만 여전히 너무나도 순수하고 아름답습니다. 원망과 불평 대신 인간임을 증명하기 위해 끊임없이 노력하는 당신은 참으로 빛나는 사람입니다. 나는 당신의 모습에서 환한 빛을 봅니다. 그래서 당신에게 윤아潤兒라는 이름을 주겠습니다. 빛나는 아이, 빛나는 사람이라는 뜻을 가진 이름입니다.'

남자는 소녀의 작은 손바닥에 그녀의 이름을 적어주었다. 남자는 천천히 반복해서 '윤아'라는 이름을 적었다.

'윤아…….'

소녀는 아직 낯설기만 한 자신의 이름을 되뇌어보았다. 그리고 남자가 그리했듯이 그 이름을 자신의 손바닥 위에 그려보았다.

'윤아…….'

소녀의 손바닥에 다시 작은 열감이 생겨났다.

'빛나는 아이, 빛나는 사람…….'

아이는 남자가 들려준 그 뜻을 되새김하며 끝없이 자신의 이름을 적었다.

"우우우⋯⋯."

아이는 저도 모르게 소리를 내고 있었다. 서로의 이름을 부르는 사람들을 보면서 내내 품었던 부러운 마음이 순간 눈 녹듯 사라졌다. 아무리 사람의 옷을 입은 채로 사람처럼 행동하고 먹어대도 가슴 깊이 받아들여지지 않았던 '인간'이란 두 글자가 이름이 생긴 그 순간 가슴에 박혔다. 빛나는 이름을 가진 그 순간, 아이는 사람이 되었다.

'윤아⋯⋯.'

아이는 정신없이 자신의 이름을 왼손에 적어댔다. 쓰고, 쓰고, 또 썼지만 질리지 않았다. 시간이 얼마쯤 지나자 손바닥 속의 이름이 소녀를 향해 말을 걸었다.

'윤아, 윤아, 윤아⋯⋯.'

자신의 이름을 부르는 그 소리가 끝없이 귓가에 메아리쳤다. 자신의 이름이 소녀에게 말하고 있었다.

'네 이름은 윤아야. 넌 혼자가 아니야. 내가 널 불러주니까⋯⋯.'

이제 소녀는 더 이상 혼자가 아니었다. 손바닥 속의 이름이 까르르 웃고 반갑게 미소 짓고 반짝반짝 빛을 뿌리면서 그녀에게 말을 걸었다. 그녀를 외롭지 않게 했다.

'나는⋯⋯ 윤아⋯⋯.'

소녀의 눈이 그렁그렁해졌다. 참을 수 없는 가슴속 떨림이 전신으로 퍼졌다.

'윤아, 빛나는 아이⋯⋯ 나는 빛나는 사람이야, 사람⋯⋯.'

백 마디 말보다 이름 하나가 그녀를 사람으로 인정해주는 것 같았다.

짐승이었던 소녀는 이름을 얻은 그날, 사람으로 태어났다.

6

윤아의 까만 눈이 하백을 바라보았다. 이름을 가진 그 아이의 눈은 이름 그대로 반짝거렸다. 까만 밤을 하얗게 비출 만큼 환하고 아름다웠다. 하백은 소녀를 바라보며 부드럽게 미소 지었다. 소녀는 스스로도 인식하지 못했지만 이름을 적던 두 손을 모아 하백의 커다란 손을 꽉 쥐고 있었다. 윤아의 두 손을 통해 기쁨과 환희의 감정이 하백을 향해 휘몰아쳤다.

소녀의 마음속에 환희와 감동이 지나가자 곧이어 머릿속 가득 의문과 의혹들이 스쳤다. 윤아는 도저히 이해할 수 없는 사실을 물었다.

'왜…… 왜 나에게 이렇게 잘해주나요?'

소녀는 남자가 왜 자신에게 잘해주는지 이해할 수 없었다. 왜 그는 이렇게나 자신에게 잘해주는 걸까? 자신이 예언의 아이이기 때문일까? 그래서 자신을 마음대로 조종하기 위해서? 아니면 자신을 다른 곳에 이용할 속셈일까? 고통스러운 의심이 소녀의 마음을 헤집어놓았다.

하백은 선뜻 대답하지 않았다. 자신도 왜 소녀를 위해 없는 시간을 할애하고 있는지 납득되지 않았다. 왜일까? 남자도 잠시 생각에 잠겼다. 시간이 조금 지체된 후 그의 마음속 이야기가 소녀의 가슴으로 들려왔다.

'어려운 질문이군요. 정말 그렇군요. 저는…… 제 삶의 바탕에 다른 사람에게 도움이 되는 일을 하자는 마음을 두었습니다. 제 한 걸음이 누군가에게 도움이 되기를 바라는 마음이 있습니다. 아마도 내가 이런 생각을 가지고 있는 건 나의 인생이 외로웠기 때문일지도 모릅니다. 세상에 부모가 있고 형제가 있고 친지가 있는 사람들은 이해하기 힘들겠지만 천애의 고아인 당신이나 나는 인생 자체가 외롭지 않은가요? 그래서 나는 사람들을 도우면서 그들과 함께 살아가고 싶은 모양입니다. 그로 인해 혼자가 되지 않으려고 애를 쓰는지도 모르겠습니다.'

진심 어린 마음이 전해졌다.

'하지만……'

하백이 잠시 머뭇거렸다. 고민과 갈등의 마음이 비쳤다.

'유독 당신에게 더 신경이 가는 건 사실입니다. 그건 당신이 나와 닮았기 때문일 겁니다. 나는 당신에게서 나의 옛 모습을 보았습니다.'

'내가…… 당신과 닮았다고요? 나와 닮았다고 했나요?'

소녀는 놀란 토끼 눈으로 남자를 바라보았다.

'그래요, 사실입니다.'

윤아를 바라보는 하백의 얼굴이 갑자기 쓸쓸해졌다. 그는 계속 이야기해야 하는지, 그만 이야기해야 하는지 망설이고 있었다. 그런 남자의 마음속으로 한없이 깊고 강한 의구심이 전해졌다. 그가 소녀에게 위안을 주기 위해 그저 던진 한마디가 아닐까 하는 소녀의 마음이 들려왔다. 하백이 긴 한숨을 내쉬었다. 그는 고백하기 힘든 자신의 과거를 보여주어도 될지 고민하고 있었다. 그리고 마침내 그는 윤아의 손을 힘껏 쥐었다.

'지나간 과거를 이야기하는 데는 용기가 필요합니다. 아직도 나는 과거의 고통에서 완전히 벗어나지 못했기 때문입니다. 언젠가는 그 아픈 기억도 아무렇지 않게 이야기할 때가 오겠지요.'

하백의 마음속에서 단단히 잠겼던 문 하나가 비스듬히 열리기 시작했다. 그 누구도 들어오지 못하게 철벽을 치고 있던 그의 마음이 느슨해졌다. 아무도 들어간 적이 없을 것만 같은 그 비밀스러운 기억 속으로 소녀가 초대되었다. 두려움과 함께 벅찬 감격이 소녀의 가슴을 뒤덮었다. 그녀는 천천히 조금 열린 마음의 문 안으로 들어갔다. 어둠 속에 숨어 있던 하백의 이야기가 소녀의 눈앞에 펼쳐졌다.

하백은 기억의 끝에 있는 과거를 생각했다. 그 기억의 끝에서 흐릿한 영상들이 차츰 의식의 바깥으로 걸어 나왔다. 그가 생각해내는 과거의 영상들이 고스란히 소녀의 마음으로 전달되었다. 단단히 감추었던 그의 마음속 이야기와, 그의 기억 속 이야기가 낱낱이 소녀의 가슴으로 전해지기 시작했다.

하백의 마음속에 하나의 영상이 떠올랐다. 그곳은 소녀가 살았던 동굴만큼이나 어둡고 눅눅했다. 소녀가 살았던 동굴보다 넓었지만 더욱 역겨운 냄새가 진동했다. 눅눅한 바닥에는 살이 썩는 냄새와 하수구 냄새가 매캐했다. 그런 곳에서 회색 수염을 길게 기르고 지저분한 옷을 걸친 노인이 낡고 두꺼운 책을 읽고 있었다. 그 노인의 뒤로 커다란 개장 같은 것이 여러 개 있었다. 그곳에는 개도 있었고, 원숭이도 있었으며, 양과 염소도 있었다. 심지어 지저분한 사내아이들까지 있었다.

'내가 기억하는 가장 오래된 장면입니다. 나를 데리고 있던 사람은 저주를 업으로 하는 주술사였지요.'

'주술사!'

윤아는 저도 모르게 마른침을 꿀꺽 삼켰다. 그녀에게 채찍질을 하던 할멈의 얼굴이 떠올랐다. 동시에 형용할 수 없는 공포와 두려움이 심장에 엄습했다. 이곳은 소녀가 살았던 동굴과 비슷했지만 그보다 더 지옥 같았다.

'……저주술이란 원래 흑마법의 일종으로 좋지 않은 기운을 내는 것입니다. 나를 데리고 있던 자는 그것을 업으로 살아가는 사람이었습니다. 그는 돈을 받고 저주를 내려주는 일을 했습니다. 알지도 못하는 사람의 몸을 망가뜨리고, 때론 죽이기도 했습니다. 저주술을 이용해 지독한 괴로움 끝에 죽음을 맞게 만들었죠.'

하백의 얼굴에 쓸쓸한 미소가 스쳐갔다. 그것은 분명 미소였지만 그의 마음은 결코 웃지 않았다. 그의 끔찍한 기억은 이제부터 시작이기 때문이었다.

'세상의 기본 이치는 바로 인과응보입니다. 원인이 되는 것에게는 마땅히 결과가 돌아오지요. 저주라는 것이 좋지 않은 기운을 만들어내는 만큼, 그 반대되는 것이 저주를 만든 술사에게로 되돌아오게 됩니다. 저주를 업으로 하는 그 사람은 수많은 동물을 이용해 되돌아오는 저주를 받았습니다.'

하백의 말대로 윤아의 눈앞에 그러한 영상들이 스쳐갔다. 회색 수염의 노인이 어딘가를 향해 저주의 기운을 뿜어내는 모습이 보였다. 그리고 한참이 지난 후 그 어둡고 축축한 공간을 향해 뭉게 뭉게 밀려드는 검은 기운이 느껴졌다. 바로 그때 회색 수염의 노인이 시체 냄새가 코를 찌르는 바닥에 두 개의 괴상한 도형을 그렸다. 그리고 하나의 도형에는 자신이 들어가고, 다른 하나의 도형에는 철창에서 꺼낸 염소를 묶어놓았다.

잠시 후 나타난 검은 기운이 노인을 찾아 한참 동안 헤매다가 저주의 근원을 찾지 못하고 결국 그 옆의 가엾은 동물을 덮쳤다.

꽤애애액!

순간 소름 끼치도록 끔찍한 소리가 들려왔다. 꽁꽁 묶여 있어 도망치지도 못하는 동물은 사지를 비틀며 괴로워했다.

우두두둑!

하얀 염소의 가느다란 다리가 반대로 꺾이면서 괴상한 소리를 만들어냈다. 두 귀를 찢어놓을 것 같은 끔찍한 비명이 터져 나왔다. 고통과 괴로움으로 미쳐버린 가엾은 동물은 다리가 꺾이고,

목이 비틀어지고, 사지가 갈가리 찢겨나가는 고통을 받으며 비명을 질러댔다. 이 끔찍한 시간은 꽤나 오랫동안 지속되었다. 윤아는 차마 그 모습을 바라볼 수가 없어 눈을 감았다. 하지만 마음과 마음을 통해 전해지는 영상을 막을 수는 없었다.

'다른 동물들과 마찬가지로 나 역시 되돌아오는 주술을 받아내는 주술사의 방어막이었습니다. 어떤 주술은 동물로 막을 수 있지만 일부 강력한 주술은 사람만이 막을 수 있었습니다. 나는 저주의 결과로 팔이 꺾이기도 하고, 목이 돌아가기도 하고, 홍역에 시달리기도 했습니다. 장기가 도려내지는 듯한 고통을 느끼며 피를 토하기도 했고, 머리가 죄어오는 듯한 끔찍한 경험을 하기도 했습니다. 저주의 대가로 병이 오면 병을 앓아야 하고, 고통이 오면 고통을 받아내야 했습니다.'

뒤이어 나온 영상은 앞선 것보다 더욱 끔찍했다. 회색 수염의 노인은 어린 소년을 꺼내어 동그란 도형에 묶어놓았다. 소년은 대자로 누워 있었고, 회색 수염의 노인은 좀 전과 마찬가지로 나머지 하나의 도형에 서 있었다.

"싫어! 싫어어!"

자신에게 무엇이 다가올지 이미 알고 있는 소년은 사지가 묶인 채로 미친 듯이 발광했다. 그러나 사지는 이미 질긴 동아줄에 꽁꽁 묶인 채였고, 도망갈 곳은 어디에도 없었다. 또다시 새까만 기운이 스멀스멀 몰려왔다. 그리고 이어진 영상은 보기만 해도 구역질이 나올 것처럼 끔찍했다.

"끄아아악!"

찢어지는 고함 소리와 함께 툭툭 뼈가 부러지는 소리, 목을 조르는 형상, 온몸을 두드리는 몽둥이질 소리가 생생하게 전해져왔다. 소녀가 할멈에게 받은 채찍질과는 비교조차 되지 않을 만큼 끔찍한 만행이 하백의 기억 속에 고스란히 남아 있었다.

"어헝! 어어엉! 어허어엉!"

소녀는 하백을 붙들었다. 그 사람의 사지를 꽉 붙잡고 고함을 지르며 울어댔다. 고통스러워하는 그를 구원하고 싶었지만 절대로 구할 수 없었다. 이미 과거에 끝나버린 그 끔찍한 일들을 바꿀 수는 없었다. 소녀는 남자의 허리를 단단히 붙들고 놓지 않았다. 그렇게라도 기억 속의 어린 소년을 감싸주고 싶었다. 남자의 눈이 눈물로 어릿어릿했다.

'그곳에는 나와 같은 아이가 여럿 있었습니다. 그 아이들이 차례로 저주의 방패막이가 되었습니다. 물론 시간이 지나면서 죽어가는 아이들도 생겨났고, 새로운 아이들이 길거리에서 붙잡혀 오기도 했지요. 나는 지금도 어떻게 저주술사에게 잡혀갔는지 기억나지 않습니다. 저주물로 길러져 언제 죽을지 모르는 목숨이니 이름 따위도 없었습니다. 나에게 이름을 지어준 그분은 당시 신성한 집행자들의 요원이었습니다. 그분이 그곳을 급습하기 전까지 나와 다른 아이들은 그렇게 저주의 속박 속에서 살아야 했지요. 저를 구원해준 바로 그분이 지금의 동방지부장님입니다.'

"아우우우!"

윤아는 괴로움의 울음소리를 내질렀다. 하백의 뇌리에 남아 있는 영상이 너무 끔찍해서, 기억 속의 그가 너무 가엾어서 소녀는 어찌해야 할지 몰랐다. 소녀는 그가 왜 자신에게 호의를 베풀고 있는지, 왜 자신과 그가 유사하다고 말했는지 비로소 이해할 수 있었다. 소녀는 손을 들어 남자의 몸을 끌어당겼다. 그리고 커다란 그의 몸을 조금이라도 감싸주기 위해 애를 썼다. 소녀가 알고 있는 유일한 위로의 방법이었다.

자신을 안아준 붉은 여인에게 느꼈던 따스함, 조금 전에 떨고 있는 자신의 어깨를 감싸준 남자에게 느꼈던 그 따스함을 소녀는 알고 있었다. 그것은 소녀가 받아본 유일한 따스함이며, 유일한 유대감이며, 유일한 안식이었다. 소녀는 남자에게도 자신이 느꼈던 그 감정들을 나누어주고 싶었다. 그 감정이 무엇이라 불리는지는 모르지만 그 따스한 감정을 나누는 방법은 알고 있었다. 그것은 서로의 몸을 감싸 안으며 서로의 체온을 나누고 서로를 따스하게 해주는 행위였다. 소녀는 자신이 알고 있는 그 유일한 위로의 행위를 남자에게 해주고 싶었다.

어색하게 몸을 수그리던 남자는 곧 소녀가 무엇을 하고자 하는지 알아챘다. 그녀가 그와 함께 나누고자 하는 것이 무엇인지, 그것이 얼마나 순수하고 따스한 마음인지를 깨달았다. 남자의 가슴속으로 소녀의 마음이 너무나도 따스하게 다가왔다.

'고마워요. 위로를 하고 싶었는데, 오히려 내가 위로를 받고 있군요.'

남자는 사양치 않고 커다란 몸을 소녀의 어깨에 기댔다. 고작 열몇 살밖에 안 되는 소녀의 어깨는 너무나도 작았다. 나이가 곱절은 많은 성인 남자가 기대기에는 너무나 가녀린 어깨였다. 그러나 소녀는 그 커다란 남자를 감싸 안기 위해 작고 가는 팔을 힘껏 뻗었다. 힘들고 불편한 자세이지만 그를 꼭 감싸주고 싶었다.

처음으로 다른 사람과 체온을 나누고자 하는 소녀의 행위는 아주 어색했다. 체온을 나눠 받아야 하는 남자 역시 그러한 행위에 익숙하지 않았다. 지금껏 혼자 지내온 두 사람은 체온을 나눈다는 것, 함께한다는 것이 너무나도 낯설었다. 그러나 그들은 어색하면 어색한 대로, 불편하면 불편한 대로 몸을 맞댔다. 그리고 따스한 온기를 나누기 시작했다.

두 사람은 어색함 속에서 보다 체온을 나누기 좋은 자세로 바꾸다가 마침내 서로의 몸을 온전히 안아줄 수 있게 되었다.

서로의 체온을 나누는 그 작은 행위는 행위에서 끝나지 않았다. 체온을 나눈다는 것은 또한 체온만큼이나 따스한 마음을 나누는 것이었다. 서로의 체온이 오가며 따스한 감정도 오갔다. 두 사람 사이에 이름을 붙일 수 없는 묘한 교감이 흐르고 있었다. 외로움만 알고 있던 두 사람은 그러한 감정이 무엇인지 몰랐다. 하지만 그들은 그 따스함에 감사하고 기뻐했다.

'윤아…… 윤아…….'

하백의 고요하고 차분한 음성이 쉼 없이 들려왔다. 그 따스한 음성에 소녀의 마음은 편안해지기 시작했다. 남자가 선물한 빛나는 이름은 그녀의 가슴을 한없이 따스하게 했다. 윤아는 본능적으로 그의 품안으로 파고들었다. 소녀는 그의 가슴에 얼굴을 비비며 조금이라도 더 그의 품으로 다가가려고 애를 썼다. 이 따스함이 너무나도 좋아서 멈출 수가 없었다.

'안 돼!'

그 순간이었다. 예상치 못한 마음의 소리가 그녀의 뇌리로 흘러 들어왔다. 동시에 하백이 윤아의 두 팔을 붙잡고 자신의 가슴에서 힘껏 밀어내는 것이 느껴졌다. 그의 가슴에 매달리려던 어린 소녀는 까만 머리를 흩날리며 남자의 긴 팔이 만들어내는 궤적만큼 뒤쪽으로 멀찍이 떨어져 앉고 말았다.

윤아는 두 눈을 크게 뜨고 하백을 올려다보았다. 어질고 따스하기만 했던 그 남자의 얼굴이 몹시도 거칠게 변해 있었다. 깊은 상처를 받은 것처럼 충격과 고통이 어른거리는 표정이었다. 윤아는 그가 돌변한 이유를 알고 싶었지만 이제 그는 마음의 문을 완전히 닫아버렸다. 질끈 묶은 남자의 머리카락 한 올이 얼굴로 내려왔다. 소녀는 그 머리카락을 향해 손가락을 뻗었다.

"안 돼!"

거친 남자의 목소리가 들렸다. 크게 나무라는 것 같은 목소리였다. 순간 윤아의 온몸이 경직되었다. 하지만 어찌 된 일인지 소녀보다도 하백이 더 상처받은 표정이었다.

"미안해요, 나는, 나는…… 안 되겠어요. 당신에게서 나의 모습을 너무나 많이 발견해서, 그래서…….'

그는 혼란스러워 보였다. 한 번도 눈길을 피하지 않았던 눈동자가 갈피를 잡지 못하고 흔들렸다.

"미안해요, 이런 건 좋지 않아요. 우리에게는 공식적인 대화가 필요해요. 서로 너무 닮았기 때문에, 그래서……."

그는 뭐라고 중얼거렸지만 마지막 말은 들리지 않았다. 하백은 윤아의 손을 이끌었다. 그리고 두 사람만 함께 있던 비밀스러운 공간에서 서둘러 빠져나왔다. 바깥으로 나오자 길고 하얀 복도가 기다리고 있었다.

"다음에는 공식적으로, 정식 요원으로 만나길 바랍니다. 그때 다시…… 봅시다."

하백은 악수 대신 고개를 숙였다. 왜인지 몰라도 대단히 거리를 두는 느낌이 들었다. 하지만 소녀는 그가 왜 갑자기 그런 태도를 취하는지 꿈에도 상상할 수 없었다. 그가 돌변한 이유가 무엇인지 감도 오지 않았다. 다만 소녀는 생각했다.

'정식 요원이 되면…… 만날 수 있구나.'

윤아는 하백을 다시 만나고 싶었다. 그를 만나 이야기하고 그를 만나 함께 있고 싶었다. 그런 바람이 윤아를 움직였다.

7

윤아가 자신의 힘으로 신성한 집행자들의 건물을 나선 것은 몇 년이 지난 후였다. 그녀는 공식적인 요원으로 자신의 역할을 수행하고 여러 사건에 파견되었다. 그사이 하얀 솜이 바닷물을 흡수하듯 윤아의 능력은 하루가 다르게 성장했다. 영적 능력도 탁월했지만 시간이 지날수록 작전 수행 능력이나 사건에 대한 통찰력까지 일취월장했다. 다만 문제는 여전한 언어 능력이었다. 많은 검사와 치료를 받았고 해부학적인 문제가 없는데도 윤아의 언어 능력만은 개선되지 않았다. 말을 이해하는 능력은 나무랄 데 없지만 말을 산출하는 데는 진전이 없었다.

그런 그녀가 온 힘을 다해 실력을 발휘하고 사건을 해결하는 데는 이유가 있었다. 그녀는 만나고 싶은 사람이 있었다. 그와 함께 작전에 투입되기 위해서는 윤아 역시 능력을 갖추어야 했다. 그 목표를 향해 윤아는 내내 달려왔다. 수년 동안 지치지 않고 달렸다. 그리고 마침내 그녀는 유일하게 함께하고 싶은 그 사람의 밑에서 작전을 수행할 수 있게 되었다.

그를 다시 만난 것은 사방이 온통 붉은 흙으로 뒤덮인 애리조나 주의 세도나◆에서 경계 근무를 선 지 엿새째 되는 날이었다. 그녀는 누구를 경계하는지도 알지 못했다. 다만 광범위한 지역을 여러 요원이 나누어 영적 변화를 민감하게 관찰하는 경계를 진행 중이었다. 엿새째이지만 윤아를 비롯한 요원들의 역할은 경계가

◆붉은 흙과 강한 기운氣運으로 유명한 곳이다. 독특한 풍광과 강력한 기운으로 인해 수많은 예술가는 물론이고 기나 종교 관련 단체들이 모여드는 곳으로도 유명하다. 이 지형에는 강력한 에너지의 보텍스vortex(소용돌이)가 일어난다. 전 세계적으로는 약 스물한 개의 보텍스 지형이 있으며, 그중 네 개가 세도나에 집중되어 있다.

전부였다. 안타깝게도 함께 작전을 수행한다고 알려졌던 동방지부장도, 부부장도 나타나지 않았다.

"우우……."

윤아는 한숨을 쉬었다. 시간이 지날수록 경계 근무라는 하찮은 일에 시간을 낭비하는 것 같았다. 더욱이 부부장인 하백도 감감 무소식이었다. 윤아는 속이 탔다. 경계 근무를 맡은 하급 요원들이 모두 철수하고 가장 중요한 최종 순간에야 하백이 나타날 것만 같아서였다. 그렇게 되면 수년 만에 만날 기회는 물거품이 되어버릴 터였다.

"그따위로 일할 거면 당장 섬으로 돌아가!"

윤아가 잠시 딴생각을 하는 사이 상급 요원의 날카로운 질책이 이어졌다. 윤아는 냉큼 정신을 차렸다.

"우우……."

윤아는 잘못했다는 뜻으로 고개를 숙였다. 말 대신 울음소리를 내자 요원이 고개를 흔들었다. 입 밖에 내지는 않았지만 그들은 윤아를 싫어했다. 그녀가 일을 못해서도, 말을 못해서도 아니었다. 윤아가 함께 있는 이상 주변 요원들에게 임무 외에 하나의 짐이 추가되기 때문이었다. 그것은 소녀를 감시하고 지키는 일이었다. 볼품없는 아이를 왜 감시하고 보호해야 하는지 의문이었지만 그들은 명령에 따라야 했다.

시간이 지났다. 하루가 저물어갈 즈음이었다. 붉은 땅 세도나 위로 새빨간 태양이 사라지고 있었다. 그때 윤아를 향해 두 개의 소식이 전해졌다.

"내일 새벽, 경계 근무 요원들은 전원 철수한다."

"방금 전 부부장님이 도착했다."

소식을 전해 듣고 몇 분도 지나지 않아 윤아의 눈앞에 하백의 모습이 나타났다. 그는 요원들이 경계 근무를 수행하고 있는 세도나 기지에 모습을 드러냈다. 아직까지 아무런 이상도 없는 상황에서 그가 나타난 것은 이례적인 일이었다. 요원들은 술렁거렸다. 곧 무슨 일이 생길 것 같다는 웅성거림이 번졌다.

하지만 윤아는 다른 어떤 것에도 관심이 없었다. 그녀의 눈에는 하백만 보였다. 그녀는 그와 한마디라도 대화하고 싶었다. 하지만 하백이 나타나자마자 상급 요원들이 그를 둘러싸버렸다.

"보텍스의 변화 상황은 어떻습니까?"

"별다른 움직임을 보이지 않고 있습니다. 열두 번째 보텍스의 수치가 조금 높아졌지만 평상시의 수치를 넘어선다고 볼 수 없는 정도입니다."

"그 외에 특이 사항은 없습니까?"

"네, 현재로서는 특이한 내용이 없습니다."

목이 빠져라 하백의 얼굴을 바라보았지만 하백은 윤아를 바라봐주지 않았다. 윤아는 이야기할 수 있는 유일한 사람이 코앞에 있는데도 눈길 한 번 마주치지 못하는 현실이 안타깝기만 했다.

소녀는 이야기하고 싶었다. 그동안 자신에게 있었던 자잘한 일을 포함해 모든 것을 이야기하고, 또 하백의 이야기를 듣고 싶었다. 하백은 그녀가 마음을 털어놓은 유일한 사람이고, 윤아는 그의 감춰진 이야기를 들은 유일한 사람이었다. 그는 윤아에게 이름을 선사했고 삶의 의욕을 불어넣어주었다. 윤아는 무슨 일이 있어도 그를 만날 생각이었다. 그녀의 마음은 벌써부터 부풀어 오르고 있었다.

세도나의 밤은 유달리 어두웠다. 붉은 대지가 노을빛에 물들어 간 지 몇 분 만에 사방은 온통 검은빛에 잠겼다. 낮 동안 뜨거운 태양처럼 펄펄 끓던 영적인 에너지 흐름도 밤이 되자 한결 누그러졌다. 그 시각이 되자 밤을 지새워야 하는 일부 요원을 제외하고 대부분의 요원이 에너지 보충에 들어갔다.

하백 역시 예외는 아니었다. 아직까지 발생한 사건이 없는데도 들어야 할 보고의 양은 방대했다. 더불어 세계 각국에서 흘러나오는 수많은 사건에 대한 보고도 이어졌다. 끝이 없을 듯하던 보고가 잦아든 것은 세도나가 깊은 밤 속으로 빠져든 후였다.

하백은 침상에 누워 눈을 감았다. 견고하게 세워진 여러 채의 천막 중 하나에 하백의 침상이 있었다. 그는 자리에 누워 눈을 감고 있어도 정신은 언제나 반쯤 깨어 있는 상태였다. 언제든 주변 상황에 즉각 대처할 수 있도록 훈련받은 하백은 잠을 자는 동안에도 완전히 잠에 빠져들지 않았다. 몸을 누이고 두 눈을 감아 시각적인 정보를 받아들이지 않는다는 것을 제외하면 깨어 있을 때와 거의 유사한 상태였다.

하백이 침상에 누운 지 얼마 지나지 않았을 때였다. 하백은 주변에서 일어나는 작은 영적 변화를 감지했다. 그는 그 영적 변화가 누구의 것인지 대번에 알아챘다. 그래서 모른 척 입을 다물었다. 잠시 후 그의 감은 눈앞에 허연 영기 하나가 나타났다.

'몸 밖으로 영기를 꺼내는 건 좋지 않은 버릇이에요.'

잠자리로 다가온 영기를 단번에 알아본 하백이 마음으로 말했다. 몇 년 만에 만나도 그가 자신을 알아보리라는 것을 윤아는 알고 있었다. 윤아는 모두가 잠든 틈을 타 비밀스럽게 영체를 뽑아낸 다음 하백에게로 다가왔다.

'회백산에 있을 때는 할멈이 이런 식으로 다른 무당들과 싸우게 했는걸요?'

윤아의 영체는 입을 삐죽 내밀며 하백의 침상에 걸터앉았다. 안개같이 흐물흐물한 상태이지만 윤아의 모습 그대로를 반영하는 영체였다. 윤아는 보드라워 보이는 하얀 셔츠 위에 양쪽 어깨에 끈이 이어진 검은색 스커트를 입고 있었다. 소녀티를 벗기 시작한 그녀는 그사이 제법 마음속의 감정을 표현할 줄도 알게 되었다. 하백은 그 모습이 싫지 않았다. 마음을 내보일 줄 안다는 것이 윤아에게 얼마나 큰 발전인지 알고 있는 까닭이었다. 그럼에도 하백의 꾸지람이 이어졌다.

'살아 있는 생명이 영기를 꺼냈다 넣었다 하는 건 좋지 않은 일입니다. 앞으로는 그러지 말아요.'

하백과 소녀는 서로 마음을 열고 생각을 교환했다.

'앞으로는 안 그럴게요. 하지만 오늘 하루만 용서하세요. 인사를 하고 싶은데 사람이 너무 많아서 못했어요. 나는 그냥 인사를 하러 왔어요. 저는 새벽이 되면 다시 섬으로 보내질 거래요. 그러니 오늘 밤이 마지막이잖아요. 이렇게 간신히 만났는데⋯⋯.'

소녀의 얼굴은 금세 풀이 죽어버렸다. 소녀가 언제나 만나고 싶어 했고, 언제나 이야기하고 싶어 했던 유일한 사람이 그렇게 말하니 속이 상했다. 가능하면 늘 함께하고 싶은데⋯⋯ 그래서 이런 식으로 실례를 무릅쓰고 만나러 왔는데⋯⋯ 그런 마음 때문에 꾸지람을 들으니 너무나 속상했다.

'이런 식으로 영체를 꺼내는 건 오늘만이에요.'

하백의 목소리는 빙긋이 웃고 있었다. 윤아는 동그란 눈을 크게 뜨고 그를 말똥말똥 쳐다보았다. 본래 알고 있던 친절한 얼굴의 그 남자가 그녀를 바라보고 있었다. 예전의 상처받은 듯한 표정은 사라지고 없었다. 윤아는 참 다행이라고 생각했다.

'네, 알았어요. 이제 영체를 꺼내지 않을게요. 오늘만 빼고요.'

하백의 허락이 떨어지자 윤아는 활짝 웃음을 지었다. 그 표정이 너무나도 밝고 예뻤다. 어깨 아래까지 흘러내리는 검은 머릿결과 발그레한 볼, 그리고 선홍빛 입술은 어느새 어엿한 숙녀의 것이었다.

'사람의 말만 할 수 있다면 누구라도 평범한 아이로 여길 텐데⋯⋯.'

하백은 문득 가엾은 생각이 들었다.

'아차! 내가 와서 귀찮은 건 아니죠? 나 때문에 못 자서 힘든 건 아니죠?'

윤아가 눈썹을 내리깔고 물었다. 이미 물어보기엔 늦었다는 걸 알면서도 예의를 차리는 그 모습이 몹시도 귀여웠다. 하백은 슬며시 미소 지으며 다시 소녀를 향해 마음을 열었다. 한밤중에 찾아와도 귀찮기는커녕 그저 반갑고 기쁜 마음이 드는 건 소녀가 자신의 어린 여동생이나 핏줄처럼 가깝게 느껴지기 때문이었다. 하백은 이제 윤아를 대하기가 훨씬 더 편안해졌다. 잠시 동안 혼란스러웠던 마음은 이미 오래전에 사라졌다. 그는 진심을 다해 윤아를 기쁘게 바라볼 수 있었다.

둘 다 외로운 사람이었기 때문일까? 아니면 둘 다 아픈 과거를 가지고 있기 때문일까? 소녀도 하백도 서로가 서로에게 가장 편안하고 좋은 사람으로 느껴지는 건 어찌할 수 없는 현실이었다.

하백과 소녀는 둥근 달이 중천에 떠오르도록 두런두런 이야기 꽃을 피웠다. 신입 요원으로서의 일상과 그간의 자질구레한 일들이며, 읽었던 책과 우주와 신이며, 새로운 주술과 술법 등 두 사람의 대화는 끊이지 않았다. 몸은 피곤할지언정 밤새워 두런두런 이야기하는 것이 결코 지루하지 않았다.

'여기는 영기가 굉장히 강해요. 내가 살던 회백산도 영기가 아주 강했는데, 거기는 아주 사납고 무서운 영적 기운이 가득했어요. 하지만 여기는 좋은 영파가 가득해요. 기운을 써도 절대 지칠 것 같지가 않아요. 도를 닦거나 수련하는 사람이 많이 찾는다던

데, 그러기에 정말 알맞은 곳이에요. 그렇죠?'

'네, 맞아요. 세도나는 지구상에 얼마 되지 않는 에너지의 분출구지요.'

'이런 곳이 영능력자들에게는 참 좋은 장소인 거죠?'

'네, 그래요. 윤아도 이곳에 계속 머물고 싶나요?'

하백은 침상에 걸터앉은 소녀의 영체를 바라보았다. 흐릿흐릿한 젤리 같은 영체가 세차게 고개를 흔들었다.

'아뇨, 난 여기 안 있을 거예요! 나는 여기저기 돌아다닐 거예요. 나는 항상 따라다닐 거예요, 누구를⋯⋯.'

윤아의 영체가 장난스럽게 웃고 있었다. 소녀의 마음속에는 언제나 하백이 함께했고, 그런 마음을 밝히는 데 거리낌이 없었다. 그런 소녀의 태도에 하백은 가슴이 푸근했다. 마치 자신이 윤아의 보호자라도 된 듯해서 항상 그녀를 돌봐주어야겠다는 생각이 들었다. 언제나 소녀를 신경 쓰고 오래도록 소녀와 이야기하면서도 지루하지 않은 건 하백에게 소녀가 소중하고 애틋한 존재이기 때문이었다. 두 사람은 굳이 대화하지 않아도 좋았다. 하백은 반쯤 잠들어 침상에 편히 누운 채로도 좋았고, 윤아의 영체는 그 침상의 끝자락에 걸터앉아 그저 흥얼흥얼 시간을 보내는 것도 좋았다. 이렇게 같이 있다는 것만으로도 두 사람은 기분이 좋아졌다.

윤아는 신기했다. 예전에 회백산의 할멈 밑에서 영체를 꺼낼 때는 몹시 피곤하고 고되었다. 하지만 지금은 그렇지 않았다. 영체를 꺼내도 남을 괴롭히거나 영력을 사용하지 않았고, 하백의 곁에 머물러 있기만 하는 터라 전혀 힘들지 않았다. 윤아는 날밤을 새워도 이렇게 같이 있기만 하면 활력을 얻을 것 같았다. 아무런 말이 없어도 한곳에 함께 있다는 것만으로 그런 마음이 들었다.

'피곤하죠? 나, 자장가 배웠어요. 이 노래 들으면 잠이 잘 올 거래요. 내가 불러줄 테니까 주무세요.'

한동안 고요히 있던 윤아가 그렇게 속삭였다.

'피곤한가요?'

갑작스러운 자장가 이야기에 하백은 소녀에게 피곤하냐고 되물었다.

'아뇨, 전 괜찮지만 부부장님은 늘 일이 많잖아요. 잠을 자야 내일도 일하죠. 나는 그냥 여기 있다가 해 뜨기 전에 갈게요. 이제 자장가 불러도 돼요?'

자장가를 부르겠다는 소녀의 볼이 빨개졌다. 그 순간 하백은 소녀의 기억 속에서 하백을 위해 낯선 노래를 배우는 광경을 찾아냈다. 목소리를 내진 않았지만 속으로 꽤나 따라 부른 모양이었다. 이런 날을 위해서……

'그래요, 듣고 싶어요. 난 자장가를 들으며 잘 테니까 너무 늦지 않게 돌아가요. 너무 오래도록 영체가 분리되어 있으면 좋지 않다는 거 알지요?'

'네, 알겠어요.'

하백은 마지막 주의를 준 뒤 조금 더 깊은 수면 속으로 들어갔다. 그에게 깊은 수면이라고 해봤자 반쯤 깨어 있는 상태이지만 소녀의 영체에서 들려오는 나지막한 노랫소리는 그의 마음을 무척이나 편안하게 해주었다.

'잘 자라 우리 아가. 앞뜰과 뒷동산에…… 새들도 아가 양도…….'

윤아의 자장가 소리가 까만 밤을 아름답게 수놓고 있었다. 지금껏 노래를 제대로 배운 적도 없는 소녀가 틈틈이 하백을 위해 준비한 아름다운 선율이었다. 하백이 이제껏 들어온 그 어떤 선율보다도 따스하고, 포근하고, 또 아름다운 마음의 노래였다.

'이 한밤…… 잘 자라 우리 아가…….'

하백의 감은 눈 저편으로 소녀의 노랫소리에 맞춰 아름다운 오로라가 펼쳐졌다. 지하 깊은 곳에서 터져 나오는 파리한 물보라와 함께 출렁이는 고요한 빛의 파장이 눈이 부시도록 아름답게 퍼져 흐르는 듯했다.

소녀는 쉼 없이 그 고요한 자장가를 불러주었고, 하백은 전에 없이 평화롭고 아름다운 꿈을 꾸었다. 자장가 속에 잠든 그는 마치 작은 아이가 된 기분이었다. 하백의 마음과 몸이 한없이 포근해지는 순간이었다. 마음으로 부르는 윤아의 노랫소리는 오래도록 그치지 않았다.

'새들도 아가 양도 다들 자는데……!'

시간이 얼마나 지났을까. 한참이 지나버린 것 같은 그때, 하백의 눈앞에서 모든 영상이 정지했다. 화려했던 오로라도 불 꺼진 등대마냥 사라졌고, 포근한 느낌과 따스한 기분도 갑자기 정지해버렸다.

　무슨 일일까? 하백은 그 자리에서 벌떡 일어나 앉았다. 그의 눈앞에서 윤아의 영체가 갑자기 굳은 듯 움직이지 않았다. 영체로부터 흘러나오는 마음의 대화도 완전히 끊어졌다. 마치 무선통신이 단절된 듯한 기분이었다. 더 이상 진행하지 않고 그대로 멈춰버린 영상을 보는 듯했다.

　'왜 그래요, 뭐가 잘못됐나요?'

　하백은 소녀의 영체를 살펴보았다. 그런데 무슨 일인지 윤아의 영체가 꼼짝도 하지 않았다. 마치 모든 영상의 송출이 중단된 것 같은 느낌이었다. 하백은 무슨 일이 벌어졌는지 소녀의 마음속을 읽으려 했지만 이상하게도 그녀의 마음 역시 완전히 닫힌 채 어떤 것도 느껴지지 않았다. 곧이어 소녀의 영체가 하백의 침상에서 순식간에 사라졌다.

　벌떡!

　하백은 침대를 박차고 일어섰다. 두 발이 바닥으로 내려서는 순간, 그는 즉시 윤아의 천막을 향해 내달렸다. 무언가 급박한 일이 생겼다는 본능적인 위험신호에 그의 심장이 펄떡였다.

　소녀를 향해 힘껏 내달리는 순간에도 하백은 무언가 단단히 잘못되어가고 있다는 생각을 지울 수가 없었다. 세도나의 신성한 집행자들의 기지에는 수십 명의 요원이 있었다. 그런데도 정신없이 내달리는 하백의 주위에 단 한 명의 요원도 보이지 않았다. 깊은 밤이기 때문에 그런 건 아니었다. 누구든 온밤을 새우며 경계 근무를 서는 요원이 있어야 했다. 그런데 하백이 급박하게 뛰어 내려가는 그 순간에도 누구 한 명 눈에 띄지 않고 모두 고요히 잠들었다는 것은 무언가 단단히 잘못되었다는 의미였다.

8

와장창!

하백은 천막의 버팀목이 부서질 정도로 거세게 움직였다. 윤아의 영체와 이어져 있는 천막은 바로 이곳이었다. 그가 천막 안으로 들어서는 순간 거대한 폭풍이 휘몰아쳤다.

그 세찬 바람 속에서 진한 꽃향내가 일었다. 거센 바람 속에서 진분홍빛 꽃무리가 퍼져나왔다. 산산이 부서지는 작은 꽃봉오리는 향긋한 냄새를 흩뿌리며 하백의 주위를 맴돌았다. 하백은 두 팔로 바람을 막는 동시에 영력을 높였다. 산산이 흩어지는 꽃잎과 향긋한 내음…… 너무나도 익숙한 상대의 체취였다.

"허업!"

하백의 영적 에너지가 터질 듯 끓어 넘쳤다. 온 기지가 폭발할 만치 강력한 기운이 그의 단전丹田 아래쪽에서 들끓기 시작했다. 만일 그가 힘을 쓴다면 사방 수 킬로미터쯤은 순식간에 폭발하고도 남을 만큼 엄청난 영력이었다. 그 무시무시한 에너지가 그의 깊은 내면에서 끓어올랐다. 에너지의 근원은 분노였다. 신성한 집행자들을 무력화시키고 소중한 소녀마저 앗아가려는 저 간악한 악마에 대한 참을 수 없는 격노激怒가 일었다.

화아악!

선홍빛 꽃무리가 하백을 향해 쏟아졌다. 얇고 가는 꽃잎 하나하나가 날카로운 면도날보다도 예리했다. 그 예리한 공격이 하백을 보호하는 거대한 영적 보호막 안으로 날카롭게 파고들었다. 하지만 하백은 한 발도 물러서지 않았다. 그는 휘몰아치는 붉은 꽃잎을 향해 거센 폭풍과도 같은 기운을 뿜어냈다.

퍼어엉!

화약 한 무더기가 터져나가는 듯한 폭발음이 들렸다. 거대한 영적 에너지가 붉은 꽃잎의 중심으로 터져나갔고, 그사이 붉은 꽃잎은 하백의 전신을 향해 파고들었다.

"캬악! 우워어어어!"

자욱한 연기를 향해 날쌘 그림자가 휘익 하고 들어섰다. 일촉즉발의 위기 속으로 온몸을 내던진 그림자가 있었다. 거세게 울어대는 짐승의 소리. 회색 연기 속에서 양쪽을 막아선 것은……
윤아였다.

'그만, 그만해요!'

윤아가 내지르는 짐승의 비명이 공간과 공간을 지나 마음속으로 퍼져나갔다.

그녀의 비명이 사방으로 퍼져나간 순간, 하백을 향해 휘몰아치던 바람이 잦아들었다. 휘몰아치던 꽃잎도 잠잠해졌다. 금방이라도 터질 것 같았던 하백의 진노도 살짝 누그러졌다. 다행히도 윤아는 살아 있었다. 붉은 꽃잎의 공격과 폭발하는 영력의 소용돌이 속에서도 죽지 않았다. 하백은 안도했다.

모든 것이 잠잠해지자 눈앞이 또렷해졌다. 하백의 앞에는 두려운 얼굴로 떨고 있는 소녀가 있었다. 흰 티셔츠에 검정 스커트를 입은 그녀는 윤아가 분명했다. 상처도 없었다. 혹시 윤아가 무슨 일을 당했을까 두려움에 떨었던 하백의 가슴이 한결 누그러들었다. 그런데 하백은 문득 이상한 점을 발견했다. 윤아가 하백을 바라보고 뒤쪽을 막아섰던 것이다. 마치 하백의 공격으로부터 그녀의 뒤쪽에 있는 사람을 지키려는 것처럼! 하백은 이 기괴한 장면에 머리가 하얗게 변해버리는 것 같았다.

윤아의 뒤에는 '그녀'가 있었다. 너무나도 낯익은 얼굴이 있었다. 하얀 가면을 쓰고 피처럼 붉은 기모노를 입은 호리호리한 여인이었다. 흑단처럼 검은 머리를 출렁이며 하백을 바라보고 있는 그녀는 그가 너무나도 잘 알고 있는, 아니 신성한 집행자들의 요원이라면 누구나 익히 알고 있는 '그 사람'이었다. 분홍색 벚꽃 무늬를 새긴 새빨간 기모노의 주인……. 윤아가 보호하려는 사람은 흑단인형이었다!

흑단인형과 하백 사이에 윤아가 있었다. 그녀는 하백도, 흑단인형도 서로를 공격하지 못하도록 정확히 그들의 중간에 섰다. 윤아는 두려움에 사지를 벌벌 떨면서도 그 자리를 피하지 않았다.

긴 침묵이 흘렀다. 팽팽한 긴장감에 숨이 끊어질 것 같은 순간이었다. 그 순간이 너무나도 길게 느껴졌다. 모든 것이 멈춰버린 듯한 긴 정적이 지나갔다. 먼저 침묵을 깬 것은 흑단인형이었다.

"가자, 아이야. 너를 데리러 왔다."

피처럼 붉은 기모노가 소녀를 향해 이야기하고 있었다. 흑단인형은 하백을 무시한 채 윤아에게만 말했다. 여전히 하백을 응시하고 있는 윤아의 몸이 부르르 떨렸다. 윤아는 하백에게서 눈을 떼지 않은 채 천천히 고개를 끄덕였다.

"안 돼! 가서는 안 돼! 널 죽일 거야!"

하백은 소녀를 향해 소리쳤다.

'아니, 그렇지 않아요.'

윤아는 하백을 바라보며 고개를 가로저었다. 윤아는 지난 수년간 신성한 집행자들의 숱한 교육을 받아왔다. 그중 많은 교육이 저 흑단인형에 대한 세뇌와 관련되어 있었다. 그녀가 만났던 흑단인형이 어떤 인물인지. 흑단인형이 원하는 것이 얼마나 잔혹한 세상인지. 세상을 유지하는 것이 얼마나 중대하고 가치 있는 일인지. 인류를 멸망시키려는 패악한 흑단인형에 대해 수많은 교육을 받았다.

하지만 흑단인형을 만나는 순간, 신성한 집행자들로부터 배웠던 모든 지식들이 순식간에 변해버렸다. 그러한 생각들이 아예 머릿속에서 사라져버린 것 같았다. 흑단인형의 붉은 기모노를 보는 순간 윤아의 머릿속은 하얗게 바래고 그날, 회백산에서의 마지막 날만 끝없이 되풀이되었다. 붉은 여인의 품, 따스한 숨결, 포근한 가슴을 소녀는 잊을 수가 없었다. 그것은 윤아에게 지울 수 없는 각인이었다.

"나는 너를 기억하고 있었다. 묻겠다. 나를 잊었느냐?"

흑단인형이 윤아를 향해 천천히 한 발을 내딛었다. 순간 하백의 얼굴이 긴장으로 꿈틀거렸다. 그의 단전에 모아진 강력한 에너지가 다시 터질 듯 끓어올랐다. 흑단인형은 하백 따위는 안중에도 없다는 듯 소녀만 바라보았다.

"우우……."

윤아의 얼굴이 말을 했다. 그녀의 마음속이 울부짖었다.

'어찌 잊을 수 있을까요! 차마 당신을 어찌 잊을까요! 한시라도 당신을 잊어본 적이 있었던가요? 태어나 처음으로 따스한 체온을 느끼게 해준 사람, 그 포근한 품에 더러운 짐승을 품어준 사람. 그 따스한 품과 향긋한 체취를 어찌 한 번이라도 잊어본 적이 있을까요!'

그녀의 마음속 외침은 흑단인형에게, 그리고 하백에게 전해졌다. 하백의 얼굴이 하얗게 질려버렸다. 들끓던 영적 에너지의 불꽃이 물에 덮인 것처럼 푸스스 기운을 잃었다. 흑단인형에 대한 윤아의 깊은 애정이 낱낱이 느껴졌다. 믿을 수 없는 상황에 하백의 가슴이 찢어질 듯 아팠다.

"너를 데리러 왔단다. 가자, 나와 함께……."

흑단인형의 새하얀 손가락이 윤아의 팔뚝을 살포시 건드렸다. 그리고 부드러운 음성이 속삭였다.

"함께 가자."

솜사탕보다 달콤하고 솜털 구름보다 부드러운 그 음성이 소녀의 귓가를 간지럽혔다. 순간 소녀의 목구멍으로 뜨거운 것이 울컥 솟구쳤다. 소녀가 느껴본 적이 없는 진한 그리움이 가슴에서 터져 나왔다. 윤아는 그 붉은 기모노를 향해 몸을 틀었다. 그리고 차갑고 매끈거리는 붉은 비단 천 속으로 파고들었다. 분분히 흩날리는 아름다운 벚꽃에 윤아는 완전히 매료되었다. 소녀가 가슴으로 파고들수록 흑단인형은 그녀의 등을 더욱더 세게 보듬었다.

"가엾은 것. 울지 마라."

흑단인형은 윤아를 가슴에 안고 놓지 않았다. 그녀의 품은 너무나도 따스했다. 그 언젠가 만났던 그때처럼 너무나도 따스하고 너무나도 푸근했다. 형용할 수 없을 만큼 따스한 온기가 고스란히 윤아의 가슴속으로 퍼져들었다.

그 모습을 보는 순간, 하백은 남아 있던 모든 기운을 잃어버리고 그 자리에 털썩 주저앉았다. 그 한 장면을 바라본 순간, 그는 윤아를 잃어버릴 것을 절감했다. 어떤 방법으로도 예언의 아이를 막을 수 없음을 깨달았다.

그 언젠가 가슴에 매달리는 어린 소녀를 떼어놓던 자신의 불안과 대비되는 흑단인형의 모습은 완벽한 충격이었다. 윤아를 밀쳐낸 하백과 달리 진심을 다해 보듬어주는 흑단인형의 모습에서 그는 소녀가 떠날 수밖에 없음을 직감했다.

붉은 기모노의 품속에서 하릴없이 울던 소녀가 고개를 들었다.

울음으로 두 눈이 새빨개진 소녀가 붉은 여인의 품속에서 하백 쪽으로 천천히 고개를 돌렸다. 망연자실한 얼굴로 그 모습을 바라보는 하백의 눈은 동공이 풀려 있었다. 말할 수 없는 충격에 빠진 그의 모습을 바라보는 윤아의 마음도 쓰라렸다.

'미안해요. 당신 곁에 있고 싶은 것도 내 마음. 하지만 나는 이분을 따라가지 않을 수 없어요.'

소녀가 하백을 향해 천천히 고개를 숙였다. 그리고 붉은 여인을 향해 돌아섰다.

'나를 보내주세요.'

하백은 온몸의 힘이 빠져나가는 것을 느꼈다. 지금 이 순간 흑단인형이 공격한다면 그는 어떤 저항도 못한 채 마지막을 고해야 할 듯했다. 모든 정신이 아득해져서 아무것도 할 수 없고, 무엇을 해야 할지도 모른 채 머리가 텅 비어버리는 것을 느꼈다.

흑단인형은 전의를 상실한 부부장을 공격하지 않았다. 대신 하얀 가면 너머로 까만 눈빛만 흘린 채 붉은 기모노의 한 팔로 윤아를 감쌌다. 순간 두 사람을 중심으로 작은 바람이 불기 시작했다. 선홍빛 꽃가루가 흩날리며 작은 바람이 불기 시작했다.

'기쁘게 해주고 싶었어요. 그래서 아껴왔던 것이 있어요.'

바람 속에서 마지막으로 소녀가 하백을 바라보았다. 망치에 얻어맞은 듯 멍한 하백을 향해 소녀가 마음을 보내왔다. 그녀가 작은 입술을 달싹거렸다.

"안녕……."

순간 하백은 자신의 귀를 의심하지 않을 수 없었다.

"안녕……."

그 소리에 하백의 온몸에서 세포 하나하나가 놀라 일어섰다. 그의 온몸에 강한 전율이 일었다.

"안녕, 하백……."

청아하고 맑은 소리가 그의 귓가에 울려 퍼졌다. 그것은 분명 소녀의 음성이었다. 소녀가 입술을 움직이는 대로 그 붉은 입술 사이에서 흘러나온 목소리가 분명했다. 짐승의 소리밖에 내지 못하는 줄로만 알았던 소녀가 분명 사람의 소리로 이야기하고 있었다.

아껴왔다고 했다, 소녀는. 아껴왔다고……. 기쁘게 해주기 위해서 아껴왔다고. 기쁘게 해주기 위해서! 하백을 기쁘게 하기 위해서 소녀는 자장가를 연습했고, 말하는 것을 훈련해온 것이리라.

그 소녀가 '안녕'이라 말하고 있었다.

세상에서 가장 아름다운 목소리로, 가장 청아한 목소리로. 그의 소녀가 멀어지고 있었다.

세상에서 가장 아름다운 음성으로 세상에서 가장 슬픈 안녕을 고했다. 그것은 세상에서 가장 슬픈 선물이었다.

제4화

그대 곁에 머물다

1

초록빛 나무가 우거진 깊은 산속에 작은 암자 하나가 있었다. 위를 올려다봐도, 아래를 내려다봐도 온통 커다란 나무로 울창한 첩첩산중에 절벽을 앞으로 끼고 고즈넉이 자리 잡은 암자였다. 그 암자의 작은 마당에서 품이 넓은 검은색 도복을 입은 사람이 아래쪽을 굽어보고 있었다. 속세와 한 발짝 뚝 떨어진 깊은 숲에 사는 신선 같은 사람이었다. 그 사람 자체가 하늘과 땅과 나무와 어우러져 자연의 한 부분처럼 느껴졌다.

그가 굽어보는 저 아래쪽에서 숲을 가로지르는 움직임이 보였다. 빽빽한 푸른 숲을 거침없이 헤치며 다가오는 사람 역시 위아래가 모두 검은색 옷이었다. 움직이기 편하도록 하체를 감싼 검은 바지와 신축성 있는 검은 티셔츠가 눈에 띄었다. 팔뚝까지 걷어 올린 티셔츠 아래로 푸르른 혈관이 불쑥불쑥 튀어나와 있었다. 그는 이 깊은 숲을 빠져나오는 동안 한 번도 쉼이 없었고 한순간도 지침이 없었다. 어깨까지 닿을 듯한 검은 머리를 하나로 질끈 묶은 그가 빠른 속도로 산을 올라 암자에 다다랐다. 그는 검은 도복을 보자마자 무너지듯 무릎을 꿇었다.

"지부장님!"

하백은 지친 얼굴이었다. 무릎을 꿇은 그의 표정이 몹시도 괴로워 보였다.

"깊은 산골까지 찾아올 것은 없었는데. 고생을 시켰구먼. 일어나서 차 한잔 들고 내려가시게나."

검은 도복 차림의 사내는 무릎을 꿇은 하백을 일으켜 세운 다음 자그마한 방으로 안내했다. 누런 종이만 간신히 발라놓은 암자의 방은 오랫동안 비워두었는지 싸늘하고 남루했다. 벽과 바닥에 간신히 종이만 발라놓았을 뿐, 손봐야 할 곳이 한두 군데가 아니었다.

두 사람은 방 앞에 이어놓은 좁은 마루에 마주 앉았다. 그들 앞에 초록빛이 감도는 맑은 물이 담긴 백색 찻잔이 놓여 있었다. 두 사람은 마주 앉아 따스한 찻잔을 기울였다. 잠시 동안 숲을 가르는 바람 소리만 들렸다. 오랜 침묵의 시간이 흐르고 있었지만 결코 어색하지 않았다.

"지부장님, 저는 받아들일 수 없습니다."

찻잔을 내려놓은 하백이 입술을 굳게 닫았다. 하백의 눈이 검은 도복 차림의 남자를 올려다보았다. 하얀 은발이 희끗희끗한 중년의 남자가 숲 너머 저 멀리를 바라보며 말했다.

"지부장이란 것은 이미 나의 직책이 아니네. 천한 몸뚱이를 가진 나를 천신賤身이라 부르시게."

검은 도복 차림의 남자가 부드러운 미소를 띠며 하백에게 이야기했다. 은은한 미소를 짓던 그가 하얀 찻잔을 소반에 올려놓았다.

"천한 몸뚱이라니, 어찌……."

하백은 한동안 천신이라는 이름을 마음속으로 곱씹었다.

"동방지부장님, 부디 돌아오십시오. 아무리 원로회의를 거쳤다 해도 저 같은 사람이 감당할 소임이 아닙니다. 아니, 언젠가 감당하게 되더라도 지금은 아닙니다. 저는 더 배워야 합니다. 동방지부장님의 곁에서 아직도 배울 것이 산더미처럼 남아 있습니다. 제발 돌아오십시오."

존경하는 스승이자 생명의 은인이며 그에게 이름을 붙여준 동방지부장이 모든 것을 버리고 떠났다는 사실을 그는 받아들이기 힘들었다. 그는 가지런히 무릎을 꿇은 채 나무판자로 엮은 마룻바닥에 머리를 조아렸다.

"그런 소리 마시게. 나도 알고, 원로회도 알고, 우리 모두 알고 있네. 나를 이어 동방지부장의 소임을 다할 수 있는 사람은 자네뿐일세. 한 치의 의심도 없이 하나의 마음으로 의견을 모았다네."

천신은 하백을 일으켰다. 그의 어깨를 토닥이며 작게 고개를 끄덕였다. 그럼에도 하백의 표정은 나아지지 않았다.

"자네를 내 자식처럼 생각하는 애틋한 마음은 그대로지만 세상살이에 회의를 느낀 나 같은 사람이 다시 그곳으로 돌아갈 수는 없다네. 자네가 개인적인 친분으로 이곳에 와준다면 좋겠지만 신성한 집행자들의 일로는 다시 이곳을 찾지 말게나."

천신은 부드러운 표정을 지었지만 그 말은 사뭇 단호했다. 그는 하백을 비롯한 신성한 집행자들과 분명한 선을 그으려 하고 있었다. 하백의 눈이 그렁그렁해졌다. 높디높은 자리에서 항상 자신을 내려다보고 배움을 준 그분이 모든 직책과 영광, 그리고 이름까지 버린 채 천한 몸이라는 하찮은 이름으로 불리려 한다는 사실에 하백은 절망했다.

"제게는 동방지부장이라는 직책이 제 것이 아닌 것 같고 어색하기만 합니다. 제가 정말 그 직책에 적합한 사람인지요. 너무나도 무거운 그 짐에 적합한 사람인지 의심스럽습니다. 지금도 저는 지부장님 밑에서 배워야 합니다. 그 아래서 배우고 익혀야 하는 부족한 사람입니다!"

"그만두게. 이미 모든 것이 늦어버렸네. 나는 내 능력의 반 이상을 이미 원로회에 의탁하여 소멸시켰네. 동방지부장의 역할을 수행할 만한 사람이 아닐세. 이렇게 애원하고 빌어도 될 일이 아닐세."

"어찌 그런 일을 하셨단 말입니까!"

하백은 그 앞에서 절규했다. 그의 목소리가 심하게 갈라졌다.

"스스로 능력을 지우신 걸 압니다. 일부러 영적 상흔을 내시다니, 어떻게 그러실 수가 있단 말입니까!"

"그러지 않았다면 내 어찌 그곳을 떠나 자유를 얻을 수 있었겠는가!"

깊은 상심에 빠진 하백이 고개를 숙이며 괴로워했다. 이미 한 번 상처를 내고 잘라버린 능력을 다시 붙일 수 없다는 걸 그는 잘 알고 있었다. 천신은 자유를 얻기 위해 그가 가진 강한 영적 능력의 상당 부분을 소멸시키고 말았다. 그 과정이 얼마나 끔찍한 일이었을지 상상도 되지 않았다. 하지만 천신의 말마따나 그가 자신의 힘을 모두 지닌 이상 어떻게 자유를 얻을 수 있었을까! 그러나…… 자유가 무엇이기에 모든 것을 버리고 이런 깊은 산속으로 숨어든단 말인가! 하백은 천신을 이해하기 힘들었다.

"그립습니다. 순수한 열정만 가득하던 시절, 아무런 생각도 의심도 없이 앞만 보던 그 시절이 그립습니다. 동방지부장님 밑에서 그 뒤만 따르면 되던 시절이 그립습니다."

하백은 구름이 흘러가는 푸른 하늘 저편을 바라보며 서글픈 표정을 지었다. 천신의 곁에서 그의 힘이 되어주기 위해 애쓰던 청년 시절을 그는 그리워하고 있었다. 한 치의 의심도 없이 뒤를 따랐던 든든한 선임이자 아버지이며 인생의 멘토였던 유일한 사람이었다. 그의 지시와 명령은 언제나 옳았고, 그의 판단은 한 번도 잘못된 적이 없었다. 그는 저주술사로부터 하백을 구해낸 은인이며 그에게 이름을 지어준 아버지였다. 그는 모든 것의 정도正道이며, 모든 의문의 해답이며, 모든 판단의 기준이었다.

"과거를 돌아보지 마시게. 자네는 이미 누구보다도 존경받고, 누구보다도 신임받는 훌륭한 지도자라네."

천신이 그냥 듣기 좋으라고 하는 말은 아니었다. 진심에서 우러나오는 생각이었다. 하지만 지금 하백에게는 그런 칭찬과 믿음이 중요하지 않았다.

"……왜 우리를 떠나신 겁니까?"

"글쎄, 왜일까."

최고의 요원으로 최고의 자리에 섰던 그가 갑자기 모든 것을 버리고 떠난 이유가 무엇이었는지 하백은 너무나도 묻고 싶었다. 요원들은 물론이고 원로들까지 강력하게 만류했는데도 그가 모든 것을 버리고 이 산에 들어온 이유를 하백은 짐작할 수 없었다. 천신의 입가에 엷은 미소가 스쳤다.

"어떻게 대답해야 할지 모르겠군. 그저…… 모든 것이 다 옳은 게 아니고, 또 모든 것이 다 그른 게 아니란 걸 깨달아서라고 할까?"

천신은 하얀 찻잔에 담긴 초록빛 액체를 천천히 들이켰다. 그의 입가에 한 줄기 깊은 주름이 파여 있었다. 깊은 주름은 천신의 깊고 깊은 고뇌의 흔적처럼 느껴졌다.

"나는 언젠가 우리의 생각이 다 옳은 것이 아니고 우리의 반대편에 있는 사람들이 모두 그른 생각을 하는 것은 아니라는 의심을 하였다네. 그리고 그 깊은 고민의 결과를 얻는 순간 내가 더 이상 신성한 집행자들에 있을 수 없음을 깨달았다네."

"그건…… 우리가 가는 길이 틀렸다는 말씀입니까?"

"옳다고도 틀렸다고도 할 수 없네. 우리가 가진 답안은 세계를 바라보는 수많은 답안 중 하나일 뿐임을 깨달았네."

"그렇다면 우리가 정답은 아니라는 말씀이군요."

천신은 천천히 찻잔을 내려놓으며 안타까운 얼굴로 하백을 바라보았다.

"이 사람, 하백⋯⋯."

그가 아주 먼 곳을 바라보는 듯한 눈빛으로 하백을 쳐다보았다. 그 눈이 너무 깊고 멀어서 하백은 마주 쳐다볼 수가 없었다.

"세상에 어디 정답이라는 것이 있겠는가. 또한 정답이 있다면 어디 그게 하나뿐이겠는가."

천신은 그저 하늘과 숲을 바라보며 알아들을 듯 알아듣지 못할 말을 했다. 하백은 고개를 숙였다. 너무나 추상적이고 심오하지만 그러한 논리가 어째서 지금까지의 인생을 송두리째 버리게 했는지 가슴이 아프기만 했다.

"옳은 것이 다 옳은 것이 아님을 알게 되고 보이는 것이 다 진실이 아님을 깨달은 뒤 많은 번민의 시간을 가졌네. 그 길고 소소한 이야기를 어찌 다 하겠는가. 다만 바로 지금 나의 모습이 그 해결책이었음을 이해해주게."

천신의 옆모습은 어쩐지 쓸쓸해 보였다. 몇 년 사이 반백으로 물들어버린 그의 머리가 애틋했다. 그는 분명 상상할 수도 없는 깊은 상심과 회의의 시간을 보냈을 것이다. 하백의 가슴이 찢어질 것만 같았다. 그를 몇 년이나 모셔오면서 그 깊은 고뇌와 번민을 짐작조차 못한 것이 애통했다.

"나는 지금 이 자리가 편하고 지금의 모습에 후회가 없네. 내 결정을 이해해주길 바라겠네."

하백은 아무런 말도 할 수 없었다. 자신의 모든 것을 정리하고 내던진 이 남자를 무엇으로도 붙잡을 수 없음을 절감했다.

"그런데, 하백…… 자네의 마음이 거친 자갈길 같고 험한 산세 같으니 그 연유가 무엇인가?"

"……."

"나로 인한 것이 아닌 다른 힘겨운 마음의 요동이 들려오는 것은 그저 나의 노파심 탓인가?"

천신의 말에 하백의 심장이 뜨끔거렸다. 하백의 마음속에서 복잡한 상념들이 그를 괴롭히고 있었다. 그동안 수많은 사건을 해결했고, 또 일부는 해결하지 못한 적도 있었다. 인간인 이상 실패란 어찌할 수 없는 일임을 잘 알고 있었다. 하지만 짐승의 아이…… 그 예언의 아이를 흑단인형에게 빼앗긴 것만은 하백의 마음에 치유할 수 없는 고통을 새겼다. 본부의 질책이나 스스로에 대한 실망감 때문이 아니었다. 문제는…… 아무런 이유도 없이 무작정 떠오르는 소녀의 모습이었다. 마음을 다잡고 잊으려 해도 눈만 감으면 나타나는 소녀의 모습이 그를 괴롭혔다.

"지부장님께서 지어준 이름대로 물처럼, 바다처럼 고요히 살고자 했는데…… 왜인지 마음이 뒤숭숭합니다."

"마음이 요동치는 건 마음을 뒤흔드는 원인이 사라지지 않아서겠지."

"요동치는 마음을 잠재울 방법이 없다면 어찌해야 할까요?"

"방법이…… 정녕 없는 건가?"

천신의 깊은 눈이 하백을 바라보았다. 그의 마음속 깊이까지 꿰뚫어볼 것만 같은 눈동자에 하백은 눈길을 떨어뜨렸다.

"내 자네에게 하백이라는 이름을 드린 것은 깊고 깊은 강처럼 깊은 사람이 되라는 뜻이 있었네. 하지만 깊은 강이라도 늘 고요하지만은 않다네. 때로는 격랑도 있게 마련일세. 요동치는 물결과 파랑波浪이 있기에 깊은 강바닥이 썩지 않고 생명을 보듬을 힘을 얻는 법이네. 파랑이 인다면 그것을 이기려는 대신 감내하고 깊이 휘말려보는 것도 자네를 더욱 성숙하게 할 걸세. 그것이 강을 살아 숨 쉬게 함을 잊지 말게."

"요동치는 파랑이…… 살아…… 숨 쉬게 한다……."

하백은 천신의 말을 되뇌었다.

하백은 자신의 마음을 어지럽히는 것이 자신을 살아 있게 만드는 것인지 확신할 수 없었다. 한 번도 느껴본 적이 없는 어지러운 마음이 진정으로 그를 살리는 힘이 되어줄까? 하백은 눈을 질끈 감았다. 눈을 감을 때마다 자그마한 여자아이가 떠오르는 것을 막을 수가 없었다. 그 여자아이는 그가 눈을 감을 때마다 기다리고 있었다는 듯 나타났다. 소녀는 까만 단발머리를 찰랑거리며 저 멀리서 하백의 코앞까지 달려왔다. 그리고 커다란 눈을 깜빡였다. 소녀는 금방이라도 울 것 같은 얼굴로, 그러나 살포시 미소를 지으며 그에게 이야기했다. 아주 작지만, 아주 또렷한 목소리로 말했다.

'안녕…….'

이별을 말하는 소녀의 얼굴이 너무나도 또렷했다. 안녕을 고하는 소녀의 모습이 너무나도 또렷해 가슴이 움푹 잘려나가는 것만 같았다.

'안녕…….'

그것은 세상에서 가장 가슴 시린 한마디였고 감내하기 힘든 격랑이었다.

2

짐승의 아이가 사라지고 몇 년이 지난 어느 날이었다. 거세고 차디찬 바람이 휘몰아치는 남극대륙에서 이상 징후가 발생했다. 가혹하리만치 싸늘한 겨울의 남극은 몇 달간 태양조차 뜨지 않을 정도로 극한의 지역이었다. 그 혹독한 지역에서 기묘한 영적 기운이 감지되었다. 신성한 집행자들의 요원들이 수차례 남극을 방문했음에도 진원을 알 수 없는 묘한 영적 기류가 기습적으로 휘몰아쳤다가 다시 사라지는 일이 반복되었다. 신성한 집행자들은 영적 기류의 원인도 패턴도 알아낼 수 없었다. 사람의 발을 거부하는 억센 동토의 땅에 동방지부장 하백이 나타났다.

동방지부장으로 추대된 하백은 자신이 모든 것을 도맡아 하기를 바랐다. 새로운 동방지부장으로서 그는 선잠이 드는 한 시간여를 제외하고 하루의 모든 시간을 책무에 쏟아부었다. 날이 갈수록 전임 지부장의 빈자리가 사라지고 새로운 동방지부장의 위상이 높아졌다. 고매하고 잔잔한 그의 인품은 물론이고 그의 빼른 판단력과 놀라운 일처리 능력에 감탄하지 않는 자가 없을 정도였다. 그렇게 세월이 흐르자 전임 동방지부장의 빈자리를 느끼는 사람은 더 이상 없었다.

하백이 잠자는 시간을 최소화하고 과도할 만큼 일에 집착하는 것은 자신의 생각을 단속하기 위해서였다. 허투루 생각에 빠질 만한 모든 순간을 제거하고 가슴을 후벼 파는 상처를 잊기 위한 발버둥이었다. 그가 스스로를 괴롭히며 과도한 업적을 쌓아가는 몇 년 동안 신성한 집행자들은 눈부시게 발전했다. 몇 년 전 예언의 아이를 잃어버리고 세상이 끝날 것만 같았던 그때와는 천양지차였다.

예언의 아이가 사라지고 나서 수십 년간 그러했듯 신성한 집행자들이 총출동해 흑단인형을 추적했지만 어디에서도 그 흔적을 찾아낼 수 없었다. 행여 윤아의 기(氣)라도 찾기 위해 수많은 술사가 헤맸지만 마치 깨끗이 지워진 것처럼 소녀의 흔적은 사라져버리고 없었다. 흑단인형이 짐승의 아이를 데려간 이상 당장이라도 지구의 종말이 닥칠 것만 같고, 금방이라도 모든 것이 끝날 것만 같은 패배 의식이 한동안 팽배하다가 시간이 흐르면서 차츰 사라졌다. 소녀가 흑단인형의 품으로 사라진 후에도 모든 것은 이전과 다름없었고 어떠한 큰 변화도 관찰되지 않았다.

예언의 아이를 잃어버린 신성한 집행자들은 하백의 주도 하에 세계를 유지할 다른 방법을 찾아냈다. 한편에서는 그 소녀가 예언의 아이가 아닐 수도 있다는 주장이 나왔다. 신성한 집행자들의 힘만으로 흑단인형을 저지할 방법도 끊임없이 모색했고 그 성과는 눈부실 정도였다. 하백의 지독한 노력 덕분에 신성한 집행자들의 심각한 패배 의식은 사라졌다.

존경과 감탄을 한 몸에 받는 동방지부장 하백이 새하얀 설원에 도착하자 요원들의 사기가 한껏 높아졌다. 그를 기다리던 요원들은 조밀하고 섬세한 조사 활동에 박차를 가했다. 모든 일은 일사천리로 진행되었고 한 치의 어긋남도 없었다. 거침없으면서도 또한 꼼꼼한 하백의 지휘는 그를 접하는 요원들의 감탄을 자아냈다. 새하얀 설원에 영파 탐지기가 설치되었고, 영력 탐지력이 뛰어난 요원들이 각소에 배치되었다. 임시 기지가 설치되었고 혹한을 감안하여 업무 교체도 진행되었다.

근원을 알 수 없는 영파는 아주 넓은 지역에서 폭넓게 탐지되어 어디가 영파의 중심인지 알아내기가 힘들었다. 영파의 근원지는 시시각각으로 변하고 이동하기까지 했다. 하지만 하백의 지휘하에 마구잡이로 보이던 영파에 담긴 독특한 패턴과 규칙이 드러나기 시작했다. 패턴을 파악한 뒤에도 하백은 섣불리 움직이지 않았다. 자신이 보호하는 요원들의 상황을 면밀히 파악하고 그들의 체력과 한계를 배려하기 위해서였다.

차가운 얼음 속에서 체력을 소진한다는 것은 위험한 일이었다. 더구나 영력을 사용하는 요원들에게 지나친 체력 소모는 독이었다. 동방지부장을 비롯한 대다수의 요원은 체력을 비축하기 시작했다. 그들은 하늘이 채 컴컴해지기도 전에 임시 기지에서 휴식을 취해야 했다. 임시 기지라고는 하지만 남극의 추위와 바람을 철저히 막아주는 최첨단 기지였다.

요원들은 순번을 정해 주변을 감시했고, 그 외 모든 요원은 체력을 비축하기 위해 숙면에 들어갔다. 동방지부장 역시 예외는 아니었다. 두 어깨에 지워진 책임은 무거웠고 환경은 혹독했으므로 체력 안배가 절실했다. 그 역시 이른 저녁부터 남극의 혹독한 추위를 견디기 위해 체력을 비축해야 했다. 감시를 담당한 요원들과 체력을 비축하는 요원들을 꼼꼼히 확인한 하백이 기지를 벗어나려는 순간이었다.

"동방지부장님, 가지 마십시오."

혹독한 환경을 피할 수 있는 유일한 장소에서 벗어나려는 동방지부장을 한 청년이 막아섰다. 검은 눈썹을 치켜뜨고 두 팔을 단단히 벌린 청년의 얼굴은 고집스러웠다.

"현욱 요원."

"가지 마십시오, 지부장님. 어제도 기지에서 벗어나 이글루에 머무신 걸로 압니다. 어제도 오늘도 거센 블리자드가 불어닥치고 있습니다. 더는 그렇게 버티실 수 없습니다. 그만두세요, 제발."

하백을 막아선 청년의 눈이 맑은 빛을 받아 살며시 떨렸다. 하백을 걱정하는 진심이 느껴졌다.

"괜찮습니다. 내가 원해서 하는 일입니다."

질끈 묶은 검은 머리가 어깨 아래까지 드리워진 하백이 부드러운 얼굴로 살며시 미소 지었다. 하지만 현욱은 물러서지 않았다.

하백의 눈가에 깊은 주름이 새겨지는데도 현욱은 시선을 피하지 않고 하백의 눈을 똑똑히 바라보았다. 회색으로 희끗한 하백의 귀밑머리도 똑바로 응시했다. 현욱은 젊고 강하기만 하던 자신의 우상이 스스로를 학대하며 생명력을 갉아먹는 걸 두고 볼 수가 없었다.

지난밤 하백은 좁은 이글루에 누웠다. 이글루는 동방지부장 혼자만 사용할 수 있도록 임시 기지 근처의 너른 공터에 만들어졌다. 견고한 임시 기지에 비할 바는 아니지만 그는 혹독한 추위 속에서 바람만 피하면 족하다고 말했다. 그러나 현욱은 알고 있었다. 이 극심한 추위 속에서 냉혹한 바람과 함께 하룻밤을 보내는 것은 매일 수많은 임무를 수행해야 하는 동방지부장에게 가당치도 않은 일임을. 결코 사람이 견뎌낼 수 없는 극한의 고통임을. 그래서 그는 고집스러운 얼굴로 하백의 앞을 비켜서지 않았다.

"괜찮아요, 나는. 이편이 훨씬 마음 편합니다."

하백은 앞을 가로막은 젊은이의 어깨에 한 손을 올렸다. 그의 커다란 손이 현욱의 어깨를 감싸자 손바닥을 타고 깊은 감정의 물결이 전해졌다. 진심을 다해 비켜주기를 원하는 하백의 마음이 느껴졌다. 그 마음을 읽은 현욱의 어깨가 툭 내려앉았다.

"지부장님, 이제 그만 자학하십시오. 도저히…… 그 모습을 못 보겠습니다."

현욱은 자신의 우상이 스스로를 학대하는 모습을 더 이상 보고 싶지 않았다. 하백이 모든 것을 희생하며 신성한 집행자들의 일에 전념하는 모습이 어느 순간부터 자학으로 보였다. 가슴이 저릴 정도로 안타깝게 느껴지는 것은 하백이 극한까지 자신을 몰아붙인다는 느낌을 꾸준히 받은 때문이었다. 남극에서 극한의 고통을 참으며 이글루에서 밤을 지새우는 것도 그랬다.

"자학이 아닙니다. 자기 수양이라고 하는 게 좋겠습니다."

하백은 현욱의 어깨를 툭툭 쳤다. 그에게 더 이상 설명할 방법이 없었다. 지금 하백에게는 임무를 수행하는 것 자체가 수도의 방법이었다. 그는 매일매일 자신을 시험했다. 그렇게 스스로를 한계에 몰아붙임으로써 흐트러지는 정신을 단단히 붙잡으려 안간힘을 썼다. 그것만이 한 소녀에 대한 기억에서 달아나는 방법이었다.

하백은 청년을 지나쳐 이중으로 닫혀 있는 남극의 임시 기지밖으로 나섰다. 새하얀 눈보라가 하백의 시야를 가렸다. 맑다고 생각한 것이 무색하게 갑작스러운 강풍과 눈보라가 몰아치는 게 남극의 기상이었다. 한 치 앞도 보이지 않는 새하얀 세계에서 방향감각 하나만으로 눈보라 속을 거슬러 올라갔다. 그는 한 발 한 발 떼기도 힘든 강풍에 맞서 사투를 벌인 끝에 공터의 이글루를 찾았다. 그는 영력도, 다른 능력도 사용하지 않았다. 맨몸으로 거센 바람을 맞았다. 그는 이렇게 자신의 몸을 아주 혹독한 시련 속에 던졌다. 그것도 매일. 신체적 고통과 고행이 마음의 고통을 덜어주는 것만 같아서였다.

거센 블리자드를 막아줄 뿐, 추위는 고스란히 느껴지는 이글루에서 하백은 잠든 것도 아니고, 그렇다고 완전히 깨어 있는 것도 아닌 상태로 휴식을 취했다. 그 휴식의 순간에도 그의 뇌는 쉬지 않았다. 수많은 생각이 머릿속을 스쳐갔다. 하백은 모포를 덮고 눈을 감았지만 정신만은 깨어 있었다. 세계 각국에서 일어나는 수많은 사건에 대한 정리와 계획들이 머릿속을 스쳐갔다.

한동안 거센 바람 소리가 간헐적으로 들렸다. 그러다가 한순간 쥐 죽은 듯이 사위가 고요해졌다. 순식간에 눈보라가 잠잠해지고 언제 그랬느냐는 듯 하늘이 맑아진 게 분명했다. 하백은 잠시 그 고요함에 매료되었다. 그의 머리가 잠깐 동안 텅 빈 것처럼 고독해졌다. 그리고 낯익은 맑은 목소리 하나가 그의 귓속에 울려 퍼졌다.

'안녕.'

하백의 생각 속에서 작은 틈을 내내 기다려왔다는 듯 그 목소리가 들려왔다. 한시도 쉬지 않고 스스로를 몰아가던 그가 아주 잠깐 생각을 멈추었을 뿐인데, 그 순간을 놓치지 않고 그 목소리가 생각 속을 파고들었다.

'안 돼……'

하백의 숨이 거칠어졌다. 한동안 들리지 않았던, 아니 결코 들려올 틈을 주지 않았던 그녀, 윤아의 음성이 그의 심장을 뒤흔들었다. 이제는 잊었다고 생각했던 소녀의 음성이 너무나도 또렷했다. 잊기 위해 스스로를 혹독하게 몰아쳤고, 그래서 이제는 완전히 잊었다고 생각했는데, 더 이상 떠오르지 않을 줄로만 알았는데…… 그 소녀의 목소리가 선명하게 들렸다. 뾰족한 칼로 가슴을 오려내는 듯한 아픔이 느껴졌다.

하백은 천천히 눈을 떴다.

'안녕.'

하백의 눈앞에 흐릿한 형상이 맺혔다. 찰랑거리는 검은 머리카락 한 올까지 너무나도 선명한 윤아의 모습이 그의 눈앞에 나타났다.

'아아!'

그는 한숨을 내쉬었다. 하백은 그동안 그녀를 찾아 미친 듯이 헤맸다. 개인적인 희망인지, 조직의 의지인지 구분되지 않을 만큼 모호한 상태에서 그녀를 찾기 위해 모든 방법을 동원했다. 끊임없이. 하염없이. 하지만 사라진 윤아의 티끌만 한 흔적도 찾아낼 수 없었다. 완전히 증발한 것처럼. 흑단인형과 레드블러드의 흔적이 보일 때에도 윤아의 자취는 보이지 않았다. 마치 이 세계에 속한 자가 아닌 것처럼 깨끗이 지워져 있었다. 하백은 흑단인형이 정성을 들여 그녀의 모든 것을 지웠다는 생각이 들었다. 예언에 등장하는 '짐승의 아이'를 자기 것으로 만들기 위해 치밀한 준비가 선행되었음을 짐작케 했다. 그런데 그녀가 나타났다. 출렁거리는 영상은 환영이리라. 하백이 만들어낸 윤아의 환영.

하백은 윤아의 환영이 떠오른 이유를 스스로에게 논리적으로 납득시켜보려고 애를 썼다. 그가 소녀의 생생한 음성과 모습을 아직도 기억하는 것은 윤아를 흑단인형에게 빼앗겼다는 패배

감 때문이 아닐까? 하지만 아니었다. 그는 패배하지 않았다. 패배한 적도 없었다. 그것은 윤아의 선택일 뿐이었다. 그렇다면 작전에 실패했다는 죄책감 때문일까? 그렇지 않았다. 세계가 위험에 처했다는 안타까움 때문도 아니었다. 그럴듯한 이유를 아무리 대봐도 하백은 스스로를 납득시킬 수가 없었다. 막연한 그리움에는 이유가 없었다. 이유 없는 감정은 두려웠다. 하백은 두려움에 몸을 떨었다. 한기가 온몸으로 엄습했다.

'그래, 추위. 극심한 추위가 나에게 환영을 보게 하는구나!'

그는 그래도 납득할 만한 이유를 찾으려 애썼다. 이 추운 남극의 겨울이 그에게 소녀를 떠올리게 하는 것이다. 극지방의 혹독한 추위가 몸을 괴롭히며 그의 기억을 자극하는 것이다. 추위를 이길 수 있는 기억, 따뜻했던 기억에 대한 그리움이 환영을 만들어내는 것이다. 외로움만이 벗이었던 하백의 인생에 따스한 체온을 나누어준 기억이 바로 윤아였다. 오로라가 펼쳐지던 세도나의 깊은 밤, 그녀의 영체의 무릎을 베고 자장가를 듣던 그 따스하고 포근한 날의 기억을 하백의 본능이 기억하고 떠올린 것이다. 하백은 생각했다. 체온이 떨어질수록 소녀의 모습은 점점 더 또렷해질 것이고, 윤아의 모습을 지우는 건 불가능할 것이다. 하백은 이 환영을 사라지게 하려면 체온을 올려야 한다고 생각했다.

그는 천천히 몸을 일으켰다. 낮은 체온으로 인해 손발이 뻣뻣했다. 하백은 모포 위에 정좌를 하고 눈을 감았다. 단전에 기를 모았다. 저 깊은 단전 아래로부터 작은 태양 같은 기운을 끌어올렸다. 타오르는 정기가 배 아래쪽에서 온몸으로 뻗어 나왔다. 몸 안에 열기가 퍼졌다. 느리게 흐르던 혈액이 빠르게 돌기 시작했다. 하백은 이제 되었다고 생각했다. 추위라는 원인을 제거한 이상 스스로 만들어낸 환영은 사라질 것이었다. 하백은 뜨거워진 눈꺼풀을 천천히 떴다.

그런데 그녀가 여전히 그곳에 있었다.

'하백 님, 잘 지내셨나요?'

윤아의 하얀 얼굴이 하백 앞으로 다가왔다. 까만 눈동자도, 탐스러운 머릿결도 예전과 다름없었다. 얼굴은 조금 핼쑥한 듯했지만 나이가 들면서 자연스럽게 젖살이 빠진 것도 같았다. 눈에는 생기가 돌고 볼은 발그스름했다. 그녀는 이제 소녀티를 벗었다. 젊지만 어리지는 않았다. 소녀가 아닌 여자의 모습이었다.

하백의 심장이 철렁 내려앉았다. 여자가 된 윤아가 그를 향해 미소 지었다.

'그리웠어요.'

살포시 웃음 짓는 윤아의 어깨 너머로 까만 머릿결이 찰랑거렸다. 마지막으로 보았을 때 약간 긴 단발이었는데 어느새 허리께에 닿아 있었다. 소녀가 그에게 '안녕'이라고 말한 것도 벌써 몇 년이 지난 과거의 일이었다. 흑단인형과 함께 떠나버린 그때는 소녀티를 벗지 못했던 윤아가 오늘 하백의 눈앞에는 긴 머리에 어엿한 숙녀의 모습으로 나타났다. 하백은 더 이상 환영을 외면하지 않았다. 차오르는 단전 밑의 기운을 느끼며 그녀를 찬찬히 바라보았다. 이대로 기운이 더 돌면 저 모습조차 사라지리라. 가슴이 싸하고 아려왔다.

'머리가…… 길었구나.'

하백은 자신도 모르게 소녀를 향해 손을 뻗었다. 모든 것이 환청이며 환시란 것을 알면서도 그는 윤아에게 말을 걸었다. 바늘로 가슴을 쿡 찌르는 것 같은 통증이 느껴졌다. 하백은 자신보다 훨씬 어린 여자의 환영을 만들어내고 이토록 동요하는 스스로가 그저 놀랍고 당황스러웠다. 하지만 그는 그녀를 모른 척 외면할 수가 없었다.

그의 큰 손이 환영의 검은 머리카락을 건드렸다.

찰랑…….

길고 까만 머리카락이 그의 손가락 마디마디로 흘러내렸다. 생생한 환각이 그의 손을 타고 느껴졌다. 하백의 어깨가 굳어졌다. 그의 얼굴이 하얗게 질렸다. 믿을 수 없을 정도로 생생한 감각이 그의 심장을 터뜨릴 것처럼 죄어왔다.

윤아는 하백의 커다란 손을 꼬옥 잡았다. 그녀의 작고 마른 두 손이 하백의 커다란 손을 잡더니 그녀의 선홍빛 볼에 갖다 댔다. 그리고 둥근 볼로 그의 손을 지그시 눌렀다. 그 느낌이 생생했다.

'나는…… 떠나지 않을 수 없었어요.'

윤아의 긴 속눈썹이 아래를 향했다. 까만 속눈썹 사이로 작은 한숨이 새어나왔다. 파르르 떨리는 까만 눈동자가 하백을 바라보았다.

200

'나는 그 사람이 불쌍하다는 걸 잘 알고 있었어요. 그 사람은 나만큼이나, 아니 나보다 훨씬 더 가엾고, 더 불쌍하고, 또 더 외로운 사람이었어요. 그분은 날 할멈으로부터 해방시켜주었고 내게 처음으로 따스한 품을 내주었어요. 그랬기에 나는 그분을 따라가지 않을 수 없었어요.'

윤아의 까만 속눈썹이 깜빡였다. 하백은 그녀가 이야기하는 '그분'이 누군지 잘 알고 있었다. 윤아가 말하는 가엾고 불쌍하다는 그분, 흑단인형. 흑단인형에 대한 사랑과 믿음의 마음이 하백에게도 느껴졌다. 신성한 집행자들에게는 한없이 두렵고 무서우며 끔찍한 적인 그녀를 윤아는 가엾게 바라보고 또 그녀에게 고마워하고 있었다. 어떤 이유인지는 알 수 없지만 윤아가 흑단인형을 바라보는 시각은 그와 사뭇 달랐다.

윤아는 흑단인형이 너무나 가엾고 불쌍하고 또 외로운 사람이라서 위로해주어야 했다고, 그래서 하백을 떠나야 했다고 말하고 있었다. 그녀의 말이 하백의 가슴을 쓰리게 했다.

'하지만 그녀의 곁에 가서는 줄곧 당신 생각을 했어요. 당신도 외로운 사람……. 내겐 그분도 고맙고 소중한 사람이지만 당신을 잊을 수가 없었어요. 내내 생각했어요. 하백, 당신을. 내내 고민했어요. 나는 나의 마음을 들여다보았어요. 오랫동안 그랬어요. 그리고 저는 마침내 깨달았어요. 저는 당신과 함께 있고 싶었어요. 당신을 잊을 수가 없었어요. 당신을…… 보고 싶어 하는 나를 멈출 수가 없었어요.'

윤아는 고개를 살포시 들었다. 윤아의 까만 눈동자가 남자의 두 눈을 뚫어져라 바라보았다.

'두 사람을 다 위로할 수 없다는 걸 알아요. 당신과 그분은 생각이 다르고 갈 길이 다르다는 걸 알고 있어요. 그래서 나는 두 사람과 함께할 수 없다는 것도 알아요. 한 사람을 선택할 수밖에 없다는 것도 알아요. 그리고…… 나는 선택했어요. 내 가슴이 말했어요. 진실을 이야기해주었어요. 세상에 존재하는 모든 사연과 이유, 그리고 명분을 다 떠나서 저는 제 마음의 이야기를 들었어요. 저는 당신 곁에 있고 싶어요. 그분도 당신도 외로운 사람이지만 지금 그분의 곁에는 함께하는 분이 계시니까요. 그녀를 너무나 걱정하는 또 다른 사람이 있으니까요. 하지만 당신은 수많은 사람에게 둘러싸여 있지만 곁에 아무도 없잖아요.'

윤아는 이야기하고 있었다. 그 까만 눈동자를 깜빡이며 하백의 곁에 머물겠다고 말하고 있었다. 하백은 눈앞이 어른거렸다. 맑은 물이 하백의 눈가를 흐렸다. 환영이 사라지려는지 눈앞이 흐릿해지면서 윤아의 모습이 잘 보이지 않았다.

'당신에겐 내가 필요해요. 나에게는 당신이 필요해요. 나는…… 당신을 위로해주고 싶어요. 당신과 함께하고 싶어요. 당신이 홀로 외로운 것을 원치 않아요. 저는 당신과 함께하고 싶어요.'

윤아는 하백의 손을 붙들고 동그란 볼을 비볐다. 커다란 손을 통해 작은 열기가 전해지는 것만 같았다.

'나는 내내 당신이 그리웠어요.'

윤아의 붉은 뺨으로 작은 물방울 하나가 쪼르륵 흘러내렸다. 환영이 흘린 물방울이 하백의 손목에 닿았다가 안개처럼 사라졌다. 가슴이 시리고 아팠다. 환각 속에서 흐르는 윤아의 눈물 한 방울이 하백의 심장을 찢어발기는 것만 같았다. 시큰한 통증이 하단전 깊숙이 느껴졌다.

'하백, 당신도 그랬나요? 당신도 저를 그리 보셨나요? 제가 느낀 이 모든 감정이 저만의 것은 아니라고 말씀해주세요. 그 말씀 한마디면 저는 당신 곁으로 돌아가겠어요. 제발 제게 말씀해주세요.'

간절한 소망을 담은 윤아의 두 눈이 하백을 시리게 바라보았다.

'나도 그대를……'

하백은 말을 하려 했지만 갑자기 목이 막히는 듯한 기분이 들었다. 무언가 목구멍을 막고 입을 열지 못하게 했다. 치밀어 오르는 진실한 감정을 그의 초자아超自我가 있는 힘껏 막아버리는 것만 같았다. 그는 진실한 감정을 막아서는 자신의 본분과 윤리적 강제와 한바탕 사투를 벌였다. 한 번도 진실한 적이 없었던 그의 가슴이 마침내 속의 것을 토해냈다.

'나도…… 그리웠습니다.'

진심을 말하기가 이토록 힘들다는 것을 그는 알지 못했다. 그립다는 한마디를 전하려는 순간 목이 쉬고 만다는 사실을 그는 알지 못했다. 하백의 목소리는 볼품없이 갈라지고 쪼개졌다. 그래도 그 진실한 마음만은 심장 밖으로 튀어나왔다.

윤아는 아무런 말도 하지 않았다. 다만 '그립다'는 한마디에 목이 쉬어버린 커다란 남자의 곁으로 한 걸음 더 다가올 뿐이었다.

'하백, 추운가요?'

소녀가 물었다.

남자는 대답 대신 고개를 끄덕였다. 환영 속의 소녀가 그 작은 팔로 남자의 몸을 감싸 안았다. 너무나도 마르고 가녀린 두 팔이 하백의 몸을 둘렀다. 제 몸보다도 훨씬 큰 남자를 감싼다는 게 쉬운 일은 아니었다. 하지만 윤아는 꿋꿋하게 그 커다란 덩치를 감싸 안았다. 환영이 만들어낸 환각이 하백의 몸을 둘러쌌다.

'춥지 말아요. 내가 옆에 있어줄게요. 이제 더 이상 외롭지 말아요.'

하백의 코밑으로 향긋한 소녀의 향기가 느껴졌다. 너무나도 추운 겨울날이지만, 가혹하리만치 거센 남극의 돌풍이 불어닥치지만 그 순간 사내는 어떤 추위도 느끼지 못했다. 그가 아무리 깊은 수련을 했더라도, 그가 아무리 나이를 먹었더라도, 그가 아무리 덩치 큰 어른일지라도 그의 몸이 윤아의 품안으로 전부 녹아드는 것만 같았다.

그의 곁에 그를 존경하는 이들이 아무리 그득해도 하백은 본래 한없이 외로운 사람이었다. 어릴 적부터 따스한 품을 느껴보지 못한 자는 한없이 따스한 품 앞에서 무너져 내릴 수밖에 없었다. 그가 아무리 냉철한 남자라 해도, 아무리 철두철미한 사내라 해도 따스한 체온 앞에서 허물어지고 마는 나약한 존재였다.

하백은 소녀 앞에서 어린아이가 되어버리는 자신을 느꼈다. 한 여자 앞에서는 아무리 위대한 사람이라도 티끌같이 작아지게 마련이었다. 두 사람의 나이 차이 따위는 소용이 없었다. 인생의 깊이와 생각의 차이도 한낱 의미 없는 논쟁거리일 뿐이었다.

'내가 있어줄게요. 당신 곁에 내가. 언제나……'

작은 소녀였던 윤아의 붉은 입술이 다가왔다. 그 작고 차가운 입술이 파랗게 떨고 있는 하백의 입술 위로 조심스럽게 포개졌다. 그녀의 붉은 입술이 하백의 아랫입술을 천천히 보듬었다. 한없이 부드럽고 포근하게 그의 아랫입술을 촉촉이 감쌌다. 윤아의 입술이 닿은 그곳에서 형용할 수 없는 뜨거운 온기가 느껴졌다. 온몸이 녹아버릴 것처럼 따스하고 온화한 기운이 하백의 전신으로 뻗어나갔다. 하백은 윤아를 감싸 안았다. 작고 여린 윤아의 허리가 부서질 듯 두 팔 안으로 들어왔다. 그는 있는 힘을 다해 환영을 껴안았다. 절대로 놓지 않을 것처럼 그녀의 모든 것을 감싸 안았다.

윤아의 입술이 하백에게 말하고 있었다.

'하백, 당신은 외롭지 않아요. 당신에겐 내가 있어요. 언제나 함께 있어줄게요.'

3

"동방지부장님!"

"동방지부장님!"

하백은 자신을 부르는 다급한 목소리에 눈을 떴다. 그가 눈을 뜨고 자리에서 일어나는 순간, 요원 한 명이 그의 이름을 부르며 이글루 안으로 들어섰다.

"무슨 일입니까?"

그는 순식간에 정신을 차리고 요원을 바라보았다. 지금껏 한 번도 이토록 깊이 잠든 적이 없었다. 눈을 감은 동안에도 반쯤 깨어 있는 그에게는 언제나 모든 소리가 생생하게 들려왔다. 작은 인기척만 있어도 금세 알아차리는 것이 당연한 일이었다. 그런데 그가 수년 만에 처음으로 깊은 잠에 빠져들었다. 한 요원이 자신의 이글루 안에 들어올 때에야 간신히 잠에서 깨어난 것은 놀랍도록 황망한 일이었다.

"강한 영파가 느껴져 위치를 탐색했더니……"

급하게 달려온 요원이 거친 숨을 몰아쉬며 말하기 시작했다.

"바로 지부장님의 주변에서 강한 영파가 느껴졌습니다! 방금 전에 완전히 사라지긴 했습니다만, 분명히 이 주변이었습니다. 혹시 무슨 일이 있었던 건 아닙니까?"

요원은 이글루 안을 날카롭게 훑어보았다. 하지만 이렇다 할 이상 징후는 감지되지 않았다. 조금 이상한 점은 언제나 차분히 평상심을 잃지 않는 동방지부장의 얼굴에 당황한 기색이 역력하다는 사실뿐이었다. 늘 평화로운 얼굴로 미소를 잃지 않은 하백이 흔들리는 눈빛으로 주변을 바라보는 모습은 낯선 광경이었다.

"괜찮으십니까?"

요원이 동방지부장을 바라보며 걱정스러운 얼굴로 물어보았다.

"나는 괜찮습니다. 잠시 혼자 있게 해주세요."

요원은 하백이 불편해 보이는 간이침대에 앉아 깊은 생각에 빠진 것을 확인한 뒤 곧 이글루에서 나왔다. 어찌 된 영문인지 조금 전까지도 강하게 느껴지던 이글루 주위의 영파가 이제는 사라지고 없었다. 요원은 흰 눈으로 덮인 남극의 새벽을 바라보았다. 겨울이 지나는 몇 달 동안 해가 뜨지 않는 남극대륙은 지금이 낮인지 밤인지 분간할 수 없을 정도로 어두웠다.

하백은 고개를 젖히고 커다란 손으로 지끈거리는 이마를 눌렀다.

'영파라……'

그는 좀 전의 꿈을 생각했다. 한 번도 깊은 잠에 빠져본 적이 없던 그는 제대로 꿈을 꿔본 적도 없었다. 꿈과 현실의 경계에서 이성은 늘 현실을 바라보고 있었다. 그런데 조금 전의 그 꿈은 너무나도 생생했다. 그의 손가락 사이를 흘러내린 소녀의 까만 머리카락과 따스한 입술까지 무엇 하나도 또렷하지 않은 것이 없었다.

하백은 자신도 모르게 소녀의 입술이 닿았던 아랫입술에 손을 댔다. 소녀가 보듬어줄 때와 달리 싸늘하게 식어버린 자신의 입술이 느껴졌다.

"이 무슨!"

하백은 자신의 머릿속에 달라붙어 떨어지지 않는 소녀의 모습에 고개를 저었다. 지금껏 어떤 여자에게도 마음을 빼앗겨본 적이 없는 그였다. 일 이외의 무엇에도 진정한 관심을 품은 적이 없는 하백이었다. 사지 멀쩡하고 능력 있는 하백의 주위에 지금껏 여자가 없었을 리는 만무했다. 하지만 그는 여자에 관심이 없었다. 흥미도 없었다. 호기심도 가져본 적이 없었다. 그런 그가 자신보다 곱절은 어린 소녀와 함께 있는, 이렇듯 이상야릇한 꿈을 꾸었다는 사실에 그는 자책하지 않을 수 없었다.

'이것이 정녕 꿈인가? 내가 꾼 꿈이 맞단 말인가?'

그는 머리카락을 움켜쥐었다. 머리카락 몇 올이 뺨 위로 흘러내렸다.

'영파…….'

그는 요원이 말한 영파에 생각이 미쳤다. 꿈 때문에 혼란스러웠던 하백은 수상한 영파에 생각이 미치자 불현듯 무언가가 뇌리를 스쳐갔다.

'나는…… 떠나지 않을 수 없었어요. 하지만 줄곧 당신 생각을 했어요. 당신도 외로운 사람……. 당신을 잊을 수가 없었어요. 내내 생각했어요. 나는 나의 마음을 들여다보았어요. 오랫동안 그랬어요. 그리고 저는 마침내 깨달았어요. 저는 당신과 함께 있고 싶었어요. 당신을…… 보고 싶어 하는 나를 멈출 수가 없었어요.'

꿈속에서 그를 향해 말하던 윤아의 목소리가 귓가를 스쳐 지나갔다. 하백을 위로해주겠다고, 하백의 곁에 함께 있겠다고 한 소녀의 목소리가 다시금 생생하게 재생되었다.

"윤아……."

그는 저도 모르게 소녀의 이름을 불렀다. 윤아, 빛나는 아이라는 뜻이다. 자신을 비천한 짐승으로만 생각하던 그 가엾은 소녀를 위해 그가 지어준 이름이었다.

'당신을 위로해주고 싶어요. 당신과 함께하고 싶어요. 당신이 홀로 외로운 것을 원치 않아요. 나는 내내 당신이 그리웠어요. 하백, 제가 느낀 이 모든 감정이 저만의 것은 아니라고 말씀해주세요. 그 말씀 한마디면 저는 당신 곁으로 돌아가겠어요.'

윤아의 한마디 한마디가 그의 귓전을 울려댔다. 도저히 잊을 수 없는 그 말이 그의 뇌리를 스쳤다.

"꿈…… 이것이 모두…… 꿈?"

하백은 두 손을 펼쳐 손바닥을 물끄러미 쳐다보았다. 미세하게 떨리는 두 손이 그의 눈앞에 있었다. 그 손으로 감싸 안았던 여린 사람의 흔적이 고스란히 두 팔에 남아 있었다.

하백은 이글루 밖으로 뛰쳐나갔다. 세상은 모두 어둠 속에 가려져 있었다. 낮인지 밤인지 분간조차 되지 않는 깊고 깊은 남극의 밤. 그 추운 세계를 향해 하백은 정신없이 달려 나갔다. 그의 이성은 왜 자신이 이 거센 눈발 속으로 달려 나왔는지 알지 못했지만 그의 본능은 이미 모든 것을 알고 있었다. 쿵쾅거리는 심장과 펄떡이는 숨결, 그리고 파랗게 긴장한 혈관만은 알고 있었다. 이 모든 것이 무엇을 의미하는지, 어둠 속에 가려져 있는 진실이 무엇인지 이미 깨닫고 있었다.

"윤아…… 윤아!"

드넓은 빙하에서 하백은 소녀의 이름을 되뇌었다. 한순간에 얼어버릴 것만 같은 차가운 입술로 소녀의 이름을 반복해 불렀다.

검은 하늘 아래 순번을 정해 일대를 감시하고 있는 신성한 집행자들이 하백의 주위로 몰려들었다. 그들은 하백이 바라보는 너른 대지의 저 멀리를 향해 반짝이는 불빛을 내쏘았다. 새하얀 눈밭만 그득한 그곳에는 아지랑이 같은 하얀 연기밖에 보이는 것이 없었다. 처음엔 그랬다. 하지만 얼마 지나지 않아 멀고 먼 회색 하늘 저편에서 어떤 움직임이 포착되었다.

하백의 부름은 답을 얻었다. 저 멀리 휘몰아치는 눈보라 속에서 작은 점 하나가 꿈틀거리며 다가왔다. 그것은 처음에 작은 점에 불과했지만 가까워질수록 커다란 의미가 되었다. 그 작은 점이 한 발 한 발 다가올수록 신성한 집행자들의 요원들은 맹렬한 기세로 전투력을 끌어올렸다. 다가오는 위험에 대비하기 위한 팽팽한 신경전이 시작되었다. 그러나 하백만은 달랐다. 얼어붙은 듯 차마 발도 떼지 못한 채 그는 넋을 잃고 있었다. 어떤 공격력도 방어력도 끌어올리지 않고 무방비 상태로 그 점만 응시했다.

"그리웠어요."

하나의 점에 지나지 않았던 그녀가 검은 머리를 휘날리며 하백의 코앞에 설 때까지도.

"그리웠어요."

그녀가 작은 손으로 하백의 언 몸을 붙들고 그의 너른 가슴에 얼굴을 기대는 순간에도 하백은 얼어붙은 듯 전혀 움직일 수 없었다. 차갑게 언 그녀의 손이 얼어버린 하백의 얼굴을 감쌀 때도 그는 움직이지 못했다.

그녀의 얼굴이 하백의 코앞으로 다가왔다. 환영보다 훨씬 더
또렷하고 훨씬 더 생생한 그 얼굴이 눈앞에서 그를 바라보고 있
었다. 환영으로 보았던 것보다 훨씬 더 아름다운 미소가 그를 바
라보았다. 환영보다 더욱 성숙한 여인이 그의 두 눈을 깊이 바라
보았다.

마침내 커다란 의미가 되어 돌아온 그 사람의 붉은 입술이 차
가운 하백의 입술에 닿았다. 기막힌 얼굴로 두 사람을 바라보는
요원들은 안중에도 없다는 듯 그의 여인이 그의 입술에 차가운
입술을 부딪쳤다. 처음에는 얼음처럼 차가웠던 그녀의 입술이 하
백의 입술을 포근히 감싸자 하백은 비로소 모든 것이 현실임을
인식했다.

"그리웠어요."

그녀의 보드라운 입술이 그의 아랫입술을 따스하게 보듬었다.
그녀의 입술이 그의 입안으로 깊숙이 파고들었다. 한없는 사랑
과 그리움을 담은 어린 여인의 입술이 그가 꾸었던 모든 꿈이 현
실임을 알려주었다. 너무나도 생생했던 그 환각이 모두 사실임을
말해주었다.

여인은 헤어질 때처럼 사람의 말을 하고 있었다. 짐승의 소리
로 울어대는 것이 아니라 너무나도 맑고 사랑스러운 음성으로 말
하고 있었다. 그 맑은 음성이 하백을 향해 그립다는 말을 되뇌고
있었다.

하백은 자신의 차가운 입술을 보듬고 있는 작은 여인의 등 뒤로 팔을 감싸고는 세찬 눈보라가 사라질 만큼 강하게, 그리고 뜨겁게 안았다. 부서질 듯 가녀린 여인의 몸은 너무나도 차갑게 식어 있었다. 그는 자신의 체온을 모두 나누어주려는 듯 작은 여인의 몸을 힘주어 껴안았다. 모든 것이 현실이었다. 환상이 아니었다. 부서질 듯 서로를 움켜쥔 두 사람은 떨어질 줄 몰랐다.

세찬 눈보라가 불어닥치기 시작했다.

남극의 하늘은 코앞도 예견할 수 없을 만큼 변화무쌍했다.

혹독한 강풍 속에서 두 사람은 서로만을 인식했다. 그 외에는 아무것도 느껴지지 않았다.

온몸이 베일 것 같은 강추위와 눈보라 속에서.

그러나 결코 춥지 않은 남극의 밤이었다.

4

동방지부장 일행은 예상보다 훨씬 큰 성과를 거두고 돌아왔다. 기대치 않은 곳에서 예언의 아이를 되찾아온 것이다. 그뿐 아니었다. 지난 몇 년간 짐승의 아이는 그들이 그토록 알고 싶어 하는 흑단인형의 비밀스러운 아지트에 다녀왔다. 소중한 예언의 아이가 그 누구도 알지 못하는 비밀을 안고 신성한 집행자들의 손아귀에 다시 들어온 것이다.

그들이 신성한 집행자들의 고향인 푸른 섬에 도착했을 때 SAC의 최고회의가 소집되어 있었다. 세계 각국을 움직이는 거대한 손이자 인간계人間界를 좌지우지하는 위대한 손이라 해도 과언이 아닌 전능한 집행자들이 모인 것이다. 그들은 다시 데려온 짐승의 아이에 대해 논의하기 위해 어려운 걸음으로 한자리에 모인 것이었다. 이제 운명은 그들의 편인 것 같았다.

신성한 집행자들의 고향에 도착하는 순간까지 윤아는 한 번도 동방지부장의 곁에서 떨어지지 않았다. 동방지부장 역시 굳이 그녀를 떼어놓지 않았다. 요원들은 소녀를 찾기 위해 동분서주할 흑단인형에 대비하여 철저하고 기민하게 소녀를 호위하고 결계를 쳤다. 하백 역시 철저했다. 그는 어느 때보다도 견고한 결계와 철저한 보호를 명령했다.

"배신에 대한 대가는 매서울 겁니다. 당신이 나를 선택한 순간, 흑단인형에게 당신은 배신자일 테니까. 그녀는 당신을 용서하지 않을 겁니다. 하지만 무슨 일이 있어도 당신을 지키겠습니다. 절대로 당신을 다시 빼앗기는 일은 없을 겁니다."

하백은 윤아의 손을 붙잡고 잠시도 놓지 않았다.

"배신이라니…… 모르겠어요. 하지만 그분은 나를 찾지 않을 거예요. 제가 그분에게 갔던 것처럼 다시 당신에게 돌아올 것을 알고 있었을 테니까요. 그분은 저를 용서하지 않을지도 몰라요. 하지만 저의 행복을 망가뜨리지는 않을 거예요. 그분은 연민을 가지고 있으니까요. 세상에 버려진 것들에 대한 연민. 그것을 가진 분이니까요."

윤아는 하백의 팔에 기대어 차분하게 말했다. 당사자인 윤아는 두려움도 공포도 없었다. 무슨 이유에서인지 윤아는 흑단인형에게 깊은 믿음을 갖고 있는 것 같았다. 하지만 하백은 두려웠다. 간신히 찾은 그녀를 다시 잃을지 모른다는 근심이 그의 가슴을 짓눌렀다.

"두려워 말아요. 내가 지켜줄 겁니다. 무슨 일이 있어도 당신을 지키겠습니다."

하백은 윤아의 등 뒤로 팔을 둘렀다. 그리고 그녀의 마른 팔을 강하게 부여잡았다. 힘껏 보듬은 손아귀 아래 한없는 사랑이 밀려왔다. 윤아는 사랑하는 사람의 품안에 고개를 묻었다. 그대로 좋았다. 무슨 일이 일어나도 좋았다. 사랑으로 충만한 팔이 그녀를 감싸 안은 것만으로 충분했다.

"무슨 일이 있어도 지켜주겠습니다. 그 누가 당신을 해치려 한다 해도 제가 지켜드리겠습니다."

하백은 스스로에게 다짐하고 또 다짐했다. 다시 돌아온 그녀를 두 번 다시 놓치고 싶지 않았다. 헤어짐은 한 번으로 족했다. 다시는 그녀를 다른 사람에게로 떠나보내고 싶지 않았다. 그것이 가족애와 같은 감정인지, 아니면 애잔한 연민에서 우러나온 감정인지, 그것도 아니면 끝내 사랑이라는 이름의 감정인지는 분명치 않지만 어쨌든 그의 마음은 너무나도 굳건했다.

수많은 요원의 호위를 받으며 신성한 집행자들의 본부에 도착하는 동안 어떤 일도 일어나지 않았다. 흑단인형의 추적 기미도 없었다. 바다 저편에 홀로 선 SAC의 푸른 섬까지 그들은 안전하게 도착했다. 그들이 도착하자마자 검은 양복을 입은 요원들이 하백과 윤아 주변으로 몰려들었다. 그들은 두 사람을 떼어놓으려 했지만 하백도 윤아도 서로를 붙잡은 손을 놓지 않았다. 결국 동방지부장과 짐승의 아이를 사이에 두고 양쪽으로 요원들이 달라붙었다. 요원들은 옴짝달싹 못할 정도로 두 사람을 둘러싸고 조사실까지 이동시켰다. 동방지부장이 조사실로 향하는 것은 이례적인 일이었다. 조사를 하기 위해서가 아니라 조사를 받기 위해서라는 사실은 그야말로 초유의 사태였다.

두 사람은 커다란 공간에 두 개의 의자만 놓여 있는 조사실로 들어섰다. 조사실은 상하좌우가 짙은 회색 시멘트로 발라져 있었다. 조사받는 이를 심리적으로 위축시키기 위해서였다. 조사실에 놓인 두 개의 의자는 서로 멀찍이 떨어져 있었다. 검은 양복을 입은 요원들은 억지로 두 사람을 떼어내어 두 개의 의자에 앉혔다. 의자 앞에는 거대한 거울과 같은 모니터가 설치되어 있었다. 양 끝이 휘어진 모니터로 하백과 윤아의 모습이 낱낱이 기록될 것이 뻔한 일이었다.

"긴장하지 말아요. 곧 끝날 겁니다."

윤아는 얼어붙은 듯 긴장하고 있었다. SAC에 처음 끌려온 그날의 악몽 같은 기억이 되살아나는 모양이었다. 그런 윤아에게 하백은 부드러운 목소리로 말해주었다. 하백 자신도 이 조사가 얼마나 계속될지 예측할 수 없었다. 윤아가 가지고 있을 정보의 가치는 누구보다 하백이 잘 알고 있었다. 조사는 윤아에게서 모든 것을 꺼낸 후에야 종결될 것이다.

지난 몇 년간의 행적을 낱낱이 꺼내기까지 과연 얼마의 시간이 걸릴까. 하백은 그 과정이 험난할 것임을 알고 있지만 사실대로 이야기할 수가 없었다.

"······."

윤아는 커다란 눈동자로 하백을 바라보았다. 그녀는 자꾸만 그의 손을 바라보고 또 얼굴을 보고 다시 손을 바라보았다. 불안한 마음을 달래기 위해 그의 커다란 손을 잡고 싶은 마음이 그대로 느껴졌다. 하백은 그녀의 바람대로 두 손을 잡고 절대로 놓고 싶지 않았다. 하지만 그들이 앉은 의자가 멀리 떨어져 있는데다 거대한 모니터 앞에서 그런 행동을 하는 건 두 사람에게 결코 이롭지 않다는 생각이 들었다.

조사가 시작되기까지 하백과 윤아는 꽤 오랫동안 기다려야 했다. 하백은 오랜 기다림 또한 조사 대상자를 심리적으로 압박하기 위한 방법임을 잘 알고 있었다. 그는 시간에 져줄 생각이 없었다. 그의 정신은 그 어느 때보다도 단단하고 굳건했다.

오랜 기다림의 시간이 지나갔다. 마침내 텅 빈 조사실의 한쪽 스피커를 통해 낯선 사람의 음성이 흘러 들어왔다. 누구의 목소리인지 알 수 없도록 변환된 기계음이었다.

"거두절미하고 묻겠습니다. 여러분은 우리의 질문에 거짓 없이, 또한 상세히 대답해주기 바랍니다."

기계음에서는 일말의 감정도 느껴지지 않았다.

"두 사람이 다시 만난 시점에 대해 상세히 말해주십시오."

"만난 장소는 SP 24-26 지점. 시간은 표준시간 04시 25분경. 영파 탐지기에 의해 강렬한 영파가 측정된 시점으로부터 약 15분 후의 일이었습니다."

메마른 음성을 향해 대답한 것은 하백이었다. 그는 환영이 아니라 윤아의 실체를 만난 시점과 장소를 간략히 설명했다. 질문자만큼이나 하백의 대답도 사무적이었다.

"접촉 전에 영파를 방출한 이유에 대해 설명하시오."

이 질문은 분명 윤아를 향한 것이었다. 영파를 방출한 뒤 자신의 실체를 드러낸 행동에 대해 물었지만 그녀는 대답하지 않았다. 그저 두려운 얼굴로 모니터만 노려볼 뿐, 아무런 반응도 하지 않았다.

"영파를 만들어낸 이유는 자신의 위치를 교란시키기 위해서라고 이미 진술한 바 있습니다. 본인의 위치를 신성한 집행자들이나 흑단인형 모두에게 노출하고 싶지 않았다고 진술했습니다. 이때문에 SP 20-24 지점에서 영파를 방출했고, 확실한 노출 위치를 확인한 후에야 자신의 모습을 드러냈다고 말했습니다."

아무런 대답도 없는 윤아 대신 하백이 대답했다. 분명 모니터 저편에서 그들을 지켜보는 요원들의 눈에는 달갑지 않겠지만 어쩔 수가 없었다. 하백은 이 차갑고 냉엄한 조사실에서 윤아를 끄집어내고 싶었다.

"흑단인형과 머물렀던 곳은 어디입니까? 그들의 아지트에 대해 설명하시오."

이번 질문 역시 윤아를 향한 것임은 두말할 나위도 없었다. 그녀는 여전히 아무런 대답도 하지 않았다. 윤아는 하백을 제외한 어느 누구와도 말하려 하지 않았으며, 하백을 제외한 누구와도 함께 있고 싶어 하지 않았다. 그녀는 마치 한마디도 못했던 짐승의 아이로 돌아간 것처럼 입을 꾹 다물었다.

하백은 윤아의 마음을 이해했다. 신성한 집행자들에게 흑단인형은 철천지원徹天之冤이고 철천지한徹天之恨이며 인류 최대의 적일지도 모르지만 그녀에겐 결코 그렇지 않았다. 흑단인형 역시 불쌍한 영혼을 가진 한 사람에 불과했다. 하백도 흑단인형도 윤아에게는 똑같이 가엾고 불쌍한 사람이었다. 누가 좋고 싫다거나 누가 누구의 편이라는 개념이 아니었다. 다만 그녀가 하백을 더욱 애처롭게 생각하고 더욱 그리워하고 좀 더 사랑한다는 것을 제외하면, 흑단인형도 하백도 소녀에게는 같은 의미로 다가오는 따스한 사람이었다. 그런 사람에게 좋지 않은 일이 생길 것을 뻔히 알면서도 모든 것을 발설할 리 없었다. 하백은 그것을 너무나도 똑똑히 알고 있었다.

윤아는 흑단인형에 대해 아무것도 말하지 않았다. 하백에게만은 모든 것을 털어놓았지만 그런 그에게도 흑단인형에 관한 정보만큼은 전혀 밝히지 않았다. 그런 윤아가 이렇게 꽉 막힌 조사실에서 생판 모르는 낯선 목소리에게 흑단인형에 관련된 이야기를 해줄 리 없었다.

"당신이 가져온 서적에 대해 묻겠다. 오래된 고서들, 누가 이것들을 주었는가?"

윤아의 품에서 발견된 고서 몇 권이 모니터에 나타났다. 하백에게 보여준 뒤 다시 품속에 단단히 숨긴 빛바랜 고서들은 귀신과 영을 다루는 방법을 담고 있었다. 분명 그녀가 신성한 집행자들을 떠날 때는 없었던 물건이었다.

윤아는 어떤 질문에도 대답하지 않았다. 흑단인형과의 관계는 물론이고 아주 사소한 것에 대해서도 전혀 대답하지 않았다. 이미 그녀는 인간의 말을 누구보다 유창하게 할 수 있는데도 이곳을 떠난 그때와 마찬가지로 짐승의 말밖에 못하는 아이의 모습으로 돌아가 있었다. 그녀는 자신의 마음을 단단히 걸어 잠그고 열지 않았다. 어떤 투시능력자가 그녀의 마음을 투시하여 그녀의 머릿속에 떠오르는 생각을 읽을지 알 수 없는 까닭에 그녀는 한시도 마음을 열어놓지 않았다. 어떤 질문을 해도, 어떤 식으로 투시를 해도 모든 것이 시간 낭비일 뿐이었다.

몇 날 며칠이 지났지만 상황은 똑같았다. 변할 기미도 보이지 않았다. 신성한 집행자들은 곧 윤아를 그만 괴롭히기로 했다. 침묵하는 그녀에게서 어떤 정보도 얻어낼 수 없다고 판단했는지, 이내 그녀를 조사실 밖으로 내보냈다. 그리고 예전 그녀의 방으로 이동시켰다. 그녀는 하백과 함께 나오길 바랐고 하백 역시 그녀 곁에 있어주고 싶었지만, 하백은 동방지부장으로서 자신이 알고 있는 사실에 관해 상세히 설명해야 했다. 두 사람은 다시 원치 않은 이별을 고했다. 윤아가 먼저 풀려나고 하백만 조사실에 남았다. 다시 침묵이 시작되었다.

하백은 초조해하지 않으려고 애를 썼지만 점점 더 초조해지는 것을 막을 수가 없었다. 눈앞에 윤아가 보이지 않는 것이 이토록 고통스러울 줄은 몰랐다. 지금껏 그녀 없이 어떻게 이 고독한 세상을 살아왔는지 믿을 수 없을 정도로 아프고 괴로운 시간이었다. 하지만 하백은 자신의 감정을 철저히 단속했다. 그런 감정이 느껴지지 않도록 모든 것을 차단했다. 표정을 통제했고 마음을 경계했다. 그 어떤 술사라도 그의 마음속을 들여다보지 못하도록 모든 것을 철저하게 가리고 숨겼다.

윤아가 조사실을 빠져나가고 어느 정도 시간이 지났다.

지이이잉…….

기계음과 함께 동방지부장 앞에 놓인 모니터 저편으로 굳건히 닫혀 있던 거대한 벽이 아래쪽으로 스르르 사라져버렸다. 뒤이어 그 너머의 어둠 속에서 늙은 집행자들의 모습이 나타나기 시작했다.

동방지부장은 자리에서 일어나 그들을 향해 깍듯이 경례를 붙였다. 한 사람, 한 사람이 모두 만나기 힘든 위대한 집행자들이었다. 그런 그들이 바로 앞에 모여 앉아 있다는 것은 대단한 일이었다. 동방지부장이 그들의 얼굴을 또렷이 볼 수 없도록 조명이 흐릿했지만 대략적인 윤곽은 파악할 수 있었다.

"그래, 예언의 아이라더니 통 속내를 볼 수가 없고, 운명도 뵈지를 않는군."

그들 중 한 명이 말했다. 늙은 남자의 음성이었다.

"그래, 그 아이가 자네 동방지부장과만 이야기를 나눈다지?"

"그렇습니다."

하백은 지극히 사무적으로 대답했다.

"짐승의 아이에게서 정보를 빼내기 위해 그 아이의 생각에 동요하는 모습을 보이는 중입니다."

하백은 모호한 표정으로 어둠 속 저편을 바라보았다. 그의 행동이 어디까지가 진실이고 또 어디까지가 거짓인지에 대해 늙은 구렁이들이 가늠하고 있을 것이다. 하백은 진실을 들켜서는 안된다는 사실을 잘 알고 있었다. 그는 모든 것이 정보를 빼내기 위한 연극인 것처럼 교묘하게 위장했다. 지극한 신뢰와 믿음을 주었던 그의 행적이 하백의 말을 보다 진실인 것처럼 만들었다.

이번에는 건너편에서 늙은 여인의 음성이 들려왔다.

"그 아이에게 말을 듣긴 틀렸으니, 어디 자네와 한번 이야기해봄세."

동방지부장으로서 하백은 기꺼이 그들이 알고 싶어 하는 것과 그가 알고 있는 것들, 그리고 소녀에게 들은 모든 것을 이야기했다. 지극히 개인적인 정보를 제외하고 어느 것도 숨기지 않은 채 객관적인 정보를 제공했다.

동방지부장의 이야기를 들으면서 집행자들은 서로 의견을 주고받고 토론했다. 그들의 주요 안건은 돌아온 예언의 아이를 어떻게 처리할 것인가였다. 지금껏 쌓아온 하백에 대한 신뢰는 여전했다. 그들은 하백이 개인적인 감정으로 짐승의 아이를 대하고 있으리라곤 꿈에도 생각지 않는 것 같았다. 때문에 그들은 거침없이 하백 앞에서 의견을 나누었다. 하백은 되도록 그들의 대화에 끼어들지 않았다. 섣불리 자신의 속마음을 내비치지 않으려고 애를 썼다. 그는 그들의 의중을 파악하기 위해 온 신경을 집중했다. 신성한 집행자들 수뇌부의 의중을 명확히 파악하는 것, 그것이야말로 윤아를 지킬 수 있는 유일한 방법이었다.

　"그 아이가 흑단인형에 대해 한마디도 안 하는 것은 큰 문제가 아닐 수 없습니다."

　"우리에 대해 흑단인형에게는 어떤 말을 했을까요?"

　"그 늙은 여우가 저 어리숙한 아이에게서 빼낼 수 있는 모든 것을 빼냈겠지요. 저 아이가 알고 있는 신성한 집행자들의 모든 것을 빼냈을 것입니다."

　"그 고서들을 보세요. 저 아이에게 훈련까지 시킨 게 분명합니다. 흑단인형이, 그 늙은 여우가 말입니다!"

　"세뇌당한 것일까요?"

　"그렇게 생각할 만한 여지가 다분합니다."

　"억지로라도 흑단인형에 대한 정보를 빼내는 건 어떨까요?"

　"이미 확인해보았습니다. 가슴속에 단단한 자물쇠를 채워놓았더군요. 건드렸다가는 폭발할 것처럼 무시무시한 자물쇠가 보였습니다. 흑단인형에 대해서는 한마디도 들을 수 없을 겁니다."

그들 중 일부는 이미 윤아가 흑단인형 쪽으로 마음이 기울었다고 판단했다. 흑단인형에 대한 어떤 정보도 얻을 수 없는데 이 세계에 그녀를 두어야 하는지에 대해서도 치열한 설왕설래가 이어졌다. 결국 윤아를 이곳에 두는 것은 대단히 위험한 일이라는 결론이 내려졌다.

"예언의 아이가 끝내는 인류의 파멸에 힘을 쓰게 될지 모릅니다. 위험한 싹은 애초에 제거해야 되지 않겠습니까."

"태고지신이 아직 들어오지 않았어요. 싹을 제거할 시간은 지금이 유일할지도 모릅니다."

"아닙니다. 반대로 생각해봅시다. 흑단인형이 아이를 세뇌했더라도 이제는 저 아이가 우리 손아귀에 있습니다. 우리 손에 들어온 이상 저 아이의 생각은 이제 우리의 것이나 마찬가지지요. 시간이 걸리더라도 세뇌하는 것이 옳을 것입니다."

"흑단인형이 저 아이를 풀어준 건 저 아이가 예언의 아이가 아니란 걸 깨달았기 때문은 아닐까요?"

"그렇다 해도 가능성을 아예 부정할 수는 없습니다."

"저 아이가 예언의 아이이고 모든 것을 인류의 존립으로 귀결시킨다면 세계는 다시 희망을 얻을 겁니다."

"섣부르게 판단할 일이 아닙니다. 만일 저 아이가 인류의 존립과 파멸 중에 끝내 파멸을 택한다면 어찌시겠습니까? 마음을 가

두고 있어서 그렇지 이미 흑단인형 아래에서 그런 생각을 정립하고 왔다면요?"

"그래요, 그 늙은 여우가 저 아이를 그냥 보냈을 리가 없지요. 제 사람으로 만들었다는 확신이 있으니 저리 그냥 두는 것이 아니겠습니까."

"그냥 두기에는 너무나 위험한 무기예요."

예언의 아이는 결국 인류의 존립과 파멸 중 하나를 결정하겠지만, 문제는 그 아이의 선택을 누구도 알 수 없다는 점이었다. 동방 지부장이 소녀에 대해 알고 있는 모든 이야기를 마칠 무렵 집행자들의 회의 역시 막바지로 치닫고 있었다. 그들은 맹렬히 토론하고 수많은 가능성을 타진한 끝에 이 중대한 사건에 대해 이렇게 결론지었다.

"예언의 아이를 우리 것으로 만듦으로써 인류는 또 다른 기회를 얻을 수도 있습니다. 그러나 그러기 위해 우리는 너무나 큰 위험을 짊어져야 합니다."

"확인되지도 않은 위험에 인류의 존망을 걸 수는 없지요."

"저 아이가 사라진다면 적어도 또 다른 예언이 시작되기 전까지 인류는 시간을 벌게 됩니다."

"시간을 번다는 것, 그건 매우 중대한 일이지요."

"흑단인형에게서 살아 돌아온 아이에게 인류의 앞날을 의지할 수는 없습니다. 위험 부담이 너무 큽니다."

"우리의 의견이 하나로 모아진 것 같군요."

어둠 저편에서 위대한 이들의 생각이 모아졌다. 그 앞에서 하백은 표정을 유지했다. 온 힘을 다해 심장을 단단히 죄고 어떤 동요도 보이지 않았다. 조금의 틈도 보이지 않기 위해 평정을 유지했다.

세상에 종말을 가져올지도 모르고, 아니면 세상을 존립시킬지도 모르는 엄청난 예언의 아이에 대해 그들이 내린 결론은 '제거'였다. 물론 그 아이가 세상을 존립시키겠다는 마음을 품을 수도 있었다. 하지만 그녀가 흑단인형에 대해 한마디도 발설하지 않는 것을 보면 그녀의 마지막 길이 SAC와 동일할 거라고는 누구도 장담할 수 없었다. 그녀를 믿는다는 것은 지극히 위험한 일이라는 의견이 모아졌다. 그것은 폭탄을 짊어지고 불구덩이 속으로 걸어가는 것과 다르지 않았다. 그 위험천만한 짐을 지고 한 발을 걸어갈 바에는 차라리 그 아이가 선택을 하기 전에, 그리고 태고지신이 그 아이에게 자리를 잡기 전에 예언의 아이를 없애버리는 것이 옳다는 결론이었다.

그들은 마침내 이러한 결론을 내리고 구체적인 방법을 논의했다. 회의가 끝나고 조사실의 문을 나서는 마지막 순간까지도 하백은 아무런 표정을 짓지 않았다. 그는 한 치도 속내를 알 수 없는 냉엄한 얼굴로 끝까지 회의에 임했다. 그리고 평소처럼 자로 잰 듯한 절도 있는 걸음걸이로 회의실을 나섰다. 그리고 새하얗고 기다란 복도에 아무도 없는 것을 확인하고 나서야 숨을 내쉬었다.

그의 커다란 몸이 휘청거리고 있었다.

하지만 그 모습을 지켜보는 사람은 아무도 없었다.

5

윤아는 자신이 떠나기 전에 머물렀던 방이 몇 년이 지났는데
도 그대로인 것에 조금 놀랐다. 떠나기 전에 그녀가 갖고 있던 물
건들과 그녀가 읽고 있던 책들, 그리고 그녀가 배우던 내용들까
지 여전히 그녀의 개인실에 있었다. 이 모든 것이 그대로 간직된
것은 아마도 하백 덕분일 것이라 짐작했다. 심지어 흑단인형에게
받은 고서까지 그녀의 침대 한쪽에 가지런히 놓여 있었다.

윤아는 하얀 침대 귀퉁이에 앉았다. 침대는 여전히 푹신하고
포근했다. 그 안락한 침대에는 좀처럼 익숙해질 수 없는 불편함
이 있었다. 윤아는 귀퉁이 아래로 주르륵 내려앉았다. 차갑고 단
단한 바닥에 몸을 쪼그리는 편이 더 마음 편했다. 그녀는 방 안을
바라보았다. 그녀를 위해 마련된 책상과 침대, 그리고 한쪽에 세
워진 옷장. 그 안에 남아 있을 그녀의 옷들. 더는 그녀에게 맞지
않을 작은 옷들……. 이곳을 떠나기 전에 그녀가 쓰던 것들이 그
대로 남아 있었지만 윤아는 그 방이 한없이 낯설게 느껴졌다.

지난 몇 년간 멀리 떠나 있었기 때문만은 아니었다. 짐승으로
살다가 끌려온 그녀에게 이 방은 처음부터 낯설었다. 그때부터 몇
년 동안 이곳에서 살았지만 한 번도 이 방이 아늑하다는 생각이

들지 않았다. 차라리 하백의 얼굴을 바라볼 수 있었던 하얀 복도나 그와 마음의 대화를 했던 휴게실이 더 살갑게 느껴졌다. 이곳의 모든 기억과 추억은 동방지부장 하백이 중심이기 때문이었다.

저벅. 저벅. 저벅.

발소리가 들렸다.

저벅. 저벅. 저벅.

언제나 똑같은 절도 있는 발소리가 방 밖에서 들려왔다. 그 정확한 발소리가 윤아의 방 앞에서 딱 멈추었다. 소리만으로도 누군지 알 수 있었다. 그가 문을 두드리기도 전에 윤아는 벌떡 일어나 방문을 열었다. 신체적으로 모두 성장한 윤아가 고작 어깨에 닿을 정도로 큰 키의 남자가 그 앞에 서 있었다. 검은 티셔츠를 팔뚝까지 살짝 걷어 올리고 검은 바지를 단정하게 입은 그 남자를 보는 순간 윤아는 와락 그의 품으로 달려들었다.

윤아는 하백의 체취를 맡으며 그의 허리를 붙잡은 채 놓지 않았다. 하백 역시 그런 소녀를 애써 떼어놓지 않았다.

하백이 등 뒤로 방문을 닫고 안으로 들어선 후에도, 그 커다란 덩치가 침대 한쪽에 자리를 잡고 앉을 때까지도 그녀는 하백을 놓지 않았다. 윤아는 그에게 팔을 둘렀다. 그러는 것이 마냥 좋았다. 그저 함께 체온을 나누는 것만으로 행복감이 밀려왔다. 이렇게 괜스레 불안한 마음이 들 때면 더욱 그랬다.

남자의 커다란 손이 윤아의 까만 머리를 쓰다듬었다. 그의 기다란 손가락이 찰랑거리는 긴 머리카락을 한 올 한 올 조심스럽게 쏟아내리는 것도 윤아에게는 꿈결같이 느껴졌다. 그것은 손바닥에 제 이름을 쓰던 하백을 기억나게 했다. 그의 커다란 손이 윤아의 머리카락을 쓰다듬을 때마다 누군가가 그녀의 귀에 속삭이는 것만 같았다.

'당신은 혼자가 아니에요. 당신 곁에는 늘 제가 있습니다. 당신은 결코 혼자가 아니에요.'

그녀는 결코 외롭지 않았다. 조사실에 다녀온 뒤로 심장이 콩닥거리긴 했지만 하백을 다시 만난 순간부터 더 이상 두렵지 않았다. 윤아는 하백의 허리를 안고 눈을 감았다.

한동안 말없이 윤아의 머리카락을 쓰다듬던 남자가 자신의 허리를 안고 있는 작은 손을 풀었다. 그러고는 윤아의 작은 손을 그의 두 손으로 감싸 쥐었다.

그녀는 남자가 하는 대로 가만히 있었다. 그의 커다란 눈이 슬퍼 보이는 것을 알면서도 애써 이유를 묻지 않고 가만히 바라보기만 했다. 한참 동안 남자는 고요히, 마치 기도라도 하듯 두 손으로 윤아의 작은 손을 모아 쥐고 있었다.

'할 말이 있어요.'

한순간 그의 마음속 이야기가 소녀의 손을 타고 흘러 들어왔다.

'누군가가 투시할 수도 있습니다. 그러니 마음을 완전히 닫아요. 그리고 나에게만 집중해요.'

그의 말에는 비장함이 섞여 있었다. 갑자기 왜 그러는지 영문을 알 수 없지만 윤아는 그의 말에 따랐다.

사실 이미 오래전부터 윤아의 마음은 누구도 읽을 수 없었다. 소녀의 마음을 읽을 수 있는 사람은 그녀가 허락한 하백, 그뿐이었다. 그럼에도 이 순간 그녀는 하백의 말대로 더욱더 자신의 마음을 걸어 잠갔다. 두 손을 맞잡은 그에게만 온전히 마음을 열었다.

'내가 묻는 말에 내가 시키는 대로 대답해야 합니다. 겉으로 내뱉는 우리의 모든 말은 거짓입니다. 마음으로 나누는 말에만 진실을 담겠습니다.'

하백의 깊은 두 눈이 윤아의 두 눈을 바라보았다.

"흑단인형을 마지막으로 본 게 언제인가요?"

질문과 동시에 하백의 마음이 그 대답을 알려주었다. 그가 시키는 대로 윤아가 입을 벌렸다.

"언제인지 기억나지 않아요. 오래전입니다."

윤아는 어떤 이유에선가 그가 너무나도 괴로워하고 너무나도 방황하고 있으며, 또한 너무나도 깊은 고민에 빠져 있다는 것을 알았다. 거짓을 말하게 하는 그의 마음 뒤에 감춰진 무언가가 어른거렸다. 아마도 윤아가 조사실을 나온 뒤에 그곳에서 있었던 일이 하백을 괴롭히는 것 같았다. 윤아는 무슨 이유로 그가 이토록 괴로운지는 몰라도 그를 위로해주고 싶었다.

'괴로워하지 말아요, 하백. 내가 함께 아파해줄게요. 내가 항상 옆에 있어줄게요.'

윤아의 까만 눈동자가 괴로움에 지친 남자의 눈동자를 응시했다. 너무나도 까맣고 너무나도 촉촉한 그 눈동자에는 어떤 거짓도, 어떤 편견도 존재하지 않았다. 그것은 세상 사람들과 너무나도 다른 해맑은 눈동자였다.

"으윽……."

그 눈동자를 보는 순간, 하백은 가슴이 찢어지는 듯한 고통을 느꼈다. 저 해맑은 눈동자를 자신의 두 손으로 처단하라는 거역할 수 없는 거대한 명령 앞에서 그는 심장이 갈가리 찢어지는 듯한 아픔을 느껴야 했다. 차라리 누군가가 가슴을 후벼 판다고 해도, 누군가가 그의 가슴을 예리한 단검으로 갈기갈기 찢어놓는다 해도 이처럼 아프지는 않을 것만 같았다.

"흑단인형에 대한 기억을 말해봐요. 무엇이라도 생각나는 대로 말해보세요."

가슴속 아픔을 감추며 그의 입이 물었다. 그는 두 사람을 지켜보고 있을 감시자를 생각하며 조금도 궁금하지 않은 질문을 뇌까렸다.

"흑단인형이 날 데려갔어요. 그게 다예요. 저는 더 말씀드릴 게 없어요. 저는 그저 돌아와야 할 것 같아서 그녀를 떠났어요. 정말 그게 다예요."

윤아는 하백의 마음이 말하는 대로 인형처럼 따라 했다. 쓰라린 그의 가슴을 느끼며 그가 들려주는 대답을 앵무새처럼 똑같이 말할 뿐이었다. 윤아는 하백이 그를 해방시켜주었고 지금껏 그의 고향이자 그의 모든 것이 되어준 단체를 속이려 한다는 것을 알

230

왔다. 그가 윤아와 신성한 집행자들 사이에서 갈등하고 괴로워하는 것이 고스란히 느껴졌다. 아무리 속마음을 가려도 낱낱이 느껴졌다.

하백의 두 손이 윤아의 손을 아프게 부여잡았다. 세상에서 처음으로 감정이라는 것을 나누고, 세상에서 처음으로 체온을 나누고, 세상에서 처음으로 함께하고 싶다고 느낀 그 사람을 자신의 손으로 처단해야 한다는 끔찍한 현실 앞에서 그는 오열하지 않을 수 없었다. 겉으로 눈물을 흘리지 않았지만 하백의 가슴속에는 피눈물이 흘렀다.

'아아, 울지 말아요.'

윤아의 까만 눈동자에 눈물이 가득 고였다. 가슴속으로 오열하는 하백의 모습에 그녀의 마음까지 갈가리 찢어지는 듯 아팠다. 마주 잡은 손을 통해 두 사람의 가슴에 서로의 아픔이 저리도록 느껴졌다. 서로의 고통에 아려 하는 그 마음이 한없이 쓰리고 아팠다.

'윤아, 나는…… 나는…….'

하백은 차마 마음을 열지 못했다. 그가 들은 집행자들의 결론을 차마 그녀에게 말해줄 수가 없었다. 뭐라고 해야 하는지, 어떻게 말해야 하는지 알 수 없었다. 그 자신이 어떻게 해야 하는지도 알 수 없었다.

'나는…….'

끝내 마음을 열지 못한 사내의 고개가 이삭처럼 꺾였다. 그의 고개가 윤아의 작은 어깨 위에 떨어졌다.

'아무 말도 하지 말아요, 아무 말도……. 그렇게 가슴이 아프면 내게 말하지 마세요.'

윤아는 자신의 좁은 어깨에 기댄 커다란 남자의 등을 쓸어주었다. 가녀린 손으로 그 안쓰러운 등을 쓸어내렸다. 그녀의 작은 손이 말하고 있었다.

'괜찮아요. 나는 괜찮아요.'

'나 때문에 괴로워 말아요.'

'나는 다 괜찮아요.'

그 작은 손이 사내의 마음에 속삭였다. 사내의 마음은 감사와 미안함과 괴로움으로 미어터질 것만 같았다.

'윤아…….'

사내가 나지막하게 불렀다. 그녀의 작은 손을 부서질 듯 다잡았다.

'고통을…… 참을 수 있나요?'

그의 마음이 소녀에게 묻고 있었다. 어떤 설명도 없이, 어떤 이유도 없이 갑자기 그렇게 물어왔다. 그 뜬금없는 질문에 윤아는 대답했다.

'나는 고통에 익숙해요. 이제껏 그렇게 살아왔는걸요.'

소녀가 까만 머리를 찰랑거리며 눈동자로 말하고 있었다.

'나를 믿을 수 있나요?'

'네, 믿어요.'

윤아의 까만 눈동자에는 하백에 대한 신뢰만 존재했다. 그녀의 눈동자가 얼마나 그를 신뢰하고 있는지 하백은 너무나도 잘 알고 있었다.

'나는 당신을 행복하게 만들지 못해요. 그런데도 나와 함께 있을 수 있나요?'

커다란 사내의 눈동자가 바르르 떨려왔다.

'나는 행복이 뭔지 몰라요. 그러니까 행복하지 않아도 상관없어요.'

그녀의 까만 눈동자가 부드럽게 미소 짓고 있었다. 소녀는 남자가 무엇을 말하고 있는지 짐작하지 못했다. 그의 질문이 무엇을 의미하는지, 그가 왜 이렇게 애타게 묻는지 알 수 없었다. 하지만 그녀는 남자의 고민을 다 받아주고 싶었다. 무엇인지 모를 그의 복잡한 심경을 다 받아주고 싶었다. 그것이 아무리 큰 희생을 가져올지라도 그를 위해 모든 것을 바칠 수 있었다.

윤아는 사내의 커다란 손을 끌어당겼다. 그러고는 자신의 손가락으로 그의 손바닥에 이름을 새기기 시작했다.

'하백……'

'하백……'

'하백……'

그의 손바닥 위에서 소녀가 이야기하고 있었다.

'당신은 혼자가 아니에요. 당신은 외롭지 않은 사람이에요. 내가 항상 당신 곁에 있어줄게요. 그러니 슬퍼하지 말아요.'

세상에서 가장 다정한 말들이 그의 손을 통해 전해져왔다. 사내의 손을 따라 세상에서 가장 포근한 마음이 꼬물거리며 다가왔다.

사내는 두 손을 들어 윤아의 얼굴을 감쌌다. 그녀의 작은 얼굴 속에서 반짝이는 눈동자가 그의 얼굴을 빤히 마주 보고 있었다. 그 눈에는 한 치의 거짓도 두려움도 없었다.

사내는 고개를 숙였다. 그리고 그녀의 분홍빛 입술로 다가갔다. 그녀의 부드러운 입술에서 형용할 수 없는 따스함이 느껴졌다. 그 부드러운 감촉을 느낀 순간, 사내의 머릿속에서 복잡한 모든 것이 한꺼번에 정리되었다. 대답은 너무나 간단하고, 또한 너무나 당연해 보였다. 사내는 그 작은 입술을 헤집고 들어갔다. 그녀의 따스함 속으로 더욱더 파고들기 위해 더욱더 깊이 다가섰다.

문득 그 사람이 생각났다. 천신…… 숲 속에서 홀로 지내는 그의 말이 문득 하백의 뇌리를 스치고 지나갔다.

'어느 날 나는 나의 생각이 다 옳은 것이 아니고 나의 적이라 하여 그의 생각이 다 그르지는 않다는 걸 알게 되었네. 어떤 것도 모두 옳은 게 아니고 어떤 것도 모두 그른 게 아니라면 나는 흐르는 강처럼 순리에 묻혀 살아보기로 했네.'

천신의 말이 하백의 가슴을 후비고 지나갔다.

모든 것이 옳은 것이 아니고, 또한 모든 것이 그른 것이 아니라는 그의 말이 무엇을 의미하는지, 진정 그것이 무엇을 의미하는지 하백은 이제야 비로소 깨닫고 있었다.

한없는 따스함 속에서 헤맨 지 얼마가 되었을까. 서로의 몸을 감싸 안고 서로의 입술을 보듬은 지 얼마나 지났을까. 두 사람 사이에는 시간의 흐름도 멈춰버린 것만 같았다. 어떤 말도, 어떤 설명도 필요 없었다. 그저 서로의 따스함만 함께 나눌 수 있다면, 그것이 바로 행복이었다. 그것이 원하는 전부였다. 하백이 갖고 있는 사상도, 철학도, 깊은 혜안과 지혜도 이 심오한 진실 앞에 고개를 숙였다. 삶의 목적은 하나로 귀결되었다.

사내는 아쉬운 입맞춤을 끝내고 고개를 들었다. 그의 아래쪽에서 고개를 세운 작은 여인의 얼굴이 그를 바라보고 있었다. 티끌한 점 없는 믿음으로 그를 바라보는 여인에게서 하백은 평생 찾아 헤맨 고귀한 깨달음을 얻었다.

'윤아, 함께합시다. 헤어지지 말아요.'

하백은 윤아의 두 손을 잡았다. 그리고 그녀의 작은 몸을 으스러지도록 껴안았다. 그는 더 이상 갈등하지 않았다. 조금 전까지도 그를 괴롭혔던 고통과 두려움은 더 이상 존재하지 않았다.

'사랑합니다. 이 목숨을 다 바쳐 당신을 사랑합니다.'

그는 더 이상 주저하지 않았다. 더 이상 두렵지 않았다. 그녀의 이름 앞에 사랑이라는 말을 붙이는 것이 더 이상 그를 괴롭게 만들지 않았다.

하백은 윤아의 긴 생머리를 천천히 쓰다듬었다. 그녀의 검은 눈동자를 한없이 부드럽게 바라보았다. 마지막으로 그녀의 조그마한 손을 커다란 두 손으로 단단히 감싸 쥐었다.

스팟!

다음 순간, 두 사람의 모습은 어디에도 남아 있지 않았다.

사랑을 깨달은 그 순간, 하백은 새로운 세계의 전부를 얻었다.

동시에 깨달음을 얻기 전, 지난 세계의 전부를 잃어버렸다.

제5화

물과 빛이 만나다

1

　자욱한 안개 속에서 소년은 뚫어져라 앞만 바라보았다. 두 다
리를 세워 두 팔로 끌어안고 무릎에 턱을 괴고는 내내 움직이지
도 않았다. 소년은 눈앞에서 펼쳐지는 장면에 열중한 채였다. 자
욱한 안개가 가득한 그곳에서 유일하게 뿌연 안개가 걷힌 그곳.
소년은 그곳에서 펼쳐지는 모든 것에 완전히 정신을 빼앗겨버렸
다. 소년은 두 눈을 떼지 않은 채 그의 뒤에 함께 있는 커다란 손
의 주인을 향해 나지막하게 속삭였다.
　"이 모두가 누군가의 기억인가요?"
　"그래요. 망각 속에 남겨진 기억의 조각들입니다. 한 사람의 것
일 수도 있고 여러 사람의 것이 한데 엉켜 있는지도 모릅니다."
　남자의 음성은 고요하고 잔잔했다. 소년은 그 목소리가 낯설게
들리지 않았다.
　소년은 눈앞에서 스쳐가는 기나긴 인생의 파노라마에서 한시
도 눈을 뗄 수 없었다. 저 앞에서 펼쳐지는 기억의 흔적들이 자신
과 어떻게 관련되어 있는지는 몰라도 그 모든 것에 경청하고 몰
두했다. 가슴이 먹먹해지고 슬픔이 밀려와도 눈 한 번 깜빡이지
않았다. 소년은 아무런 기억이 없는데도 눈앞의 이야기가 왜 이
리도 자신의 가슴을 두드리고 먹먹하게 만드는지 도무지 알 수가

없었다.

알고 싶다는 생각이 들었다. 대체 저들이 누구이기에 저 기억의 흔적들을 소년에게 보여주는지, 무엇을 말하기 위해 이토록 안타까운 마음이 들게 하는지 너무나도 궁금하고 답답했다.

"저 사람들을…… 제가 알고 있나요?"

소년은 안개 속에 숨어 있는 커다란 손의 주인에게 물으면서도 그가 대답하지 않을 것임을 알고 있었다. 그 대답을 해야 할 사람은 그가 아니라 소년 자신이라는 것도 알았다.

"더 보고 싶기도 하고 더 보고 싶지 않기도 해요. 나는…… 모르겠어요."

소년은 크게 한숨을 내쉬었다. 그러면서도 눈앞의 모든 것에서 눈을 떼지는 않았다.

"선택은 스스로의 몫입니다. 누구도 당신에게 강요할 수 없습니다."

남자의 고요한 음성이 안개 속으로 번져나갔다. 소년은 몸을 부르르 떨었다. 어깨가 시렸다. 만일 소년이 혼자였다면 눈앞에서 벌어지는 모든 것을 더 이상 바라보지 못하고 눈을 감았을지도 모르는 일이었다. 떨리는 가슴을 부여잡고 쿵쾅거리는 마음을 진정할 수가 없어서 더는 지켜보지 못했을 것이다. 하지만 소년은 눈을 돌리지 않았다. 시선을 피하지 않고 저 멀리서 일어나는 모든 일을 끝내 바라보았다. 소년의 등 뒤에 안개에 가려져 보이지 않는 커다란 손의 주인이 함께 있다는 것이 소년의 불안을 덜어주었다.

더 많은 이야기를 지켜보고 싶다는 마음이 두려움과 근심을 이기고 승리를 거머쥐었다. 소년은 눈앞에서 펼쳐지는 이야기를 지켜보았다. 소년과 안개 속 남자 앞에 짐승의 아이라 불리던 여인이 있었다. 그녀는 커다란 눈망울을 머금고 하백이란 남자의 눈을 바라보았다. 태어난 순간부터 자신이 사람이라는 사실을 알지 못하고 자란 짐승의 아이는 한없는 믿음을 담아 하백을 바라보았다. 하백 역시 어린 소녀의 눈을 깊은 눈망울로 바라보았다.

하백의 눈에는 오만가지의 감정이 뒤섞인 채였다. 소녀에 대한 깊은 연민과 애정 속에서 지금껏 그를 지탱해준 조직에 대한 충성심과 그를 버티게 해준 인생의 철학들이 부딪히고 깨어지며 매섭게 소용돌이치고 있었다. 그는 이성과 감정 속에서 고통스럽게 몸부림쳤다. 매초 매분마다 수만 가지 생각이 그를 혼란스럽게 했다.

'그녀를 처단해야 하는가? 나의 두 손으로 깨끗이 없애야 하는가?'

여인은 안타까운 눈빛으로 하백을 고요히 바라보았다.

마침내 하백이 여인의 작은 어깨를 힘껏 부둥켜안는 순간 그의 눈 속에 더 이상의 갈등은 없었다. 그는 자신의 마음을 어지럽히던 모든 것을 한순간에 정리했다. 이성과 감정을 초월해 유일한 결론이 그의 눈앞에 있었다. 믿음과 신뢰의 눈으로 자신을 바라보는 여인의 눈동자! 그것이 바로 하백의 결론이었다. 그는 윤아의 두 눈을 마주 보았다. 그녀를 바라보는 자신의 감정을 더 이상 속일 수 없었다. 그는 그것에 '사랑'이라는 이름을 붙이지 않을 수 없었다.

'함께합시다. 헤어지지 말아요.'

남자의 강렬한 메시지가 윤아의 가슴속으로 밀려들었다. 그것은 말할 수 없이 강렬한 감정의 메아리였다. 그녀는 하백을 향해 작게 미소 지었다. 하백의 그 한마디가 얼마나 힘겹고 절박한 결정인지 그녀는 느낄 수 있었다.

하백은 윤아의 긴 생머리를 천천히 쓰다듬었다. 그녀의 검은 눈동자를 한없이 부드럽게 바라보았다. 마지막으로 그녀의 조그마한 손을 그의 커다란 두 손으로 단단히 감싸 쥐었다.

스팟!

다음 순간, 두 사람의 모습은 어디에도 남아 있지 않았다.

그들이 마지막으로 머문 곳은 신성한 집행자들의 본부 안에 있는 소녀의 방이었다. 일인용 책상과 침대, 그리고 단단히 닫힌 하얀 문은 그대로인 채 그 방 안에서 두 손을 보듬고 있던 두 사람의 모습만 눈 깜짝할 순간에 사라지고 말았다. 그것은 신성한 집행자들이 위대한 동방지부장이라 일컫는 남자와 수년 동안 그들이 찾아 헤맨 예언의 아이를 모두 잃어버린 순간이었다. 또한 그것은 조직을 배신한 남자와 인간으로 자라지 못한 짐승을 찾기 위한 기나긴 추격전의 시작이었다.

안개 속의 소년은 하백과 윤아가 사라진 빈자리를 멍하니 바라보았다. 소년의 곁에 있는 검은 옷차림의 남자도 눈앞에서 벌어지는 일련의 이야기에서 눈을 떼지 못했다. 자신의 이름조차 모르는 소년은 눈앞에서 사라진 두 사람을 보고도 이상한 생각이 들지 않았다. 이러한 현상이 바로 순간이동이라는 것을, 그리고 순간이동이 동방지부장 하백의 능력이라는 것을 소년은 자연스럽게 받아들이고 있었다. 너무나도 낯선 광경이지만, 마치 몸속의 유전자 하나하나에 새겨진 각인마냥 소년은 그것들을 자연스럽게 받아들였다.

잠시 후 소년의 눈앞은 안개 속에 묻혀버렸다. 다시 안개가 서서히 걷혔을 때는 다른 장소, 다른 시간의 이야기가 시작되고 있었다.

2

눈앞에 나타난 것은 끝없이 펼쳐진 사막이었다. 군데군데 날카로운 이파리를 가진 식물들이 간신히 연명하는 붉은 대지 위에 뜨거운 태양이 작열했다. 이글거리는 태양 아래 낙타 다섯 마리와 지프 넉 대가 있었다. 생명이라곤 없을 것만 같은 척박한 사막에 수십 명의 사람이 모여 있었다. 그들의 활동은 뙤약볕 아래에서 진행되고 있었다. 그들은 붉은 모래를 뒤집어쓴 채 흩어져 땅속을 뒤지고 있었다. 모자를 쓰기도 하고 수건을 터번처럼 두르기도 하며 저마다의 방법으로 태양을 피하고는 메마른 땅을 긁어대는 중이었다.

뙤약볕 아래에서 거친 모래와 씨름하던 한 남자가 번쩍 일어나 소리쳤다. 대부분의 일꾼이 노란 피부에 검은 머리를 가진 동양인인 반면 그는 새하얀 얼굴이 시뻘겋게 달아오른 서양인이었다. 그가 소리치자 주변에 있는 팀원들이 모여들었다. 그와 피부색이 유사한 서양인도, 노란 피부의 동양인도 섞여 있었다.

"다들 이리 와봐, 프로토케라톱스야!"

"오, 세상에!"

남자를 향해 달려온 사람들은 그가 발굴해놓은 화석을 확인하고 탄성을 질렀다. 프로토케라톱스가 탐사 장비 덕분에 깊은 지하에서 모습을 드러낸 것이었다.

"프로토케라톱스군요!"

"여기가 아래턱 부분이에요."

"이렇게 깨끗할 수가!"

사람들은 저마다 감탄했다. 지층에서 발굴된 공룡 화석은 그들이 예상했던 것보다 훨씬 더 깨끗하고 완전했다. 붉은 대지 위에 수많은 세월 동안 파묻혀 있었건만, 놀랍게도 뼈의 색깔이 붉은 모래 지층과 달리 뽀얀 빛이었다. 유실되지 않은 그대로의 모습이 그곳에 있었다. 거의 완벽에 가까운 화석 형태였다.

"그뿐 아니야, 여길 봐!"

남자는 놀라는 일행의 얼굴을 확인하고 더욱 신이 나서 소리쳤다. 놀랍게도 프로토케라톱스의 아래쪽에 또 하나의 공룡 화석이 숨어 있었다.

"벨로키랍토르!"

사람들은 마치 합창을 하듯 동시에 외쳤다. 놀랄 만큼 깨끗한 화석을 발굴한 것만으로도 벅차고 감동적인데, 같은 시대에 죽은 공룡 두 마리를 한꺼번에 발견해낸 것이다.

"그뿐인 줄 아나? 여기 알둥지까지 있다네."

이젠 비명도 나오지 않았다. 사람들은 모두 할 말을 잊은 채 입을 벌리고 있었다. 그들은 눈앞에 나타난 일련의 화석에서 눈을 뗄 수가 없었다. 화석은 너무나도 선명하고 완벽했다. 두개골은 물론이거니와 다리와 몸통 등 완벽한 화석이 보존되어 있었다. 게다가 이 상황은 너무나도 재미난 이야기를 고스란히 담고 있었다. 프로토케라톱스의 알을 훔쳐 먹으려던 벨로키랍토르와 그에 맞서 맹렬히 싸운 어미 프로토케라톱스……. 그것은 도저히 8,000만 년 전의 화석들이라고 믿기지 않을 만큼 완벽해 보였다.

탐사대원들은 정신이 없었다. 사막에서 탐사를 시작한 지 수년째이지만 이런 상상도 못할 개가라니! 세계 어느 곳에 가더라도 머리뼈뿐 아니라 전체 골격이 완전한 화석은 찾아보기 힘든 게 현실인데, 이처럼 완전하고 생생하게 당시의 장면이 화석화된 것은 순전히 사막의 모래바람 덕이었다. 공룡 두 마리가 싸우던 8,000만 년 전의 그 순간, 그들은 순식간에 몰려온 엄청난 모래 폭풍에 파묻혀 화석화되었을 것이다. 그리고 누구의 손도 타지 않은 채 그 오랜 시간 동안 대지 아래에 잠들어 있었던 것이다.

발굴팀은 즉시 이 희귀한 공룡 화석 발굴에 모든 인력을 투입했다. 그들에게 길을 안내하고 발굴을 돕던 인부들은 즉각적으로 공룡 화석 주변의 모래 위로 자리를 옮겼다. 지층이 부드러운 모래이기 때문에 다른 지역처럼 거대한 중장비 따위는 필요치 않았다. 그들은 우선 전체 뼈의 크기를 조심스럽게 확인했다. 이 작업이 끝나자 모래 더미가 즉각적으로 제거되었다. 새하얀 뼈가 완전히 드러나자 그 경이로운 모습에 모두 넋이 나갔다. 공룡 두 마리가 눈앞에서 싸우는 듯한 착각마저 일었다.

"PVA를 가져와."

팀장이 뼈의 표면을 강화시키는 접착제를 요구했고, 일행은 즉시 뼈를 담을 커다란 상자와 접착제를 가져왔다. 그리고 그들이 발굴한 위대한 화석을 모든 각도에서 수십 장씩 사진을 찍어댔다. 한쪽에서는 석고 작업을 위한 밑작업이 시작되었다. 별다른 지시 없이도 발굴팀의 손발이 하나인 것처럼 일이 척척 진행되었다.

"오치르 교수님!"

그렇게 한데 뭉쳐 있는 발굴팀원들 중 몽골 자연사박물관의 관장인 오치르를 향해 한 남자가 다가왔다. 그는 어두운 얼굴로 박사를 불렀다.

"드릴 말씀이 있어요. 어쩐지 날씨가 좋지 않아졌습니다. 제 느낌으론 곧 심한 모래 폭풍이 올 것만 같아요."

교수에게 다가온 남자는 본래 사막 외곽의 초원 지대에서 유목을 하던 반야라는 남자였다. 유목으로 생계를 꾸리던 그는 행정 관서의 허락 없이 마음대로 유목지를 옮겨 다닐 수 없게 되자 사막을 여행하는 외국인들을 따라다니며 짐꾼으로 혹은 발굴 인부로 입에 풀칠을 했다. 반야는 매년 발굴 때마다 잡일을 맡았기에 오치르 교수와도 서로 얼굴을 알고 있는 사이였다. 수년간 사막 생활을 경험한 반야는 무언가 좋지 않은 일이 생길지도 모른다는 느낌이 든 모양이었다.

"지금 그런 말을 할 때가 아닐세. 이건 세기적인 발굴이야!"

"하지만, 교수님……."

"저쪽으로 가 있게. 자네가 필요하면 부를 테니."

오치르 교수는 반야의 말을 귀담아듣지 않았다. 온 정신을 공룡 화석에 빼앗긴 까닭이었다. 반야는 가슴이 답답했지만 별수가 없었다. 반야가 일당을 받으려면 불안한 마음이 들더라도 쥐 죽은 듯 조용히 있을 수밖에 없었다.

오치르 교수와 발굴팀은 공룡 화석에 달라붙어 정신이 없었다. 그들은 약한 뼛조각이 혹여 부서질까 온 정성을 다해 조심스럽게 작업을 진행했다. 그렇게 발굴 작업을 계속한 지 얼마 지나지 않아 반야의 염려는 현실이 되었다. 작업 도중 모래 폭풍이 닥쳐오기 시작한 것이다.

"우와앗!"

악 소리를 지를 사이도 없이 강력한 바람이 온몸을 강타했다. 멀쩡한 눈으로도 코앞을 볼 수 없고 어디로 피해야 하는지도 알 수 없었다. 십수 명은 사방에서 닥쳐오는 따가운 모래 공격에 여기저기서 고통의 비명을 질러댔다. 바로 이런 순간에 모래 속에 갇히고 만다면 그들 역시 수천만 년 전 공룡과 똑같은 신세가 될 것이다. 그리고 몇천 년 후에 그들의 후세가 파묻힌 인간의 뼈를 찾아내고 탄성을 지를지도 모를 일이다.

결국 더 이상 발굴 작업이 불가능하다고 판단한 탐사대는 화석 방향에다 지프 한 대를 세워두었다. 코앞도 보이지 않는 그곳에서 정말 간신히 차량 한 대를 깃발처럼 공룡 화석 전면에 세워두고, 사람들은 모두 차 안으로 피신하기로 했다. 그러나 몇몇은 이미 많은 시간과 체력을 빼앗겼고, 도망칠 마지막 기회마저 놓쳐버린 후였다. 모래 폭풍은 상상할 수 없을 정도로 강력하게 온 땅을 뒤흔들었고, 간신히 차에 오른 대원을 제외한 나머지 사람들은 누런 모래 사이로 사라지고 말았다. 모래 폭풍을 직감한 일꾼 반야도 예외는 아니었다. 비록 불행을 직감했지만 예방하지는 못했다. 그 역시 누런 모래 폭풍 속으로 사라져버린 사람들 중 한 명이 되고 말았다.

맹렬하게 퍼붓는 모래 폭풍은 한참 동안 계속되었다. 끝도 없이 이어질 것 같던 모래바람이 사라지고 어느새 그랬느냐는 듯 사방이 고요해졌다. 하늘에는 또다시 작열하는 태양만 존재했다. 그 사막 한가운데의 다갈색 자갈 더미에 반쯤 파묻힌 남자의 뒷모습이 보였다.

"왝, 퉤퉤!"

그는 죽은 것처럼 가만히 누워 있다가 갑자기 고개를 들며 일어섰다. 그러고는 입안까지 가득 찬 모래알을 뱉어대기 시작했다. 그것은 위험을 예감했던 일꾼, 반야였다. 갑작스럽게 휘몰아치는 모래 폭풍을 피하지 못하고 위기에 처했지만 다행히 그는 목숨을 부지했다. 모래는 그의 입안뿐 아니라 눈과 눈썹, 머리카락과 옷 등에 그득했다. 조금이라도 몸을 움직이면 버석거리는 소리가 들렸다.

"여긴 어디지?"

반야는 고개를 들고 자신이 있는 곳이 어딘지 알아내려고 애썼다. 어찌 된 일인지 주변이 낯설기만 했다. 함께 있던 일꾼들이나 발굴팀은 물론이고 낙타나 지프도 눈에 띄지 않았다. 그는 자신이 있던 곳과 영 다른 지역에 있는 것 같았다. 조금 전까지만 해도 둘러보면 온통 붉은 흙더미였는데 이곳은 모래만 가득한 지형이 아니었다. 그는 붉은 절벽과 군데군데 푸른 초목이 우거진 사막 외곽, 건조 지역의 경계쯤에서 정신을 차린 것 같았다.

그는 간신히 정신을 차리며 몸을 일으켰다. 마른 흙더미 사이에서 팔 하나, 다리 하나를 꺼내는 데도 한참이 걸렸다. 자갈밭 사이에 오래도록 누워 있었던 탓인지 온몸이 다 멍든 것처럼 아파왔다. 게다가 얼굴을 든 순간부터 극심한 갈증이 밀려왔다.

"물⋯⋯."

반야는 허리춤에 달고 다니던 물통을 꺼냈다. 그러나 물통에선 붉은 모래흙만 떨어질 뿐, 물이 단 한 방울도 나오지 않았다.

"이런!"

그는 인상을 찡그렸지만 상황이 아주 나쁘지는 않았다. 다행히 이곳은 사막 지역 중에서도 모래밭만 펼쳐진 죽음의 땅은 아니었다. 반야는 힘겹게 몸을 들어 사방을 바라보았다. 일어설 힘도 없어 무릎을 땅에 대고 질질 몸을 끌며 나아갔다. 메마른 지대의 한가운데에서 움푹 파인 굽이진 절벽과 계곡이 보였다. 절벽 아래쪽으로 이어진 기다란 계곡에는 황토색 물줄기가 흘러내리고 있었다. 더러울지언정 목을 축일 수 있는 물을 확인한 순간, 반야는 안도의 한숨이 나왔다. 목구멍이 따갑도록 느껴지는 갈증에 반야는 미친 듯이 절벽 아래를 향해 기어갔다. 팔다리에 힘이 빠져 몇 번이나 구르면서도 눈은 연신 계곡 아래에 꽂혀 있었다.

반야는 뼈가 다 녹은 사람마냥 허우적허우적 계곡을 향해 나아갔다. 마침내 그는 붉은 물이 흐르는 계곡물에 손을 담갔다. 두 손에 담긴 물은 붉은 기운이 남아 있긴 했지만 이 지독한 건조 지대에서 그것만으로도 행운이었다. 반야는 먼저 바짝 마른 입술을 축였다. 딱딱하게 일어난 입술 각질이 손바닥에 닿았다. 그게 시작이었다. 그는 양손에 물을 받아 정신없이 목을 축였다. 물을 마시고, 얼굴을 닦고, 바짝 마른 머리카락을 적시자 일시에 갈증이 해소되는 느낌이었다. 그는 물통을 꺼내 붉게 흐르는 물을 가득 담았다. 소중한 생명수가 물통 가득 차올랐다. 그때였다.

"으악!"

반야는 외마디 비명을 질렀다. 출렁거리는 붉은 물줄기 속에서 자신의 왼쪽 손등으로 기어오르는 무언가가 느껴졌다. 자신의 손등을 다 덮을 것처럼 커다란 그것을 확인한 순간, 반야는 고함을 내질렀다. 까만 몸통에 샛노란 꼬리가 달린 전갈이었다. 그가 고함을 지르며 손을 흔드는 순간 뻐근한 통증이 손목으로부터 전해져왔다. 정신을 차리고 보았을 때는 이미 그 작은 괴물이 사라지고 없었지만 반야의 손등에는 맹독을 품은 위험한 짐승의 자국이 선명하게 남아 있었다.

"안 돼, 안 돼!"

반야는 버럭 소리를 지르며 옷가지를 찢었다. 찢어진 상의 한쪽을 입으로 물고 다른 한 손으로 팔뚝을 친친 동여맸다. 동여맨 자리가 하얘지도록 묶었는데도 저릿한 느낌이 퍼졌다. 이대로 방치한다면 그의 목숨이 끊길 것이 분명했다. 그는 소중하게 담았던 물통을 던져버리고 있는 힘을 다해 절벽을 기어올랐다. 그의 목숨을 살려줄 수 있는 다른 여행자를 찾기 위해서였다. 안간힘을 쓰며 절벽 위로 기어올랐지만 붉은 대지와 다갈색 자갈, 그리고 거뭇거뭇한 사막 식물들 외에 움직이는 것이라곤 그 무엇도 보이지 않았다.

"살려줘, 사람 살려!"

반야는 온 힘을 다해 소리쳤다. 그러나 너무나도 평평한 이 대지에서는 메아리조차 그의 부름에 화답하지 않았다. 아득한 통증이 점점 더 팔 위쪽으로 올라왔다. 그것은 점차 온몸으로 퍼져 반야의 신경과 근육을 마비시키고 있었다. 왼팔은 엄청난 속도로

통통 부어올랐고, 결국 반야는 몇 분을 버티지 못하고 그 자리에
쓰러졌다.

"살려줘……."

이제 반야의 입에서는 비명 소리조차 나오지 않았다. 의식이
흐려지고, 죽음이 코앞으로 다가오는 소리가 들렸다.

3

시간이 얼마나 지났을까. 이제 모든 것이 끝났다고 체념했는데
도 반야는 스르르 두 눈을 떴다. 왼팔에서 시큰한 통증이 느껴지
는 것으로 보아 아직 죽지는 않은 모양이었다. 반야는 누운 상태
에서 간신히 목만 돌려 자신의 상태를 확인하려 했다. 주변의 것
들이 두 개, 세 개로 모아졌다 벌어지곤 했지만 그곳이 아까 정신
을 잃었던 붉은 사막이 아니라는 것만은 분명했다. 뜨거운 태양
이 보이지 않는 대신 검은 그림자가 드리워져 있었다.

"이제 정신이 돌아오는 모양이군."

가물거리는 저편에 낯선 남자의 얼굴이 눈에 들어왔다. 반야는
몇 번이나 눈을 깜빡이며 그 남자의 모습을 파악하려 애썼다. 그
는 소매통이 넓은 옷을 위에서 아래까지 길게 걸치고 있었다. 연
한 갈색 옷은 아무런 무늬 없이 소박해 보였다. 얼굴 생김새는 그
지역 유목민의 얼굴이 아니라 좀 더 하얗고 이국적인 느낌이 들

었다. 가물거리는 정신에도 우뚝 솟은 코가 어딘지 조각 같다는 느낌을 받았다. 그는 반야가 이해할 수 없는 낯선 언어로 말하고 있었다. 반야가 눈을 뜨자 그는 어깨를 덮고 있던 기다란 천을 들어 머리와 얼굴에 둘렀다. 얼굴을 가리기 위해서인 것으로 보였다. 이제 반야는 그의 검은 눈동자 외에는 아무것도 볼 수 없었다.

"괜찮을 거예요. 몸속의 독기는 다 빼냈으니까요."

또 다른 목소리가 들려왔다. 이번에는 남자가 아닌 여인의 목소리였다. 반야는 이 목소리가 어디서 들려오는지 보고 싶었다. 하지만 그의 고개가 원하는 대로 잘 돌아가지 않아 여인의 얼굴은 확인하지 못했다.

"하지만 우리를 기억하는 건 아닐까요? 눈을 뜨고 있는데……."

"괜찮아요. 너무 걱정하지 맙시다. 꿈인 줄 알겠지. 어쩌겠소, 죽어가는 사람을 그냥 내버려둘 순 없는 일이니까."

반야의 얼굴을 들여다보던 남자가 천천히 몸을 일으켜 세웠다. 그리고 뒤쪽으로 이동했다. 반야는 눈을 굴려 남자의 모습을 놓치지 않으려 했다. 힘든 일이었지만 몇 번의 시도 끝에 그는 간신히 고개를 움직이고 눈을 돌려 남자의 뒷모습을 따라갈 수 있었다. 그러자 마침내 저편에서 들려오던 목소리의 주인인 여자도 확인할 수 있었다.

여인의 얼굴은 그림처럼 고요했다. 검은 머리를 하나로 땋아 등에 늘어뜨린 여인은 커다란 눈망울이 어쩐지 서글퍼 보였다. 그녀는 전설이나 신화에 나올 법한 모습으로 새하얀 치마저고리

253

를 아래위로 걸치고 있었다. 그녀는 반야가 보았던 어떤 여인보다도 고왔다. 반야는 두 사람의 모습을 넋을 놓고 바라보았다. 조각 같은 얼굴의 남자는 여자의 뒤로 다가가 가녀린 어깨를 감싸 안았다. 그의 행동은 마치 소중한 보물을 조심스럽게 감싸는 듯해서 매우 인상적이었다. 남자의 행동 하나하나, 손길 하나하나가 마음속 깊이 여인을 사랑한다고 말해주고 있었다. 그 모습에 어쩐지 가슴이 찡했다.

아름다운 남녀가 함께 있는 이곳은 이동식 천막 안이 분명해 보였다. 두꺼운 천막이 태양빛을 가리고 딱딱한 간이침대도 있었다. 남자는 하얀 옷을 입은 긴 머리의 여인을 침상 위에 조심스럽게 앉혔다. 그는 여인의 얼굴에만 눈을 맞추느라 반야의 시선 따위는 느끼지도 못하는 것 같았다. 반야는 남자가 여인을 부축해서 천천히 침상에 앉히는 모습, 조심스럽게 움직이는 여인의 모습에서 무언가 일상적이지 않다는 느낌을 받았다. 조각 같은 남자는 그녀를 아주 소중하게 앉힌 후 호주머니에서 동그란 열매를 꺼내 들었다. 그것은 반질반질한 주홍빛이었는데 반야가 한 번도 본 적이 없는 과실이었다.

"이건 괜찮을 거예요. 먹어봐요."

남자는 그 주홍빛 열매의 껍질을 벗기더니 안에서 나온 연주황빛 알맹이 한쪽을 떼어 여인의 입에 넣어주었다. 여인은 잠시 머뭇거렸지만 곧 붉은 입술을 살짝 열었다. 그러고는 남자가 입에 넣어주는 낯선 열매를 음미하듯 천천히 물었다.

"먹을 만해요?"

"네에."

남자는 그런 여자의 얼굴에 푹 빠져버린 듯했다. 그는 그녀에게서 한시도 눈을 떼지 못했다. 그는 여자가 열매를 잘 삼키는지, 그것을 맛있게 먹는지 지긋한 눈으로 한없이 사랑스럽게 바라보았다.

"하지만 저는 당신이 위험해지는 게 싫어요. 나는 맛난 걸 먹고 싶지도 않고, 좋은 걸 입고 싶지도 않아요. 그냥 당신과 함께 있고만 싶어요. 그러니까 위험한 일은 하지 마세요. 멀리도 다녀오지 마세요. 내가 원하는 건 당신과 함께 있는 것뿐이에요."

여인은 낯선 열매를 천천히 삼키며 남자의 얼굴을 바라보았다. 남자를 바라보는 여인의 눈빛도 깊고 따스했다. 여인은 남자에 비해 훨씬 어려 보이는 얼굴이지만 그 표정을 보면 아주 어린 것만도 아닌 듯했다. 왜인지는 모르지만 수많은 일을 겪은 사람 특유의 성숙함이 그녀의 얼굴에 담겨 있었다.

"알았소. 위험한 일은 하지 않을게요. 하지만 당신을 위하고 싶은 내 최소한의 욕심까지 버리라곤 하지 말아요. 그것조차 당신에게 해줄 수 없다면 나는 참으로 슬플 거요."

남자는 여인의 얼굴을 들여다보며 커다란 손으로 그녀의 얼굴을 보듬었다. 여인도 그런 남자를 따스한 눈길로 바라보았다. 두 사람의 모습이 너무나 아름답고 가슴 뭉클해서 반야는 자신도 모르게 눈물이 주르륵 흘렀다. 그는 두 사람이 어떤 대화를 하는지 이해하지 못했지만 그 모습을 바라보는 것만으로도 그들이 나누는 깊은 사랑의 언어를 이해할 것만 같았다.

여인은 남자의 조각 같은 콧날에 입을 맞추었다. 뒤이어 남자는 한없이 아름답고 숭고한 여인의 붉은 입술에 입을 맞추었다. 두 사람 사이에는 누구도 끼어들 수 없는 깊은 사랑과 믿음이 함께하고 있었다. 남자의 사랑스러운 입맞춤에 두 눈을 감고 있던 그녀가 까만 속눈썹을 들어올렸다. 그때 그녀는 반야가 두 눈을 뜨고 자신들을 바라보고 있다는 것을 깨달았다. 순간 그녀의 얼굴이 차갑고 냉랭하게 변했다.

"아무래도 정신이 드나 봐요. 향을 좀 더 피우는 게 좋겠어요."

여인은 남자를 향해 뭐라고 속삭였고, 남자는 곧 자리에서 일어나 게르의 입구 쪽에 있는 하얀 촛불로 다가갔다. 그는 가느다란 향을 꺼내 불을 붙이고 작은 모래함에 꽂았다. 그러자 향긋하고 은은한 향기가 천막 안을 뒤덮기 시작했다. 여인은 향불을 피우는 남자에게 다가가 등 뒤에서 안았다. 남자는 여자를 향해 돌아섰고, 두 사람은 서로의 얼굴을 바라보았다. 두 사람의 표정이 갑자기 불안으로 가득해졌다.

"두려워해서 미안해요. 또다시 그들이 올까봐……."

여인은 남자의 두 눈을 바라보며 무어라 말하고 있었다.

"하지만 두려움 속에서도 나는 행복해요. 하백 당신과 함께 있으니까."

여인은 그대로 남자의 가슴에 얼굴을 묻었다. 남자는 그런 여인을 보물단지처럼 조심스럽게 감싸 안았다.

반야에게는 그런 두 사람의 모습이 너무나도 아름답게 느껴졌다. 너무 아름다워서 애절한 느낌마저 들었다. 반야의 흐릿한 눈에 그들은 천상天上의 사람들로 보였다. 그것은 한 폭의 그림이었고, 세상에 없는 아름다운 선남선녀의 모습이었다. 반야는 두 사람을 계속 바라보고 싶었다. 하지만 향내가 짙어지면서 자신도 모르게 점점 의식을 잃어갔다. 반야는 웅얼거리는 낮은 음성을 뒤로하고 완전히 정신을 잃어버렸다.

반야가 다시 정신을 차렸을 때 그의 귀를 자극한 것은 사람들의 웅성거림이었다. 그는 마치 약에 취한 사람처럼 몽롱한 상태로 천천히 눈을 떴다. 처음에는 눈앞의 모든 것이 일렁이며 보이지 않더니 차차 영상이 또렷해졌다.

"괜찮나, 반야?"

반야는 고개를 휘휘 돌리며 벌떡 일어섰다. 머리가 조금 띵하긴 했지만 정신이 번쩍 들었다. 그의 이름을 부르는 사람은 다름 아닌 오치르 교수였다. 교수는 걱정 가득한 얼굴로 반야를 내려다보고 있었다.

"여기가 어딘가요?"

반야는 온몸 가득 느껴지는 욱신거림에 머리를 흔들었다. 어찌 된 일인지 그의 몸은 지프의 짐칸에 눕혀진 상태였다. 지프는 길도 나지 않은 사막을 덜컹거리며 달리고 있었다.

"걱정했네. 다행이구먼. 몸은 괜찮은가? 이제 곧 마을에 도착할 걸세."

반야는 어지러운 머리 때문에 다시 자리에 누웠다. 그의 위로 맑은 하늘이 한없이 푸르기만 했다.

"교수님, 대체 어떻게 된 일인가요?"

"그거야말로 내가 묻고 싶은 말일세. 모래 폭풍이 지나가고 나서 우리는 자네가 사라져버린 걸 알았네. 주변을 아무리 뒤져봐도 옷깃 하나 찾을 수가 없었지. 결국 자네에게 몹쓸 일이 생긴 거라고 생각했네. 나는 자네의 충고를 듣지 않은 것을 후회했다네. 우리는 모래 폭풍이 지나간 후에 모래언덕에 파묻혀버린 트럭과 화석을 발굴해내느라 하루를 보냈네. 그때까지도 여전히 사람들은 자네를 찾아다녔어. 결국 또다시 하루가 지났지만 자네를 찾을 순 없었네. 별수 없이 일단 작업을 마치고 숙소로 돌아가려는데 자네가 이 차에 누워 있지 뭔가."

"차 위에 제가요?"

반야는 교수의 말을 믿을 수가 없었다. 그럼 차 위에 누워 있는 사람을 며칠 동안 찾지 못했단 말인가? 그것도 말이 안 되지만 그럼 반야가 보았던 계곡과 흐르는 물, 전갈과 천상의 남녀는 무엇이란 말인가? 모두 다 상상에 불과했단 말인가? 이상한 일이었다.

"반야, 맹세하지만 지난 3일 동안 자네는 차 근처에는 없었네. 우리가 차를 살펴보지 않았을 리가 없지 않은가? 그런데 어찌 이런 귀신이 곡할 노릇이 있는지 우리도 정말 이해할 수가 없네."

반야는 머리가 어지러웠다. 뭐가 뭔지 그 역시 이해할 수 없었다. 그럼 모든 것이 환상이었단 말인가?

반야는 자신의 왼팔을 들었다. 새까만 전갈에게 물렸던 그 팔이다. 그는 자신의 손등을 유심히 살펴보았다. 그것은 기억 속에 퉁퉁 부어 있던 그 팔이 아니었다. 그의 왼팔은 예전과 마찬가지로 부기 하나 없이 날씬한 갈색 피부였다. 하지만 그는 분명히 확인할 수 있었다. 자신의 손등에 남아 있는 작은 상처의 흔적을. 그것은 그의 기억 속에 생생히 남아 있는 전갈의 고통을 일깨워주고 있었다.

4

반야의 집은 초원 지역에 있었다. 사방을 둘러보았자 아무것도 없는 허허벌판에 세워진 이동식 천막이 그의 보금자리였다. 예전에는 자유로이 너른 초원 지역을 돌아다니며 많은 양과 말, 그리고 염소 떼를 기른 적도 있었다. 하지만 지금은 가고 싶은 곳으로 마음대로 옮겨 다닐 수 있는 처지가 아니었다. 가축을 유목할 수 있는 범위가 정해져 있기 때문이었다. 행정관서의 허락 없이는 다른 지역으로 옮겨 다니며 유목할 수 없었기에 대부분의 유목민이 번거로운 절차를 피해 정해진 구역 안에서 조금씩 이동하는 유목 생활을 하다가 결국에는 본업을 접어버리곤 했다.

반야의 가족 역시 예외는 아니라서 그들도 제한된 구역 안에서만 움직여야 했다. 반야가 외국인들을 따라다니며 짐꾼이나 일꾼 역할을 하게 된 것도 유목 생활을 하기에 좋지 않은 개정 법규 때문이었다. 그는 대부분의 짐승을 정리하고 최소한의 양과 염소, 말만 기르는 대신 발굴사업단의 잡일을 하는 것으로 가족을 건사했다.

그는 병원에서 간단한 치료를 받은 후 지난 며칠간의 일당에 위로비까지 받아 자신의 천막집으로 돌아오고 있었다. 꿈인지 생시인지 여전히 확실하지 않지만 모래 폭풍 속에서 죽을 뻔했다가 전갈에 물려 저승으로 갈 뻔한 뒤라서인지 그의 볼품없는 천막집이 오늘따라 세상에 둘도 없는 천국 같았다.

반야는 예정보다 훨씬 이른 귀가에 아내와 아들이 놀라움과 기쁨으로 반겨줄 거라고 생각했다. 하지만 천막 안으로 들어선 그는 무언가 잘못되었다는 느낌을 받았다.

푸른 초원 위에 아름답게만 보이던 자신의 천막 안에서 매캐한 죽음의 냄새가 번져나오고 있었다. 그가 안으로 들어섰을 때 제일 먼저 눈에 들어온 것은 퉁퉁 부어버린 아내의 얼굴이었다.

"여보, 슈본이…… 슈본이!"

아내는 반쯤 정신이 나간 얼굴로 그 자리에서 통곡했다. 좁아터진 게르에는 말린 말똥이 쇠난로 안에서 뜨겁게 타오르고 있었다. 퉁퉁 부은 아내의 뒤쪽 작은 침상에 거친 숨을 몰아쉬는 어린 아들의 얼굴이 보였다.

"슈본!"

반야와 아내 사이에서 태어난 유일한 아들 슈본, 느지막이 결혼하는 바람에 늘그막에 본 어린 아들이었다. 고작 일곱 살밖에 되지 않은 금쪽같은 아들이 금방이라도 숨이 넘어갈 듯 고통스러워하는 모습이 반야의 눈에 들어왔다. 더 이상 아이가 생기지 않은 두 사람에게 금지옥엽보다 더 소중한 슈본이 새파랗게 질린 얼굴로 괴로워했다. 반야는 거의 매달리다시피 하는 아내를 밀쳐내며 죽음의 그림자가 드리워진 아들의 침상으로 달려갔다. 그가 발굴사업단을 따라 이곳을 떠날 때만 해도 얼굴 가득 웃음꽃을 피웠는데, 그 소중한 아이가 눈도 뜨지 못한 채 숨을 헐떡였다.

"어떻게 된 일이야? 말을 해, 말을!"

그는 흥분한 음성으로 아내의 어깨를 잡아 흔들었다. 아내의 얼굴은 또다시 눈물로 뒤범벅되어 있었다.

"오늘 아침에 갑자기 소나기가 내렸어요. 갑자기 쏟아진 폭우라 온 천막에 물이 들어왔어요. 나는 정신이 없었어요. 양과 염소, 그리고 말을 좀 더 높은 지대로 옮기고 중요한 물건은 죄다 들고 피했어요. 그런데 그사이 슈본이…… 붉은 독뱀에 물리고 말았어요. 어흐흐흑!"

그녀는 넋이 나간 사람처럼 정신없이 말했다.

"가망이 없대요. 벌써 게렐 선생이 다녀갔어요. 붉은 뱀의 독이 몸에 퍼지면 어떤 약도 소용없대요. 튼튼한 어른이라고 해도 기껏해야 하루를 버틴다고…… 오늘 안에 온몸이 마비되고 죽는다고……."

아내는 마지막 말을 다 잇지 못하고 그 자리에서 통곡했다. 눈에 넣어도 아프지 않을 아들이 죽게 생겼다는 말에 반야도 정신이 나갈 정도였다. 반야는 그 자리에 털썩 주저앉았다.

"……선생이 그렇게 말했단 말이지……."

반야는 너무나 괴로우면 눈물도 흐르지 않는다는 걸 알았다. 그저 모든 시간이 멈춘 듯 멍할 뿐, 머리가 텅 비어 아무런 생각도 들지 않았다. 극심한 슬픔에 감각마저 무뎌진 느낌이었다.

한동안 그렇게 멍하니 넋을 놓고 있던 그가 갑자기 왼팔을 들어올렸다. 그리고 자신의 손등에 남아 있는 고통의 자국을 바라보았다. 왼쪽 손등의 작은 자국, 그것은 붉은 뱀만큼이나 위험하다는 노란 꼬리 전갈의 상처였다. 순간 반야의 머릿속에 번개가 쳤다.

"슈본, 널 이대로 죽게 내버려둘 순 없다! 절대 그럴 순 없어!"

그는 침상에 누운 아들을 두꺼운 이불로 꽁꽁 감싼 뒤 그 위를 기다란 줄로 친친 감았다. 그러고는 아들의 몸을 자신의 어깨에 들쳐 멨다.

"여보, 왜 그래요? 뭐하는 거예요?"

아내는 그런 반야를 보며 그가 정신이라도 나간 게 아닌가 싶어 더더욱 공포와 슬픔에 휩싸였다. 하지만 반야는 설명할 수가 없었다. 그 자신조차 꿈인지 생시인지 분간되지 않는 일을 아내에게 설명하기는 어려웠다. 그렇다고 아들이 죽어가는 모습을 가만히 지켜보고만 있을 수는 없는 일이다. 그는 이불로 감싼 아들을 안고 말에 올랐다. 유목민인 그에게 말은 아주 어린 시절부터 내내 벗이었기에 불편한 자세로 말을 모는 것쯤은 어렵지 않았다. 반야는 소리치는 아내를 뒤로하고 붉은 노을이 지기 시작하는 초원 저편의 사막지대를 향해 달려가기 시작했다.

"여보오오!"

마을도 아니고, 시내 방향도 아닌 사막을 향해 달려가는 남편의 뒷모습을 보며 아내는 절규했다. 그 끝없는 절규가 붉은 하늘에 메아리쳤다.

반야의 머릿속에는 아무런 생각도 떠오르지 않았다. 다만 그의 기억 속에 남아 있는 붉은 대지와 자갈과 절벽 지대, 그곳을 향해 달려가야 한다는 생각밖에 들지 않았다. 그는 자신의 기억이 환상인지 사실인지 제대로 판단할 수 없었지만 죽어가는 아들을 살릴 방법은 이것뿐이라는 것은 알고 있었다.

그는 자신의 기억 속에 남아 있는 그 지역이 아마도 사막 분지의 어디쯤일 거라고 짐작했다. 저녁노을은 무심하게도 그를 기다려주지 않았다. 캄캄한 밤이 오기 전에 그곳을 찾아야 한다는 간절한 마음에도 불구하고 좀처럼 그의 눈에는 기억에 남은 절벽이 보이지 않았다. 뉘엿뉘엿 지는 태양 아래 반야의 말은 쉼 없이 달렸고, 그의 주인은 쉬지 않고 눈을 굴렸다. 필사적인 마음 덕분인지 마침내 태양이 땅에 떨어지기 직전, 그는 기억 속에 남아 있는 건조 지대의 절벽과 자갈길을 찾아낼 수 있었다. 붉은 분지의 한쪽에 깊이 파인 절벽을 보는 순간 반야의 심장이 터질 듯 요동쳤다.

"어딘가에 흔적이 남아 있을 거야. 분명히 있을 거야."

그는 말에서 내려 이불로 감싼 아들을 부드러운 땅 위에 내려놓았다. 입술까지 새파래진 아들은 가쁜 숨을 몰아쉬고 있었다. 시간이 얼마 남지 않았다는 생각이 들었다. 반야는 아들을 내려놓자마자 주변을 탐색했다. 그가 내려섰던 골짜기며, 그가 전갈에 물렸던 지점, 그리고 자신의 발자국까지 샅샅이 찾기 시작했다.

기억 속에 붉게 흐르던 계곡물은 어느새 완전히 메말랐고, 더 이상 그곳에는 물이 없었다. 모든 것이 환상이고 꿈이었나 싶은 그 순간, 그는 낯익은 물건 하나를 발견했다.

"물통! 사실이었어, 사실이었어!"

그는 아무렇게나 버려져 있는 물통을 잡고 소리를 질렀다. 그의 손때가 묻은 물통! 이제 그가 노란 꼬리 전갈에 물렸다는 것은 분명한 사실임이 확인되었다. 이제는 그를 치료한 천상의 남녀만 찾으면 된다. 두 사람만 있다면 자신의 아들을 살릴 수 있을 것이다. 반야는 어떤 흔적이라도 찾기 위해 사방을 뒤졌다.

온몸은 땀으로 흠뻑 젖고 자갈 더미에 찢어진 신발 밖으로 발끝의 피가 흘러내렸지만 그는 어떤 아픔도 느끼지 못했다. 고통스러운 것은 그 남녀를 찾지 못하고 제자리를 맴돈다는 사실이었다. 그는 정신없이 헤맸지만 어떤 발자국도, 어떤 흔적도 찾아낼 수 없었다. 자갈과 모래가 뒤섞인 벌판에서 사람의 발자국을 찾아낸다는 것은 거의 불가능했다. 그가 아무리 머리를 짜내도 어떻게 천상의 남녀를 만났는지, 그들의 게르가 어디에 있는지 도무지 기억나지 않았다. 해가 떨어져서 더 이상 아무것도 보이지 않을 때에야 그는 겨우 아들 곁으로 돌아왔다.

"슈본! 슈본!"

그는 가슴이 미어지는 듯했다. 벌써 아들의 몸은 싸늘하게 식어가기 시작했고, 거칠었던 숨소리마저 들리지 않을 만큼 작게 사그라졌다.

"슈본! 슈본! 으아아아!"

반야는 그저 아들의 죽음을 지켜볼 수밖에 없는 자신이 미워서 참을 수가 없었다. 그는 미친 짐승마냥 어두운 하늘을 향해 포효했다.

"으아아! 으아아아!"

그의 머리 위에는 쏟아질 듯 수많은 별이 반짝였다. 그 모든 것이 한없이 슬픈 빛으로 반야를 내려다보고 있었다. 아버지의 품에서 숨이 잦아드는 아들을 바라보며 그는 차라리 별이 되고 싶었다. 슈본과 함께 이대로 죽어 저 맑은 별이 되어버리고 싶었다.

"슈보온!"

그는 가슴이 미어터질 듯해서 소리를 지르지 않을 수 없었다. 그렇게 목청이 터져라 온 세상을 향해 소리쳐댔다. 반야는 죽어가는 아들의 얼굴을 바라보았다. 이제 아들은 거의 숨을 쉬지 않는 것 같았다. 무릎 위에 누운 아이는 죽음의 문턱을 넘어서고 있었다.

눈물을 뚝뚝 흘리며 아들을 내려다보는 반야의 얼굴 위로 갑자기 짙은 그림자가 드리워졌다. 눈물 콧물이 범벅된 반야가 기다란 그림자 너머를 바라보았다.

"역시 당신이었군요."

아무런 소리도, 아무런 기척도 없었는데 그의 앞에 그 남자가 나타났다. 새까만 눈에 터번을 둘러쓴 조각 같은 남자의 얼굴이 반야를 바라보았다. 연기처럼 홀연히 나타난 그 남자가 어쩐지 슬픈 얼굴로 반야를 내려다보았다.

"죽어가고 있군요."

그는 무릎을 꿇고 앉아 이불에 둘둘 말린 슈본의 얼굴을 들여다보았다. 조각같이 잘생긴 미간 사이로 깊은 주름이 드리워졌다.

"사, 살려주세요! 우리 슈본을 살려주세요! 시키는 일은 뭐든 다 하겠습니다. 살려주세요, 제발 살려주세요!"

반야는 그 남자의 바짓가랑이를 잡았다. 아들을 살려달라며 그 자리에서 엎드려 빌었다. 남자는 난처해하는 얼굴이었지만 곧 체념한 표정으로 바뀌었다. 큰 키의 남자는 이불에 말린 슈본을 가볍게 들쳐 안았다.

"한시가 급한 것 같군요. 자, 당신도 내 손을 잡아요. 어서 갑시다."

그는 한 손으로 슈본을 들쳐 안고 다른 한 손으로 반야의 손을 잡았다. 다음 순간 반야는 몸 안의 모든 것이 위쪽으로 들려 올라가는 듯한 느낌을 받았다. 갑자기 공중으로 번쩍 들리는 바람에 위장이 거꾸로 뒤집히고 울컥 토할 것만 같은 기분 나쁜 생각이 들었다. 눈앞에 엄청난 바람이 따갑게 휘몰아쳐서 도저히 눈을 뜰 수가 없었다. 폭풍 같던 바람이 삽시에 잠잠해지고 다시 눈을 떴을 때는 놀라운 광경이 반야의 눈앞에 펼쳐져 있었다.

일전에 보았던 그 아담한 게르가 두 눈에 들어왔다. 방금 전만 해도 검은 하늘 아래 모래와 자갈밭에 있었는데, 눈을 뜬 순간 그는 전혀 다른 공간에 서 있었다. 남자는 반야의 놀란 얼굴을 보고도 아무것도 설명하지 않았다. 대신 이불에 싸인 채 금방이라도 숨이 넘어갈 듯한 슈본을 딱딱한 침상에 눕혔다.

"하백……."

놀란 것은 반야뿐만이 아닌 듯했다. 그들의 갑작스러운 등장에 여인의 얼굴은 새파랗게 질려버렸다. 새하얀 옷을 아래위로 걸친 여인은 반야가 꿈에서나 보았던 것으로 생각했던 아름다운 선녀였다. 검은 머리를 길게 늘어뜨리고 또 다른 침상의 한쪽 끝에서 바느질을 하던 그녀가 반야의 등장에 새파랗게 질린 얼굴이 되었다.

"어쩔 수가 없었소. 아이가 죽어가고 있어서……."

하백은 놀란 여인에게 사죄했다. 그는 가녀린 여인의 어깨를 보듬으며 걱정스러운 표정을 지었다. 반야는 이 믿을 수 없는 일이 무척이나 놀라웠지만 마냥 놀라고만 있을 겨를이 없었다. 그는 흰 옷차림의 여인에게 다가가 땅바닥에 머리를 조아렸다.

"살려주십시오, 제발. 우리 아들 슈본을 살려주십시오! 살려주십시오!"

반야는 그들의 대화를 한마디도 알아듣지 못했지만 그들의 표정과 말투를 통해 오가는 이야기를 대충 짐작했다. 여인은 통곡하는 반야를 바라보았다. 처음에는 도저히 내키지 않는 듯한 얼굴이었다. 불쾌하고 못마땅한 얼굴의 그녀는 위험을 무릅쓴 남자의 행동을 질책하고 있었다. 그녀의 얼굴에 어린 표정은 단순히 언짢은 것만이 아니었다. 어쩐지 알 수 없는 공포와 두려움이 뒤섞인 얼굴이었다.

"살려주십시오, 살려주십시오, 선녀님. 어흐흐흑!"

그러나 반야가 진심을 다해 통곡하고 빌어대자 결국 그녀는 이기지 못하고 자리에서 일어섰다. 그녀는 죽어가는 그의 아들 슈본에게 다가갔다. 아들의 상태는 좋지 않았다. 거의 죽음의 문 앞에 임박해 있었다. 일분일초를 서두르지 않으면 구하기 힘들 듯했다.

"향을 피워주세요. 기력氣力과 영력靈力을 모두 동원해야겠어요."

"윤아, 내가 하겠소."

"아니에요. 제가 하겠어요."

말리는 남자의 얼굴을 선녀가 빤히 바라보았다. 남자는 영 내키지 않는 표정이었지만 순순히 여인의 말에 따랐다. 남자는 여자보다 훨씬 덩치도 크고 나이도 많아 보였지만 여인의 말 한마디를 이기지 못하는 것 같았다. 결국 한 발 물러난 남자가 게르

의 입구에 있는 작은 함에서 가느다란 향을 꺼내 금빛으로 빛나
는 모래함에 꽂았다. 곧 게르 안에 은은한 향기가 퍼져나갔다. 여
인은 소년의 얼굴을 이리저리 확인한 다음 소매 안에서 무언가를
꺼내 들었다. 작고 기다란 우산살 같은 것으로 가지 끝마다 동그
란 것이 달려 있었다. 은빛의 그것이 서로 부딪치며 소리를 내는
순간, 반야는 그것이 여러 개의 방울 묶음임을 알았다.

딸랑. 딸랑. 딸랑…….

여인의 오른손에서 맑은 울음이 퍼져나왔다. 그 소리가 어찌나
맑고 청량한지 답답하던 가슴이 뻥 뚫리는 것만 같았다. 반야는
여인의 모습을 넋이 나간 듯 바라보았다.

딸랑. 딸랑. 딸랑…….

그 맑은 소리가 사방으로 울려 퍼지자 잠시 후에는 울컥 울음
이 터져 나올 것만 같았다. 방울 소리는 아름다운 만큼이나 처연
했다. 그것은 생명줄의 끝에 매달려 몸부림치는 작은 새처럼 한
없이 처량하고 간절한 비명 소리 같았다. 그 애달픈 울림은 아들
슈본이 내는 죽음의 한숨처럼 딱하고 애처로웠다.

덩덩덩…….

여인의 다리가 천천히 움직이기 시작했다. 그녀의 풍성한 흰옷
사이에서 하얀 발이 공중으로 조금씩 뛰어올랐다. 그것은 결코
가볍지도 경망스럽지도 않았다. 우아한 춤을 추는 것처럼 아름답
고 황홀했다. 그녀의 몸이 공중으로 떠오를 때마다 마치 구름 위
에 뜬 환상을 보는 것 같았다. 그녀의 검디검은 머리가 출렁일 때

마다 그 뒷모습이 너무나 아름답고 구슬퍼서 정신을 잃을 것만
같았다.

그녀는 아무리 보아도 천상의 여인이었다. 전갈에 물렸을 때
보았던 것이 흐릿한 정신이 만들어낸 환상이 아니었다. 또렷한
정신으로 보아도 그 모든 몸짓과 행동은 신화 속의 천인天人이요,
천상의 선녀로 보였다.

뱅글. 뱅글.

이제 그녀는 살짝살짝 뛰던 두 다리로 한자리에서 빙그르르 돌
기 시작했다. 그때마다 그녀의 흰옷이 이리저리 나부꼈다. 주변
에 어떤 바람도 존재하지 않았지만 그녀를 중심으로 한없이 맑고
상쾌한 바람이 부는 것 같았다. 그녀의 모습은 어지러이 흩어지
는 수많은 꽃잎을 연상시켰다. 분홍빛, 하얀빛의 한없이 아름다
운 꽃잎들은 푸른 밤하늘을 수놓으며 떨어지는 별빛이었다. 차라
리 그녀는 훨훨 나는 작고 여린 나비였다. 검은 하늘, 새하얀 달빛
아래 아름답게 수를 놓으며 날아가는 은빛의 고고한 나비였다.

"아아!"

반야의 눈에서 눈물이 흘러넘쳤다. 너무나도 아름다운 여인의
모든 움직임에서 자신의 아들을 위한 희생적인 몸부림을 느꼈기
때문이었다. 여인은 아름답게, 그리고 한없이 가볍게 날듯 뛰고
있었지만 그녀의 이마로 무수히 많은 땀방울이 떨어졌다. 그리고
자신을 희생하여 아들을 죽음에서 꺼내 오려는 헌신의 의지가 느
껴졌다. 미안함과 감사함, 형용할 수 없는 감동 속에서 반야는 가

습을 움켜쥐었다. 간절한 믿음과 사랑이 죽어가는 아들을 살릴 것임을 그는 의심하지 않았다.

5

반야가 깨어난 것은 다음 날 아침이었다.

그는 아름다운 여인의 움직임을 정신없이 바라본 것은 기억하지만 자신이 언제 잠이 들었는지는 도무지 생각나지 않았다. 그저 천막 가득 진한 향내를 느낀 것이 그의 마지막 감각일 뿐, 이후의 어떤 것도 기억나지 않았다. 반야가 놀란 눈으로 벌떡 일어났을 때 제일 먼저 보인 것은 천상의 남녀였다. 남자는 한없이 아름다운 그 검은 머리의 여인을 가슴에 안고 있었다. 그리고 여인의 배 부분을 부드럽게 쓰다듬고 있었다. 아름다운 여인은 조각 같은 남자의 가슴에 머리를 누이고 편안하게 기대어 있었다. 그 순간 반야는 여인이 홀몸이 아님을 알았다. 반야는 한없이 부드럽고 미안한 얼굴로 여인의 배를 매만지는 남자 때문에 그 사실을 알게 되었다.

두 사람의 모습을 확인한 순간 반야는 자신이 어제 보았던 것이 꿈이 아니었음에 안도의 한숨이 나왔다. 그리고 침상 한쪽에 누워 있는 아들을 향해 달려갔다.

"슈, 슈본!"

핏기 하나 없이 새파랗게 질려 있던 아들의 얼굴빛이 어느새 발그레한 복숭앗빛으로 바뀌어 있었다. 거친 숨소리도, 꺼질 듯 했던 숨소리도 사라지고 마치 깊은 잠에 빠진 듯 편안하고 규칙적인 소리를 내고 있었다.

"당신의 아들은 살았어요."

반야가 한없이 감격하는 그 순간 뒤쪽에서 냉랭한 여인의 음성이 들려왔다. 새하얀 치마를 입은 여인이 조각과도 같은 남자에게 몸을 기댄 채 이쪽을 바라보고 있었다. 여인은 지친 얼굴이었지만 음성은 너무나 또렷했다. 반야는 그녀의 말을 여전히 알아들을 수가 없었다. 어느 나라 말인지 알 수 없는 이국땅의 말이었다. 하지만 그녀의 표정과 목소리의 느낌으로 반야는 그들의 감정을 고스란히 느낄 수 있었다. 어찌 된 일인지 그녀의 음성에는 반야에 대한 질타와 원망이 스며들어 있었다.

"당신의 아들은 살았지만 당신 때문에 우리는 또다시 쉴 곳을 잃었어요."

그녀의 목소리는 한없이 차가웠다.

"처음부터 당신을 살리는 게 아니었는데. 그냥 죽게 내버려뒀어야 했는데……."

여인은 반야의 얼굴을 원망스러운 듯 바라보았다. 남자는 그런 여인을 한없이 쓸쓸한 표정으로 바라보았다.

"윤아……."

그는 여인의 등 뒤에서 그녀의 어깨를 어루만졌다. 그런 행동에서 깊은 사랑과 미안함, 깊은 연민과 책임감이 뒤엉킨 수많은 감정이 느껴졌다.

"미안하오, 윤아. 당신을 이렇게밖에 사랑하지 못하는 나를 용서해요."

남자는 여인의 어깨에 이마를 묻었다. 그의 입에서 깊고 뜨거운 한숨이 나왔다. 그는 몹시도 고통스러운 얼굴이었다.

"그런 말 하지 마세요, 제발……. 나에겐 이렇게 함께 있는 것만도 행복인 걸요. 도망 다니면 어때요, 남들의 눈을 피해 살면 어때요, 한곳에 머물지 못하면 어때요. 우리가 함께 있을 수만 있으면 다 괜찮아요."

여인은 자신을 감싸 안은 남자의 손을 꼬옥 쥐었다. 무슨 일인지 알 수는 없지만 그런 남녀의 모습을 바라보는 반야의 심정도 에일 듯 아파왔다. 이들에게는 대체 어떤 이야기가 숨겨져 있는 걸까? 정말로 그녀는 하늘에서 내려온 선녀라도 되는 걸까? 별별 생각이 그의 머릿속을 스쳐갔다. 분명한 것은 자신 때문에, 그리고 아들 슈본 때문에 두 사람이 좋지 못한 상황에 빠진 것 같다는 것이었다.

"윤아, 이제 내 말대로 그분을 찾아가야 합니다. 천신을 찾아가면 이걸 보여주세요. 그러면 당신을 도와주실 겁니다."

하백은 품속에서 하얀 편지 봉투를 꺼내 윤아의 손에 쥐여주었다.

"나도 곧 뒤따라가겠소. 그러니 아무 걱정 말고 먼저 그곳에 가서 기다리세요. 쫓아오는 무리를 다 떼어놓으면 그곳에 가겠습니다. 아무 걱정 말고 먼저 가 있어요."

윤아는 편지 봉투를 바라보며 침울한 표정을 지었다. 금방이라도 눈물을 떨어뜨릴 것 같은 표정이었지만 그녀는 반야의 생각보다 훨씬 더 강인했다. 여인은 눈물을 보이는 대신 힘껏 고개를 끄덕였다.

"알겠어요."

"고마워요."

남자는 여인의 등을 보듬었다. 두 사람의 얼굴은 슬픔에 젖어 있었다. 그러나 그들은 오랫동안 슬픔에 잠겨 있을 여유도 없었다.

쿠쿵.

무언가 지축을 울리는 듯한 희미한 떨림이 느껴졌고 남녀의 얼굴에는 긴장한 표정이 어렸다. 반야에게는 거의 아무것도 느껴지지 않았지만, 어떤 위험이 두 사람에게 감지된 것이 분명했다. 하백은 윤아를 감싸 안았던 팔을 거두고 반야의 앞으로 다가왔다.

"이보시오, 우리가 당신과 당신의 아들을 살렸으니 당신도 우리를 도와줘야겠습니다."

남자는 반야의 언어로 말했다. 반야는 이국의 남자가 완벽하게 자신들의 언어로 말하자 깜짝 놀랐다. 그는 빠르게 당부와 부탁의 말을 이어갔다.

"지금 이곳은 위험하게 됐습니다. 그건 우리가 당신의 아들을 도와줬기 때문입니다. 그러니 당신도 우리를 도와주시오. 보다시

피 나의 아내는 홀몸이 아닙니다. 저 사람을 이 지역에서 안전하게 내보내야 합니다. 당신이 해줄 일은 바로 그겁니다. 밖에 당신의 말이 있으니 당신 아들과 내 아내를 데리고 이곳을 빠져나가세요. 아주 자연스럽게, 진짜 남편처럼, 진짜 아들처럼 자연스럽게 말입니다. '그들'의 눈을 내가 모두 돌려놓을 겁니다. 당신들이 진짜 가족으로만 보인다면 누구도 아내에게 관심을 갖지 않을 겁니다. 단지 이 사막을 빠져나가기만 하면 되니까 그리 어려운 일은 아닐 겁니다."

반야는 어리둥절했지만 그의 부탁을 거절할 수는 없었다. 아니, 그는 온 힘을 다해 두 사람을 위해 일할 준비가 되어 있었다. 아들과 자신의 목숨을 구해준 그들은 세상에 둘도 없는 은인이지 않은가!

"알겠습니다. 알겠습니다!"

반야는 진심을 다해 모든 것을 하겠다고 맹세했다.

"목숨을 걸고 약속해주셔야 합니다. 내 아내를 지켜주시오. 당신의 목숨을 걸고 맹세해주십시오!"

"목숨을 걸고 맹세합니다. 목숨을 걸고 은인을 지키겠습니다!"

하백은 반야의 두 손을 힘껏 잡았다. 커다란 두 손에서 느껴지는 강한 저릿함이 반야의 가슴속으로 밀려들었다. 하백의 진심어린 당부와 부탁이 그 손에서 전해져왔다.

여인은 하얀 옷 위에 짐승의 가죽으로 만든 옷을 걸쳤다. 긴 머리도 땋아 올리고 그 위에 가죽 모자를 썼다. 멀리서 보면 그야말로 이 지방 처자로밖에 보이지 않았다. 여인과 반야, 그리고 그의 아들 슈본은 작은 게르에서 나와 그 앞에 묶어둔 말에 올랐다. 반야의 앞에 여인이 타고 그 앞에 슈본을 태운 채로 진한 갈색 종마가 터벅터벅 걸음을 옮겼다.

반야는 혼자 남은 하백을 보려고 고개를 돌렸다. 그곳에는 한없이 슬픈 얼굴의 남자가 서 있었다. 그는 멀어지는 아내의 모습에서 차마 눈을 떼지 못했다. 반야는 다시 고개를 돌려 그의 앞에 있는 여인을 바라보았다. 그러나 여인은 한 번도 뒤를 돌아보지 않았다. 차마 돌아보지 못할 만큼 가슴이 시린지 여인은 반야의 아들만 꼭 안은 채 굳은 듯 미동조차 없었다. 너무나 안타까운 생각에 반야는 다시 뒤를 돌아보았다. 이미 그곳엔 아무것도 남아있지 않았다. 동그란 천막집도, 슬픈 눈빛으로 바라보고 있던 조각 같은 남자도 보이지 않았다. 참으로 믿기 힘든 일이었다.

말은 아주 느릿느릿한 걸음으로 사막을 빠져나갔다. 반야는 사막 한가운데를 피해 비교적 바닥이 탄탄한 건조 지역을 지나 저멀리 대지의 끝을 향해 나아갔다. 아들 슈본은 여전히 깊이 잠든 것처럼 새근거렸고, 여인의 품에서 좋은 기운을 느끼는지 혈색이 점점 더 좋아지는 것 같았다. 여인은 어린 아들을 안았고 반야는 여인을 뒤에서 안았다. 아들을 태우고 달렸던 전날과 달리 여인을 태우고 가는 길은 훨씬 더 길게만 느껴졌다. 반야는 임신부를 보호하려는 마음으로 매우 조심스럽게 말을 몰았다.

하늘은 그 어느 때보다도 청명했다. 그래서인지 너른 평원 저 멀리까지 한눈에 들어왔다. 만일 누군가가 멀리서 이들을 본다면 아무런 의심 없이 아들과 아내, 그리고 남편으로 이루어진 평범한 여행자로 짐작할 것이었다. 그들이 그렇게 하염없이 펼쳐진 긴긴 고원을 지나가고 있을 때였다.

콰과광!

화약이라도 터뜨린 듯 거대한 폭발음이 들려왔다. 소리의 진원지는 그들이 떠나온 바로 그 골짜기 근처였다. 반야는 깜짝 놀라 뒤를 돌아보았다. 아무것도 가린 것 없는 넓은 평원이기에 떠나온 지 한참이 지났는데도 저 멀리의 광경이 고스란히 눈에 들어왔다. 그는 폭탄이 터진 후 잔해처럼 뭉게뭉게 피어오르는 누런 모래를 보았다. 그는 퍼뜩 걱정스러운 마음이 들었다. 조각 같은 그 남자가 불안한 표정을 지은 것이 저런 일을 예상해서인가 하는 생각이 들었다. 그는 이런 결과를 가져온 것이 자신임을 깨달았다.

쿠와앙!

콰아아앙!

더욱 크고 더욱 무시무시한 괴성이 저 멀리 땅 끝에서 들려왔다. 땅이 갈라지고 하늘이 쪼개지는 듯한 굉음이었다. 반야는 고개를 돌려 여인을 바라보았다. 반야는 여인이 홀로 남은 남자를 생각하며 슬픈 얼굴로 뒤를 돌아볼 거라고 생각했다.

그러나 그의 예상과 달리 여인은 그 자리에 굳은 듯 움직이지 않았다. 어린 슈본을 꼬옥 붙잡은 채로 앞만 뚫어져라 바라보고 있었다. 그녀는 작은 어깨를 움츠리고 뒤를 보지 않으려 애쓰고 있었다. 그 어깨를 통해 슬픈 감정이 반야에게 고스란히 전해졌다. 너무나 슬퍼서 뒤도 돌아보지 못하는 그녀의 마음이 느껴졌다. 너무 가슴이 아파서 차마 돌아보지도 못하고 남편이 무사하기만을 간절히 기도하는 것 같았다.

반야는 아무런 말도 할 수 없었다. 이런 위험을 반야와 그의 아들이 자초했다는 사실에 그는 깊은 죄악감을 느꼈다. 그가 할 수 있는 일은 여인을 위험 지역에서 안전하게 빠져나가도록 해주는 것뿐이었다.

다그덕. 다그덕.

모든 것이 고요했다. 그들은 거대한 폭발음이 들려온 먼 골짜기가 더 이상 보이지 않을 만큼 멀리까지 달려왔다. 하지만 이 너른 평원은 언제 끝날지 모르게 계속 이어져 있었다. 반야는 걱정하고 있을 아내가 생각나긴 했지만 여인이 원하는 데까지 며칠이 걸리든 함께 갈 생각이었다. 그러지 않는다면 그는 은혜를 저버리는 인간이 되는 것이다. 어느새 해는 뉘엿뉘엿 기울어가고, 죽어가는 벌건 햇살에 지평선 끝부분이 붉게 물들었다.

"멈춰요."

그렇게 오랫동안 그들은 쉬지 않고 달려왔다. 지친 말에게 잠시 초원의 풀을 뜯거나 물을 먹을 시간을 줄 때 그들도 말린 고기와 빵, 그리고 약간의 물로 허기를 달랬을 뿐 결코 쉬지 않았다.

다행히 정신을 차린 슈본도 낯선 여인에게 안긴 채 아무것도 묻지 않았고 어린아이답지 않은 끈기를 보였다.

그렇게 바쁘게 어딘가로 달리기만 하다가 여인이 처음으로 말했다. 그녀는 무척이나 긴장한 얼굴로 사방을 바라보았다. 반야는 말에서 내렸고, 여인과 슈본도 말에서 내려주었다. 그 역시 이상한 낌새라도 있는지 사방을 주시했다.

"그들이…… 눈치챘어."

여인이 중얼거렸다. 그녀는 아랫입술을 꽉 깨문 채 해가 지는 하늘 저편을 뚫어져라 응시했다.

"저 바위 아래로 피해요."

그러더니 그녀는 삐죽 나와 있는 바위 아래에 반야와 그의 아들을 숨게 했다. 반야는 대체 무슨 일인지 알 수가 없었다. 초원과 사막지대에서 평생을 살아온 반야는 다가오는 짐승의 소리며 트럭 소리를 비롯해 모든 존재가 만들어내는 소음에 여간 민감하지 않았다. 하지만 맹세컨대 이 허허벌판에 그런 낌새는 전혀 없었다. 그런데 여인은 무엇을 보고 저리도 긴장하는지 알 수가 없었다. 반야는 의문이 가득했지만 여인이 시키는 대로 바위 아래에 몸을 숨겼다. 허허벌판에 몸을 숨길 곳이라곤 그 작은 바위가 전부였다.

"슈본, 괜찮니?"

"응, 괜찮아요, 아빠."

어린 슈본은 아주 기특한 얼굴로 빙긋 미소를 지었다. 고작 일곱 살인데도 어쩐지 훌쩍 커버린 것 같았다. 아이는 아무것도 묻지 않고 마치 모든 걸 아는 것처럼 굴었다. 아이는 착하고 대견하게도 아버지와 낯선 여인이 시키는 대로 군소리 없이 따랐다.

반야는 아들을 품에 안고 사방을 바라보았다. 이제 노을이 뉘엿뉘엿 지고 있었다. 그 무엇도 없다고 생각한 벌판 저편을 바라보는 순간 그의 의문은 깨끗하게 풀렸다. 붉은 하늘 저편에서 두 명의 노파가 긴 치마를 펄렁거리며 다가오고 있었다. 말도 낙타도 없이 사막 저편에서 걸어오는 두 명의 노파…… 반야는 그 이상한 모습에서 눈을 떼지 못했다.

6

윤아는 붉은 해를 향해 가늘게 실눈을 떴다. 그리고 자신을 향해 다가오는 뚜렷한 영적 기운에 주목했다. 연한 하늘빛과 분홍빛을 물들인 옷을 입고 저 멀리서 다가오는 그들은 윤아가 언젠가 만난 적이 있는 사람이었다.

그들은 윤아와 같은 무속인이었고, 특히 동양의 신을 받은 무녀巫女였다. 두 무녀는 한때 윤아를 가르친 스승이기도 했다. 신성한 집행자들 내에서 동양의 신을 받은 무가巫家의 능력자라면 한 번쯤 만나게 되는 사람들. 무가의 기운을 가진 이라면 신성한 위인으로 여길 만한 노인들이었다. 신성한 집행자들의 훈련을 받는 동안 윤아 역시 두 노파를 만난 적이 있었다. 두 노파는 윤아가 홀로 맞서 싸우기에는 너무나도 버거운 강력한 능력의 소유자였다.

윤아는 그들의 이름을 똑똑히 기억하고 있었다. 한 노파는 자모子母요, 다른 노파는 모모母母라는 이름의 쌍둥이였다. 본래 자모란 귀자모신鬼子母神◆의 줄임말로 세상의 아이들을 위한다는 의미이고, 모모는 세상의 모든 어머니를 위한다는 의미를 가지고 있었다. 자모 노파는 붉은빛과 분홍빛을 좋아하고, 모모 노파는 푸른빛과 바다색을 좋아했다. 두 노파는 서로 같은 듯 달라서 서로가 서로의 부족한 점을 채워주고 보태줌으로써 완벽한 균형을 만들었다.

그런데 지금 윤아의 앞에 있는 노파들은 아이와 어미를 보호한다는 그들의 이름과 상관없었다. 그들은 모두 윤아에게 사신死神이었다. 두 노파는 말도, 낙타도, 차도 없이 축지縮地를 이용해 눈깜짝할 사이에 윤아의 코앞까지 다가왔다.

"그래그래, 여기 있었구먼."

"그래, 여기 있었군."

각각 분홍빛, 하늘빛 한복을 나부끼며 두 노파는 여인의 앞까지 다가왔다. 그들은 똑같은 얼굴에 똑같이 쪽찐 하얀 머리, 똑같

◆귀자모신은 본래 매우 포악한 악녀惡女였지만 후에 석가의 교화를 받아 천모天母의 신으로 여겨지게 된다. 본래 성격은 매우 사악하여 아이를 잡아먹는 야차夜叉녀였다고 한다. 석가는 그녀를 제도하기 위해 귀자모신의 아들을 숨겼다. 그러자 그녀는 비탄에 빠져 슬피 울었고 석가의 설법을 들은 후 다른 부모의 슬픔을 알게 되었다. 이 일로 깊은 깨달음을 얻은 그녀는 불교에 귀의했으며, 안전한 출산을 돕고 아이를 보호하는 신으로 여겨지게 되었다.

은 키, 똑같은 주름, 똑같이 구부정한 허리…… 어디 하나같지 않은 것이 없었다. 그들은 또한 똑같이 생긴 굵은 염주를 목에 걸고 구분도 되지 않을 만큼 비슷한 목소리를 내며 서로의 말을 앞서거니 뒤서거니 함께 받아치기 시작했다.

"다른 곳에 있을 줄 알았지. 하백이 이런 생각을 했을 줄 알았어."

"이런 생각을 했을 줄 알았어."

"이렇게 다른 데로 빼돌릴 줄 알았지, 괘씸한 놈! 그런 놈이 감히 동방지부장이라는 칭호를 받았다니!"

"빼돌릴 줄 알았지, 괘씸한 놈!"

두 노파는 그들의 존재만으로도 웬만한 사람들의 혼을 빼앗기에 충분했다. 게다가 자꾸만 반복되는 두 노파의 말도 큰 힘을 들이지 않고 상대방의 혼을 빼앗는 공격법이었다.

"당신들의 말은 듣지 않을 겁니다. 절 놓아주세요. 난 반드시 살아야겠어요. 당신들을 다 물리치고 기필코 살아날 겁니다. 자모 님, 모모 님, 제발 비켜주세요."

윤아는 두 노파를 노려보며 그들의 말을 끊었다. 노파들의 말에 미묘한 영력이 담겨 있다는 것을 아는 이상 그들의 말을 들어봤자 좋을 것이 없었다. 윤아는 두 노인을 향해 진실한 마음을 담아 애원했다.

"비켜달라고? 비켜달라고?"

"우릴 죽이고 기필코 살겠다고?"

비장한 얼굴로 진심을 담아 이야기했지만 윤아의 말은 두 노파에게 아무런 느낌도 주지 않는 모양이었다. 두 노파는 그녀의 말을 따라 하며 킥킥대고 비웃었다.

윤아는 그들에 대해 알고 있는 모든 것을 되새겨보았다. 두 노파는 일란성 쌍생아로 태어나 지금껏 늘 함께 붙어 있었다. 자모는 흙과 바람과 불의 힘을, 모모는 바다와 해류의 힘을 가지고 있다. 또한 두 노인은 예지력이 출중해서 한 노인의 예지를 다른 노인의 예지가 메우면서 세상에 둘도 없는 완벽한 예언을 만들어냈다. 한 인간에게 모두 내려지지 않는 신의 뜻이 공평하게 나뉘어 둘에게 내려지니 세상의 그 어떤 예지자보다도 위대한 예언자들이 바로 이 두 노파였다.

윤아가 그들에 대해 알고 있는 정보는 피상적이었다. 반대로 두 노파는 윤아에 대해 속속들이 모든 정보를 가지고 있었다.

그나마 다행인 것은 두 노파가 자신들의 놀라운 신통력과 신력을 과신해서 제멋대로 행동하는 경우가 많고, 이번에도 역시 독단적으로 그녀를 추적했다는 점이었다. 두 노파 이외에 다른 요원들의 기운이 느껴지지 않는다는 것, 그것이 윤아에게는 최소한의 행운이었다.

털썩.

윤아는 걸치고 있는 무거운 가죽옷을 벗어 던졌다. 이어 머리를 가리고 있는 가죽 모자도 벗어 던졌다. 그러자 길고 까만 머리가 바람에 휘날리고 하얀 치마저고리가 꽃잎처럼 나부꼈다.

차르릉…….

가죽옷을 벗어 던진 윤아의 손에는 어느새 방울 꾸러미와 청홍의 깃발이 들려 있었다. 본격적인 전투 자세를 취했지만 두 노파의 얼굴에는 아직도 웃음기가 사라지지 않았다. 그들은 짐승의 아이가 가진 모든 능력이 하찮게만 보였다. 윤아는 그들의 웃음기 가득한 얼굴을 노려보았다. 저 자만심! 그들의 넘치는 자신감! 그것만이 그녀가 두 노파를 파고들 유일한 약점이라는 생각이 들었다.

"네년, 짐승의 아이야. 어차피 태고지신을 받지 않은 이상 네년의 힘은 볼 것도 없다. 어디서 감히 방울을 흔드는 거냐, 못된 년! 네년이 창창하던 하백의 앞길을 막은 걸 알고나 있느냐. 어차피 살아봐야 고된 세상인데 너 혼자 죽으면 됐지, 뭘 그리 살겠다고 잘난 사람까지 구워삶고 아등바등이냐!"

"너 혼자 죽으면 됐지, 어디서 아등바등이냐, 이년!"

"못된 년, 네년의 콧구멍만 한 마음 씀씀이를 내 송두리째 바꿔주마!"

"네년에게 태고지신이 강림하기 전에 우리가 네년을 죽여주마!"

쌍둥이 노파는 갑자기 영력을 끌어올리기 시작했다. 그에 맞서 여인의 방울 소리도 사방으로 퍼져나갔다. 반야와 슈본은 바위 아래에 숨어 떨리는 마음으로 세 사람을 바라보았다.

딸랑. 딸랑. 딸랑…….

윤아는 길고 까만 머리를 출렁이며 한 손엔 청홍기, 한 손엔 방울을 든 채 덩실덩실 춤을 추기 시작했다. 그녀는 슈본을 치료할 때처럼 공중으로 뛰어오르며 신을 불렀다. 보통 사람들의 눈에는 보이지 않지만 윤아의 온몸으로 거대한 무신武神들이 강신降神했다. 윤아의 앞을 막아선 것은 거대한 대왕신大王神과 장수신이었다. 두 신은 윤아를 보호하듯 그녀의 앞을 지킨 채 두 노파를 경계했다.

신력이 없는 반야와 슈본은 신들의 모습이 보이지 않았지만 무언가가 스멀스멀 온몸으로 느껴졌다. 그들은 눈에 보이지 않는 어떤 존재와 그것에 대한 두려움으로 자신도 모르게 몸서리쳤다.

"네년이 태고지신을 받지 않은 이상 나에게 대항할 수는 없느니라. 위대한 천존의 아들인 천풍天風과 천토天土, 화산火山의 힘이 네년을 멸할 것이다!"

분홍 한복을 입은 자모가 한 발 앞으로 나왔다. 두 노인 중에 좀 더 성격이 불같고, 더 나서기를 좋아하며, 더 적극적인 쪽이었다. 자모 노파는 여인이 불러낸 두 신을 비웃으며 두 팔을 번쩍 들어 올렸다. 그러자 갑자기 거대한 돌풍이 휘몰아치고, 바닥의 흙이 들썩였으며, 노파의 손끝에선 새빨간 불길까지 타올랐다. 반야는 이 신묘한 광경에 엄청난 공포를 느꼈다. 그는 어린 아들을 잡으며 자라목처럼 고개를 움츠렸다. 차라리 이 모든 것을 보지 않는 편이 나을 것 같아 두 눈도 꾹 감았다.

자모가 바람과 흙, 그리고 불의 기운을 끌어냈지만 윤아는 미동도 하지 않았다. 그녀는 날카로운 눈으로 노파들을 주시하며 그들의 약점을 찾았다. 윤아에게 시간은 많지 않았다. 배 속에 아이를 가진 상태에서 체력적인 한계는 너무도 빤했다. 젊기는 하지만 임신부의 몸은 눈앞에 있는 노파들의 체력과 다를 바가 없었다. 함부로 달릴 수도 없고 무리하게 영력을 끄집어내기도 힘들었다. 아이에게 모든 영양을 빼앗기는 탓에 살은 순두부처럼 물러졌고, 뼈는 늘어진 고무줄마냥 힘이 없었다. 시간을 끌어보았자 버틸 재간이 없었다. 그녀에게는 이 싸움을 속전속결로 끝내는 것 외에 다른 선택지가 없었다. 윤아는 단 한 번의 공격에 자신의 모든 것을 걸어야 한다는 것을 알았다.

'단 한 번의 공격. 두 번의 기회는 없다. 두 번째라는 것은 파멸과 죽음을 의미할 뿐이다.'

윤아는 이를 악물었다. 한 번의 공격, 그것은 그녀에게 주어진 마지막 기회였다. 윤아는 두 노파의 행동을 주시했다. 두 노파 중 하늘빛 한복을 입은 모모 노파는 조금 뒤쪽에서 자모 노파에게 힘을 전달해주었고, 자모 노파는 고스란히 그 힘을 받았다. 윤아는 두 사람이 함께 협공하는 것이 아니라 자모 노파만 공격할 거라는 사실을 알아챘다. 이유는 간단해 보였다. 이곳은 물이 귀한 사막과 마른 초원 지역이라서 파도와 바다의 힘을 이용하는 모모 노파에게는 불리한 장소인 까닭이다.

"다들 태고지신이 점지한 짐승의 아이라고 하니, 네년의 솜씨가 어떤지 구경이나 해보자꾸나! 아무리 보아도 내게는 너 따위가 예언의 아이로 보이지 않지만 말이다."

두 명의 노파, 두 개의 움직임. 그 연속적이고 통일된 두 노인의 기력과 움직임을 방해하는 것이 공격의 초점이 되어야 한다. 그리고 그 공격의 물꼬를 트는 것은 저들의 비웃음이 될 것이다. 윤아를 비웃는다는 점, 짐승의 아이라 부르며 비웃는다는 사실. 그것은 윤아에게 보이지 않는 아군이 되어줄 것이다.

"나는 짐승의 아이가 아니다. 나는 사람이야!"

비장한 결심, 최초이자 최후의 공격. 그 마음을 들키지 않기 위해 윤아는 입을 열었다. 속마음을 단단히 감추고 두 노인의 말에 휘둘리는 듯 보이려 애썼다. 그들을 혼란시켜야 한다. 그들이 윤아를 좀 더 깔보게 만들어야 한다. 단 한 번의 공격에 자신들이 나가떨어질 거라는 생각은 못하게 만들어야 한다. 윤아의 머릿속은 맹렬하게 움직이고 있었다.

"카하하하. 사람이래."

"네깟 게 사람이라고? 아하하하."

두 무녀는 웃어댔다. 윤아는 주시했다. 자신의 말에 귀 기울이는 노파들의 태도와 영적 파동, 통일성과 변화, 그리고 두 노파의 미묘한 움직임 하나에까지 눈을 떼지 않았다.

"네년이 스스로를 사람이라 생각하다니 우습지도 않구나. 내가 너를 처음 만났을 때가 생각나는구나. 그때 너는 가관도 아니었지. 자신이 짐승인지 사람인지 혼란스러워하다가 언제나 저는 짐승이라며 고개를 숙였지. 네 그런 마음을 모를 줄 알고?"

"그런 네가 스스로를 사람이라 여긴단 말이냐? 하하하. 하백은 짐승에게 사람이라는 믿음을 가지게 하다니 별난 재주를 가지고 있었구나."

윤아의 눈동자가 빛났다. 흔들리고 있었다. 분명 흔들리고 있었다. 원래 두 노파는 전투 중에도 말하는 것을 좋아했다. 그런 그들에게 말할 기회, 비웃을 기회를 주면 그들은 아주 순식간에 수다쟁이가 되어버렸다. 그리고 찰나의 순간 작은 빈틈이 보였다. 물론 그런 틈새는 너무나 짧았다. 두 노파의 파장이 서로 어긋나는 순간은 단 1초, 아니 1초도 되지 않는 짧은 순간이었다.

'맘껏 비웃어라, 맘껏 비웃어. 더 비웃어라.'

윤아는 마음속 깊이 빌었다.

"나는 인간이야. 내 얼굴을 봐. 인간의 얼굴이잖아. 보라고. 난 인간이야, 인간이란 말이야!"

윤아는 두 노파의 말이 깊은 고통으로 다가오는 듯 몸부림쳤다. 그녀는 고개를 가로저었다. 그녀는 자신이 사람이라고 소리쳤다. 그 순간에도 그녀의 두 눈은 노파들에게서 떠나지 않았다.

"카하하, 네가 인간이라고? 너는 네 모습이 인간으로 보인단 말이냐!"

"두 다리가 있고 두 손이 있다고 다 인간은 아니지. 짐승의 마음을 가진 네가 인간일 리 없다! 너는 짐승이야. 그러니 짐승 같은 소굴에서 자라 짐승 같은 생각을 가지고, 짐승 같은 방식으로 사람을 꾀어 도망쳤지! 너는 짐승이다, 짐승인 거야!"

그 순간 그녀는 다시 한 번 똑똑히 느낄 수 있었다. 단 한 번, 그녀가 이길 수 있는 유일한 기회를. 말 많은 두 노파가 윤아를 깔보고 비웃는 그 순간, 서로의 영파가 어긋나는 짧은 순간이 존재했다.

"그렇지 않아, 난 인간이야, 인간이란 말이야!"

"카하하하. 네가 인간이라?"

"네가 인간? 카하하하."

윤아가 만들어내는 고뇌의 비명에 화답하여 두 노파가 웃음을 터뜨리는 순간! 윤아는 바로 그 순간을 놓치지 않았다. 승리는 단 1초에 달려 있었다. 두 노파가 비웃음을 터뜨리는 그 순간, 그들이 목을 젖히며 웃어대느라 잠시 윤아의 모습을 눈에서 놓친 그 짧은 순간 윤아는 모든 힘을 끌어모아 일시에 폭발시켰다.

퍼어엉!

압축된 공기주머니가 터지듯 굉음이 울렸다. 그 순간 푸른 한복의 모모와 분홍 한복의 자모 사이에서 두 노파가 눈치채지 못했던 일들이 펼쳐졌다. 신나게 웃어대던 모모 노파는 급작스럽게 불길한 예감이 뇌리를 스쳤다. 그것은 그녀가 가지고 있는 예언의 신이 만든 조화였다. 모모 노파는 그 짧은 순간 자신의 신이 전해주는 좋지 못한 생각에 가슴이 철렁 내려앉았다.

고개를 젖히며 웃음을 내뱉던 자모는 곧바로 윤아의 움직임을 감지했다. 그리고 재빨리 짐승의 아이가 만든 대왕신과 장군신에 집중했다. 그중 대왕신은 자모를 향해 직선으로 달려왔고 장군신은 방향을 조금 비껴 다가왔다. 그 찰나의 움직임에 대해 자모는 판단했다. 하나는 자신, 또 하나는 그녀의 쌍둥이인 모모를 향해 가는 것이라고. 자모 노파는 평야를 휘도는 바람의 기를 모아 자신을 향해 달려오는 대왕신에게 내쏘았다. 그리고 장군신이 사라진 방향으로 흙의 장벽을 만들었다. 물의 기운을 쓰지 못하는 모모를 위한 방어벽이었다.

'크아아악!'

정면으로 달려오던 대왕신의 심장에 자모의 강한 바람이 매섭게 파고들었다. 심장을 뚫는 강한 바람의 기운에 하늘을 찢을 것 같은 대왕신의 신음 소리가 울려 퍼졌다. 대왕신의 고통은 당연히 짐승의 아이에게 전해졌고, 윤아 역시 무릎 하나를 꺾으며 고통에 허덕였다. 그러나 자모는 인식하지 못했다. 그 고통 속에서도 번쩍이는 여인의 눈빛을. 그 눈빛에 또 다른 의미가 담겨 있음을 그녀는 알지 못했다.

자모는 슬쩍 미소를 지었다. 자신이 생각했던 것보다 짐승의 아이는 훨씬 더 형편없었다. 너무 쉬워서 코웃음이 나올 정도였다. 아주 재밌게 놀다 버릴 수 있는 쉬운 장난감에 불과했다. 하지만…….

"끄아악!"

뒤쪽에 있는 쌍둥이 모모에게서 비명 소리가 터져 나왔다. 분명 모모 노파의 앞으로 방어력을 담은 견고한 흙의 장벽을 세웠는데도 그녀의 쌍둥이가 비명을 질렀다. 자모는 갑작스러운 비명 소리에 고개를 돌렸다. 그러나 그녀가 뒤를 확인한 그때는 이미 예상치 못한 맹공을 받은 모모가 벌렁 뒤로 나자빠진 후였다.

자모를 향해 대왕신이 달려드는 그 순간, 사실 그들의 눈을 피해 또 하나의 신이 두 노파의 사이를 막아섰다. 그것은 그들이 비웃음을 지을 때마다 윤아가 조금씩, 조금씩 그들이 눈치채지 못하게 불러낸 또 하나의 혼령 화운장수火運將帥였다. 화운장수는 윤아가 사방을 향해 기력을 내쏜 순간 정확히 두 노파의 사이를 막아섰다. 그리고 시뻘건 화력과 필살의 팔각뢰장八角雷掌을 내쏘았다. 모모 노인에게 내쏘아진 팔각뢰장은 물을 다루는 데만 익숙한 바다의 무녀에게는 끔찍한 공격이었다.

모모 노파는 완전히 무방비 상태였다. 그럼에도 그녀가 안심한 것은 앞에 자모가 버티고 있기 때문이었다. 그녀는 자모에게 힘을 전해주고 모든 공격과 방어를 자모에게 맡긴 채 자신을 방어하지 않았다. 그들은 자만 탓에 자신들의 사이를 비집고 무언가가 다가올 것이라곤 상상도 못했다. 급작스러운 공격 따위는 생각지도 않았기에 모모는 그대로 악 소리를 지르며 뒤로 넘어갔다. 방어하지도 못한 채 고스란히 공격당하는 것은 지천명知天命(쉰 살) 이후로 처음 겪는 일이었다.

눈알이 뒤집힌 채로 넘어가는 쌍둥이 노파를 보며 자모는 무언가 잘못되었다는 것을 깨달았다. 그녀는 그제야 짐승의 아이를 제대로 바라보았다. 대왕신이 받은 공격으로 고통스러운지 배를 움켜쥐고 있었지만, 그녀의 눈빛에는 단순한 고통만 있지는 않았다. 번쩍이는 눈빛, 냉철한 기운, 강력한 의지가 담긴 그 눈! 짐승의 아이라는 놀림에 괴로워하고 고통스러운 듯했던 계집아이는 그녀의 눈앞에 없었다. 저를 사람이라며 억울해하던 나약한 계집 따위는 없었다. 자모는 완전히 속았다는 것을 깨달았다.

'어서! 빨리!'

윤아는 그 순간을 놓쳐서는 안 되었다. 자모가 정신을 차리기 전에 모든 신격이 자모를 공격했다. 대왕신과 장군신, 그리고 화운장수가 일시에 자모를 향해 내달렸다. 윤아의 모든 힘을 건네받은 신들이 자모를 향해 마지막 일격을 가했다.

콰아아앙!

샛노란 흙바람이 폭풍처럼 일어났다. 엄청난 폭발음에 귀가 멀 것만 같았다. 메마른 땅 위로 짙은 모래 폭풍이 번졌다가 다시 사그라졌다.

털썩!

흰 옷차림의 여인이 그 자리에서 무릎을 꿇고 넘어졌다. 윤아였다. 봉긋한 배를 두 손으로 감싸며 무너져 내린 여인은 두 눈이 붉게 물들어 있었다. 그녀는 눈의 흰자위에 실핏줄 하나하나가 다 터질 정도로 기운을 쏟아부었다. 무릎을 꿇은 그녀 앞으로 거대한 대왕신과 장군신, 그리고 화운장수가 픽픽 쓰러졌다. 신들의 제자인 윤아의 힘이 사라지면서 세 신격은 흐릿한 연기처럼 사라져갔다. 뽀얀 흙먼지가 사라지면서 남은 것은 꼿꼿하게 허리를 세운 노파, 자모뿐이었다. 늙은 노파가 한없이 차가운 눈동자로 윤아를 바라보고 있었다.

"너는…… 짐승일 뿐만 아니라 예언의 아이도 아니다."

노파가 쓰러진 윤아를 향해 서슬 퍼렇게 일갈했다. 고통스러운 듯 배를 움켜쥔 윤아가 노파를 노려보았다.

"네가 예언의 아이인 줄 알고 교만을 떨었느냐? 웃기지 마라. 네 공격을 전부 다 읽었다. 네 첫 번째 공격이 먹힌 건 네년이 잘나서가 아니라 우리가 과하게 여유를 부렸던 탓이다. 너의 두 번째 공격부터는 한 수 한 수를 미리 다 읽었다. 그러니, 알겠느냐? 역시나 너는 예언의 아이가 아니었어!"

분홍 한복의 노인이 코웃음을 쳤다.

"네년이 예언의 아이였다면 나는 네 미래를 읽을 수 없어야 했다. 네 공격의 한 수 앞을 내다볼 수가 없어야 했지. 다들 네년이 운명의 아이라고 말할 때 우리만은 아니라고 생각했지. 미심쩍은 부분이 너무나 많았어. 그런데 이제 분명해졌구나. 너는 단지 짐승일 뿐이다. 예언의 아이도 무엇도 아닌 짐승!"

자모가 두 팔을 뻗는 순간, 윤아의 온몸이 발길에 차인 공처럼 메마른 땅 위를 데굴데굴 굴렀다. 온몸이 구르면서도 배를 감싼 손만은 움직이지 않았다. 자모는 흘끗 뒤를 돌아보았다. 예상치 못한 공격을 당했던 모모가 바닥에서 몸을 꿈틀거리는 게 보였다. 늙은 나이에 정통으로 공격을 받은 탓에 육적으로나 영적으로 깊은 손상을 받은 것 같았다.

"네년이 감히 내 반쪽에게 위해를 가해!"

성난 자모가 저 멀리 굴러간 윤아에게 씩씩거리며 다가갔다. 윤아는 더 이상 희망이 없음을 알았다. 더 이상 끌어낼 영력이 없었다. 더 이상 방어할 힘도 없었다. 더 이상 힘을 썼다간 몸이 뒤틀리고 태아에게 문제가 생길 거라는 생각이 들었다. 그녀는 욱신거리는 배를 붙잡으며 공포에 떨었다. 무서웠다. 자신의 안위가 두려운 것이 아니었다. 하백의 아이가 잘못될까 무서웠다. 사랑하는 사람의 피를 받은 소중한 생명이 다칠까 겁이 났다.

"살려주세요, 제발 살려주세요."

윤아는 배를 움켜쥔 채 자모로부터 몸을 비틀었다. 본능적으로 자모와 가장 먼 쪽에 볼록한 배를 향하게 했다.

"네년이 저지른 짓을 보고도 그런 말이 나오느냐!"

자모는 쌍둥이 반쪽이 다친 것을 도저히 용서할 수 없었다. 어릴 적부터 그랬다. 누군가가 한 사람을 다치게 하면 그것이 아무리 작아도 가해자를 찾아가 반죽음 상태를 만들어놓았다. 영적으로 공격받고 나자빠진 모모를 보자 자모는 눈알이 돌아갈 지경이었다. 비굴하게도 살려달라고 애원하는 계집 따위를 동정할 여지는 없었다.

자모는 두 손을 들어올렸다. 그녀의 양 손아귀에서 붉은빛이 이글이글 타올랐다. 노파는 눈앞에 있는 계집을 흔적도 없이 불태워버릴 심사였다.

"살려주세요, 제발……. 아아, 도와주세요! 누구든 제발…… 도와주세요!"

윤아는 두 눈을 감았다. 이 순간 간절한 마음으로 빌고 또 빌었다. 온 마음을 담아 애걸하고 간청했다. 누구라도 제발, 도와주기

294

를. 그러면서도 남은 힘은 모두 자신의 몸, 그 중심에 집중했다. 모성의 본능으로 배 안의 아이만을 위해 모든 힘을 긁어모았다.

"새까맣게 태워 죽일 테다!"

메마른 대지의 강한 화기火氣가 자모의 힘을 배가시켰다. 노파의 두 손에서 이글거리는 불꽃이 사람의 키보다도 더 높이 솟구쳤다. 자모는 그 강력한 불의 기운을 모조리 윤아에게 내쏘았다.

쐐애애액!

무시무시한 불길이 윤아를 향해 날아갔다. 꼼짝없이 산 채로 재가 될 순간이었다. 윤아는 그 순간 불룩한 배를 바라보았다.

'아가야, 미안하다. 너를 지켜주지 못하는 못난 어미를 원망해다오.'

콰아아아!

거대한 불꽃이 퍼지는 소리가 들렸다. 윤아는 두 눈을 질끈 감았다. 마지막 순간을 기다렸지만 왜인지 어떤 고통도 느껴지지 않았다. 감은 눈을 천천히 떠보았다. 하얀 한복이 그대로였다. 불에 타지도, 그을리지도 않았다. 고통도 아픔도 없었다. 윤아는 천천히 고개를 돌렸다. 그곳에는 꿈에도 생각지 못했던 그 사람이 있었다.

자모가 내쏜 붉은 화염을 온몸으로 막아낸 이는 노파의 불꽃보다도 더 붉고 더 화려한 아름다운 여인이었다. 하얀 가면을 얼굴에 쓰고 검디검은 머리카락을 길게 늘어뜨린 그 아름다운 여인이 보이지 않는 장막을 펼쳐 윤아의 앞을 막아서고 있었다.

"아아⋯⋯."

윤아는 한마디 말도 나오지 않았다. 그제야 두려움과 안도감이
뒤범벅된 눈물이 두 뺨을 굴렀다.

"흑단인형!"

자모의 매서운 외마디 비명이 들려왔다. 노파는 생각지도 못
했던 흑단인형의 등장에 파랗게 질려버렸다. 노파는 여전히 땅바
닥에서 몸을 일으키지 못하는 모모를 확인했다. 동시에 어디선가
귀신처럼 나타난 흑단인형의 속내를 살피기 위해 머리를 굴렸다.

"흑단인형, 저 아이가 예언의 아이라고 생각하고 예까지 왔는
가? 하하. 이거 괜한 수고를 하게 했구먼. 저 아이는 예언의 아이
가 아닐세. 예언의 아이라면 낱낱의 미래가 보이지 않아야 할 텐
데, 나는 저것의 공격을 전부 읽었다네. 자네도 아마 그 모습을 보
았겠지? 저것은 그냥 짐승일 뿐이야. 예언의 아이가 아니라고. 네
가 그렇게 장막을 치고 보호할 만한 물건이 아니야!"

노파는 이 무시무시한 불청객이 사라지기를 바랐다. 지금 흑단
인형에게 덤벼서 무력으로 이길 가능성은 낮았다. 무엇보다도 흑
단인형 역시 신의 예언을 받은 아이. 자모의 예지력으로 앞을 내
다볼 수 없는 상대라서 더욱 그러했다.

흑단인형은 자모의 말에 대답하지 않았다. 마치 그녀가 아예
없는 것처럼 윤아를 향해 몸을 돌리고 그녀만 바라보았다. 하얀
가면 저편에서 아름답고 성숙한 여인의 목소리가 들려왔다. 그녀
가 윤아를 불렀다.

"아이야."

윤아는 굵은 눈물을 흘리며 흑단인형을 올려다보았다. 선홍빛
벚꽃이 눈이 부시도록 아름답게 수놓인 비단 천 위로 새하얀 가
면 속의 그 사람이 윤아를 내려다보고 있었다.

"사람이 되겠다고 떠나더니…… 사람이 되었느냐?"

윤아는 대답하지 못했다. 땅으로 고개를 숙이자 뺨을 타고 흘
러내리던 굵은 물방울이 마른 흙 위로 툭툭 떨어졌다.

"그건 짐승이란 말이다. 예언의 아이도 뭣도 아니야. 흑단인형,
네가 관심을 둘 만한 아이가 아니다! 그만 비켜라!"

붉은 기모노 저편에서 자모의 외침이 들려왔다. 자모는 어떻게
해서든 흑단인형을 이 자리에서 떠나보내려고 발버둥을 치고 있
었다.

"아가야, 이제 됐다. 돌아가자."

부드러운 음성이 윤아를 기다렸다. 하지만 윤아는 고개를 절레
절레 흔들었다.

"갈 곳이 있습니다. 만나야 할 사람이 있습니다. 기다려야 할
사람이…… 있습니다."

윤아는 깊이 고개를 숙였다. 여전히 두 팔은 배를 감싼 채였다.
흑단인형은 그 모습을 쓸쓸히 바라보았다. 붉은 대지에 차가운
바람이 일었다. 빨간 기모노가 흔들거렸다.

토옹.

부드럽게 땅을 구르는 소리가 들렸다. 윤아의 눈앞에 있던 딱

딱한 나막신이 순식간에 사라졌다. 자모 노파의 바람대로 흑단인형은 처음 나타날 때처럼 흔적도 없이 사라지고 말았다. 이제 완전히 버림을 받았는가…….

투욱.

윤아의 눈동자에서 굵은 물방울이 떨어졌다.

"그래, 너 따위가 예언의 아이가 아닌 이상 흑단인형도 관심이 없겠지. 자, 미뤘던 죽음의 시간을 선사하마! 저것을 활활 불태워 버려라!"

자모는 기다렸다는 듯 윤아를 향해 새빨간 불덩이를 내쏘았다. 이제 정말로 마지막이구나 싶었다. 윤아는 배를 움켜쥐고 엎드린 채로 운명의 시간을 기다렸다.

토오옹.

하지만 이번에도 불꽃은 윤아를 건드리지 못했다. 사라진 화염 대신 부드러운 발소리가 빈자리를 메웠다. 윤아가 눈을 떴을 때는 붉은 비단 천이 하늘로부터 자모의 얼굴을 덮치는 중이었다.

"저 아이의 미래를 볼 수 있으니 예언의 아이가 아니라 하였느냐. 네가 눈앞에 닥친 죽음도 예견을 못하니 그건 바로 내가 신인이기 때문이렷다! 코앞도 보지 못하고 느끼지 못하는 것이 잘도 그 입을 놀리는구나!"

호리호리한 흑단인형의 한 손에 그녀의 각선脚線처럼 길고 유려한 비녀가 하나 들려 있었다. 그녀의 기다란 소매가 허공을 휘두르는 순간, 아름다운 비녀가 자모의 두개골을 향해 내려섰다. 한 치의 오차도 없이 정확하게 자모의 이마 정중앙으로 새까만 비녀가 파고들었다.

"꺼억!"

무언가가 쪼개지는 소리가 났다. 비명도 제대로 내지르지 못한 노구老軀가 힘없이 바닥으로 쓰러졌다. 위대한 쌍둥이 중 한 명이 검은 비녀를 올려다본 채로 눈도 감지 못하고 그대로 붉은 흙 위에 쓰러졌다. 검은 비녀가 뚫고 지나간 이마 정중앙에 붉다 못해 시커먼 피 한 줄기가 주르륵 흘러내렸다. 눈도 감지 못한 노구가 그 자리에서 쓰러졌다. 그리고 다시는 일어나지 못했다.

살아생전 늘 함께한 쌍둥이는 둘이 함께라면 결코 지지 않는다고 생각했다. 실제로 그들은 결코 지지 않았고 질 수도 없었다. 다른 자들에게 하나인 몸이 그들에겐 둘이었고 능력도 두 배였기에 그들에게 패배란 단어는 결코 익숙지 않은 것이었다. 최초로 맛본 패배의 순간이 자모에게는 마지막이 되었다. 세차게 불어치던 모래바람과 흙바람, 그리고 불꽃의 향연은 자모의 마지막과 함께 마술처럼 사라졌다. 그녀에게 죽음을 선사한 흑단인형 역시 흔적도 없이 사라졌다.

반야는 코앞에서 일어난 일인데도 자신이 지켜본 것들을 도저히 믿을 수가 없었다. 바람과 불꽃을 만들고 흙의 장막을 치는 노파와 허공에서 나타났다가 다시 허공으로 사라진 붉은 여인은 실체가 아닌 것만 같았다. 그러나 실제로 그 모든 일은 자신의 눈앞에서 이루어졌고 그 증거들이 파편이 되어 남아 있었다. 이러한 광경을 일구어낸 그의 은인 역시 힘없이 바닥에 쓰러져 있었다.

반야는 다리가 후들거리고 정신이 없었지만 있는 용기, 없는 용기를 모두 쥐어짜내어 바위 밖으로 빠져나왔다. 그는 아들과 말을 이끌고 아름다운 여인에게 다가갔다. 그녀는 무리한 탓인지 이마를 땀으로 적신 채 배를 움켜쥐고 신음하고 있었다.

"이보세요, 괜찮아요?"

"가, 가야 해요, 암자…… 하백…… 만나야……."

반야는 여인을 흔들었다. 그녀는 배를 움켜쥔 채 가쁜 숨만 몰아쉬었다.

바스락.

그 순간 반야는 자신의 뒤쪽에서 들려오는 소리에 흠칫 고개를 돌렸다. 저 뒤쪽에 나가떨어진 하늘색 한복의 노파가 정신을 차리려는지 손가락 끝을 간헐적으로 떠는 것이 눈에 띄었다.

"어, 어서 가야겠어요! 이보세요, 아파도 참아요!"

반야는 여인의 주변에 떨어져 있는 모피를 주워 담았다. 그리고 두꺼운 가죽으로 여인의 배와 등을 감싸주었다. 어린 슈본 역시 놀랍도록 침착하게 여인의 몸을 감싸며 아비를 도왔다.

반야는 서둘러 여인과 아들을 태우고 말을 달렸다. 뒤를 돌아볼 용기는 없었다.

그저 달릴 뿐이었다. 저 멀리 저물어가는 태양을 향해서.

끔찍한 죽음의 현장에서 벗어나기 위해서.

7

한없이 풍요로운 대지와 녹푸른 수풀이 너무나도 평화로워 보이는 그곳은 산신의 정기를 담뿍 받은 산세였다. 모름지기 산신이란 거대한 호랑이인데 이 산의 수호신은 여느 범과 달리 칠흑같이 검은 흑호黑虎라고 전해졌다. 그 호랑이는 낮에는 검은 도복을 입은 사람의 모습이라고 했고, 이 산의 곳곳에서 그를 목격한 사람이 많았다. 그들은 한결같이 그 검은 옷차림의 산신山神 혹은 호신虎神이 나타난 뒤로 산은 물론이고 온 마을이 녹지고 푸르러졌으며 작은 범죄조차 일어나지 않는 평화로운 고장이 되었다고 입을 모았다.

워낙 초목이 풍요로워서 우거진 산세를 헤치고 산을 타기 어렵다는 이곳에 흰 소복을 입은 낯선 여인이 나타났다. 그녀는 길고 검은 머리를 늘어뜨린 채 깊은 산중을 홀로 걸었다. 아무리 산을 잘 타는 사람이라도 좀처럼 다가갈 수 없다는 암자를 향해 그녀는 발을 놀렸다. 산에서만 수십 년을 굴러먹은 심마니도 유독 그곳에 가려면 다리가 후들거리고 제자리에서 빙글빙글 돌기만 해서 다가갈 수 없다는 신기한 암자가 있었다. 그 암자를 향해 여인은 쉼 없이 올라갔다.

산을 반나절쯤 오르고 나니 드디어 깊은 산속의 너른 터에 올려진 작은 암자가 눈에 들어왔다. 그녀가 암자의 초입에 들어서자 거칠거칠한 머리를 귀밑까지 기르고 검은 도복을 길게 입은 남자가 그녀를 지긋한 눈으로 바라보았다.

"오늘쯤 손님이 오실 것 같아 기다리고 있었습니다. 몹시도 지쳐 보이는군요. 안으로 드십시다."

남자의 첫인상은 설화에나 나올 법한 신선 같았다. 남자는 아무런 연락이 없었는데도 오늘쯤 누군가가 암자로 찾아올 것을 이미 알고 있었다. 여인은 사내를 따라 암자로 들어갔다.

"무슨 일이 있는지는 나중에 듣도록 하고 우선은 쉬십시다. 보살님의 얼굴에 고난이 가득합니다."

그는 어떤 것도 알고자 하지 않았다. 그는 인사를 하기보다 지친 여인을 쉬게 하는 것이 먼저라고 판단했다. 아무것도 묻지 않고 그저 받아주는 것이 한없이 고마웠다. 신선 같은 남자는 암자의 그늘 아래 여인을 쉬게 했다. 그사이 암자의 부엌에 계곡물을 길어놓았다.

"보살님, 우선 해안解顔하신 후 이 옷으로 갈아입으시지요. 그리고 잠시라도 눈을 붙이는 게 좋겠습니다."

여인은 조금 전까지만 해도 한없이 다급하고, 불안하고, 뭔가가 죄여오는 것만 같아 괴로웠다. 하지만 이 신선 같은 남자를 만나고 나서 그녀의 마음은 한결 누그러졌다. 알 수 없는 푸근함이 그 남자의 주위를 감싸고 있었다.

여인은 그의 말대로 몸을 씻었다. 그리고 그가 준비해준 하얀 모시옷으로 갈아입었다. 그녀는 또한 그가 안내하는 대로 암자의 북쪽 방에 들어갔다. 그는 새로 지은 듯한 보송보송한 이불을 꺼내주면서 잠시라도 좋으니 마음 편히 쉬라고 당부했다.

여인은 두터운 솜이불 속으로 들어갔다. 부드러운 감촉이 온몸에 전해져오자 지금껏 잊고 있었던 피곤이 한꺼번에 몰려왔다. 그러고 보니 수일 동안 그녀는 제대로 몸을 누인 적도 없었다. 이곳에 도착할 때까지 그녀는 한시도 마음을 놓지 못했다. 그러나 암자에 도착한 순간부터 그런 마음은 한풀 사라진 듯했다. 암자를 둘러싸고 있는 한없이 청아하고 맑은 기운이 좋지 않은 마음을 다 정화시키는 것만 같았다. 그녀는 그렇게 며칠 만에 처음으로 머리를 뉘었다. 하백과 헤어지고 처음으로 진정한 수면을 취하는 윤아였다.

그녀가 깨어난 것은 그다음 날 아침이 되어서였다. 어느새 하룻밤이 지나고 작은 방 안으로 환한 햇살이 비쳐들고 있었다. 윤아는 자신이 그토록 오랫동안 잤다는 게 믿기지 않았다. 무엇을 믿고 무엇을 의지하기에 이 낯선 곳에서 편히 쉴 수 있는지 신기할 따름이었다. 그녀가 몸을 일으키고 옷매무새를 고치는데, 바깥에서 낮고도 고요한 음성이 들려왔다.

"보살님, 일어나셨으면 조반을 드시지요."

윤아는 조심스럽게 문을 열었다. 작은 소반에 한 끼 식사가 정갈하게 차려져 있었다. 검은 도복 차림의 도사는 보이지 않았다. 아마도 그녀가 맘 편히 먹을 수 있도록 배려하는 것이리라.

윤아는 방 안으로 작은 소반을 가져왔다. 그리고 온기가 식지 않도록 닫아놓은 주발 뚜껑을 열었다. 소복이 담긴 잡곡밥과 색색의 나물들이 눈에 들어왔다. 밥에서는 김이 솔솔 올라오고 있었다. 그녀는 수저를 들고 따스한 밥을 한술 입에 넣었다. 수일 동안 맛보지 못했던 달콤한 내음이 입안 가득 풍겼다.

투둑.

그 순간 윤아의 눈에서 커다란 눈물방울이 떨어졌다.

'그 사람은 밥이라도 먹고 있을까? 살아 있기는 할까? 다치지는 않았을까? 나 혼자만 이렇게 따뜻한 밥을 먹어도 될까?'

하백에 대한 걱정이 그녀의 머리를 가득 채웠다.

신성한 집행자들의 손아귀에서 벗어나기 위해 수십 번씩 거주지를 옮기고 도망 다니는 와중에도 하백은 끝없는 사랑으로 윤아를 돌봐주었다. 그런 하백을 그녀 역시 깊이 사랑했다. 사랑은 더 큰 사랑을 낳았고 더 큰 축복을 주었다. 뒤쫓는 자들을 피해 달아나는 그들에게 꿈같이 아이가 생겼다. 감히 그런 축복을 생각해본 적도 없었지만 하늘은 놀랄 만한 선물을 허락해주었다. 그 선물을 얻은 하백은 언제나 윤아에 대한 걱정뿐이었다. 그녀가 먹지 못하면 무엇이든 구해다 먹이려고 애를 썼다. 위험을 무릅쓰고 자신의 여인을 위해서, 그리고 그녀 안에서 자라나는 어린 생명을 위해서 그는 최선을 다해 모든 것을 해주고 싶어 했다.

투욱.

또다시 굵은 물방울이 소반 위에 떨어졌다.

"하백……."

그녀는 한없이 그리운 이의 이름을 불렀다. 그리고 그의 이름을 자신의 손바닥에 수십 번, 수백 번 적었다. 윤아는 따스해진 손바닥에 볼을 갖다 댔다. 그 따스한 기운이 하백의 체온처럼 느껴졌다.

"보고 싶어요……."

한참이 지나도록 그녀의 눈물은 그치지 않았다.

가슴은 갈가리 찢어질 것 같았지만 아이를 위해 밥을 먹어야 했다. 한술도 넘어가지 않을 것 같았던 밥이 그래도 술술 들어갔다. 깊은 설움과 복받치는 울음에 오랜 시간이 걸리긴 했지만 윤아는 작은 소반에 담긴 음식을 하나도 남기지 않고 비웠다.

"보살님, 천신 도사님께서 뵙고자 하십니다."

윤아가 식사를 마쳤을 때 방 밖에서 인기척이 느껴졌다. 윤아는 천천히 몸을 일으켜 문 밖으로 나섰다. 좁은 마루 아래에서 그녀를 기다리고 있는 사람은 천신처럼 검고 기다란 도복을 걸친 중년의 여인이었다. 화장기 하나 없이 수수한 여인은 하얀빛이 성성한 머리를 하나로 올려 쪽을 찌고 있었다.

여인은 남쪽 뜨락에 위치한 천신의 방으로 윤아를 안내했다. 윤아는 천신과 마주 앉았다. 그들 사이엔 푸르른 찻잔이 놓여 있었고, 활짝 열린 문 안으로 시원한 바람이 솔솔 불어왔다. 암자는 세상의 모든 시름이 없어질 듯 너무나도 평화롭고 청아했다. 윤아를 안내해준 여자는 두 사람이 속 깊은 대화를 할 수 있도록 조용히 눈앞에서 사라졌다.

윤아는 소중히 품고 있던 하얀 편지 봉투를 꺼냈다. 하백이 직접 쓴 글이 빼곡하게 들어찬 종이가 여러 장이었다. 천신은 그 안에 적힌 하백의 이야기를 몇 번이나 곱씹으며 읽고 또 읽었다. 한참 후에야 그는 흰 종이를 봉투에 넣은 다음 품안에 집어넣었다.

"하백이 신성한 집행자들을 떠났다는 소식은 들었습니다. 그분이 바로 당신이었군요. 그래, 그랬군요. 하백이 이곳에서 기다려달라고 했군요."

그는 고요한 얼굴로, 또한 한없이 잔잔한 음성으로 이야기했다.

"그가 지금 어디 있는지 알 수 있습니까?"

윤아는 고개를 저었다. 꾹꾹 참았던 눈물이 다시 왈칵 흘러내렸다. 생각하지 않으려 했지만 위험에 빠진 하백이 상상되어 견딜 수가 없었다. 그녀의 눈물이 노란 방바닥으로 툭툭 떨어졌다.

"그 사람은 반드시 올 겁니다. 믿으세요."

천신의 말에 윤아는 다짐하듯 힘껏 고개를 끄덕였다. 스스로에게 믿음을 주려는 듯 다부진 동작이었다. 천신은 더 이상 아무런 말도 하지 않았다. 아무것도 묻지 않았고 아무것도 캐내지 않았다. 그는 윤아가 편안히 걱정을 잊고 쉴 수 있도록 정성껏 챙기기만 했다. 그녀가 평생 단 한 번도 가져보지 못한 안온함과 평온함이 그곳에 있었다.

그러나 몸은 편안했지만 마음은 편치 않았다. 자꾸만 가슴속 저편에서 밀려오는 아련한 불안감이 있었다. 위험에 대한 알 수 없는 경종, 불행이 덮쳐올 것만 같은 불안감, 무서운 것이 미래의 저편에서 입을 벌리고 있는 듯한 두려움을 떨쳐버리기가 힘들었다. 그러나 그녀는 믿고 싶었다. 알 수 없는 불안 따위, 덮쳐오는 꾸물꾸물한 그림자 따위 다 잊어버리고 싶었다. 그녀에게 있는 예지의 신도, 점복의 신도 필요 없었다. 그녀는 그들의 말에 귀를 막았다. 그녀는 하백만을 믿으리라, 그의 말이 아니면 그 무엇도 믿지 않으리라 다짐했다.

'온다고 했으니 오실 거야. 다시 만난다고 했으니 만날 거야. 분명히 그럴 거야.'

그렇게 하루가 일 년보다 긴 나날이 지나갔다.

시간은 무심하게 느릿느릿 흘러갔다. 그동안 천신은 윤아가 편안히 지내도록 배려했다. 과도한 친절도, 넘치는 관심도 보이지 않았다. 그는 그녀의 마음이 편안할 만큼만 돌봐주었고, 그녀가 원한다면 언제든 혼자 사색할 시간을 주었다. 암자의 북편 방에 머무는 또 다른 중년의 보살도 마찬가지였다. 천성이 고요한 여자는 수련을 위해 잠시 암자에 머무는 중이라는 한마디만 했을 뿐, 자신에 대한 것도 말하지 않고 윤아에 대한 것도 묻지 않았다. 그녀 역시 가엾은 임부를 그저 살뜰히 챙길 뿐, 어떤 간섭도 참견도 하지 않았다. 윤아는 그들에게 감사하면서도 선뜻 마음을 열 수가 없었다. 누구도 믿을 수 없다는 몸에 밴 근성도 근성이지만 마음을 여는 순간 그들에게도 그녀의 몹쓸 고통이 전해질까 두려웠다.

윤아는 암자 생활이 전혀 불편하지 않았다. 무속의 힘을 가진 그녀와도 이곳은 영적인 궁합이 잘 맞았다. 더구나 그녀가 편안하도록 보이지 않게 배려하는 이들이 있었다. 검은 도복 차림의 선사는 새벽부터 저녁까지 늘 산세를 확인하고 그 기운을 확인했다. 원래 그랬는지, 아니면 윤아가 암자에 들어온 순간부터 그랬는지 천신은 암자 주변을 철저히 경계했다.

한편 북편 방에 함께 기거하는 보살 역시 보통 사람이 아니라 무녀의 업을 타고난 사람이었다. 그녀는 새벽부터 기도하고 늘 정성을 드렸다. 그녀의 기운이 정갈하고 수수해서 근방의 기운들이 정화되는 데 큰 힘이 되었다. 그분의 정결한 기운 덕에 윤아의 답답한 가슴도 평화를 되찾고 마음의 안정도 돌아왔다. 그렇게 정화된 공기 덕분인지 배 속의 아이도 날이 다르게 쑥쑥 자라는 것이 느껴졌다. 모든 것이 완벽해 보였지만 윤아가 세상에서 유일하게 사모하는 하백, 그 사람이 없었다.

함께 도망친 그날 이후로 몇 년 넘게 추적을 따돌려왔지만 이렇게 오랫동안 떨어져 있는 경우는 처음이었다. 날이 갈수록 윤아의 가슴이 두근거렸다. 그녀는 애써 자신에게 강림한 예지의 신을 물리고 그의 말을 들으려 하지 않았다. 자꾸만 그가 좋지 않은 말을 할 것 같다는 생각이 들었다. 자꾸만 밀려오는 불안감과 괴이한 예감 때문에 윤아는 애써 신들의 말을 막았다. 윤아는 하백에 대한 어떤 것도 예측하고 싶지 않았다. 그녀는 하백의 말만 굳게 믿고 의지해야 한다고 여겼다. 반드시 만나러 오겠다는 그 말 한마디를.

시간은 지루하리만치 천천히 흘러갔다. 시간이 지날수록 윤아는 질식될 것만 같았다. 어느새 암자에 들어온 지도 한 달여가 되어가고 있었다. 긴긴 시간이 흐르며 환청이 생겼다. 하백과 헤어져 달아나는 윤아의 뒤에서 울려 퍼지던 굉음이었다. 말에 올라 먼 곳만 바라보는 그녀의 뒤로 지축을 울리던 요란한 폭발음. 그 환청이 귓가에 울리면 윤아는 세차게 고개를 흔들었다. 무시무시한 폭발음에 사라져가는 하백의 모습이 떠올랐기 때문이다.

'그럴 리 없어. 반드시 올 거야. 반드시……!'

윤아는 하루에도 수백 번씩 자신을 타일렀다. 잠이 들기 전에도, 잠에서 깨기 전에도 항상 그 믿음으로 기도했다. 그러나 악몽은 좀처럼 사라지지 않았다.

"허억!"

그날 밤도 자꾸만 떠오르는 무시무시한 생각에 윤아는 눈을 뜨고 말았다. 아직 사방은 캄캄했고 암자의 밤은 너무나도 고요했다. 그 고요함 때문에 윤아의 숨소리는 더더욱 거칠게 느껴졌다. 온몸은 땀으로 흠뻑 젖어 한기가 몸속 깊이 시리게 다가왔다. 그녀는 일어나자마자 본능처럼 배를 감싸 안았다. 몸을 움직일 때마다 부른 배를 감싸는 것이 이제는 습관이 되었다. 차가운 산 공기를 느끼자 정신이 맑아졌다. 모든 것이 악몽이었다. 또다시 울려 퍼지는 굉음과 함께 연기처럼 사라지는 하백의 모습은 단순한 악몽일 뿐, 예지일 리가 없었다. 그녀는 끔찍한 악몽을 잊으려 세차게 고개를 흔들었다.

꿈속에 숲이 있었다. 이곳 암자만큼이나 수풀이 우거진 푸르른 숲이었다. 그 아름다운 숲에서 하백은 수많은 무리에 포위되었다. 하백의 곁에는 윤아도 함께 있었다. 하얀 소복을 입고 온몸이 축 처진 채 긴 머리를 흩날리는 그녀는 완전히 정신을 잃은 것 같았다. 윤아는 혼령이 되어 그 모습을 바라보고 있었다. 자신과 하백의 모습을 하늘 높이에서 쳐다보았다.

하백은 머리를 늘어뜨린 채 죽어가는 윤아를 안고 사방에서 터져 나오는 모든 공격을 고스란히 받았다. 그는 한없는 고통과 괴로움에 몸부림치면서도 윤아를 안고 울부짖었다. 그는 그렇게 죽어가고 있었다. 그가 하늘을 향해 울음을 내질렀다. 그것은 수많은 사냥꾼에게 포위되어 빗발치는 총탄을 온몸으로 맞으며 마지막 숨을 거두는 맹수의 포효였다. 거대한 맹수의 마지막 포효와 함께 그 아름다운 숲이 폭발했다. 포탄을 터뜨린 것처럼 사방에 불꽃이 터지고 흙먼지가 일었다. 주변에 있는 그 어떤 것도 살아 돌아갈 수 없을 정도로 끔찍한 폭발이었다.

"아냐, 그럴 리 없어!"

윤아는 고개를 흔들었다. 모든 끔찍한 상상과 예측을 떨쳐내기 위해 온 머리를 흔들었다. 너무나도 생생했던 그녀의 꿈을 뇌리에서 다 몰아내려고 애를 썼다. 하백이 없어서일 것이다. 그를 보지 못해서일 것이다. 그래서 이런 말도 되지 않는 꿈을 꾸는 것이다. 윤아는 머리가 어지러울 정도로 세차게 도리질했다.

"……하다니!"

그 순간 어디선가 호통 소리가 들려왔다. 깊은 밤, 누군가가 일어나기엔 너무나 깊은 밤. 그 깊은 정적 속에 낮은 호통 소리가 들렸다. 까맣게 고요하던 밤공기 속에서 분노한 낮은 음성이 윤아의 귓속을 파고들었다. 그녀는 흠칫 놀라 몸을 움츠린 채 귀를 기울였다.

불쾌한 말씀을 하는 것을 한 번도 들어본 적이 없지만 아무래도 천신의 음성이었다. 하지만 설마, 윤아는 의심이 갔다. 그 천신이…… 어떤 감정에도 휘둘리지 않고 한없이 고요한 그분이 격한 음성을 냈으리라고 믿기지 않았다. 윤아는 들려오는 모든 소리에 집중했다. 너무나 고요해서 들리지 않는 낮은 웅성거림에 모든 감각을 그러모았다. 그녀는 숨을 죽이고 기척을 죽이며 천천히 방문을 열었다. 그리고 발소리를 죽이며 천천히 마당으로 나갔다. 암자의 남쪽, 천신의 방에서 흐린 불빛이 일렁였다.

"부탁드립니다. 믿을 사람은 지부장님뿐입니다. 이렇게 부탁드립니다."

"자네가 이런 말을 하러 올 줄은 몰랐네. 이럴 생각이라면 당장 떠나게. 그리고 다시는 나를 보러 오지 마시게!"

천신은 목소리를 낮춰 상대편을 나무라고 있었다. 두 사람 모두 누가 들을까 한껏 목소리를 낮춘 상태였다.

"도와주십시오. 제가 살아가는 마지막 이유입니다. 제 마지막 소원입니다. 한 번도 이런 바람 따위 가져본 적 없습니다. 제 모든 것을 바쳐서라도 꼭 지키고 싶은 사람이 생겼습니다. 부디 도와주십시오."

"이 사람아, 방법이 이것뿐이란 말인가? 진정 이럴 수밖에 없단 말인가!"

"그것뿐입니다. 얼마나 오랜 기간 고민하고 번뇌했는지 모릅니다. 저 혼자라면 괜찮습니다. 평생을 도망 다닐 수도 있습니다. 하지만……."

"잠깐, 멈추시게."

대화를 하던 천신이 남자의 말을 막았다. 그 역시 즉시 입을 다물었다.

벌컥!

밀어를 나누는 두 사람의 뒤로 창호를 바른 격자문이 벌컥 열렸다. 문 저편으로 윤아가 나타났다. 까만 밤하늘과 암자의 뜨락을 배경으로 새하얀 한복을 입은 그녀가 커다랗게 벌어진 검은 눈동자로 두 사람을 바라보고 있었다.

"하백……."

그녀는 믿을 수가 없었다. 그가 그곳에 있었다. 천신의 맞은편에 무릎을 꿇고 앉아 있었다. 단단한 어깨가 그녀를 바라보고 부드러운 검은 눈동자가 그녀를 향해 있었다. 커다란 손과 다부진 팔…… 헤어질 때의 모습 그대로 그곳에 있었다.

"하백…… 하백……."

그녀는 단숨에 그의 품으로 뛰어들어 목을 안았다. 가슴속에 쌓인 그리움이 홍수가 되어 흘러넘쳤다. 한없는 사랑과 그리움이 지금껏 참아온 인내의 댐을 무너뜨리고 철철 흘러넘쳤다.

그녀는 하백의 목을 부여잡았다. 단단한 목…… 핏줄이 파랗게 선 남자의 단단한 목, 그 그리운 목이 눈앞에 있었다. 윤아는 하백의 넓은 어깨도 매만졌다. 그것은 지친 그리움의 안식처요, 끝없는 위로의 샘이었다. 한없이 포근한 안식처가 그 모습 그대로 그곳에 있었다. 단단한 가슴…… 한없이 넓은 그 가슴도 그곳에 있었다. 윤아의 검은 머리를 단단히 붙잡아주는 굵은 팔뚝도, 머리카락을 한 올 한 올 쓸어내려주는 사랑의 손길도, 헤아릴 수 없이 깊은 눈동자도……. 모든 것이 거기에 있었다. 그 사람은 어디 하나 다치지 않은 강인한 모습 그대로 그녀의 앞에 돌아왔다.

"아아!"

너무나 그리워서 그립다는 말을 할 수 없었다. 너무나 보고 싶지만 흘러넘치는 눈물 탓에 볼 수가 없었다. 너무나 기다렸지만 목이 메어 반겨줄 수가 없었다. 너무나 사랑해서, 너무나 사모해서 그저 그를 붙들고 매달리는 수밖에 없었다.

"윤아, 윤아, 나의 빛나는 사람……."

너무나도 작고, 너무나도 여리고, 너무나도 어린 그녀를 하백은 그저 꼬옥 안아주었다. 연신 그녀의 이름을 부르며 그녀를 보듬어주었다. 그녀가 하백의 어깨를 부여잡고, 그의 목을 부여잡고, 그 얼굴을 부여잡는 대로 그저 가만히 있었다. 그리고 그 여린 사람을 단단히 가슴에 안아주었다. 그녀가 느낄 수 있도록, 그녀가 안심할 수 있도록 그렇게 한참이 지나도록 단단히 보듬어주었다.

천신은 두 사람을 위해 자리를 비켜주었다. 조용히 방에서 나와 캄캄한 암자의 마당에 섰다. 한없이 고요하고 검고 깊은 밤. 그는 까만 하늘을 바라보았다. 새하얀 달과 작은 별무리가 그 끝없는 바다에 박혀 있었다.

"허어······."

뜻 모를 깊은 한숨이 천신의 가슴 밑바닥에서 흘러나오고 있었다.

8

윤아는 잠을 이룰 수가 없었다. 사랑하는 사람이 곁에 있어서 너무나 행복하고 가슴이 벅차 차마 눈을 감을 수가 없었다. 눈을 감았다가 모든 것이 꿈이 되어버릴까 두려웠다. 포근한 솜이불 위에 누워 꿈에도 그리웠던 그 사람을 바라보는 이 순간이 현실이 아닌 것만 같았다.

윤아는 자신의 옆에 누운 사랑하는 사람을 들여다보았다. 깎은 듯 아름다운 옆얼굴이 천장을 바라본 채 눈을 감고 있었다. 그녀는 세상에서 가장 아름다운 그 얼굴을 물끄러미 바라보았다. 깊은 속내까지 샅샅이 알고 있는 그 얼굴, 숨구멍 하나까지도 속속들이 알고 있는 그 얼굴이 그녀의 곁에 있었다. 윤아를 도망치게 하고 수많은 요원을 따돌린 후 암자로 찾아온 그의 얼굴은 수일 동안의 전투로 거칠어졌다. 그녀가 알고 있던 그 얼굴보다 조금 더 검고 조금 더 수척해진 얼굴이 그녀 곁에 있었다.

윤아는 잠든 그 사람의 얼굴을 조심스럽게 매만졌다. 얼마나 지치고 얼마나 힘들었을까. 그 많은 요원을 다 상대하며 얼마나 위험한 순간들을 넘겨왔을까. 안타까움과 미안함이 목구멍 위로 솟구쳐 올랐다. 그녀는 사랑하는 사람을 위해 조심스럽게 이불을 고쳐주었다. 어디 하나 찬바람이 닿을까, 어디 하나 불편한 곳이 있을까 잠을 이루지 못한 채 내내 사랑하는 사람을 살폈다. 늘 잠을 자는 법이 없던 그 사람이 윤아의 곁에서 깊이 잠든 게 너무나 행복했다.

하백이 살짝 뒤척이며 팔 하나를 꺼냈다. 햇볕에 그을려 거칠게 탄 구릿빛 피부가 눈에 들어왔다. 그녀는 하백의 팔을 자세히 쳐다보았다. 전에 보지 못한 작은 상처와 흉이 곳곳에 새겨져 있었다. 손 마디마디까지 파랗게 튀어나온 혈관도 눈에 띄었다. 그녀는 하백의 커다란 손을 잡았다. 손바닥 안쪽까지도 자잘한 상처가 가득했다.

'응?'

윤아는 문득 그 손에서 이상한 점을 발견했다. 손톱마다 무언가가 새까맣게 끼어 있었던 것이다. 윤아는 하백이 깨지 않도록 조심스럽게 손끝의 냄새를 맡았다. 문득 피일지도 모른다는 생각이 들었지만 다행히도 피는 아니었다. 그녀의 코에 확 밀려오는 그것은 땅 냄새, 흙 냄새였다. 하백은 마치 허겁지겁 땅굴이라도 판 사람마냥 희한하게도 손톱마다 흙가루가 잔뜩 박혀 있었다.

그녀는 무슨 일인지 궁금했지만 아마도 힘겨운 전투와 도주 때문에 이리되었으리라 생각했다. 그녀는 그 손을 꼬옥 붙잡았다. 그리고 그 커다랗고 거친 손을 조심스럽게 볼에 가져다 댔다. 거친 손바닥을 건너 따스한 체온이 볼을 타고 전해졌다.

"사랑해요."

그녀는 속삭이듯 작은 목소리로 중얼거렸다.

"사랑해요. 영원히…… 제 곁에 있어주세요."

한없는 사랑과 염원이 담긴 작은 목소리가 어두운 방 안에 퍼져갔다. 그녀의 소망은 단 하나, 두 사람이 함께하는 것이었다. 그녀는 하백의 커다란 손을 잡고 깊은 염원을 담아 속삭였다. 그 순간 그녀는 보지 못했다, 파르르 흔들리는 하백의 기다란 속눈썹을.

새 아침을 알리는 산새들의 울음소리가 온 산에 메아리쳤다. 하백과 윤아가 함께 있는 방에도 환한 빛이 스며들었다. 윤아는 하백이 좀 더 눈을 감았으면, 좀 더 쉬었으면 했지만 그는 환한 빛이 이불에 닿기도 전에 눈을 떴다. 한숨도 자지 않고 한 번도 그에게서 눈을 떼지 않았지만 윤아는 피곤한 줄 몰랐다. 그저 곁에 하백이 있기만 하다면 어떤 고통도 참아낼 수 있을 듯했다.

"왜 자지 않았소?"

사랑하는 사람이 눈을 뜨고 그녀의 얼굴을 바라보았다. 하백은 베개에 기댄 채 턱을 괴고 물끄러미 자신을 바라보는 윤아의 얼굴을 마주 보았다.

"더 주무세요. 더……."

윤아는 하백의 눈을 다시 감기려 했지만 그녀의 가녀린 팔은 남자의 커다란 손에 잡히고 말았다. 그 희고 가느다란 손에 하백은 입술을 갖다 댔다. 파르르 떨리는 작은 고동 소리가 손목을 타고 하백의 가슴으로 전해졌다. 사랑하는 사람의 심장 소리는 어떤 음악보다도 아름다웠다. 세밀한 심장 소리 사이로 또 하나의 심장 소리까지 느낄 수 있었다. 두 사람의 소중한 아이가 그에게 인사하고 있었다. 하백은 뜨거운 한숨을 내쉬었다. 그 역시 얼마나 그리웠는지 몰랐다. 윤아가, 그녀의 몸에서 자라는 어린 생명이 얼마나 보고 싶었는지 몰랐다. 하백은 깊은 눈으로 여인의 얼굴을 바라보았다.

"당신을 위해 준비한 것이 있소."

하백은 몸을 일으켜 세웠다. 그리고 머리맡에 두었던 검은 가방을 끌어당겼다. 윤아는 그가 몸을 일으켜 세우는 것이 아쉬웠다. 그가 좀 더 쉬었으면, 좀 더 누워 있었으면 하는 마음이 들었지만 이미 하백의 눈은 또렷하게 빛나고 있었다.

윤아는 그가 또 무엇을 준비했는지 조용히 지켜보았다. 그 위험한 상황에서 그녀를 위해 무엇을 준비할 수 있단 말인가. 하지만 하백은 언제나 그랬다. 그렇게 윤아에게 무언가를 주고 싶어 했다. 줄 수만 있다면 간이나 쓸개도 모두 빼내줄 사람이었다. 윤아는 온 생명을 다해 사랑하는 그 마음이 사무치도록 느껴졌다.

"자, 열어봐요."

그는 가방에서 도톰한 상자를 꺼냈다. 상자는 반짝이는 종이에 싸여 어여쁜 리본까지 묶여 있었지만 귀퉁이가 찌그러진 모습이었다. 찌그러진 귀퉁이를 보는 순간 윤아의 코끝이 시큰해졌다. 아마도 또 무리를 했으리라. 위험한 중에도 그녀를 생각하며 준비한 것이리라. 그저 주고 싶은 마음에, 그저 그리운 그 마음에 무리하고 또 무리를 해서 이것을 들고 왔으리라. 윤아는 너무나 고마워서 원망스러웠다. 그러다 몸이 상할까 걱정하는 자신의 마음을 몰라주는 것이 가슴 아파 그 사람이 미우면서도 그 마음 씀씀이에 한없이 감사했다.

보지 않아도 그가 얼마나 고생해서 가져온 선물인지 짐작하기에 윤아는 리본 하나를 푸는 데도 조심스러웠다. 윤아는 천천히 리본을 풀고 포장지도 조심스럽게 벗겨냈다.

그러자 네모난 종이 상자가 나타났다. 상자 위쪽의 단단한 뚜껑을 열자 갑자기 하얀 광채 같은 것이 반짝거렸다. 눈이 시리도록 하얀 은빛이 그녀의 눈 안으로 한껏 들어왔다.

"아아!"

윤아는 그 어여쁜 모습에 가슴이 설렜다. 그것은 정교하게 세공된 어여쁜 은빛 함이었다. 차마 손댈 수 없을 정도로 아름다운 함이었다. 그것은 방 안으로 들어오는 작은 햇살을 받아 파르스름하게 반짝였다.

윤아는 태어나 한 번도 이런 것을 본 적이 없었다. 어린 여자아이라면 사춘기부터 선물로 받을 법한 어여쁜 함이건만 윤아는 태어나 지금까지 이리 예쁘장한 물건을 본 적이 없었다. 그녀는 빛나는 은빛 함을 소중하게 집어 들었다. 그녀의 두 손 가득 새하얀 빛무리가 넘실거렸다.

"열어봐요."

하백은 놀라움과 기대로 가득한 여인의 얼굴을 기쁜 마음으로 바라보았다. 너무나 소중해서 부서질까 두려워하면서도 눈을 떼지 못하는 그 모습이 애처롭도록 사랑스러웠다.

"아아!"

사랑스러운 여인은 놀라움과 기쁨을 표현하는 것이 서툴렀다. 그저 '아' 하고 감탄할 뿐, 어떻게 좋은 마음을 표현해야 하는지 몰랐다. 그 은빛 함에는 어여쁜 신발 한 켤레가 들어 있었다. 순백처럼 새하얀 신이었다. 윤아의 손바닥보다도 작은 어린 아가의 신발이었다. 정말로 이 신발에 아이의 발이 들어갈 거라고는 상상도 되지 않을 만큼 앙증맞은 하얀 신발이 다소곳이 그녀를 바라보고 있었다.

그녀는 작고 깜찍한 신발을 보니 너무나 귀엽고 예뻐서 눈물이 날 것 같았다. 이 작은 신발 한 켤레를 사오기 위해 얼마나 모진 고생을 했을까 상상하니 그저 감사해 도르르 눈물이 나왔다. 윤아는 작은 신발에서 좀처럼 눈을 뗄 수가 없었다. 그녀는 이제야 아이의 존재를 실감할 수 있었다. 지금껏 자신의 배 속에 생명이 자라고 있다는 것을 알고는 있었다. 그래, 이성으로는 알고 있었다. 하지만 그저 아는 것과 느끼는 것은 너무나도 다른 감정이었다. 새 생명이 자리 잡고 있다는 것, 그것이 바로 사랑하는 사람의 선물이라는 것, 그 선물이 너무나 작고 소중한 생명이라는 것을 그녀는 이제야 실감하고 있었다.

볼록.

아기도 알았을까? 그 순간 윤아는 처음으로 배 속에서 움직이는 아기의 태동을 느꼈다. 너무나 놀라 까무러칠 것만 같은 기쁨이 온몸으로 퍼졌다. 제 선물을 알아본 걸까? 정말로 살아 있는 생명이 배 속에 있구나 하고 실감이 났다.

윤아는 어여쁜 은빛 함에서 작은 신발을 꺼내 들었다. 그리고 부서질까 날아갈까 소중히 손에 올려 살짝 볼을 대보았다. 윤아는 그대로 눈을 감았다. 그러자 따스하고 포근한 느낌이 그녀의 볼을 타고 온몸에 퍼져나갔다. 그것은 형언할 수조차 없는 사랑스러운 마음이었다.

'아가야, 네 거야. 네가 태어나기도 전에 생긴 온전한 너의 물건이야.'

윤아는 마음속으로 전하는 모든 말을 아가가 알아들을 것만 같았다. 하백은 아무 말 없이 윤아를 안았다. 세상 누가 이토록 어여쁜 이를 사모하지 않을 수 있을까! 목숨을 다 바친다 해도, 제 생명을 다 바친다 해도 어찌 사랑하지 않을 수 있을까!

"하나 더 있어요."

그는 윤아를 안은 채로 그녀의 무릎에 놓인 은빛 함을 들어올렸다. 윤아는 또 무언가가 있다는 말에 깜짝 놀라 하백의 얼굴을 바라보았다. 그녀의 하얀 얼굴이 그에게 말하고 있었다. 무엇이 그리도 많으냐고. 언제 이런 것들을 가져올 새가 있었느냐고. 왜 그리도 위험한 일을 했느냐고. 고마움과 질책과 원망이 뒤섞인 말을 하고 있었다. 그 얼굴에 하백은 대답하지 않았다. 그저 빙긋이 미소만 지을 뿐이었다.

"자, 이걸 봐요."

하백은 은빛으로 빛나는 아름다운 함을 들어 바닥에 있는 붉은 단을 건드렸다. 함은 내부가 온통 붉은색의 두터운 벨벳으로 둘러싸여 있고 아래위가 두 개 층으로 나뉘어 있었다. 하백이 손을 대자 바닥이 뚜껑처럼 찰칵 열리더니 그 아래에서 또다시 작고 네모난 상자가 빼꼼 고개를 들었다.

윤아는 그것이 무엇인지 동그랗게 눈을 뜨고 뚫어져라 바라보았다. 하백은 그런 여인을 향해 웃음 지으며 그 작은 함을 살며시 들어올렸다. 하백의 커다란 손 위에서 작은 함은 더욱 야무져 보였다. 그것은 은은하게 빛나는 보랏빛 상자였다. 윤아가 처음 보는 황홀하고 깊은 자색紫色이 빛을 받을 때마다 푸른 듯 붉은 듯 일렁였다. 작은 상자의 윗면에는 대체 어떻게 저렇듯 세밀한 모양을 새겼을까 싶을 정도로 섬세한 금박이 붙어 있고, 함이 열리는 면에는 윗면과 이어진 금박이 정교한 잠금장치와 만났다.

"아!"

그 아름답고 우아한 자태에 그저 감탄만 나왔다. 상자는 너무나 아름답고 고와서 눈이 부셨다.

"열어보겠어요?"

윤아는 떨리는 손으로 잠금장치를 열었다. 상자를 덮었던 단추 모양의 잠금장치가 풀리면서 금박 세공이 박힌 뚜껑이 열렸다. 보랏빛 상자의 안은 검은빛이었다. 두터운 질감이 느껴지는 검은 천 위로 영롱한 초록빛이 반짝였다. 윤아의 눈이 둥그렇게 떠졌다. 한없이 맑게 빛나는 저 풀빛의 작은 것이 무엇인지 알 수가 없었다.

"사랑해요."

하백의 커다란 손이 검은 천 사이에 끼워져 있던 녹색 물건을 뽑았다. 그의 음성만큼이나 감미로운 연초록 빛깔이 윤아의 눈앞에서 반짝이고 있었다. 그것은 작은 반지였다. 바다의 푸름을 먹고 숲의 감파란 빛으로 반짝이는 녹빛 옥가락지였다. 동그랗고 통통한 단면이 반지르르 윤이 나는 어여쁜 반지였다.

"당신은 내 인생의 구원자라는 걸 잊지 말아요."

하백은 사랑하는 사람의 하얀 손에 옥빛 가락지를 끼웠다. 수년 동안 함께 살고 함께 도망쳐 다녔지만 지금껏 건네주지 못했던 사랑의 징표를 소중히 끼워주었다.

"아……!"

윤아의 눈에서 결국 눈물이 흘러내렸다. 참을 수 없을 만큼 고맙고 견딜 수 없을 만큼 기뻐서 눈물이 흘렀다. 그녀는 그대로 하백의 목에 매달렸다. 위험한 일을 왜 했냐고 나무라고 싶었지만 입이 떨어지지 않았다. 그의 마음을 알기에, 그의 사랑을 알기에 차마 왜 이런 것을 가져왔느냐고 나무랄 수가 없었다. 그러기엔 가슴 벅찬 고마움이 너무나 커서 입이 떨어지지 않았다.

"이제야 주다니, 미안해요."

윤아는 하백의 그 말이 야속했다. 무슨 그런 말이 있을까, 지금 주어서 미안하다니. 이토록 소중한 것을, 이토록 어여쁜 것들을 주어서 얼마나 감사한데, 얼마나 고마운데, 미안하다니……. 그녀는 세차게 고개를 흔들었다.

하백은 그런 그녀를 포근히 안고 두 눈을 감았다. 하백의 눈꺼풀이 순간 파르르 떨려왔다. 고통스러운 듯 세차게 흔들렸다. 그러나 그는 이내 마음을 다잡았다. 다시 두 눈을 떴을 때는 단단하고 늘 변함없는 얼굴로 되돌아와 있었다.

"아이가 신발을 신게 되면 제일 먼저 이걸 신겨줘요. 아, 그래, 얼마나 어여쁠까. 그래, 정말로 예쁠 거야."

그는 하얀 신발을 받아 다시 은빛 함에 넣었다. 그리고 한없이 그리운 얼굴로 그 작은 것을 바라보았다. 그 순간, 윤아는 무언가 이상한 느낌을 받았다. 하백의 말이 괴상했다. 아이에게 이 신발을 신겨주라니……. 그녀는 그 말에 담겨 있는 다른 의미를 감지했다. 무언가를 부탁한다는 것. 그것은 끔찍한 의미일 수도 있었다. 그것은 하백이 그녀에게 직접 해줄 수 없는 미래의 일에 대해 돌려 말하고 있음을 의미했다. 아이에게 작은 신발을 신겨줄 수 없을지도 모른다는, 그런 참혹한 의미를 담고 있을 수도 있었다.

"제게 부탁할 필요 없어요. 당신이 신겨주세요. 그래요, 예쁠 거예요."

그녀는 그 안에 담긴 또 하나의 의미를 애써 무시했다. 그녀는 이 기쁜 순간에조차 문득문득 떠오르는 좋지 않은 느낌을 떨쳐버리려 했다. 그러나 그녀는 하백의 얼굴만은 피할 수 없었다. 그런 윤아를 향해 긍정도 부정도 하지 않는 얼굴로 쓸쓸히 미소 짓는 그의 얼굴을 보는 순간 윤아의 가슴 한쪽이 철렁 내려앉았다.

어린아이의 하얀 신발과 아름다운 은빛 함, 그리고 옥빛 반지…… 소중한 세 개의 선물을 받았건만 윤아의 마음은 이상하게도 자꾸만 가라앉고 있었다.

9

시간이란 얼마나 심술궂은가! 암자에서 하백을 기다릴 때는 하루가 일 년 같더니 하백과 함께하는 꿈만 같은 시간은 야속하리만치 빠르게 달아났다. 윤아는 흘러가는 그 시간을 다 잡고 싶었다. 그것들을 꽁꽁 묶어두고 멈춘 시간을 떼어내어 그 안에서 하백과 윤아 두 사람만 걱정 없이 살고 싶었다. 그러나 행복이란 그것이 유한하기에 행복이라 했던가. 가장 행복하고 가장 아름다운 순간은 주인에게 쫓겨나는 떠돌이 손님처럼 재빠르게 자리를 털고 일어나 도망칠 준비를 했다. 윤아의 생애에서 그녀 곁을 지키는 건 늘 불행이었다. 행복이라는 나그네가 떠나버리자 불행은 금세 윤아의 곁으로 되돌아왔다.

하백과 보내는 꿈만 같은 시간은 고작 사흘. 그래, 단 사흘이었다. 끔찍한 불행이 그 무시무시한 고개를 치켜든 것은 암자에서 겨우 두 밤을 보낸 어느 날이었다. 새벽바람이 음산하게 휘몰아치던 그날. 하루 온종일 하늘은 짙은 회색으로 물들었고 금방이라도 빗물이 뚝뚝 떨어질 것처럼 구물거렸다. 온 산과 온 마을에 괴이한 기운이 휘몰아쳐왔다. 이미 달아나기에는 너무 늦은 그때서야 윤아는 변해가는 주변의 기운을 감지했다. 이전에 감지할 수 없었던 조밀하고 탄탄한 대열, 그리고 강한 힘이 그들의 공간을 좁혀왔다.

이른 새벽, 이 괴이한 기운을 느낀 윤아가 번쩍 눈을 떴다. 그녀가 옆을 보았지만 하백은 이미 그곳에 없었다. 윤아와 함께 잠들었던 그의 자리는 차갑게 식은 지 오래였다. 맨발로 방을 뛰쳐나간 그녀는 마당 저 끝에서 이야기를 나누는 천신과 하백을 발견했다.

"하백……."

윤아의 얼굴은 하얗게 질려 있었고 다급한 발에는 신발조차 없었다. 그녀는 멍한 얼굴로 천신과 하백 쪽으로 다가섰다. 그녀는 불안과 공포로 새파랗게 질린 얼굴이었다. 그것은 두 사람도 마찬가지였다. 무슨 비밀 이야기를 하고 있었는지 두 사람은 윤아를 발견한 순간 입을 다물었다. 검은 도복 차림의 천신은 착잡한 표정으로 자리를 피했다.

"하백……."

괴이한 기운은 기민하고도 탄탄하게 한 점 달아날 여지도 없이 그들을 죄어오고 있었다. 그것은 어느 때보다도 강력했고, 끔찍할 정도로 무시무시했다.

"놀라지 말아요."

하백은 어느 때보다도 침착한 얼굴이었다. 낙담하지도, 포기하지도, 공포에 떨지도 않는 얼굴이었다.

"이렇게 될 줄 알고 있었어요. 내가 이렇게 되도록 일부러 조처했어요."

하백은 윤아가 이해하지 못할 말을 하고 있었다. 일부러 이런 상황을 만들었다니 대체 무슨 소리일까? 그녀는 그저 눈만 크게 깜빡였다.

"윤아, 잘 들어요. 상황이 매우 좋지 않아요. 우리가 피신하는 동안 흑단인형이 나타났어요. 그리고 조직은 그 신호를 절대적인 위험으로 해석했어요. 우리 배후에 흑단인형이 있다고 판단한 거예요. 그동안 조직이 우리의 생포를 목적으로 했다면, 이제는 상황이 달라졌어요. 신성한 집행자들이 우리에 대한 즉각적인 처단을 명령했어요. 인류의 미래가 불행해질 가능성이 커지자 조직은 지금껏 투입한 총 인원의 열 배에 달하는 대규모 영능력자를 데리고 우리를 죽이려 해요. 나는 이 모든 것을 알아낸 후 암자로 온 겁니다."

하백의 말을 듣는 윤아의 얼굴은 점점 파랗게 질려갔다. 두렵고도 무서운 이야기가 그의 입을 통해 나오고 있었다.

"현재까지 투입된 인력을 헤쳐 나가는 것만도 우리 두 사람에게는 버겁고 위험했어요. 그런데 그 열 배에 달하는 인력을 투입했다면 그 결과는 불을 보듯 뻔하지요. 우연히 이번에 살아난다 하더라도 그러한 우연이 두 번 반복되지는 않을 거예요."

윤아의 사지는 사시나무처럼 덜덜 떨려왔다. 밀려오던 불안의 기운이 드디어 또렷한 형체를 드러냈다. 하백은 가녀린 여인을 가슴에 안았다. 파랗게 질린 채 차갑게 식은 가엾은 여인의 몸을 힘차게 끌어안았다. 그는 두 눈을 질끈 감은 채 마음속에 담아두었던 말을 이어갔다.

"윤아, 잘 들어요. 언제까지 이렇게 살 수는 없소. 그래, 나 혼자라면 그리 살 수 있을지 몰라요. 그래, 나 혼자였다면…… . 아니, 당신과 나, 단둘뿐이었어도 이런 결정을 하기는 쉽지 않았을 거요. 하지만 나에겐 지켜야 할 사람이 또 한 명 있어요. 당신 배 속에 있는 아이, 그 아이를 지켜야 할 책임이 있어요."

윤아는 하백이 무슨 말을 하는지 얼른 이해되지 않았다. 절체절명의 위기 앞에서 이 사람은 대체 왜 이런 책임을 운운하는 것일까? 윤아는 고개를 들어 하백의 눈을 바라보았다. 하백의 두 눈이 윤아를 마주 보았다. 한없이 슬프고 간절한 빛을 띤 그 눈이 윤아를 굽어보고 있었다. 그 순간 윤아는 그 눈동자가 하려는 말을 알아차렸다.

"아, 안 돼…… ."

그러나 그녀의 깨달음은 너무 늦었다. 그녀가 파랗게 질린 작은 입술을 떼려는 순간, 하백의 손이 그녀의 경혈을 훑고 지나갔다. 그녀가 고통스럽지 않도록 순식간에 그녀의 움직임을 마비시키는 혈이 아주 부드럽게 꾹꾹 눌러졌다.

"안……."

혈을 짚인 윤아는 마지막 말을 잇지도 못한 채 그 자리에 쓰러졌다. 하백의 커다란 팔과 가슴이 힘없이 쓰러지는 윤아를 가뿐하게 들어올렸다. 윤아는 두 눈만 멍하니 뜬 채 손가락 하나 까딱할 수 없는 상태가 되어버렸다.

"미안해요. 이렇게밖에 할 수 없는 나를 용서해요."

사랑하는 사람은 그녀에게 용서를 구하고 있었다.

"살아 있어줘요. 부디 건재해야 해요. 나는 영혼이나마 언제나 당신 곁에 있을 겁니다. 사랑합니다. 진심으로 사랑해요."

하백이 윤아의 입술에 마지막 인사를 하고 있었다. 뜨거운 입술이 굳은 윤아의 입술을 감쌌다. 한없는 사랑과 애틋함이 하백의 입술을 타고 윤아에게 전해졌다. 그녀는 소리쳤다. '안 돼, 안 돼'라고, '나를 혼자 두지 말라'고, '마지막까지 함께하자'고 소리치고 있었다. 하지만 그녀의 피 터지는 절규는 어느 곳에도 메아리치지 않았다. 그녀의 절규는 가슴속에서만 울리고 또 울려댈 뿐, 작은 신음으로라도 전할 수가 없었다.

여인은 온몸이 완전히 굳어버린 채로 사랑하는 사람을 바라보았다. 윤아의 눈이 피 끓는 절규와 가슴 아픈 사랑의 말을 되뇌며 하백을 바라보았다. 하백은 그런 윤아의 눈을 회피했다. 혹시 그 눈에 결심이 흔들릴까 두려워서 바라보지 않으려 했다. 그러나 그럴수록 윤아의 마음속에는 원망의 감정이 흘렀다. 혼자서 무거운 짐을 지려는 그에게. 사랑한다면서 그녀 곁을 떠나려는 그에게 미움과 원망이 홍수가 되어 터져나갔다.

하백은 암자 뒤뜰에서 사람 한 명을 데려왔다. 그것은 산 사람이 아니라 죽은 사람이었다. 그 죽은 이가 낯익은 옷차림을 하고 있었다. 윤아가 입었던 하얀 소복, 그 소복이 그의 몸에 걸쳐져 있었다. 하백이 정신을 집중하고 힘을 기울이자 뻣뻣하게 굳었던 시체가 천천히 허리를 세우고 다리를 세우더니 꼿꼿이 일어섰다. 그러자 그것은 마치 산 사람처럼 보였다. 기다란 머리와 가녀린 체구……. 윤아가 보아도 그것은 자신의 뒷모습이 분명했다.

그 순간 윤아는 두 눈을 질끈 감았다. 그제야 그녀는 하백이 무엇을 하고자 하는지 이해할 수 있었다. 하백의 열 손가락에 새까맣게 들어찼던 흙이 무엇을 의미하는지 그녀는 이제야 이해되었다. 하백은 끔찍한 흑마법을 사용하고 있었다. 어린 시절 그가 당했던, 저주의 산물로 살아야 했던 그 시절에 배운 술법을 사용하고 있었다. 단지 그녀를 위해서. 윤아를 살리기 위해서 그는 절대 사용하지 않았던 끔찍한 술법을 쓰기로 마음먹은 것이다. 그 술법을 사용한 자에게 보복이 돌아온다는 것을 뻔히 알면서도. 불행이 자신을 덮칠 것임을 누구보다 잘 알면서도 윤아를 위해, 그녀를 살리기 위해 그 술법을 사용하고 있었다. 그 끔찍한 술법을!

요원들이 산 아래에 도착했을 때, 천신은 사지가 굳어버린 윤아를 들쳐 업었다. 가엾은 임부를 위해 암자에 기거하는 보살도 동행했다. 그들은 윤아의 몸을 모포로 감싼 뒤 천신의 등에 동여맸다. 그러고는 곧장 암자를 빠져나갔다. 천신의 등에 업힌 윤아는 멀어지는 하백을 바라보았다. 제발 함께 가자고, 죽어도 함께 죽자고, 나를 이렇게 떼어놓지 말아달라고 한없이 빌고 애원하는 눈으로 멀어지는 그 사람의 모습을 하염없이 바라보았다. 그러나 하백은 윤아의 눈빛을 애써 외면했다. 그 눈을 보면 차마 보내지 못할까봐 쳐다보지도 못했다. 그렇게 마지막 인사조차 나누지 못한 채 그녀는 천신의 등에 업혀 사랑하는 사람과 멀어졌다.

　촘촘하고 빼곡한 공격의 틈새를 빠져나가는 건 위험한 일이었다. 모든 것은 하백에게 달려 있었다. 그의 작전이 성공하느냐 마느냐에 따라 윤아의 생사가 결정될 것이었다.

　천신은 누구도 접근할 수 없는 산꼭대기 한편의 깎아지른 벼랑 끝으로 올라섰다. 여인을 등에 묶고도 그는 가파른 절벽을 별 어려움 없이 올랐다. 절벽에 오르는 동안 윤아는 벼랑 끝 저 먼 아래를 바라보았다. 저 멀리에 마지막 안식처가 되어준 작은 암자와, 그 암자의 마당에 비장하게 서 있는 하백의 모습이 보였다. 윤아는 그것이 사랑하는 이의 마지막 모습임을 직감했다. 그래서 그녀는 그의 얼굴을 또렷이 새기려 했다. 마지막 순간까지 아름다운 이의 모습을 눈에 넣으려 애썼다. 하지만 쉼 없이 솟아나는 눈물이 야속하게도 그의 모습을 흐려놓았다. 자신의 마음도 모르는 매정한 눈물을 탓하며 윤아는 사랑하는 이의 뒷모습을 하염없이 바라만 보았다.

천신은 절벽 중간에 있는 동굴로 향했다. 사람 한 명이 간신히 드나들 만한 입구로 기어 들어가자 놀랍게도 작은 천연 동굴이 나타났다. 그곳은 절벽 안쪽으로 오목하게 들어간 좁은 입구가 전부라 입구만 잘 봉쇄하면 누구도 눈치챌 수 없을 만큼 비밀스러운 공간이었다. 천신은 이 천연의 요새에 또 하나의 결계를 맺었다. 초록빛이 윤아와 함께 이 작은 공간을 감싸 안았다. 그 결계는 산의 기운과 정기를 사용한 것으로, 산과 숲에서 뒤틀어짐이 없었다. 천신의 체취가 곳곳에 묻어나는 암자의 숲에서 그만큼 완벽한 위장은 없을 듯했다.

결계까지 완전히 펼쳐놓은 뒤에야 천신은 자신의 몸과 윤아의 몸을 감은 줄을 풀었다. 그는 한 치도 움직일 수 없는 그녀의 몸을 들어 동굴 벽에 기대어 앉혔다. 중년의 보살은 윤아의 몸이 상하지 않도록 팔다리를 주무르며 피가 흐르게 도와주었다.

'혈을 풀어주세요. 저를 도와주세요, 제발. 그 사람 곁으로 가게 해주세요.'

천신은 자신을 향해 한없이 갈구하는 여인의 눈동자를 바라보았다. 하지만 그는 고요히 고개만 저을 뿐이었다.

"저 사람이 마지막 부탁이라며 당신을 이곳에서 무사히 나가게만 해달라고 하더군요."

그는 쓸쓸한 눈으로 말했다.

"속세를 떠나 이곳에 온 뒤로 나는 세상일과 떨어져 있으려 했습니다. 그래, 아무런 동요도 휩쓸림도 없이 그저 고요히 살아가려고만 했습니다. 그러나 하백의 부탁을 거절할 수는 없었습니다. 보셨지요, 사술邪術까지 사용하는 그 사람의 모습을요."

천신은 비통한 얼굴로 고개를 숙였다.

"그 사람의 과거를 들으셨겠지요. 사술의 고통을 고스란히 받았던 어린 시절이 하백에게 얼마나 치명적인 기억인지를 저는 잘 알고 있습니다. 그런데 그 일을 다시 한다고 말하는데도 막을 길이 없었습니다. 그 마음이 너무나 단호하고 한결같아서 저로서는 도저히 막을 수가 없었습니다. 그 사람…… 그런 일까지 하면서 보살님과 아이를 살리려고 발버둥을 치고 있습니다. 그 마음이 너무나 간절해서 저는 거절할 수가 없었습니다."

손가락 하나 까딱할 수 없는 윤아의 눈에서 맑은 눈물만 똑똑 떨어졌다. 그래, 그 모습을 보았다. 사술을 사용하는 그 사람의 모습을 윤아도 보았다. 시체를 데려다 흑마법을 사용하는 그를 보았다. 그 사술이 고스란히 자신에게 되돌아올 것임을 누구보다 잘 아는 그가, 저주술의 희생양으로 그토록 고통스럽게 살았던 그가, 그 끔찍한 사술을 사용하고 있었다. 오로지 윤아를 위해서. 오로지 그녀를 살리기 위해서…….

윤아는 차라리 보지 않는 것이 좋았다. 그가 자신에게 닥쳐올 끔찍한 불행을 감수하면서 그녀를 살리려 한다는 것을. 이토록 가슴 아프고 이토록 처절히 슬플 바에는 그러는 편이 나았다. 그랬다면 실컷 원망이라도 했을 텐데……. 그렇게 끔찍한 술법을 사용하면서까지 자신을 살리려는 것을 몰랐다면 남은 목숨 따위 금방 끊어버릴 수도 있었을 텐데……. 그랬을 텐데……. 그 가슴 벅찬 사랑을 알아버린 탓에 질긴 목숨을 끊을 수도 없으리라는 것을 윤아는 알아버렸다.

'아아, 아니야!'

밀려오는 불안과 슬픔 속에서도 윤아는 이를 악물었다. 아직은 끝나지 않았다고, 끔찍한 불행의 예감 따위 아직 현실이 아니라고 윤아는 두 눈을 질끈 감았다.

'되돌아오는 사술의 저주는 내가 다 받아내겠어. 내가 희생양이 되겠어. 그러니 살아만 줘요. 살아만…… 제발 살아만 줘요, 하백!'

그녀는 온 마음을 다해 기원했다. 그것이 비록 가망 없는 희망일지라도 기원하지 않을 수 없었다. 그녀는 간절한 사랑의 마음이 기적이 되어 돌아오기를 빌었다.

10

시시각각 시간은 빠르게 흘러갔다. 매초 매분이 지날 때마다 요원들의 사나운 기척이 거리를 좁혀왔고, 마침내 그들은 암자를 중심으로 반경 수백 미터까지 다가왔다. 윤아는 동굴 안에서 바같 상황이 보이지 않았지만 사랑하는 사람의 음성이라도 듣기 위해 촉각을 곤두세웠다.

한없이 고요한 숲을 뚫고 처음으로 들려온 것은 남자의 음성이었다. 그 사람은 하백과 일정한 거리를 유지한 채 대화를 하기 위해 자신의 음성에 기를 불어넣었다. 덕분에 윤아의 귀에도 그들의 대화 소리가 명료하게 들렸다.

"짐승의 아이를 내놓으십시오."

남자의 목소리는 아주 낯설지만은 않았다. 윤아는 언젠가 들은 적이 있는 그 음성을 기억했다.

"반갑네, 현욱 군."

남자의 목소리에 하백의 음성이 응답했다. 그 순간 윤아는 하백에게 말하는 자가 누구인지 깨달았다.

'그래, 그 사람이다. 나를 그곳으로 데려간 사람!'

짐승으로 살던 윤아를 낯선 섬으로 데려간 그 사람. 그리고 그녀를 조사실에 가두고 똑같은 질문을 지루하게 반복하던 차갑고 기계 같은 그 사람. 그녀를 오랫동안 괴롭힌 새파랗게 젊은 요원의 음성이 분명했다. 그래, 그의 이름은 현욱이었다. 조사실에서 풀려나 신성한 집행자들의 교육을 받는 동안에도 몇 번 마주친 적이 있었다. 젊은 나이임에도 엄청난 성과를 올리는 촉망받는 요원으로, 조직의 기대를 한 몸에 받은 바로 그 사람이었다. 한편 하백에 대한 존경심과 숭배감을 조금도 감추지 않던 그 사람. 모든 이들에게 차가웠지만 윤아가 사랑하는 하백에게만은 공경과 존대의 마음을 감추지 않던 그 사람. 하지만 윤아에게는 한없이 냉정했던 그 사람. 감정이라곤 털끝만큼도 느껴지지 않는 그 사람의 냉랭한 음성이었다.

촉망받던 그 사람이 기나긴 세월의 흐름 속에서 신성한 집행자들을 이끌고 하백 앞에 나타난 것이었다. 이제 예전의 하백 자리에는 그 사람이, 도망자의 자리에는 그가 존경해 마지않은 하백이 서 있었다.

"나의 이름을 부르지 마십시오. 나는 당신을 모릅니다. 당신이 본래의 자리로 돌아오지 않는 이상 저는 당신을 잊었습니다. 그러나 만일 돌아온다면…… 그때는 다시 모든 것을 제자리로 돌리겠습니다. 나의 마음은 물론 신성한 집행자들의 모든 것을 제자리로 돌리겠습니다. 돌아오십시오, 이곳으로. 짐승의 아이를 넘기고 다시 돌아오십시오!"

그 차가운 남자가 하백을 향해 외쳤다.

윤아는 두 눈을 감았다. 그래, 하백을 사랑하는 사람은 그녀뿐이 아니란 것을 그녀도 잘 알고 있었다. 하백의 곁에 있던 사람들 중에 그를 사랑하지 않은 사람이 있었을까. 그는 항상 촉망받는 집행자요, 존경받는 리더였다. 그는 언제나 믿음을 주었고 신뢰를 주었다. 사람들 하나하나를 인격체로 대했고 존중해주었다. 하늘만큼 땅만큼 마음이 넓은 그 사람을 알아본 것이 윤아만은 아니었다. 하물며 저토록 차가운 남자 역시 하백에게 존경과 흠모의 감정을 가지고 있었다. 그래, 하백은 그랬다. 그런 하백이 윤아, 그녀 한 사람 때문에 모든 신망을 잃었다. 단 한 사람의 사랑을 얻기 위해 모든 이들의 사랑을 등지고 그가 가졌던 모든 것을 버렸다. 윤아의 심장이 갈가리 찢겨나갈 것처럼 아파왔다.

'나만 없었다면. 나만⋯⋯.'

윤아는 스르르 눈을 떴다. 캄캄한 동굴 너머에서 하백을 사랑하는 사람들과, 그들의 사랑을 받은 하백이 대치하는 상황이 가슴 아프도록 안타까웠다. 한없는 후회의 눈물이 그녀의 두 볼을 타고 흘렀다.

"미안하네. 나는 사랑하는 사람을 희생양으로 넘기고 목숨을 부지할 만큼 생명이 중한 사람이 아닐세. 그 사람을 만나기 전 내 인생은 거짓이었네. 나는 그곳으로 돌아갈 마음이 없네."

하백의 대답에 맹렬한 비난의 말이 되돌아왔다.

"신성한 집행자들의 모든 걸 부정하시는 겁니까? 그곳에서 당신의 삶이 다 거짓이었단 말입니까? 그렇다면 당신을 따르고 존경했던 우리는 무어란 말입니까! 당신은 이런 사람이 아니었습니다. 내가 아는 당신은 이런 분이 아니에요!"

잠시 동안 침묵이 이어졌다. 현욱의 말에는 하백에 대한 크나큰 실망과 원망이 묻어 있었다. 그뿐이 아니리라. 하백을 존경하고 따랐던 여러 요원은 하백의 대답에 비통함을 느꼈다. 그들이 하백을 존경하고 믿었던 만큼 배신감과 분노도 드높았다.

"저자는 우리가 알던 그 사람이 아니다! 우리와 함께 있던 그자가 아니다! 한 치의 물러섬도 없이 처단하라! 저자를 처단하고 집승의 아이를 죽여라!"

다시 들려온 현욱의 목소리는 너무나도 차가웠다. 듣는 것만으로도 온몸이 얼어붙을 것 같은 냉랭한 기운이 흘렀다. 그의 말이 끝나기가 무섭게 사방에서 맹렬한 함성과 기합 소리가 울려 퍼졌다. 동시에 엄청난 영력과 차가운 무기들의 소리가 온 산으로 울려 퍼졌다. 그것은 실망과 좌절, 분노와 배신감으로 물든 이들의 외침이었다.

그 순간 윤아는 눈을 질끈 감았다. 이제 더 이상은 듣고 싶지도, 보고 싶지도 않아 아예 눈을 감아버렸다. 그런데 감은 눈 저편에서 저 바깥의 일들이 보이기 시작했다. 알고 싶지 않은 바깥의 일들이 그녀의 뇌리 속으로 생생하게 전해져왔다. 그것은 언젠가 꾸었던 꿈의 내용과 일치했다. 푸르른 숲 속에서 수많은 무리에 포위된 채 최후를 맞이하는 하백의 모습……. 그 광경이었다.

꿈에서처럼 그는 윤아와 똑같이 생긴 시신과 함께 푸른 숲을 배경으로 싸웠고 윤아는 멀리 떨어진 이 절벽에 있었다. 애써 지우려 했건만, 아니라고 발버둥을 쳤건만, 그 불안한 꿈은 피할 수 없는 예지의 산물임이 분명했다.

하백은 긴 머리의 여인을 한 손에 안고 적이 가까이 다가오지 못하도록 최대한 거리를 유지하며 막아섰다. 하백은 자신의 영력을 폭발적으로 터뜨리며 요원들의 접근을 막았다. 그것은 그와 함께 있는 여인이 윤아가 아니라는 것, 그의 사술로 움직이는 시체라는 것을 상대가 알아채지 못하게 하기 위함이었다. 더불어 그는 원거리에서 날아오는 강력한 공격을 기다리고 있었다. 그의 몸과 시체의 몸을 산산이 부술 만큼 강력한 공격. 그것을 기다리고 있었다.

위대한 스승이었던 하백이 요원들을 향해 살기 어린 공격을 해대자 요원들의 분노는 점점 더 높아졌다. 설마 했는데, 전 동방지부장의 공격을 받고 피를 토하며 쓰러지는 요원들이 생겨났다. 지금껏 하백은 도망을 치고 방어를 할지언정 이런 식으로 요원들을 공격하진 않았다. 그가 여자에 미쳐 자신을 키우고 돌보았던 조직을 배신하고 살기를 담은 공격을 해대고 있었다. 여기저기에서 이 믿을 수 없는 상황에 원성이 일었다. 격분한 요원들의 분노가 들끓었다.

"모두 물러서라! 내가…… 내가 하겠다!"

하백이 기다리던 기회는 머지않아 주어졌다. 격노한 요원들 사이로 현욱의 냉랭한 목소리가 들렸다. 하백에게 한없는 존경심을 품고 있던 현욱의 실망과 배신감은 이루 말할 수 없을 정도였다. 그의 성난 부르짖음과 함께 어마어마한 영적 덩어리가 생생하게 느껴졌다. 온 산이 날아가도 놀랍지 않을 만큼 강력한 분노의 힘이 모였다.

쿠와아아앙!

그리고 이어지는 매서운 폭발 소리. 멀리 절벽에 숨은 천신 일행의 머리 위로 자갈이 쏟아질 만큼 어마어마한 공격이었다. 그것은 하백이 노리던 바로 그 순간이기도 했다.

"크아악!"

하백의 비명이 사방으로 퍼져나갔다. 고통과 괴로움 속에서 죽음의 비명 소리가 사방으로 흩어졌다. 온 산이 요동치고 온 사방이 흔들리는 바로 그 순간, 그는 자신의 온몸으로 현욱의 공격을 받았다. 사랑하는 사람을 위해 그는 아무런 주저 없이, 아무런 망설임 없이 그의 공격을 온몸으로 받아냈다. 자신이 내쏘려던 공격력까지 스스로의 몸뚱이에 폭파시키며 자해했다. 윤아가 꿈에서 보았듯이 수많은 사냥꾼에게 포위되어 빗발치는 총탄을 온몸으로 맞으며 포효하는 맹수의 마지막. 그 마지막 포효 소리가 사방으로 메아리쳤다. 그 어떤 방어도 없이 그는 기다렸다는 듯 영적 포탄을 온몸으로 전부 받아냈다. 공격한 현욱마저 흠칫 놀라 움직이지 못할 정도로 끔찍한 공격을 고스란히 맨몸으로 받았다.

퍼어엉!

대지가 흔들리고 지축이 떨렸다. 그곳에 서 있던 하백은 물론이고 윤아 대신 그와 함께 있던 시체까지 산산이 흩어지고 갈라지며 흔적 없이 사라졌다. 시간 이동이나 공간 이동 같은 영적 자취도 하나 없었다. 완전히. 깨끗하게 피와 살과 뼛조각만 남긴 채 살해된 것이다. 이러한 죽음의 순간을 기다렸던 사람처럼.

윤아는 눈을 뜰 수가 없었다. 지금 이 모든 것이 정말 현실이 되어버릴까봐 차마 눈을 벌릴 수가 없었다. 누군가가 꿈이라고, 그러니 어서 일어나라고 깨워주었으면. 지난번에 그녀를 깜짝 놀라게 하며 잠에서 깨게 한 그 꿈처럼 지금 이 모든 것도 백일몽이었다고, 하백이 웃으며 말해주었으면. 아무것도 아니었다고, 다 거짓이라고 말해주었으면, 제발…….

그러나 그녀의 손에 누군가의 온기가 느껴졌을 때, 그녀가 마침내 눈을 뜨고 그 손의 주인을 바라보았을 때 그녀는 이것이 꿈이 아님을, 결코 착각이 아님을 실감했다. 천신이…… 그 한결같고 신선 같은 사람이 그녀의 손을 붙잡고 비통한 얼굴로 고개 숙인 채 어깨를 떠는 모습을 보는 그 순간, 그녀는 이 모든 것이 현실임을 받아들이지 않을 수 없었다.

하백의 마지막 외마디가 들려오고 한동안 아무 소리도 들려오지 않았다. 다들 믿을 수 없는 광경에 눈을 떼지 못했고 입도 벌리지 못했다. 공격한 당사자까지 망연자실 움직이지 못했다. 그저 모든 것이 현실임을 믿을 수 없다는 듯 팽팽한 긴장감과 고요만 남아 있었다. 심장을 에는 고요함만 존재하는 긴 시간 동안 윤아의 두 눈에서는 한없이 눈물만 흐르고 또 흘렀다.

그 깊은 적막을 깨뜨린 것은 다급한 노파의 고함 소리였다.

"무엇이야, 무슨 짓을 한 거야! 네놈이 그랬냐, 현욱! 네놈이 그랬느냐. 내가 죽인다고 했지, 저 연놈은 내가 죽인다고 했지!"

긴 고요함의 끝에서 그 사람의 목소리가 들려왔을 때 윤아는 심장이 얼어붙는 듯한 공포를 느꼈다. 그 째질 듯한 음성이 두 귀에 들려오는 순간, 그녀는 더한 비극이 시작될 수도 있다는 사실을 받아들였다. 맹렬하게 비난해대는 그녀. 그것은 모모 노파…… 그녀의 음성이 분명했다.

"네놈이 그랬냐, 네놈이 그랬어! 내가 죽인다고 했지, 내가 죽인다고!"

모모 노파의 눈은 새빨갛게 달아올라 있었다. 그녀는 불같은 화를 참지 못해 금방이라도 눈이 튀어나올 것처럼 격노하며 현욱의 멱살을 흔들었다. 푸른 한복을 나부끼며 높은 산 위에 나타난 노파의 눈동자는 복수심에 불타고 원통함에 터질 듯했다. 평생을 함께한 쌍둥이 자매를 죽인 원수를 제 손으로 죽이지 못한 것이 분하고 억울해서 미쳐버릴 듯했다.

"모모 님, 저는……."

하백의 목숨을 거둔 현욱은 반쯤 넋이 나가 있었다. 그는 지금 자신의 눈앞에서 벌어진 일을 도저히 믿을 수 없다는 얼굴이었다. 설마, 그가 이렇게 갈 줄이야. 하백이 이렇게나 허무하게 사라질 줄은 그 역시 꿈에도 몰랐다. 분명 어떤 공격이라도 피하고 불사신처럼 살아날 줄 알았다. 그런데 그가…… 현욱이 가슴속으로 가장 존경하고 가장 흠모한 그 사람이 자신의 공격에 죽음을 맞이할 줄이야……. 이렇게나 덧없이 산산이 부서질 줄이야……. 그 역시 상상도 못한 일이었다.

"네가 나를 방해해, 감히 네가!"

모모 노파의 분노는 수그러들지 않았다. 당황하는 현욱 따위는 눈에 보이지도 않았다. 그녀는 복수심에 불타올랐다. 자신의 눈앞에서 쌍둥이 자매를 빼앗아간 철천지원수를 잊을 수가 없었다. 원수들의 사지를 갈기갈기 찢어버리고 눈과 귀를 다 파헤쳐버릴

작정이었건만 코앞에서 복수의 기회를 빼앗겼으니, 미치고 통탄할 노릇이었다.

모모는 이대로 끝낼 수가 없었다. 이대로 끝내기엔 죽은 자매에게 미안했다. 모모는 폭발로 움푹 파인 자리를 바라보았다. 산산이 부서지고 흩어진 파편과 핏물을 매서운 눈으로 바라보았다. 그리고 마침내 회심의 미소를 지었다.

"네 연놈, 죽어서라도 만나게 할 성싶으냐! 내가 네 연놈이 저승에서라도 만나게 할 성싶으냐! 네 연놈이 다시는 만날 수 없도록, 영혼이라도 다시는 볼 수 없도록 만들어주마! 그렇게 해주마!"

그녀는 끔찍한 말을 내뱉고 있었다. 이미 목숨을 잃은 그들에게서 죽음 이후의 세상도 빼앗겠다는 것이었다.

"모모 님!"

현욱이 푸른 한복을 붙들었다. 하지만 모모 노파의 눈엔 그 누구도 들어오지 않았다. 다른 요원들이 말리는 건 소용도 없었다. 그 자리에서 모모 노파의 분노한 일갈이 온 산에 쩌렁쩌렁 울려 퍼졌다.

"영혼의 한 조각도 남아 있지 않게 하리라! 네 연놈에게 그런 기회도 주지 않으리라!"

산산이 부서진 시체 위로, 뿔뿔이 흩어진 살점과 뼛조각 위로, 이리저리 튄 시뻘건 핏물 위로, 그녀의 매서운 공격이 시작되었다. 이미 죽은 시체들이건만 그 위로 끔찍하고 끈질긴 처벌이 끊임없이 이어졌다.

'안 돼요, 안 돼! 하백…… 안 돼요!'

그 끔찍한 형벌에 윤아는 정신을 잃고 말았다. 이제 영혼으로
도 만날 수 없다는 끔찍한 현실 앞에서 그녀의 정신은 더 이상 버
텨내지 못했다.

11

죽은 듯 움직이지 않던 윤아의 두 눈이 꿈틀거렸다. 온몸이 뼈
근하고 머리가 지끈거리는 고통을 느끼며 그녀는 천천히 몸을 일
으켰다. 그녀는 흐릿한 정신으로 살며시 눈을 떴다. 지독한 꿈을
꾼 것만 같았다. 너무나 끔찍해서 기억조차 나지 않는 무참한 꿈
을 꾼 것만 같았다.

'이곳은 어디일까?'

그녀는 알 수가 없었다. 그녀는 너무나도 낯선 곳, 낯선 방 안에
누워 있는 자신을 발견했다. 그녀가 돌아다녀본 어떤 장소도 아
닌 아주 낯선 방이었다. 윤아는 지끈거리는 머리를 잡고 움직이
질 못했다. 그녀는 천천히 몸을 일으켰다. 한 손으로 방바닥을 짚
으면서도 다른 한 손으로는 본능적으로 배를 움켜쥐었다. 하얀
한복 아래 불룩한 배가 느껴졌다.

"괜찮습니까?"

그녀의 곁에서 낯익은 남자의 음성이 들려왔다.

"하, 하백?"

윤아는 지끈거리는 머리를 달래며 그쪽을 바라보았다. 그러나 그곳에서 그녀를 바라보는 사람은 새까만 도복을 입은 천신이었다.

"그만 정신을 잃으셨습니다."

천신은 윤아의 눈을 바라보지 못했다. 그는 멀리 다른 곳을 보는 듯 그녀의 눈을 피하며 말을 이었다.

"아윽!"

그런 천신의 모습을 보는 순간 다시 끔찍한 두통이 그녀를 엄습했다. 끔찍한 악몽이 현실로 다가오는 찰나였다. 천신은 윤아를 바라보며 그녀가 조금 더 정신을 차릴 때까지 아무 말도 하지 않았다. 어떤 위로도 그녀에게 도움이 되지 않음을 잘 알고 있는 까닭이었다. 두통으로 괴로워하던 그녀는 이내 멍한 눈으로 낯선 방의 저편을 바라보았다. 마치 넋이 나간 사람마냥 벽에 기댄 채 멍한 눈으로 한곳만 응시했다. 끔찍한 악몽을 어떻게 받아들여야 할지 몰라 그저 넋을 놓았다.

그런 여인을 보며 천신은 가슴이 아팠다. 도울 수만 있다면 힘껏 도와주고 싶었다. 하지만 그럴 수가 없었다. 그가 여인을 돕는 방법은 그녀를 잊어버리는 것이었다. 신성한 집행자들이 조금이라도 의심하지 않도록 그녀를 만나지 않는 것뿐이었다.

암자에서 마지막 전투가 일어난 이상 천신이 어떤 역할을 했는지 그들이 의심하고 추적한다면 하백이 목숨 바쳐 꾸민 모든 일이 허사가 되어버릴 수도 있었다. 그렇기에 그는 여인을 한시라도 빨리 홀로 두어야 했다. 벌써 여인의 혈을 풀어주고 곧장 이곳을 떠났어야 했는지도 몰랐다. 그에게는 시간이 없었다.

"보살님, 이제 제가 모르는 곳으로 떠나셔야 합니다."

그는 넋을 잃은 윤아를 흔들었다. 그리고 그녀를 향해 최대한 빠르고 정확하게 모든 필요한 것들을 이야기했다.

"바깥에 도와주실 분이 기다리고 있습니다. 그분이 이것저것 살펴줄 겁니다. 근래에 생을 마친 무녀님의 이름을 드릴 것이고, 새로운 보금자리도 찾아줄 겁니다. 보살님은 새 이름으로 새 보금자리를 찾아 안착하셔야 합니다. 저를 비롯한 그 누구도 보살님의 거처를 몰라야 합니다. 저는 이후로 보살님의 생사도, 안위도 결코 찾지 않을 겁니다. 궁금해하지도, 알아보지도 않겠습니다. 그것이 보살님을 위한 길이기 때문입니다. 보살님은 하백이 선사한 그 이름을 버리셔야 합니다. 적어도 새로운 예언이 드러나고, 그 예언으로 인해 보살님에 대한 모든 것이 잊힐 때까지 거짓 이름으로 살아야 합니다. 그것만이 아이와 보살님의 목숨을 부지하는 길입니다."

천신은 몇 번이나 같은 말을 되풀이했다.

"보살님, 제 말을 아시겠습니까?"

그는 윤아를 흔들고는 그녀의 손에 새로운 인생에 필요한 것들을 건네주었다. 그녀는 고개를 끄덕였지만 이미 반쯤 넋이 나간 상태였다. 천신은 다시 같은 말을 반복했지만 여전히 그녀의 상태는 달라지지 않았다. 그는 더 이상 머물 수가 없었다. 혹시라도 추적의 발길이 따라오고 있다면 모든 것이 허사가 되어버린다. 하백이 목숨을 걸고 준비한 모든 것이 다!

"보살님, 모든 것이 영원하지는 않습니다. 언젠가는 저들도 보살님을 잊고 당신을 찾지 않는 날이 올 겁니다. 그러니 그때까지만 잘 숨어 계십시오. 새로운 예언이 당신에 대한 예언을 뒤덮을 때까지만요."

천신은 넋이 나간 그녀를 홀로 두고 떠나는 것이 마음에 걸렸지만 그가 남아 있으면 위험만 커질 뿐이었다. 천신은 그렇게 자리를 털고 일어설 수밖에 없었다. 이제 그녀는 새로운 이름으로 새 인생을 살아갈 것이다. 하백이 모든 지혜를 짜내어 그렇게 만든 것이다. 천신은 반쯤 넋이 나간 여인을 그 자리에 남겨두고 다시는 그녀를 찾지 않으리라 맹세했다.

"보살님, 저는 죽어도 보살님을 다시 찾지 않겠습니다. 그러나 보살님, 진실로 저의 도움이 필요하다면 그때는 저를 찾으셔도 됩니다. 그날이 올 때까지 제가 당신을 먼저 찾지는 않겠습니다. 부디 건강하십시오. 그리고 부디 하백의 마음을 알아주십시오. 그 마음 때문이라도 부디 새로운 인생을 살아주십시오!"

천신은 윤아에게 깊이 절했다. 온 마음과 온 정성을 다해 몸을 숙였다. 그리고 그렇게 낯선 땅, 새로운 곳에 그녀를 홀로 두고 서둘러 떠나버렸다.

윤아의 머릿속은 복잡했다. 그녀는 넋이 나간 상황에서도 천신의 말을 모두 알아들었다. 그러나 그녀에게는 더 이상 살아야 할 이유가 없었다. 그녀는 살아야 할 유일한 이유를 잃어버리고 말았다. 눈을 떠야 할 이유도 없었다. 인간이어야 할 이유도 없었다. 먹고, 자고, 숨을 쉬어야 할 이유도 없었다. 하백이 없는데. 그 사람이 없는데…….

툭툭.

그 순간 그녀의 배에서 묘한 감각이 느껴졌다.

툭툭.

그것은 살아 있는 작은 아이의 태동이었다.

윤아는 멍한 눈으로 자신의 배를 바라보았다. 조금 볼록한 배…….그 배에서 살아 있다는 증거가 들려오고 있었다. '나 살아 있어요, 나 살아 있어요' 하는 또렷한 음성이 들려오고 있었다. 그녀는 자신도 모르게 볼록한 배에 손을 가져다 댔다. 오물거리는 작은 생명의 소리를 향해 조심스럽게 손을 대보았다.

툭툭.

또다시 신비한 생명의 음성이 들려왔다. 믿을 수 없을 만큼 생생하게 말하고 있었다. 살아 있다고. 정말로 살아 있다고, 윤아는 혼자가 아니라고, 아버지 대신 자신이 버티고 있다고 씩씩하게 말하고 있었다.

데구르르…….

그 순간, 그녀의 곁에 있던 짐 보따리가 바닥으로 굴렀다. 분홍색 보자기 사이로 은빛 함이 바닥으로 굴러떨어졌다. 그것은 아름답게 세공된 은빛 함, 하백의 마지막 선물이었다. 그녀는 눈이 부시도록 아름다운 함을 열었다.

함 속에는 하백이 준 마지막 선물이 고스란히 담겨 있었다. 새하얗게 빛나는 앙증맞은 신발이 하백과 함께한 그때와 마찬가지로 다소곳이 그녀를 바라보고 있었다. 그녀는 터져 나오는 울음을 참기 위해 입술을 깨물었다. 그 울음이 방 밖으로 새어나가지 않도록 입술에 피가 나도록 깨물었다. 윤아는 그 작은 신발을 들었다. 그리고 얼굴을 묻었다. 보송한 신발에서 하백의 내음이 묻어 나오는 듯했다.

바스락.

순간 또 다른 이물감이 느껴졌다. 그 작은 신발의 안쪽에 그녀가 미처 발견하지 못했던 쪽지가 끼워져 있었다. 그녀는 흐르는 눈물을 훔치며 신발에 끼워진 쪽지를 꺼내 들었다. 정성을 다해 몇 번이나 접고 또 접은 그 쪽지에는 두 개의 글자가 적혀 있었다.

"물洛…… 빛彬……."

그것은 물과 빛을 의미하는 두 개의 한자漢字였다. 물을 상징하는 하백과 빛을 상징하는 윤아, 두 사람의 이름에서 따온 물과 빛을 뜻하는 한자가 적혀 있었다. 윤아는 그것이 두 사람에게서 태어난 소중한 아이의 이름이라는 것을 알아챘다.

"물…… 빛……. 물과 빛의 아이. 그것이 우리 아이의 이름이군요……."

윤아는 쉼 없이 그 이름을 되뇌었다.

그녀는 자신의 배를 바라보았다. 아직은 조금 볼록할 뿐인 배, 그곳에 하백이 남긴 마지막 선물이자 가장 소중한 선물이 들어 있었다. 그녀는 사랑하는 사람이 지어준 그 소중한 이름을 끌어 안았다. 그리고 마음 깊숙이 그 이름을 부르고 또 불렀다. 사랑하는 사람이 지어준 가장 소중한 이름을⋯⋯.

12

하얀 안개 속에 앉은 소년은 구부린 두 무릎에 턱을 괴고 눈이 빠져라 눈앞의 광경을 바라보았다. 소년은 눈물을 흘리는 여인을 바라보았다. 왜 그리도 그 낯선 여인의 모습에 가슴이 아픈지 알 수가 없었다. 소년은 낯선 여인의 이야기에 가슴이 떨리고 안타 까움이 일었다. 소년은 안개 저편에서 그 모든 이야기에 눈을 떼지 못했다. 소년은 뭔지 모를 벅찬 감정 속에서 일련의 이야기에 빠져들었다.

"물과 빛⋯⋯. 물과 빛의 아이⋯⋯."

소년은 자신도 모르게 여인의 마지막 말을 따라 했다. 무언가 잡힐 듯 잡히지 않는 생각이 소년을 괴롭혔다. 여인에게만 보이 는 흰 종이의 마지막 두 글자. 죽은 남자가 남긴 마지막 두 글자를 소년은 알 것만 같았다. 그것은 입안에서 뱅뱅 맴돌기만 하고 좀 처럼 입 밖으로 나오진 않았다. 그저 소년의 가슴을 애타게 만들

뿐이었다.

소년은 문득 뒤에 있는 커다란 손의 주인을 바라보았다. 그는 여전히 자욱한 안개에 가려져 어떤 표정을 짓고 있는지, 어디를 보고 있는지 알 수 없었다. 그러나 소년은 느낄 수 있었다. 그가 소년과 같은 곳을 바라보고 있다는 것을, 그 역시 눈앞에 펼쳐진 모든 영상에 집중하고 있었다는 것을, 그리고 소년만큼이나 가슴 아파하며 그 이야기를 듣고 있었다는 것을.

기나긴 이야기의 한 마당이 끝나자 다시 소년의 눈앞이 흐려졌다. 자욱한 안개가 잔뜩 끼더니 얼마 후 어슴푸레 맑아졌다. 또다시 눈을 뗄 수 없는 기억의 한 토막이 이야기를 시작하고 있었다.

소년의 눈앞에 펼쳐진 것은 녹푸른 광경이었다. 그곳은 하늘색이 초록으로 보일 만큼 나무숲이 울창했다. 이른 새벽, 새들이 지저귀고 작은 다람쥐가 부지런히 나무를 오르내리는 깊은 산속에 작은 암자 하나가 눈에 띄었다. 떡갈나무와 소나무가 암자 주변을 촘촘히 에워싸고 있는 이곳은 아주 낯설지만은 않았다.

'아, 아까 보았던 그 암자로구나.'

소년은 그곳을 알아보았다. 수많은 공격으로 상당 부분 깨어지고 부서진 암자는 보수하고 수리해서인지 지붕의 기와부터 조금씩 달라져 있었다. 울창한 산을 지키는 고즈넉한 암자를 보는 순간, 안개 속에 숨어 모든 것을 지켜보던 소년의 가슴이 움찔했다.

'무얼까, 이런 감각은? 어디지, 저곳은?'

소년은 눈앞의 광경에서 무언지 모를 묘한 느낌을 받았다. 예전의 암자에 비해 평평한 마당이 좀 더 넓어졌고, 북편의 방도 개수가 좀 더 늘어난 것 같았다. 그 한가로워 보이는 암자에는 늘 그 자리를 지키는 검은 도복 차림의 천신이 있었다. 그가 대청마루에서 산 아래를 내려다보며 누군가에게 말을 걸었다.

"승덕아, 오늘은 귀한 손님이 오실 터이니 마당을 잘 쓸어라."

검은 도복을 입은 천신은 이른 새벽부터 잠자리를 정리하고 마당으로 나와 누군가를 큰 소리로 불렀다. 그러자 사랑채의 방문 하나가 벌컥 열렸다. 서둘러 천신에게 인사하는 것은 젊은 남녀였다. 두 사람은 똑같이 헐렁하고 기다란 회색 승복을 입었으며, 이목구비와 생김생김이 비슷했다. 하지만 덩치와 피부색, 그리고 전체적인 분위기는 딴판이었다.

승복을 입은 두 사람을 보는 순간, 소년은 또다시 자신의 손아귀에 힘이 들어가는 것을 느꼈다. 간헐적으로 펄쩍펄쩍 뛰는 심장 소리도 들렸다. 소년은 왜 이런 낯선 사람들의 얼굴에 자신이 반응하는지 알 수 없었다. 분명한 것은 그들로부터 한시도 눈을 뗄 수 없다는 사실이었다.

"허허, 승덕이를 불렀더니 정희와 정현이가 일어났구나."

천신은 허허 웃으며 두 사람의 이름을 불러주었다. 천신은 한없이 따스한 눈빛으로 두 사람을 바라보고 있었다.

천신이 두 사람의 이름을 부르는 그 순간, 소년은 자신도 모르게 한 걸음 뒤로 물러났다. 정희와 정현……. 소년의 손이 그 이름에 반응하여 자신의 의지와 상관없이 불수의적으로 펄떡였다. 소년은 문득 그런 자신의 반응이 두려웠다. 눈앞의 이야기를 더 보아야 하는지 두려움이 일었다. 무언가…… 그가 알지 못하지만 그의 본능은 알고 있는 무언가가 자신의 눈앞에 있다는 생각이 들었다. 그리고 그것으로부터 달아나고 싶다는 생각, 그만 보고 싶다는 생각이 가슴속의 한 귀퉁이를 자극했다. 그러나 소년의 다른 마음은 눈앞의 이야기를 계속 보고 싶어 했다. 소년은 어떤 이야기들이 펼쳐질지, 무슨 이야기들이 진행될지 호기심과 궁금함, 그리고 알 수 없는 진한 그리움 속에서 그 모습을 바라보았다.

"승덕아, 넌 무얼 하느냐?"

천신은 다시 한 번 닫혀 있는 방문을 향해 누군가를 불렀다. 잠시 후 꼭 닫혀 있던 방문이 비스듬히 열리며 한 남자가 마당으로 빼꼼 고개를 내밀었다. 부스스한 머리에 까치집을 지은 그는 금방 일어난 얼굴이었다. 잠시 후 그는 자신의 머리를 감추려는 듯 빨간 모자를 눌러쓰고 어슬렁어슬렁 천신 앞으로 다가왔다.

그의 모습을 보는 순간, 소년은 가슴이 철렁 내려앉는 느낌을 받았다. 그것은 손가락의 떨림과 비교도 되지 않을 만큼 강렬한 감각이었다. 무언가가 가슴 한구석을 후벼 파듯 아프기도 했다. 낯선 사람인데, 알지도 못하는 사람인데 왜 가슴이 이토록 아파 오는지 알 수가 없었다. 소년은 자신의 가슴을 부여잡았다.

'내가 저 남자를 알고 있나? 언제부터 알고 있었을까? 어떻게 저 사람을 알게 되었을까? 왜 그 기억을 다 잃어버렸을까? 왜 보는 것만으로 가슴이 아플까?'

그 끊임없는 질문에 해답을 얻기 위해 소년은 아픈 가슴을 움켜쥔 채 눈앞의 모습을 뚫어져라 바라보았다.

"아이고, 스승니임! 제가 어제 뭘 좀 조사하다가 새벽에 잠들었습니다. 전 조금만 더 자겠습니다. 애들도 있는데 만날 저만 시키십니까! 오늘 하루만 봐주십시오!"

그 남자는 회색 옷을 입은 남녀보다 나이 들어 보였지만 행동거지는 전혀 그렇지 않았다. 그는 졸린 눈으로 더 자겠다고 떼를 쓰며 너스레를 떨었다. 그런 남자의 행동에 회색 승복 차림의 남녀는 물론이고 천신마저 슬며시 미소를 지었다.

"이놈, 다 늙은 놈이 징그럽구나!"

촤악!

뒷짐을 지고 있던 천신의 손에 물이 가득 담긴 바가지가 들려 있다는 건 꿈에도 모를 일이었다. 그는 너스레를 떠는 승덕을 향해 물세례를 날렸다.

"아이고!"

"이제 잠이 좀 깼느냐? 어서 일어나 마당 좀 쓸어놓아라. 오늘 귀한 손님이 올 거다."

천신은 빙긋 웃고 있었고, 정희와 정현이라 불리는 남녀도 서로 키득거리며 남자를 바라보았다. 그 모습이 한없이 평화롭고 행복해 보였다.

"스승님, 대체 누가 온다는 겁니까?"

남자는 번뜩 소리쳤지만 그가 정말 화난 것은 아니라는 것을 모두들 알고 있었다.

"글쎄, 누구일까 생각 중이다. 귀한 손님인 것만은 분명하니라."

천신의 대답에 남자는 잠시 동안 침묵했다. 즉각적으로 받아치는 농담을 던지는 대신 잠시 동안 그렇게 뜸을 들였다. 그러더니 짐짓 고개를 끄덕이며 아는 체했다.

"아아, 온다는 사람이 '그 아이'지요?"

빨간 모자를 쓴 남자는 어쩐지 무척이나 진지한 얼굴로 그렇게 말했다.

"바로…… 저 아이지요?"

빨간 모자를 쓴 남자가 몸을 틀었다. 그리고 정확히 안개 속에 묻혀 있는 소년을 향해 손가락을 가리켰다. 안개 속에 몸을 숨기고 있던 소년은 심장이 툭 떨어져나가는 느낌을 받았다. 소년은 지금껏 딴 세상 이야기를 듣기만 하는 것처럼 안개 너머의 관찰자가 되어 모든 것을 지켜보았다. 그런데 갑자기 이야기 속의 남자가 소년을 향해 손가락질을 했다. 소년은 눈을 비볐다. 착각이 아니었다. 빨간 모자를 쓴 그 남자가 정확히 소년을 바라보며 손가락질을 하고 있었다.

"……!"

그 순간 소년은 완전히 얼어붙은 듯 움직일 수가 없었다. 심장이 다시 출렁 내려앉는 것 같았고 왠지 강한 두려움이 느껴졌다. 하지만 그 두려움 속에 작은 기대가 꿈틀거렸다. 소년을 알아본 그 남자를 바라보며 가슴속의 뜨거운 무언가가 펄떡펄떡 깨어나고 일어나는 느낌이 생생히 전해졌다. 소년은 더 이상 짙은 안개가 자신을 가리지 못한다는 것을 깨달았다. 눈앞에 있는 빨간 모자의 남자뿐만 아니라 천신과 정희, 그리고 정현이라는 사람까지 모두 안개 이편에 있는 소년을 바라보고 있었다. 소년은 천천히 무릎을 펴고 일어섰다.

이상했다. 지금껏 눈앞에 나타난 모든 이들은 소년의 존재를 깨닫지 못했다. 소년을 흘끗 바라본다거나, 하물며 이쪽으로 고개를 돌리는 이들도 없었다. 눈앞의 사건들은 그저 옛날이야기처럼 줄줄이 스쳐 지나갔을 뿐, 이야기를 바라보는 소년의 존재에 대해서는 그 누구도 관심을 갖지 않았다. 소년은 자신이 그저 눈앞에서 펼쳐지는 이야기들을 보는 관객이라고 생각했다. 그런데 빨간 모자를 쓰고 낡은 청바지를 입은 이 남자만은 달랐다. 그는 소년을 바라보고 있었다. 소년을 향해 손가락을 뻗고 있었다. 심지어 소년을 향해 몸을 돌리고 한 걸음, 한 걸음 다가오기까지 했다. 가슴이 떨렸다. 두려움이 아니라 벅찬 환희와 감동으로 가득한 떨림이었다.

빨간 모자를 쓴 남자가 점점 다가왔다. 소년을 향해, 안개 속에 가려진 그 공간을 향해 다가왔다. 장난스럽게 웃어대던 입가의 주름을 지우고 진지한 얼굴로 조금씩 다가왔다. 남자는 한 걸음도 망설이지 않고 소년의 코앞까지 다가왔다. 그는 단 한 발의 거리를 두고 멈춰 섰다. 남자의 입술이 빙긋 웃음을 지었다.

"예까지 따라왔구나, 자식. 바라보기 가슴 아팠을 텐데도 잘 참왔다."

그가 소년의 앞으로 손을 뻗었다. 익숙한 듯 소년의 까만 머리카락을 매만졌다. 그제야 소년은 제 머리가 검은빛임을 알았다. 예전에 자신의 머리카락이 반짝반짝 윤이 나는 동그란 바가지 머리였음을 기억했다. 소년은 저도 모르게 배시시 미소를 지었다. 입을 지탱하는 근육에 힘이 모조리 빠진 것처럼 바보 같은 미소를 지었다. 헤헤 웃으면서도 왜인지 눈이 시렸다. 청년의 얼굴을 바라보는 두 눈이 흐릿흐릿 물기로 가득했다. 소년은 남자의 늘어진 셔츠에 얼굴을 파묻었다. 흐음. 숨을 들이쉬니 익숙한 냄새가 났다. 승덕 형의 냄새였다.

"미안하다, 혼자 두고 떠나서……."

그는 낙빈의 머리를 헝클어뜨렸다. 한 손으로 비비적비비적 마구잡이로 머리를 매만졌다. 마치 어린 강아지를 매만지듯 그렇게 세차게 소년의 머리를 좌우로 흔들었다. 그 느낌이 좋았다. 승덕의 품에서 그렇게 헝클어지는 머리카락의 느낌이 좋았다. 그 행동에 가득한 다정다감함이 한없이 좋았다.

퍼펑!

그 순간 소년의 가슴속에서 막혀 있던 무언가가 폭발했다. 고여 있던 망각의 강물이 흐르기 시작했다. 단단히 닫혀 있던 둑이 터져나가고 갇혔던 물줄기가 순식간에 넘쳐흘렀다. 소년은 기억을 되찾았다. 눈앞의 이 사람이 누구인지, 얼마나 그리운 사람인지, 그와 함께한 추억이 무엇이었는지 기억해냈다.

"어허엉!"

소년의 입에서 울음이 터져 나왔다. 얼어붙은 물줄기가 펑 터지고 고여 있던 냇물이 삽시에 흘러넘치듯 폭포수처럼 굵은 눈물이 쏟아져 내렸다.

"형! 혀어엉!"

소년은 승덕의 가슴을 팡팡 때리며 울어댔다. 한없이 그립고 한없이 보고 싶었던 형이 눈앞에 나타났다. 한 번만 더 만나게 해 달라고 그토록 매달리고 애원했던 소원이 현실로 이루어졌다. 가슴 아픈 기억 너머 그리운 마음만 넘쳐흘렀다.

"그 외로운 곳에 혼자 내버려둬서 미안하다."

그리운 목소리가 말하고 있었다. 미안하다고 소년의 머리를 쓰다듬고 있었다. 한없이 그립고 또 그리웠던 사람이 소년을 부여안고 있었다.

"이제 기억할 수 있겠니? 네가 누구인지……."

승덕은 소년을 물끄러미 바라보았다. 한없이 푸근한 얼굴이 소년을 향해 빙긋 웃고 있었다. 그의 웃음을 마주하는 순간, 소년의 머릿속을 하얗게 가리고 있던 짙은 안개가 순식간에 사라져버렸다. 아무리 기억하려 해도 떠오르지 않았던 이름이 생각났다. 잊었던 모든 것이 온전히 제자리를 찾았다.

"내 이름은 낙빈……. 물 낙洛에 빛날 빈彬, 물과 빛의 이름…… 낙빈이에요."

이름을 말하는 그 순간 낙빈의 두 눈에 눈물이 핑 돌았다. 자신의 이름을 말하는 그 순간 낙빈은 지금껏 보았던 모든 것이 누구의 이야기였는지 깨달았다. 물과 빛의 이름을 지어준 하백. 그리고 하백을 사랑했고 그의 사랑을 받았던 가엾은 짐승의 아이 윤아……. 그 두 사람이 자신에게 어떤 의미이고 어떤 존재인지 분명하게 깨달았다.

"잘했다, 녀석."

승덕은 대견한 듯 낙빈의 머리를 마구 흔들었다. 그가 살아생전에 그러했듯 그 찰랑거리는 검은 바가지 머리를 마구잡이로 헝클어뜨렸다.

"자, 고개 들어봐."

승덕은 눈물로 뒤범벅된 낙빈의 얼굴을 들어 자신의 헐렁한 셔츠로 쓱쓱 닦아주었다.

"보고 싶었다. 이제 내가 같이 있어줄게, 걱정 마라. 그만 울어. 뚝!"

"어헝! 어허어엉!"

간신히 멈춘 듯했던 낙빈의 눈물이 또다시 터져버렸다. '나도 보고 싶었어, 형. 얼마나 그리워했는데'라고 말하고 싶었지만 목구멍에서는 '꺽, 꺽' 하는 신음만 나왔다. 너무나 벅차고, 너무나 기쁘고, 또 너무나 가슴이 터질 것만 같아서 한마디도 나오지 않았다.

"모두 널 기다리고 있어. 너무 오랫동안 이 허망한 곳을 헤맸구나. 이제 그만 돌아가자."

승덕은 낙빈의 작은 손을 꼬옥 쥐었다. 낙빈도 그 따스한 손을 절대로 놓치지 않기 위해 단단히 맞잡았다. 이제 낙빈은 돌아가야 했다. 저 멀리서 그를 기다리는 이승의 세계로. 살아 있는 다섯 사람이 목숨을 걸고 낙빈을 붙잡고 있는 그곳으로 돌아가야 했다. 살아 있는 다섯 사람과 죽은 두 사람의 힘이 하나로 모아지는 마지막 순간까지 낙빈을 붙들고 있느라 힘겨워하고 있을 그 사람들에게로 한시라도 빨리 돌아가야 했다.

그런데 낙빈에겐 꼭 만나야 할 사람이 한 명 더 있었다. 조금 무리하더라도 인사를 하지 않고 떠나서는 안 될 사람이 있었다. 승덕은 낙빈의 몸을 뒤쪽으로 돌려세웠다. 하얀 안개가 자욱한 그곳에 여전히 보이지 않는 그 사람이 장승처럼 서 있었다.

"가기 전에 인사드려야지, 낙빈아."

승덕은 그를 향해 낙빈의 등을 슬쩍 떠밀었다.

그 남자는 승덕과 낙빈을 고요히 바라보고 있었다. 그는 아마 두 사람이 그저 그렇게 이승으로 떠났더라도 아무런 말 없이 서 있었을 것이다. 낙빈의 손을 잡아준 그때부터 낙빈을 배에 태우고 기억의 강을 건너는 동안에도, 낙빈이 잊힌 기억을 바라보는 동안에도 함께한 그 사람. 커다란 손을 가진 그 남자가 고요히 그곳에 서 있었다.

"아아······."

낙빈은 그의 얼굴을 바라보려 했지만 여전히 하얀 안개에 가려져 보이지 않았다. 그가 혼백도 남기지 못하고 기운만 남은 존재이기 때문일까. 삶의 세계도 아니고 죽음의 세계도 아닌, 이 끝도 없는 기억과 망각의 세계에서만 존재할 수 있는 그는 한없이 가련한 존재였다. 이 혼돈의 세계에서만 잠깐 만날 수 있는 그 사람의 존재가 낙빈의 눈앞에 있었다.

낙빈은 그의 발을 내려다보았다. 검은 바지 아래로 커다란 두 발이 아지랑이처럼 흐려지고 있었다. 그의 두 발은 말하고 있었다. 더 이상 어떤 힘도 남아 있지 않음을. 기껏해야 작은 기운으로만 남아 망각의 강을 떠돌던 그가 낙빈을 살리기 위해 마지막 기운을 써버리고는 이제 낙빈의 눈앞에서 사라져가고 있음을. 그의 두 발은 말하고 있었다. 모든 힘을 짜내어 낙빈을 살리고 다시는 만날 수 없는 무無의 공간으로 떠나고 있음을.

"아…… 으흐윽! 아흐흐윽!"

낙빈은 절규했다. 뜨거운 피가 솟구쳐 올라 터져버릴 것만 같았다. 영혼마저 온전히 남아 있지 못한 그가 모든 기운을 다 바쳐 자신을 살리고 사라져가는 모습에 낙빈은 참을 수 없는 슬픔을 느꼈다. 소년의 기억을 되살리고 이승으로 돌려보내는 대가가 이별이라는 것을, 이것이 처음이자 마지막 만남이라는 것을 낙빈은 깨달았다.

안개 속에서 그의 커다란 손이 낙빈을 향해 다가왔다. 낙빈은 푸른 혈관이 툭툭 일어선 크고 단단한 손을 힘껏 붙잡았다. 남자의 다른 한 손이 훠이훠이 허공을 휘저었다. 그 손이 말하고 있었다.

'어서 가거라. 어서 너의 자리로 돌아가거라.'

낙빈은 그 커다란 손에 얼굴을 묻고 끄덕끄덕 고개를 흔들었다. 낙빈은 눈물로 뒤범벅된 그 커다란 손을 부여잡고 나오지도 않는 목소리를 쥐어짜냈다.

"알겠어요, 그럴게요."

낙빈은 이제 더 이상 그의 발이 보이지 않았다. 거뭇거뭇했던 검은 바지 자락도 보이지 않았다. 조금씩, 조금씩 사라져가는 그의 모습에 애가 닳았다. 그런데도 그의 손은 낙빈에게 어서 떠나가라며 손짓하고 있었다. 마침내 모든 것이 사라지고 커다란 손만 남았다. 휘이휘이 내젓던 다른 손마저 사라지고 낙빈이 부여잡은 그 손만 남았다. 그 손이 낙빈의 동그란 얼굴을 매만졌다. 어린 소년의 둥근 곡선을 그 큰 손이 포근하게 감쌌다. 낙빈은 뺨을 감싼 그 손을 부여잡고 가슴 깊이 통곡했다.

낙빈의 두 손이 꼬옥 잡고 있던 커다란 손의 감촉이 옅어졌다. 따스하던 감촉도 사라졌다. 낙빈의 얼굴을 감싸던 그 모든 감촉이 사라져갔다. 낙빈의 심장이 파랗게 질렸다.

'이게 끝? 이게 끝이란 말이야?'

믿을 수가 없었다. 아직 못한 말이 있었는데, 꼭 해야 할 말이 있었는데, 그랬는데…….

"아버지!"

목이 콱 막혔다. 처음 불러보는 그 말에 낙빈은 숨이 멎을 것 같았다. 그러나 낙빈은 온 힘을 다해 외쳤다. 마지막으로라도 그분을 불러드려야 했다. 이렇게 사라지기 전에, 완전히 사라지기 전에 그 이름을 불러드려야 했다.

"아버지, 아버지! 아버지이이!"

낙빈은 목이 찢어져라 그 이름을 불렀다. 차마 마지막까지도 부르지 못했던 그 단어를, 한 번도 부르지 못했던 그 이름을, 사무치도록 그리웠던 그 말을 외치고 또 외쳤다. 사라진 그가 행여나 들을 수 있을까 사방에 퍼지도록 외쳐댔다.

"아버지!"

"아버지!"

"아버지이이이!"

짙은 안개를 지나 멀리 망각의 강이 다 울리도록 가슴 깊은 울음으로 그 이름을 불렀다. 아버지…… 낙빈이 난생처음 불러보는 가슴 시린 이름이었다.

제 6 화

다시 돌아오다

1

암자의 북편 방 앞에 정희와 정현이 어쩐지 묘한 표정으로 서 있었다. 그들은 환한 햇빛이 비치는 방 안에 책상다리로 앉아 있는 낙빈을 망연히 바라보는 중이었다.

눈앞에 있는 낙빈의 모습이 눈에 익숙지 않았다. 작고 어리기만 했던 낙빈이 예전에는 골이 아프다며 싫어하던 디지털 기기 앞에서 재빠른 솜씨로 이것저것을 건드리는 것도, 어려워만 보이는 두꺼운 서적을 산더미처럼 쌓아놓고 정신없이 파고 있는 것도 한없이 낯설었다.

"그만 쳐다봐라, 이 녀석들아. 정현아, 그렇게 할 일이 없으면 물이나 떠와라. 목마르다."

그리고 그 작은 아이가 아무렇지도 않게 반말을 해대는 모습이야말로 가장 생소하고 서먹한 모습이었다. 정현은 고개를 갸웃거리면서도 재빠르게 부엌으로 달려갔다. 입가에 빙긋 미소가 지어지기도 하고 다시 찡긋 인상이 써지기도 하는 것이 여러 가지 생각으로 머릿속이 복잡한 듯했다.

"아이고, 그동안 책을 너무 못 봤더니 입안에 가시가 돋을 뻔했네. 다녀온 지 얼마 안 된 거 같은데도 많은 일이 있었구나."

낙빈은 연신 수많은 철자에서 눈을 떼지 못하고 엄청난 양의

책과 신문, 잡지와 논문 등 손에 잡히는 것들을 샅샅이 읽어댔다. 정희는 여전히 그 모습을 멍하니 바라보았다. 정희와 정현이 낙빈의 변화에 아직 적응하지 못하고 있는 반면 이런 변화를 단숨에 수용해버린 사람도 있었으니, 바로 미덕이었다.

"할아버지, 저 왔어요! 언니 오빠, 나 왔어!"

미덕은 오전반 수업이 끝나자마자 부리나케 산으로 달려왔다. 급식도 먹는 둥 마는 둥 도망치듯 학교를 파하고 돌아왔다. 혼자가 아니라 그림자처럼 따라붙는 세 마리의 복실이와 함께였다. 미덕은 가방이건 신발주머니건 이제 덩치가 산만 해진 복실이들에게 턱턱 맡긴 뒤 가뿐한 얼굴로 마당으로 달려왔다. 미덕은 암자의 본채에서 좌선하는 천신에게 인사를 하는 둥 마는 둥 고개만 꾸벅인 다음 북편 방으로 잽싸게 달렸다. 미덕은 멍하니 낙빈을 바라보는 정희와 정현을 지나 방 안으로 달려 들어갔다.

"우와, 웬일이야? 큰오빠, 일찍 일어났네?"

미덕은 한마디 물음도 없이 눈앞의 사람이 큰오빠인지 낙빈인지 단박에 알아채고는 낙빈의 목을 붙잡고 늘어졌다. 미덕이 어찌나 잡아당기는지 승덕은 금세 표정을 찡그렸다.

"야야, 비켜라. 낙빈이 목 부러져, 인마."

"에헤헤."

미덕은 핀잔을 들으면서도 좀처럼 그 목을 놓지 않았다.

"아이고, 불쌍한 낙빈이. 하여간 이놈의 팔자야! 드센 동생을 만나서 고생이 많구나, 낙빈아. 내가 살아서는 그걸 모르고 만날 미덕이 편만 들어줬네. 불쌍한 녀석."

"에헤헤헤."

승덕이 쯧쯧거리는데도 미덕은 낙빈의 등짝에 바짝 매달려 떨어지지 않았다. 그 모습에 정희는 슬그머니 미소가 나왔다. 한없이 평화로운 기분이 들어 천천히 좁은 마루에 앉았다. 고개를 들어 말갛게 쏟아지는 햇살을 바라보았다. 온몸이 노곤할 만큼 환한 태양이 비치는 가운데 깊은 산속에 울려 퍼지는 산새들의 울음소리를 듣는 것이 너무나 고마웠다. 이렇게 모여 도란도란 이야기를 나누는 이 순간이 참으로 좋았다. 정희는 저도 모르게 눈가에 말간 물기가 올라오자 소매 끝으로 쓱쓱 비볐다. 이렇게 좋은데 혹시 부정이라도 탈까봐 급하게 눈가를 문질렀다.

"에헤헤, 오빠야. 에헤헤헤……."

정희의 등으로 좋아 죽겠다는 듯 자지러지는 미덕의 웃음소리가 들렸다. 얼마 전까지 말 한마디 하지 않고 웃음기도 사라졌던 미덕이 완전히 달라졌다. 낙빈이 반사半死의 몸이 되어 돌아왔을 때, 미덕은 모든 것이 자기 탓인 듯 자책했다. 제가 몹쓸 기도를 해서라고, 다치든 아프든 좋으니 어서 돌아오라고 되지도 않는 기도를 해서 낙빈이 거의 죽은 채로 암자로 돌아온 거라며 울어댔다. 눈도 뜨지 못한 채 암자에 실려온 낙빈을 본 순간 지독한 죄책감에 빠졌던 미덕이 이제는 웃고 있었다. 미소를 잃었던 그 아이의 얼굴에 언제 그랬냐는 듯 웃음이 끊이질 않았다. 낙빈을 봐도 좋아했고 승덕이 나와도 반가워했다. 다시 본래 자리로 돌아간 어리광쟁이의 모습이 너무나 좋아서 정희는 가슴이 벅찼다.

"야야, 미덕아. 허리 꺾어진다. 그만 좀 해! 너, 늙은 오빠 고생시킬래?"

"에헤헤."

정현도 그저 좋아라 웃어대는 미덕을 보며 피식 미소를 지었다. 하얀 한복을 위아래로 입은 까만 바가지 머리의 낙빈이 머리카락을 찰랑거리며 동그란 눈을 뜨는데, 그게 승덕이건 낙빈이건 귀엽기만 했다.

낙빈의 뒤에 그 사람이 있었다. 암자 식구들을 죄다 잊고 혼자 멀리 떠난 줄로만 알았던 승덕이 죽음의 세계에 한 발을 내디뎠다가 다시 이승으로 돌아오기 위해 내내 애를 썼단 말을 했다. 그를 다시 만난 순간, 암자 식구들은 그를 원망했던 마음까지 까맣게 잊고 말았다.

그 사람…… 활자중독증이라는 놀림을 받았던 공부벌레. 나이가 제일 많았지만 한 번도 그 나이가 실감나지 않았던 큰형. 가끔은 너무 점잖은 쌍둥이들에게 심술을 부리던 재미난 웃음꾼. 바로 그 사람이 그곳에 있었다. 작은 낙빈의 몸 안에.

승덕, 그가…….

"미덕아, 그만해."

정현이 웃음을 지으며 정희 곁에 나란히 앉았다. 맑은 햇살에 마루가 따뜻하게 느껴졌다.

"아우, 야아. 힘들어!"

목을 잡고 늘어지는 미덕 탓에 낙빈은 결국 발라당 넘어지고 말았다. 그래도 놓지 않는 미덕의 손가락을 풀며 몸을 일으키는 낙빈의 말투가 변했다는 걸 미덕은 순식간에 감지했다.

"낙빈이구나? 야, 너 뭐했어?"

승덕의 죽음 이후 모든 시간이 멈춘 것처럼 살았던 낙빈은 반사의 몸까지 되었던 탓에 근래에 통 크지 못했다. 한창 클 나이인데도 키도 그대로고, 팔다리도 죄다 말랐다. 암자 식구들이 키를 재자고만 하면 도망 다니는 바람에 제대로 재보지는 못했지만 어림으로 보아도 미덕과 별 차이가 없어 보였다. 그런데도 미덕은 저와 덩치가 비슷하거나, 어쩌면 더 작은 낙빈의 등에 대롱대롱 매달려 있기를 좋아했다.

"아우, 그만해!"

낙빈이 캑캑대는데도 미덕은 다시 목에 손을 두르고 놓지 않았다. 낙빈도 승덕도 모두 좋은데 어쩌란 말인가.

"미덕아, 낙빈이한테 오빠라고 부르기로 했잖아?"

정희가 미덕을 살짝 나무랐다. 아픈 시간 동안 크지 못해 몸집이 작은 것도 가엾은데 미덕이 오빠라고도 부르지 않는 것이 정희의 마음에 걸리는 모양이었다.

"에헤헤, 내가 언제? 에헤헤."

화장실 들어갈 때와 나올 때의 마음이 다르다더니 미덕이 날름 시치미를 뗐다. 반사의 몸이 되었을 때는 낙빈이 살아나면 꼬박꼬박 오빠라 부르겠다고 생각했지만, 막상 낙빈이 깨어나자 그럴 마음이 사라졌다. 오빠라고 부르는 것보다 낙빈이라고 부르는 게 더 친근하게 느껴지기 때문이기도 했다.

"에잇!"

그사이 낙빈은 벌떡 일어나 미덕의 팔에서 잽싸게 빠져나왔다. 그러고는 옆방으로 쪼르르 달려갔다. 낙빈이 갑작스레 팔을 빼는 바람에 벌러덩 넘어지긴 했지만 미덕은 얼른 일어나 낙빈의 뒤를 쫓았다.

"아우, 그만해. 이 거머리!"

"낙빈아, 낙빈 오빠야. 에헤헤헤."

그렇게 도망치고 잡으며, 달아나고 쫓는 두 아이의 모습은 한 폭의 그림처럼 다정해 보였다. 마냥 푸근하고 따스한 그림 같았다.

2

고요하게 며칠이 흘러갔다. 너무나 아무런 일이 없어서 이상하리만치 고요한 나날이었다.

정현이 길어온 시원한 계곡물을 아궁이의 솥에 옮겨 붓던 정희가 북편 마루에서 고개를 끄덕거리는 낙빈을 물끄러미 바라보았다. 근래 들어 낙빈이 꾸벅꾸벅 조는 경우가 많아졌다. 정희는 늘 또랑또랑한 눈을 반짝이던 아이가 병든 닭처럼 조는 모습을 보고 처음에는 무척 걱정했다. 하지만 그렇게 조는 동안 낙빈이 자신에게 돌아온 승덕과 무의식 깊은 곳에서 이야기를 나눈다는 걸 알고 난 뒤로는 애써 모른 척하기로 했다. 그래도 불안하게 앞뒤로 몸을 흔드는 낙빈을 볼 때면 걱정스러운 마음이 들곤 했다.

'오늘은 또 무슨 이야기를 하나?'

정희는 꾸벅거리는 낙빈을 쳐다보다 아예 옆에 자리를 잡고 앉아버렸다. 혹시 저렇게 몸을 흔들다가 마루 아래로 떨어질까 걱정이 되어서였다.

정현이 마침 마당으로 들어오다가 이 모습을 보았다. 졸고 있는 낙빈 곁에서 파란 하늘을 멍하니 올려다보는 누이의 모습이 참으로 한가로워 보였다. 눈앞에 펼쳐진 여유로운 풍광이 꿈만 같았다.

"정현아, 이리 와."

누이가 목소리를 낮춰 정현을 불렀다. 그 곁에 가만히 앉으니 세상 평화가 그곳에 있었다. 이토록 유유한 세월이 얼마나 고마운지 몰랐다. 이 시간이 오래가지 못할 것을 알고 있기에 더욱 소중하게 느껴지는지도 몰랐다.

"낙빈이는 떠날 준비를 하고 있어."

"으응."

정현은 조금 느릿느릿 대답했다. 누이도 정현과 같은 생각을 하는 모양이었다. 이 소중한 시간이 곧 끝날 것임을 두 사람 모두 인지하고 있었다.

"요즘 승덕 오빠랑 낙빈이가 둘이서 자주 지도를 들여다보는 거 알고 있지?"

정현이 천천히 고개를 끄덕였다. 그 지도 속에 그려지는 표시들이 무엇을 의미하는지도 잘 알고 있었다. 낙빈의 머릿속에서 그들은 가야 할 곳을 찾으며 시간을 보내고 있었다.

"나는, 정현아. 함께 가는 것이 두렵지 않아. 미약한 힘이라도 함께하고 싶어."

대답 대신 정현의 고개가 앞뒤로 흔들렸다. 세상을 바라보는 눈이 선한 그들은 모두가 한마음처럼 이어져 있었다. 특히나 낙빈의 등을 잡고 머나먼 세계의 기억을 훔쳐본 뒤로는 더욱 그러했다. 태어나기 전부터 이어져온 소중한 이야기를 보면서 그들은 가야 할 길을 똑똑히 깨달았다. 함께하는 것이 당연한 쌍둥이가 졸고 있는 어린 동생을 말끄러미 바라보았다. 하얀 한복을 입은 그 아이가 말간 햇살 아래 눈을 감고 있었다.

암자는 너무나도 고요하고 평화로웠다. 너무나 평화로워서 금방이라도 깨어질까 조바심이 나는 순간이었다. 따스한 안온함과 평온을 마음껏 누리지 못하는 것은 떠나야 할 곳이 있기 때문이었다.

"낙빈아."

"네, 스승님."

천신이 북편 방에 박혀 있는 낙빈을 불렀다. 컴컴한 방에서 낙빈은 물론이고 정희와 정현까지 모여 무언가를 두런두런 의논하는 중이었다. 세 사람의 앞에는 거대한 지도가 놓여 있었다.

"마당을 좀 쓸어야겠구나. 손님이 오시겠다."

"네, 스승님."

낙빈은 대화를 중단하고 밖으로 달려 나왔다. 낙빈은 스승의 말이 떨어지기가 무섭게 기다란 댑싸리비를 들고 치울 것도 없는 마당을 쓸었다. 떠날 것을 기약하는 사람들이 늘 그렇듯 작은 것이라도 정리하고 치우고 꼼꼼히 챙기려는 마음이 소년의 어린 등에서 느껴졌다. 천신은 그 등을 바라보며 대청마루에 섰다. 그는 방 안에 모인 정희와 정현의 모습도 찬찬히 바라보았다.

'우리의 시대는 갔다. 이제 후대에 맡길 때가 되었구나⋯⋯.'

천신은 물러날 때임을 알았다. 그럼에도 한 발 물러나 지켜보기만 하는 것이 아직 쉽지는 않았다. 모든 것을 놓아버리고 그 무엇에도 집착하지 않으려 했지만 여전히 그것은 쉽지 않은 인생의 숙제였다.

마당을 쓸던 낙빈이 암자의 마당과 숲이 이어지는 입구 쪽으로 낙엽 몇 장을 가만가만 몰아내는데 사람의 그림자가 눈에 들어왔다. 낙빈은 비질을 하던 손을 멈추고 그 얼굴을 잠자코 바라보았다. 검은 양복을 아래위로 정결하게 차려입은 그 남자의 실루엣만 보고도 낙빈은 그가 현욱임을 알아차렸다. 두 사람의 눈이 부딪혔지만 둘 다 아무 말도 하지 않고 찬찬히 서로를 뜯어보기만 했다.

'저 사람도 알고 있구나.'

마음속에서 승덕의 음성이 들렸다. 망각의 강을 건너는 동안의 이야기는 그곳에 함께 있던 7인만 알겠지만, 아마도 현욱의 눈과 귀가 되는 미덕이 모든 것을 보여주었으리라는 생각이 들었다. 아마도 낙빈이 보았던 것과 똑같은 것을 보고 들은 미덕이 그 모든 걸 현욱에게 고스란히 전달했을 것이다. 그는 굳은 얼굴로 낙빈을 물끄러미 바라보았다. 먼저 말을 건넨 사람은 낙빈이었다.

"어서 오세요. 기다리고 계십니다."

낙빈은 눈썹을 내리깔고 손님에게 인사를 건넸다. 떠돌던 기억 속에서 낙빈은 현욱의 모습을 보았다. 낙빈의 아버지를 무척이나 흠모하고 존경하는 현욱을 보았고, 사랑에 눈이 멀어 조직을 배반한 아버지에게 상심하고 애태우는 현욱도 보았다. 아버지에게 마지막으로 선사한 그의 무시무시한 분노와 영력의 덩어리를 기억했다. 그러나 아버지의 몸을 부수고 또 부수었던 그 끔찍한 마지막 순간을 낙빈은 원망하지 않기로 했다. 그것은 하백이 스스로 예비한 마지막이었고, 현욱은 그분에게 마지막을 베푼 사람이라고 여기는 것이 옳았다.

현욱이 아버지를 죽음으로 몰았다고…… 그저 말로만 전해 들었다면 낙빈은 복수심에 불탔을지도 모른다. 하지만 아버지에게 남은 기억의 상념들을 본 낙빈은 그곳에 있던 모든 사람이 가엾고 애처로운 처지였음을 이해했다. 그래서 그는 낙빈을 그토록 달리 대했을 것이다. 그래서 그는 승덕의 죽음에 괴로워하고 힘들어하는 아이를 손수 신성한 집행자들의 세계로 데려가 아이의 힘을 키워주고 능력을 배가시키기 위해 최선을 다했으리라. 그것이 아버지에 대한 작은 속죄였음을 낙빈은 이제 알 것 같았다.

"고, 고맙군요."

현욱은 조금 당황한 얼굴이었다. 표정 하나 변하는 것조차 어렵던, 늘 같은 얼굴의 철벽같은 남자가 말까지 더듬으며 표정을 바꾸었다. 낙빈은 그런 행동마저 가련하게 여겨졌다.

'잘했다, 낙빈아.'

마음속에서 승덕이 낙빈의 머리카락을 헤집었다. 가슴속이 뜨듯해졌다.

"자네, 왔는가."

천신도 그런 낙빈과 현욱을 깊은 눈길로 바라보고 있었다. 천신은 또다시 훌쩍 커버린 낙빈의 모습에 내심 놀라면서도 현욱을 담담하게 맞이했다.

낙빈이 훑고 지나온 마당을 건너 현욱은 천신과 마주 앉았다. 다시금 감정을 가늠하기 힘든 무표정한 얼굴로 돌아온 그가 공손히 고개를 숙였다. 푸른빛 말간 찻잔을 사이에 두고 두 사람 사이에 이야기가 오갔다. 낙빈은 천신의 방문을 바라보며 마당에 서 있었다. 더 쓸 것이 없는데도 기다란 비를 든 채로.

"잘했다."

어느새 정현이 다가와 낙빈의 어깨를 툭툭 쳤다. 낙빈을 구하기 위해 함께했던 사람들은 모두 현욱과 낙빈의 관계를 알고 있었다. 그런데도 어린아이가 사람의 깊은 마음을 알아주고 이해해주는 것이 대견하기 짝이 없었다. 아이는 복수가 아닌 용서를 택했다. 그것이 얼마나 힘겨운 일인지 정현을 잘 알고 있었다.

"낙빈아, 말씀드릴 거니?"

정희가 다가와 슬쩍 물었다.

"네, 오늘 말씀드리는 게 좋겠어요. 현욱 아저씨도 오셨으니."

"그래."

정희도 다른 말 없이 낙빈의 등을 톡톡 두드렸다.

다다다다.

마당에 서 있는 세 사람의 뒤로 요란한 발소리가 들렸다. 낙빈은 둥실 떠오른 해를 먼저 쳐다보았다. 어느새 정오가 지난 모양이었다. 요란한 미덕의 발소리가 들리는 걸 보니.

"언니야, 오빠야, 낙빈아!"

복실이들과 함께 요란하게 달려온 미덕이 단숨에 뛰어올라 낙빈의 목을 잡고 늘어졌다.

"으악!"

피할 틈도 없이 미덕이 등을 타고 오르는 통에 낙빈의 목구멍에서 숨넘어가는 소리가 들렸다.

"사, 사람 살……."

"엄살 부리지 마, 낙빈 오빠야."

"아유, 미덕아, 좀 살살 해."

정희가 미덕을 말리고 정현이 미덕의 등을 잡아 허공으로 들어올렸다. 그래도 미덕이 목을 놓지 않아서 까치발을 든 낙빈이 캑

캑 숨을 몰아쉬었다. 한순간에 마당이 뒤죽박죽되었다. 때마침 천신의 방문이 벌컥 열렸다.

"모두들 들어오겠느냐?"

"꺄아, 아저씨!"

다행히 현욱을 발견한 미덕이 낙빈의 목을 놓았다. 정현의 손아귀에서 재빠르게 벗어난 미덕이 순식간에 대청마루로 뛰어올라 현욱의 무르팍으로 돌진했다.

"아이고……."

목을 쥐고 캑캑거리던 낙빈은 미덕이 안 보는 틈에 눈을 하얗게 뜨며 불평을 해댔다. 그렇게 투닥대는 모양이 다정한 오누이 같았다.

안채 뜨락에 둘러앉은 식구들이 두런두런 차를 마셨다. 어느 때보다도 녹푸른 생명력이 사방에서 느껴지는 맑은 날이었다. 그 푸르른 뜨락에 옹기종기 모여 앉아 찻잔을 기울이는 모습은 참으로 오랜만에 보는 풍경이었다.

"스승님."

"그래."

검은 도복을 걸친 은발의 도인이 천천히 찻잔을 내려놓았다. 그리고 마치 낙빈이 말하기를 기다렸다는 듯 아이의 얼굴을 바라보았다.

"스승님, 말씀드릴 것이 있습니다."

"그래, 하거라."

천신은 결코 서두르지 않았다. 그는 어린 낙빈이 말하기를 가만히 기다릴 뿐이었다.

"가야 할 곳을 결정했습니다. 그곳에…… 다녀오려 합니다."

낙빈이 반사 상태에서 깨어난 뒤 내내 떠날 준비를 했다는 걸 모르는 사람은 없었다. 천신도, 정희도, 정현도, 그리고 미덕까지 다들 기다렸던 말을 들은 것처럼 놀라지 않았다. 현욱 역시 바닥을 바라보며 낙빈의 다음 말을 기다렸다.

"말릴 수는 없을 테지."

천신은 물끄러미 푸른 찻잔을 들여다보며 고개를 끄덕였다.

"혹시 상할까 노심초사하며 바깥에 내놓지 못한 메주는 썩게 마련인 법. 늙은 내가 노파심을 내세워서는 안 되겠지. 그래, 갈 곳으로 가려무나."

낙빈은 아무것도 묻지 않는 스승의 마음이 고마웠다. 낱낱이 묻고 따지며 길을 막으면 서로의 마음을 다치게 된다는 사실을 알아주는 넓은 가슴이 참으로 감사했다.

"하지만 하나 약속해다오. 이번에 돌아올 때는 너의 두 다리로 돌아와다오. 행여 누군가의 손에 이끌려 돌아오지 않는다고 약속해다오."

죽음의 문턱에서 겨우 살아나온 작은 아이를 좀 더 안전하게 데리고 있고 싶은 마음을 억누르는 것은 천신에게도 힘든 일이었다. 보살피고 걱정하는 마음은 부모의 심정이나 매한가지였다.

그러나 그 마음으로 아이의 앞길을 막을 수는 없었다.

"걱정 마십시오, 스승님. 그런 일은 다신 없도록 하겠습니다."

천신의 말에 대답한 사람은 정현이었다. 정현은 번쩍이는 두 눈으로 천신과 낙빈을 번갈아 바라보며 싱긋 웃었다.

"설마 너 혼자 간다는 건 아니겠지, 낙빈아?"

정현의 구릿빛 피부가 반짝였다. 반드시 동행하겠다는 의지가 두 눈동자에 또렷이 새겨져 있었다.

"낙빈아, 섭섭하구나. 미륵불을 보필하는 것은 덕생德生 동자뿐 아니라 유덕有德 동자도 함께란다."

얌전한 정희도 가만있지 않았다. 이제 더 이상 홀로 암자에서 가슴 졸이며 기다리지 않겠다고 굳게 다짐한 정희였다. 정희마저 나서자 미덕이 가만있을 리 없었다. 고집은 남보다 두세 배에 누구의 말도 듣지 않는 떼쟁이가 조용히 입을 다물고 있으면 이상한 일이었다.

미덕은 아무 말도 하지 않고 현욱의 무릎 위에서 일어서더니 타박타박 걸어 낙빈의 등 뒤에 착 달라붙었다. 고집스러운 얼굴이 낙빈의 가는 목을 한껏 끌어안았다.

"난 아무 말도 안 들을 거야. 나, 낙빈이랑 같이 갈 거야. 나, 승덕 오빠랑 같이 갈 거야. 나, 아무 말도 안 들어!"

그러고는 천신과 정희, 그리고 정현, 심지어 현욱에게까지 선전포고를 했다. 삐죽 튀어나온 미덕의 입술이 요리조리 씰룩거렸다. 이 정도면 세상의 그 누구도 말릴 수 없는 것이 미덕의 고집이었다. 천신은 크게 한숨을 내쉬었다.

"그래, 다들 함께 있겠다니 차라리 안심이 되는구나. 하지만 미
덕아, 넌 학교에 가야 하지 않겠니?"

"싫어, 학교 따위 안 가요! 할아버지 말 안 들을 거야, 싫어!"

미덕이 빽 소리를 지르며 귀를 틀어막자 낙빈은 거의 목이 졸
릴 지경이었다. 미덕이 목을 안은 상태에서 두 귀를 틀어막았으
니 사이에 끼어 있는 낙빈이 무사할 리 없었다.

"아이고, 그래. 알았다, 알았어."

천신은 더 이상 미덕을 달랠 수가 없었다. 마음이 가는 데로 가
는 것이 인륜이고 천륜인데 이것을 어찌 끊을까 싶었다.

"갈 곳을 물어봐도 되겠습니까?"

내내 이야기를 듣기만 하던 현욱이 조심스럽게 낙빈에게 물
었다.

"네, 결정했어요. 흑단인형이 원하는 것이 있는 그곳에 가기로
했어요."

"……그렇군요."

현욱은 낙빈이 말하는 '그곳'이 반쪽 헤르메스의 창을 숨겨둔
곳을 의미한다는 걸 대번에 알아들었다. 그는 낙빈이 그곳을 찾
아냈다는 사실에도 그리 놀라지 않았다. 승덕이 낙빈 안에 있으
니 당연히 그곳을 알아냈을 거라고 생각한 모양이었다.

현욱은 별말 없이 고개를 끄덕였다. 그의 머릿속에 많은 생각
이 지나고 있다는 건 분명한 사실이었다.

"그러지 않아도 부탁드릴 것이 있었어요."

"네, 말씀하십시오."

"헤르메스의 창을 옮기지 말아주세요. 어디에 감춰두었든 흑단 인형은 찾아낼 거예요. 그리고 저 역시도요. 단순히 시간을 지체하는 건 의미가 없는 일이에요."

"그렇군요."

현욱은 고개를 끄덕였다. 승낙을 하는 것인지 마는 것인지 애매했다.

"여정을 도와드리고 싶습니다. 필요한 것이 있으면 언제든 이야기해주십시오."

낙빈의 마음속에서 승덕의 투덜거림이 들려왔다.

'허! 돕는 것이 아니라 감시하는 것이겠지. 어차피 몰래 할 수도 없을 테고, 추적을 피할 수도 없을 거야. 받을 수 있는 건 다 받아내자, 낙빈아. 어차피 우리끼리는 갈 수도 없으니까 이것저것 다 달라고 해버려!'

'염치없는 일이에요, 형.'

'염치 따위는 쌈이나 싸먹으라고 해!'

'에고, 형!'

낙빈이 곤란한 표정을 지었다.

"사실, 필요한 게 많아요. 짐작하시겠지만, 저희 힘만으로는 갈 수 없는 곳이니 교통수단을 제공해주시면 감사하겠습니다."

"알겠습니다."

현욱은 간단히 고개를 끄덕였다.

"하지만 분명히 해둘 것이 있어요. 신성한 집행자들의 도움을 받게 되더라도 저희의 뜻이 여러분의 뜻과 같지 않을 수도 있다는 거예요. 그곳에 가게 되더라도 모든 결정은 저희가 할 거예요. 누나와 형, 그리고…… 저와 미덕이까지 스스로의 의지로 여행을 결정한 것처럼 우리의 생각이 우리의 행동을 결정할 거예요."

낙빈의 말에 미덕은 움찔 몸을 떨었다. 미덕은 신성한 집행자들이지만 낙빈이 말하는 '저희'에 낀 것이 싫지 않았다. 두 가지 상황에 다 얽힌 아이는 어쩐지 곤란하면서도 기분이 좋은 듯했다.

"네, 이해합니다."

현욱은 고개를 끄덕였다.

"여정은 가능하면 저희 두 발로 하려고 합니다. 멀다면 멀고 가깝다면 가까운 곳이니, 땅의 정기를 받고 찬찬히 돌아 세상과 하늘의 말을 차분히 들으며 그곳으로 가겠습니다."

"마지막 두 발을 디딜 수 없는 곳에서 도움을 주시면 고맙겠어요."

정현과 정희가 나란히 현욱을 향해 이야기했다. 두 사람은 낙빈과 눈빛을 교환하며 간단히 고갯짓을 했다. 그동안 서로 많은 이야기를 나눈 모양이었다.

"알겠습니다. 여러분의 여정에 방해되지 않도록 각별히 주의하겠습니다."

현욱은 여전히 고개를 끄덕이며 암자 식구들의 의견에 군말을 붙이지 않았다.

낙빈이 찬찬히 고개를 돌려 천신을 바라보았다. 검은 도복을 입은 스승이 그런 아이들의 얼굴을 빤히 바라보고 있었다.

"스승님, 준비되는 대로 떠나겠습니다."

"으음."

천신은 푸르른 녹차를 다시 집어 들었다. 그리고 그 따스한 온기에 입을 갖다 댔다.

"꼭 너희 두 발로 돌아오거라. 명심하거라."

"네, 스승님."

천신은 먼 하늘을 바라보았다. 그는 이렇게 한가로이 차를 마실 수 있는 날이 계속되기를 바라는 것은 큰 욕심임을 알고 있었다.

그는 마음속 깊이 바랐다. 세상의 모든 혼란이 사라지고 평안과 행복만 그득하기를. 그리고 그날, 다시 이 사람들이 모두 모여 푸르른 차 한잔을 기울이며 두런두런 이야기꽃을 피울 수 있기를.

그날이 속히 오기를.

가슴 깊이 기원했다.

3

푸르른 측백나무 숲이 병풍처럼 지키고 있는 한적한 산마루에 낙빈이 태어나고 자란 고향집이 있었다. 고즈넉이 자리 잡은 아담한 너와집에는 외로운 어머니만 자리를 지켰다. 외로운 무녀를 돌보려는지 담 바깥에서 자라던 노송老松 두 그루가 마당 안쪽까지 모가지를 길게 빼고 있었다.

오늘도 하늘이 맑았다. 아주 이른 새벽의 남빛 하늘인데도 구름 한 점 없이 푸르렀다. 하지만 가린 것 없이 청량한 하늘과 달리 아들을 기다리는 어미의 가슴에서는 축축하고 스산한 기운이 떠나질 않았다. 아들의 앞길에 펼쳐진 외롭고 힘겨운 인생을 알고 있기에 어미는 자신이 짊어진 업보만큼이나 아들에 대한 죄책감이 컸다. 어머니는 아들에 대한 깊은 걱정과 아들의 무사귀환을 바라는 마음을 담아 매일 숲도 깨지 않은 이른 새벽부터 아들을 위한 기도를 드렸다.

'비나이다. 비나이다……'

이른 새벽, 낙빈 어머니는 마당에 나왔다. 짚으로 엮은 자리를 펴고 옻칠한 작고 긴 반상을 폈다. 반상 위에는 잿불에 달궈진 투박한 옹기그릇이 다소곳이 놓여 있었다. 손수 길어온 맑은 정화수井華水를 옹기에 담아 하루도 빠짐없이 고개를 숙였다.

벌써 오랜 세월 동안 어미는 아들을 위해 새벽을 열었다. 어린 아들을 천신에게 보낼 때에도, 떠나간 아들이 영력을 더해가며 많은 사건을 해결해나갈 때에도, 아들이 여러 사람을 만나고 우정을 가꾸어갈 때에도, 그리고 아들이 깊은 상처를 입고 힘겨운 나날을 보낼 때에도 그녀의 기도는 쉼이 없었다.

'비나이다. 비나이다……'

깊은 바람을 담은 어머니의 두 손이 마주쳤다. 그녀는 힘겨운 짐을 진 아들의 앞날에 대한 간절한 소망을 담아 기도를 하느라 이른 새벽의 추위도 느끼지 못했다. 칼바람 매서운 새벽부터 그렇게 등이 굽고 손이 곱도록 어미는 빌고 또 빌었다.

기나긴 기도가 끝나고야 어미는 처음으로 허리를 펴고 몸을 움직였다. 너무나 오랜 시간 무릎을 꿇고 허리를 숙였던 탓에 곧게 일어서기도 힘겨웠다.

으득.

낙빈 어머니가 자리에서 일어서려는 순간, 몸 마디마디에서 둔탁한 소리가 들렸다. 그것은 사람의 몸에서 나는 소리라고는 믿기지 않는 거친 나무토막이 부러지는 소리 같았다. 오래도록 미동도 없이 기도에 열중하느라 몸이 굳었기 때문이기도 하지만, 지난 세월의 고생으로 몸이 멀쩡하지 않은 탓이기도 했다.

낙빈 어머니는 그렇게 지친 몸을 이끌고 낡은 너와집 마루로 올랐다. 그러고는 가장 왼쪽의 구석방에 들어갔다. 작고 어두운 방 안에는 짙은 갈색 소반 하나만 쓸쓸히 놓여 있었다. 모래흙이 소복이 담긴 작은 항아리에 늘 꺼지지 않는 향이 타고 있었다. 사진 한 장 남기지 않은 사람을 생각하며 어머니는 푸르른 향 하나에 마저 불을 붙였다.

하얀 소복을 부스스 감싸며 어머니는 신단 앞에 쭈그리고 앉았다. 배 속에 낙빈을 품고 어떻게든 목숨을 부지하기로 마음먹은 그날부터 혼魂도 백魄도 남지 않은 하백을 위해 남겨둔 방이었다.

온갖 노력 끝에 간신히 작은 기운이라도 거둬 고이고이 모셔놓은 신방神房이지만 이제 하백은 흐릿한 기운으로도 남아 있지 못했다. 그는 마지막으로 남은 작은 힘을 아들을 위해 쥐어짬으로써 이승과 저승의 모든 끈을 놓아버렸다.

"하백, 우리 아이가 당신을 보았어요."

타들어가는 향을 바라보며 어머니는 혼잣말을 중얼거렸다.

"떠나려는 그 아이의 등을 부여잡고 우리의 기억에 남아 있는 그날들을 저도 돌아보았어요. 참 그리운 날들이었지요."

그녀는 쓸쓸히 미소 지었다.

"당신에 대한 모든 것이 사라져서 가슴 아팠는데……. 우리 아이에게 기억 속에 남아 있는 당신의 모습을 보여줄 수 있어서 너무나 감사했어요. 참으로 감사한 일이에요."

이제 그 사람의 체취는 어디에도 남아 있지 않았다. 그러나 그가 건네준 처음이자 마지막 선물은 그대로 남아 있었다. 낙빈 어머니는 부스스 일어나 짙은 갈색 소반 아래에서 작은 궤를 끌어왔다. 나무 궤의 뚜껑을 열자 새하얀 빛무리가 찬란하게 반짝였다. 아름답고 세밀한 세공이 그득한 은빛 함이었다.

달칵.

그녀는 작은 방 안에 소중히 보관해온 함을 열었다. 자신을 위해 목숨을 걸고 준비한 하백의 마지막 선물을 열자 작디작은 아가의 신발이 나타났다. 낙빈 어머니는 그 작은 신발을 조심스럽게 만지작거렸다. 때도 타지 않은 새것이었다. 아무리 기억을 더

들어보아도 낙빈이 이 하얀 신발을 신은 건 고작 두 번뿐이었다. 아직 걷지도 못하는 아이의 발에 신겼을 때는 너무 커서 벗겨두었다. 그러다 걸음마를 시작할 무렵에는 아이가 거추장스럽다며 울음을 터뜨리는 통에 신기지 못했다. 그리고 아이가 제법 잘 걷게 되었을 때는 신발에 발이 들어가지 않았다.

"당신도 저도 아가의 발이 그렇게 빨리 클 줄은 몰랐지요. 아이가 이 작은 신발을 신고 걷는 모습은 상상으로 끝나고 말았어요. 후후."

낙빈 어머니는 웃음 끝에 눈물이 쏟아졌다.

"그래도 참 다행이에요. 이런 선물을 주신 걸 그 아이가 알았으니까요. 그 아이의 눈으로 당신과 우리의 기억을 보았으니까요."

낙빈 어머니는 신발 안에 꽂아놓은 하얀 종이를 꺼냈다. 사랑하는 사람이 주었던 소중한 이름이 거기에 있었다. 이제는 너무나도 익숙해져서 그 이름 없이는 살 수도 없는 낙빈……. 그 소중한 두 글자가 새겨져 있었다. 한 획, 한 획에 정성이 담긴 글자였다. 이제 그 이름의 의미와 소중함을 그의 아들도 고스란히 전해 들었을 것이다.

바스락.

그 곁에는 근래에 넣어둔 편지 한 통이 더 있었다.

낙빈 어머니는 아무것도 적혀 있지 않은 편지 봉투를 열었다. 봉투 안의 하얀 종이에 바르고 단정한 글자가 빼곡했다. 자신의 운명을 향해 곧장 나아가기로 결심한 어린 아들의 글씨였다. 그녀는 아들이 보내온 그 글을 벌써 몇 번째 읽는지 몰랐다. 하지만 읽을 때마다 가슴 저리고 그립고 보고 싶었다.

　어머니.

　저는 어머니 가슴에 커다란 멍을 남기기만 하는 몹쓸 아들이에요. 저도 아버지처럼 어머니를 소중히 보살펴드려야 하는데 그 마음에 상처만 드리는 죄 많은 아들입니다. 용서하세요.

　어머니,

　늘 불러도 그립기만 한 어머니. 망각의 강을 건너는 동안 보았던 기나긴 이야기를 통해 저는 슬픔을 느끼기도 했지만 두 분이 전해주신 깊은 사랑에 가슴이 벅찼습니다. 못난 저를 위해 희생한 두 분의 자취를 저는 잊을 수가 없습니다. 죽음의 문턱까지 갔던 제가 다시 망각의 강을 거슬러 올라오는 동안 한 가지 깨달은 것이 있습니다. 그건, 이토록 가슴 벅찬 사랑을 절망으로 버릴 수는 없다는 것이었습니다.

　누구에게나 슬프고 아픈 구석은 있겠지요. 사람 하나하나마다 견딜 수 없는 괴로움도, 가없는 행복도 공존하겠지요. 저는 그 하나하나의 작은 인생이 참으로 소중하다는 것을 깨달았답니다. 제 안의 깊은 고통과 좌절의 시간을 거치며 행복만큼이나 불행도 나름의 의미가 있음을 알게 되었습니다.

　어머니,

　그리하여 저는 힘을 얻었습니다. 그 누구의 의지가 아닌, 저의 의지로 제 운명을 따라 걸어가볼 생각을 했습니다. 저를 움직이는 것은 복수의 감정도 아니고, 신의 명령도 아니며, 세상에 대한 의무감도 아닙니다. 저는 진정한 깨달음을 통해 운명과 마주할 결심을 했습니다. 저는 이제야 도망치지 않고 제 운명을 마주 볼 용기가 생겼습니다.

어머니,

어머니께서 스승님께 저를 보내던 그 심정으로 편견을 버리고 중도의 마음으로 돌아가 제 앞의 인생길을 바라보기로 했습니다. 이러한 결심으로 인해 어머니, 저는 또다시 먼 여행을 시작할 생각이에요. 아마도 이 서신이 어머니의 두 손에 전달될 즈음이면 저는 이미 암자를 떠날 채비를 하고 있을 것입니다.

이번 여행이 얼마나 길어질지, 혹은 얼마나 멀리까지 떠돌게 될지 저도 확신할 수가 없습니다. 다만 제가 깨달은 것들을 온전히 이루어내고 돌아오리라 다짐하고 있습니다.

성치 않은 어머니를 제 손으로 모시지 못하고 또다시 멀리 떠나노라 말씀드리는 것을 용서하세요. 그래도 꼭 돌아오겠다는 약속을 드립니다. 저는 무슨 일이 있어도 어머니 곁으로 다시 돌아오겠어요.

그때까지 제 걱정일랑 마시고 부디 건강하셔요.

먼 곳에서도 항상 어머니의 안락과 평안을 기원합니다.

독자獨子 낙빈 올립니다.

한지에 또박또박 적은 글씨는 어느새 다 자란 아들의 흔적이었다. 품안의 자식으로만 여겼던 아이가 이제는 얕은 복수심을 벗어던지고 자신의 마음을 바로 볼 줄 아는 아이가 되어 있었다. 거대한 운명을 원망하고 두려워한다거나 세상을 피해 도망치려는 기색도 없이 의젓한 인간이 되어 있었다. 그 아이가 언제 어디에서 어떻게 끝날지도 모를 긴 여정을 앞두고 어머니에게 보낸 서신을 낙빈 어머니는 종이가 닳도록 읽고 또 읽었다.

이제 그녀가 할 일은 없었다. 그저 기다리는 것밖에, 그저 이곳에서 아들이 돌아올 자리를 지키고 바라봐주는 것밖에 그녀의 몫은 없었다. 남은 몫은 온전히 낙빈의 두 어깨에 지워져 있음을 그녀는 누구보다도 잘 알고 있었다.

'비나이다. 비나이다……'

아들의 안녕을 기원하는 어미의 바람이 다시 가슴 밑바닥에서부터 끓어올랐다.

어미는 아들이 돌아올 빈자리를 지키며 매일 밤낮을 기다릴 것이다.

끝없는 기도와 함께.

-11권에 계속

신비소설 무 10 버려진 기억의 섬

초판 1쇄 발행 2016년 10월 20일
초판 2쇄 발행 2018년 3월 12일

지은이 · 문성실
펴낸곳 · 달빛정원
펴낸이 · 전은옥

출판등록 · 2013년 11월 14일 제2013-000348호
주소 · 04004 서울 마포구 월드컵로10길 27, 201호(서교동, 세화빌딩)
전화 · 02-337-5446
팩스 · 0505-115-5446
전자우편 · garden21th@naver.com
블로그 · blog.naver.com/garden21th

ISBN 979-11-87154-16-7 04810
      979-11-951018-6-3 (세트)

이 도서의 국립중앙도서관 출판예정도서목록(CIP)은 서지정보유통지원시스템 홈페이지(http://seoji.nl.go.kr)와
국가자료공동목록시스템(http://www.nl.go.kr/kolisnet)에서 이용하실 수 있습니다. (CIP제어번호: CIP2016023258)